Krimis ohne Ermittler, formal experimentierende Spannungsromane erfreuen sich wachsender Akzeptanz, was wiederum das Genre befruchtet und bereichert. Doch selten entsteht mit wenig Action und viel Ruhe ein solcher Sog wie bei diesem Buch. *Das Leben ist schmutzig* kommt auf leisen Sohlen daher und geht nachhaltig unter die Haut. Es ist eine schräge Mischung aus Episoden- und raffiniertem Kriminalroman: ausgesprochen originell, merkwürdig intim, etwas schwermütig, aber auch humoresk. Anne Goldmanns sinnlich-literarische Erzählweise zieht rasch hinein in den charmant realistischen Mikrokosmos eines alten Hauses, dessen Bewohner anmuten wie leuchtende Facetten eines Kaleidoskops des Menschlichen. Mit sicherer Hand wechselt Goldmann die Perspektive: Jeder Erzählstandpunkt öffnet sich wie ein Schatzkästchen, enthüllt seine Abbildungsweise der Wirklichkeit wie eine historische Führung durch die Köpfe der anderen, mit denen wir Kultur und Gesellschaft teilen. Das Buch lebt ganz von der unterschwelligen Spannung – und die speist sich nicht wie beim typischen Thriller primär aus einer unbekannten Bedrohung, vielmehr entwickelt man ein unbändiges Interesse an den Figuren und der Art, wie sie die Welt erleben. Man will dringend erfahren, wie es mit ihnen und für sie weitergeht. Der lakonische Blick des 15-jährigen Markus Wawerka auf seine Umwelt ist so unverbraucht, wie die Perspektive der einsamen Marie klaustrophobisch wirkt: Die sehr vielfältigen und ungeheuer lebendigen Charaktere nehmen einen mit ins Innere des Hauses, ins Innere ihres Lebens. Eine zeitlose, erstaunlich wahre Geschichte mit nur einem Hauch von unaufdringlichem Lokalkolorit und schön melancholischem Nachgeschmack: Anne Goldmann ist ganz entschieden eine eigene neue Stimme im Spannungsgenre.

Else Laudan

Anne Goldmann, geboren 1961, wuchs in einer Großfamilie auf dem Land auf. Sie jobbte als Kellnerin, Küchenhilfe und Zimmermädchen, um sich die Ausbildung zur Sozialarbeiterin zu finanzieren. Einige Jahre arbeitete sie in einer Justizanstalt, derzeit betreut sie Straffällige nach der Haft. Anne Goldmann begann früh zu schreiben, gewann zwei Literaturwettbewerbe, veröffentlichte ein paar Texte, verwarf dann alles und entdeckte erst vor wenigen Jahren das Schreiben wieder neu. *Das Leben ist schmutzig* ist ihr erster Roman.

Anne Goldmann

Das Leben ist schmutzig

Ariadne Krimi 1194
Argument Verlag

Ariadne Krimis
Herausgegeben von Else Laudan
www.ariadnekrimis.de

Deutsche Originalausgabe

Glashüttenstraße 28, 20357 Hamburg
Telefon 040/4018000 – Fax 040/40180020
www.argument.de
Umschlag: Martin Grundmann
Fotomotiv: © Dream-Emotion, Fotolia.com
Lektorat: Else Laudan
Satz: Iris Konopik
Druck und Bindung: CPI Moravia Books, Pohorelice,
Printed in Czech Republic
Gedruckt auf säure- und chlorfreiem Papier
ISBN 978-3-86754-194-7
Erste Auflage 2011

Das Haus

wurde um 1870 in der für die damalige Zeit charakteristischen L-Form errichtet. Hinter den in Ringstraßenmanier seriell gefertigten, reich verzierten Fassadenornamenten gibt es nur noch im Erdgeschoss – von der Hausbesorgerwohnung abgesehen – die typischen kleinen Zimmer-Küche-Kabinett-Wohnungen mit einer Bassena (Wasserentnahmestelle) und Toilette am Gang. Die Fassade zum Hinterhof ist karg und schmucklos. In den oberen Stockwerken wurden mehrere Wohnungen – hohe Räume mit Flügeltüren und altem Eichenparkett – zusammengelegt und aufwändig saniert.

Die Bewohner

Im Parterre

Julia Wawerka

ist Ende dreißig, hat den Hausbesorgerposten inne und geht nebenher putzen, bevor sie ihr Leben von Grund auf umkrempelt.

Markus Wawerka

ist noch nicht sechzehn, Julias Sohn und Schüler an einer Höheren Technischen Lehranstalt. Er lebt mit seiner Mutter in der Hausbesorgerwohnung.

Sedlak

dessen genaues Alter und Vornamen auf Anhieb keiner der Bewohner nennen kann, ist als kleiner Beamter beim Magistrat beschäftigt.

Wagner

ist Briefträger. Er ist zweiundvierzig, lebt allein und ist mit Markus befreundet. Mit seinem Nachbarn Pöhz verbindet ihn tiefe Feindschaft, die sich auch auf dessen Hund erstreckt.

Herr Pöhz

hat schon immer hier gelebt. Er ist seit Jahren in Pension und kennt das Haus und seine Bewohner wie kein Zweiter. Obwohl er sich oft ärgern muss, arrangiert er sich erstaunlich gut mit den Veränderungen. Eine Bedienerin, **Frau Maria,** und der Hund der alten Frau Novak, **Wastl**, spielen bald eine wichtige Rolle in seinem Leben.

1. Stock

Mona Bergmann
ist Langzeitstudentin, Kellnerin in einem Szenelokal, Chaotin, ca. dreißig Jahre alt und noch immer nicht erwachsen.

Bernhard Färber
ist etwa vierzig, sportlich und dem Vernehmen nach Journalist. Er legt keinen Wert auf näheren Kontakt mit den Nachbarn.

Daniela Brandlhofer
ist noch keine dreißig. Sie ist mit der Hausbesorgerin befreundet, weitgereist, Lehrerin, und schafft es, Herrn Pöhz zum Lächeln zu bringen.

Frau Novak
kennt Markus von Kindheit an. Hat einen Hund, Wastl.

2. Stock

Frau Radl
die Hausbesitzerin, hat zwei Katzen und verbringt viel Zeit in ihrem Haus am Land.

Marie Berger ist zweiunddreißig, Single und gesundheitlich nicht ganz stabil. Markus kümmert sich um ihre Pflanzen.

Wagner ist Briefträger, und ich beneide ihn um die vielen Frauen, die er morgens schon sieht: schlaftrunken noch und bettwarm, mit rutschenden Hemdchen, zerzausten Haaren und nacktem Mund. Natürlich, sagt Wagner, geht auch hin und wieder was, und ich stelle mir vor, wie eine Rothaarige mit schweren Lidern sich an Wagners Reißverschluss zu schaffen macht. Oder eine Blonde haucht: Kommen Sie doch weiter. Und auf ihr großes Doppelbett weist. Wie eine stupsnasige Kurzhaarige ihre Hand in Wagners Haar wühlt und ihn sanft an sich zieht.

Wagner sieht voll Durchschnitt aus, finde ich. Er ist nicht viel größer als ich, obwohl ich ja noch wachse, und hat keine richtige Frisur, bloß so Haare, die irgendwie länger werden und dann wieder geschnitten, die er gelb färbt und die noch nie mit Gel oder so was in Berührung gekommen sind. Ob da wirklich eine drin wühlen will oder vor seinen engen schmutzigen Jeans auf die Knie gehen? Sein Ding herausschälen und es ihm so richtig besorgen?

Wagner bemerkt meinen Blick und grinst, weil ich ja von nichts eine Ahnung habe, er aber schon: »Irgendwas geht immer, Markus«, sagt er. »Glaub mir.«

Diesmal geht aber definitiv nichts mehr. »Definitiv« ist eines von Wagners Lieblingswörtern, die er auch dort einsetzt, wo sie definitiv nichts verloren haben.

»Der ist schon länger tot«, sagt Wagner nun in mein erschrockenes Gesicht und geht neben der Leiche in die Knie. »Definitiv tot.«

Ich wäre jetzt gerne irgendwo anders. Bei meiner Oma auf der Veranda. Oder weit weg an einem Strand, wo die Luft flimmert vor Hitze und die Mädchen ganz rot sind im Gesicht und Schweißperlen auf der Oberlippe haben. Und knappe Bikinis an. Und schlapp im Sand liegen. Egal, was du machst, um ihre Aufmerksamkeit zu kriegen. Oder sich absichtlich so bewegen, dass man aus dem Takt kommt. Und sich dann gemeinsam halbtot kichern.

Ich wäre gerne Aushilfsbriefträger geworden, während der Ferien. Das geht, klar, machen viele, aber Wagner sagt, dass ich noch zu jung bin für den Job. Ich gieße also für ein bisschen Taschengeld die Blumen der Nachbarn, die im Urlaub sind, und gehe mit dem dicken Hund der Oma aus dem ersten Stock zweimal am Tag um den Block. Der Hund hasst mich. Ich sehe das daran, wie der mich anschaut, wenn ich ihn über die Treppen hoppeln lasse, weil ich bald wieder zurück sein will. Es wäre voll peinlich, wenn mich einer von den Freunden sieht, wenn ich den Moppel durch die Gegend schleife.

Der Frauenhaarfarn ist hin. So viel ist sicher. Die winzigen Blättchen könnte man locker rauchen, so trocken sind die, und auch der Rest schaut erbärmlich aus.

»Haben wir gleich«, sagt Wagner mitten in meine Verzweiflung. »Du tauschst ihn aus. Einen neuen«, sagt er. »Aus dem Baumarkt. Kostet nicht viel. Ein bisschen größer. Die Berger wird dich lieben. Weil er so gewachsen ist unter deinen Händen.« Und grinst schief.

Ich grinse zurück, dankbar. »Wagner …«, sage ich.

»Passt schon«, wehrt er ab. Boxt mich gegen die Schulter. »Schließlich sind wir Freunde, Markus. Oder?«

Man kann eine Geschichte an jedem beliebigen Punkt beginnen. Diese hier beginnt irgendwann im Sommer, am Anfang der großen Ferien. Oder auch ein paar Jahre vorher. Zu einer anderen Jahreszeit. Es schneit also vielleicht gerade, oder man schläft zum ersten Mal bei weit offenem Fenster und tiefer als sonst.

Die Gegend hat ihre beste Zeit längst hinter sich. Julia Wawerka wohnt mit ihrem Sohn in einem ganz gewöhnlichen Gründerzeithaus in der Vorstadt. Der Bezirk tut nichts zur Sache, obwohl die wenigen älteren Leute im Haus behaupten, der hier gesprochene Dialekt sei ein ganz besonderer, unverwechselbar und voller Redewendungen, die heutzutage kein Mensch mehr kennt. Schon ein paar Straßen weiter endet das Dorf. Man geht über den Markt, ein buntes Gewirr an Obst-, Gemüse- und Fetzenstandeln, steigt in die Tramway und fährt in die Stadt.

»G'sindl«, schnaufte Herr Pöhz und machte eine wegwerfende Handbewegung. »Ins Häfen hat sie ihn gebracht! Eingesperrt haben sie ihn. So ist das.«

Er stand auf dem Trottoir direkt vor der Hausbesorgerwohnung. Sollte sie ihn ruhig hören, die Wawerka. Erst vor kurzem hatte er Julia, die mitten in der Nacht am Gang stand und rauchte, ermahnt, die Zigarettenstummeln nicht einfach fallen zu lassen. Und das Luder hatte ihn angefahren, ganz unvermittelt: Sie räume den Dreck des ganzen Hauses weg, seit Jahren schon, und also auch die Tschik. Spätestens morgen. Er möge sich zum Teufel scheren! Pöhz war sprachlos gewesen. Bekam kaum Luft. Er hatte seine Pulver gebraucht. Eine Handvoll. Die Aufregung! Sein Herz! So ein Luder! So ein Luder!

Sie wird ihn schon auch gereizt haben, den Mann, sinnierte Pöhz. Weil: Von nichts kommt nichts. Und im Haus war zuletzt gar keine Ruh mehr gewesen.

Im Erdgeschoss in der Hausbesorgerwohnung ging es üblicherweise gegen Mitternacht los. Zuletzt mehrmals im Monat. Erst die Gegensprechanlage, nervtötend trööttrööööt-trööööööt. Und wieder von Neuem, und noch einmal. Dann Ganglicht, schwere Schritte, ebensolche Flüche, lautes Klopfen, manchmal splitterndes Glas. Dann Julias besänftigende dunkle, heisere Stimme, sein Knurren, das Klappen der Tür. Unruhe, das Scheppern von Geschirr. Und nach Minuten ein Aufschrei, Klatschen, Gebrüll, das Schreien – oder schlimmer – das Schweigen des Buben.

Dann Julia, dann wieder er. Jemand knallt gegen ein Möbelstück. Stille. Minutenlang. Und dann legt der Mann los. Zerlegt keuchend die Küche, das Wohnzimmer, arbeitet sich systematisch ins Kabinett vor. Spätestens da ist das ganze Haus wach, verlangt jemand lautstark »Ruhe«, ruft schließlich jemand die Polizei.

Später steht Julia am Gang: blass, zerzaust, mit einer Platzwunde am Kopf oder Striemen und Rötungen von seinen Schlägen, und dennoch schön mit ihren großen hellen Augen, die ihrem Gesicht etwas Staunendes geben, den Buben an sich gedrückt, der sich anschmiegt und ganz leise wimmert, auch später noch, als er schon größer ist, während die Polizisten den Wawerka ein weiteres Mal mitnehmen, zum Ausnüchtern. Julia saugt an einer Zigarette, man bemerkt ein leichtes Zittern ihrer Hand, sonst nichts. Nur ihr Blick ist wie ausgelöscht, starr, geht ins Leere. Die Fragen, der Ärger der Nachbarn, selbst ihr Tröstenwollen erreichen sie nicht. Sie zieht die rauchblaue Strickweste fester um sich, murmelt dem Buben, der mit nackten Füßen auf dem kalten Steinboden steht und nun schluchzt, herzzerreißend schluchzt, beruhigende Worte ins Haar. Dann dämpft sie die Zigarette aus, schnippt sie weg und geht mit dem Kleinen in die Wohnung zurück.

Spätestens zwei Tage später war der Wawerka wieder da, jedes Mal. All die Jahre.

Frau Novak im ersten Stock, die wie Herr Pöhz und die Hausbesitzerin den Großteil ihres Lebens im Haus verbracht hatte, kannte den Wawerka schon lange. Ihr Hund war noch ganz jung gewesen, keine drei Monate alt. Verspielt, noch nicht stubenrein. Er flüchtete zitternd gleichermaßen vor dem Staubsauger wie vor dem Sohn der Hausbesorgerin, der sich jedes Mal mit schrillen Begeisterungsschreien auf den Wastl stürzte und versuchte ihn zu umarmen. Damals war der Bub noch keine drei Jahre alt, den Kasernenhofton seines Vaters aber bereits gewöhnt. »Markus, lass das Vieh! Pfui Teufel. Her da! Na wird's bald!« Man roch seinen Alkoholatem. Er grüßte nie.

Der Wawerka war einmal fesch gewesen, ohne Frage. Groß, schlank, dunkel, mit einem leicht spöttischen Zug um den Mund. Für ihren Geschmack zu geschniegelt, aber der Julia hatte das wohl gefallen. Er war deutlich älter als seine Frau, ein erfahrener Mann. Sie war nicht die Erste, die mit ihm gesehen wurde, beileibe nicht. Sie war aber diejenige, die blieb.

Julia war auffallend hübsch, damals schon, ganz jung noch und unfertig. Große blaue Augen in einem herzförmigen Gesichtchen und lange helle Haare. Der Wawerka mochte es, wenn sie Kleider trug. Manchmal steckte sie sich die Haare hoch, und Frau Novak blieb jedes Mal stehen und schaute ihr nach, wenn sie sich bei ihm einhängte. Wenn sie Arm in Arm das Haus verließen – ein schönes Paar. Damals war die alte Dame mit Herrn Pöhz ausnahmsweise einer Meinung: ein Haderlump, der! Schon als Julia ein Jahr später mit schwerem Leib das Stiegenhaus kehrte, hatte der Wawerka sein altes Leben wieder aufgenommen: Wirtshaus, Wetten, Weiber. Den Gerüchten zufolge hat er es sogar bei der Hausbesitzerin probiert, und wer weiß, flüsterte Herr Pöhz, bevor ihn ein Hustenanfall am Weiterreden hinderte. Aber auf solchen Tratsch konnte Frau Novak gern verzichten, zumal der Pöhz in jungen Jahren selbst kein Guter gewesen war. Sie mochte ihn nicht.

Herr Pöhz begriff als Erster, dass sich etwas im Haus verändert hatte. »Der Wawerka«, raunte er der Hausbesitzerin zu, aber die verstand nicht. Tatsächlich lag der letzte Polizeieinsatz schon drei, vier Wochen zurück.

Die Tage vergingen. Und kein Wawerka. Man munkelte, er habe eine andere. Aber, ereiferte sich der Alte, wer nimmt denn so einen: aufgeschwemmt vom Alkohol, rotgesichtig, cholerisch? Einen, der entweder stempeln geht, im Krankenstand ist oder im Gasthaus. Letzteres vor allem! Dem Herrn Pöhz konnte man nichts vormachen.

Man gewöhnte sich an die Ruhe. Der Bub verbrachte die Ferien und die ersten Wochen im Herbst bei der Großmutter im Zweiundzwanzigsten. Die Wawerka sah blass aus und angespannt. Sie entrümpelte die Wohnung, renovierte, möblierte neu. Sie nahm einen Nebenjob an, als Putzfrau in einer Versicherung, was sonst? Als Ungelernte. Herr Pöhz wusste Bescheid. Obwohl – dumm war sie nicht, die Julia.

Das Haus blitzte wie nie zuvor, ständig war sie am Putzen, grüßte jeden freundlich wie immer, aber der Herr Pöhz grüßte nie zurück, sondern tappte mit vorgerecktem Hals wie eine Schildkröte, die Hände hinter dem Rücken ineinandergelegt, ganz langsam mitten über den frisch gewischten Boden. So ein Luder! So ein Luder!

Herr Pöhz war nicht blöd. Schon seinerzeit, als er noch sein kleines Blumengeschäft betrieben hatte drei Gassen weiter, hatte er gleich gewusst, ob einer ein Guter war oder nicht. Der Wawerka war kein Guter, und so wunderte es ihn nicht, dass der die Veränderungen nicht einfach so hinnahm. Nach wenigen Monaten zeigte er sich wieder im Haus, zuerst noch mit Blumen, großen, protzigen Sträußen in Zellophan, wie sie auf den Bahnhöfen verkauft werden, eine Schande, später unter Drohungen und Beschimpfungen, gegen seine Frau, die Polizei, die Gerichte und schließlich das ganze Haus. Man fürchtete sich und ging ihm aus dem Weg. Die Wawerka rief jedes Mal sofort die Polizei, jedes Mal, sobald sie ihren Mann sah, und irgendwann verstand auch der Wawerka, dass er hier auf verlorenem Posten stand. Es wurde wieder ruhig im Haus.

Julia konnte im Nachhinein sehr genau sagen, wann es begonnen hatte. Oder in diesem Fall geendet. Sie würde nie vergessen, wie er zum ersten Mal auf Markus losgegangen war. Der Bub war damals elf, dünn, aber groß für sein Alter und viel zu still, wie alle fanden. Er trug die Haare seit einigen Wochen ganz kurz, weil er nicht mehr wie ein Mädchen aussehen wollte. An einem Dienstag war er von der Schule heimgekommen, hatte die große Haushaltsschere genommen und sich vor dem Spiegel im Badezimmer Strähne für Strähne die langen blonden Haare abgeschnitten. Julia fuhr sich mit der Hand an den Mund, als sie ihn so sah, mit schartig geschnittenen Haarbüscheln, die seltsam abstanden. Wie ein aus dem Nest gefallener Vogel sah er aus. Sie stellte die Einkaufstasche ab, die Milch in den Kühlschrank und ging mit ihm zum Friseur. Er kam ihr fremd vor, ihr Bub, älter, aber plötzlich sehr verletzlich mit seinem ausrasierten Nacken. Julia sah ihn mit gebeugtem Hals über seinen Aufgaben sitzen, konzentriert, die schmalen Schultern ein bisschen nach vorne gezogen, wie er es oft tat. Er nagte an einem gelben Kugelschreiber und hatte die Füße um die Sesselbeine gehakt.

Julia räumte die gebügelte Wäsche in den Schrank. Sie reparierte einen eingerissenen Nagel, und Acetongeruch breitete sich aus. Markus schnüffelte und sah hoch. Das Zimmer war sehr warm, fast überheizt. Sie musste lüften. In diesem Moment ging die Türklingel. Alarm! Er muss völlig betrunken sein, dachte sie. Er lag augenscheinlich mit der ganzen Hand auf dem Klingelknopf. Julia drückte den Türöffner und wappnete sich. Manchmal ging es ja gut: Er kam, lallte, brach auf dem Sofa nieder und schlief seinen Rausch aus.

Sie sah sofort, dass es diesmal nicht so war. Er war laut, schon am Gang, und voller Wut. Gleich an der Tür nannte er sie eine Hure, eine Schlampe, ein Flittchen, fasste sie an den zusammengebundenen Haaren und riss ihren Kopf nach hinten, unterstellte ihr einen Liebhaber und einen zweiten, schnauzte den Buben an, nannte ihn einen Bankert, ein Kuckucksei, das er durchzufüttern hatte, höhnte dann wieder Julia, die ihn bat, doch aufzuhören, Ruhe zu geben, etwas zu essen. »Die ficken dich alle, gib's zu, die ganze Zeit schon, und nur ich Trottel darf nicht drüber. Du Schlampe. Du Schlampe.« Und er schlug zu, mitten in ihr Gesicht.

In dem Moment stand Markus auf und sagte ganz ruhig: »Hör auf, hör sofort auf. Lass die Mama.« Sein Gesicht war bleich und angespannt. Seine Stimme zitterte. Jetzt ging alles sehr schnell. Der Wawerka erstarrte, glotzte, taumelte kurz, drehte sich um und rang nach Worten. Dann machte er zwei, drei Schritte in den Raum und schlug unvermittelt zu. Markus ging zu Boden. Er knallte im Fallen mit dem Hinterkopf gegen einen Stuhl. Sein Gesicht verlor jede Farbe. Der Teppichboden unter ihm färbte sich dunkel. Der Wawerka verlor das Gleichgewicht, fasste sich aber rasch wieder. Er hob den Fuß. Sein Gesicht war wutverzerrt. Da griff Julia hinter sich, erwischte die gusseiserne Pfanne und zog sie dem Wawerka mit voller Wucht über den Schädel. Ihr Mann brach sofort zusammen. Julia griff zum Handy, alarmierte die Rettung, die Polizei. Ihre Nase lief, sie wischte das Feuchte weg und sah, dass sie blutete. Es tat nicht weh. Ihr Herz raste. Sie kniete sich auf den Boden, zu ihrem Sohn, vornübergebeugt, tastete nach seinem Puls. Sie legte ihr Ohr auf seine Brust. Sie spürte, dass er atmete, noch atmete. Julia drückte ein Geschirrtuch gegen die stark blutende Wunde und wimmerte leise. Den Wawerka ließ sie nicht aus den Augen. Sie hoffte, dass er tot war.

So fanden sie die Sanitäter. Die Polizei kam nach wenigen Minuten. Der hagere ältere Polizist mit der Narbe auf der linken Wange gab ihr ein Taschentuch und redete beruhigend auf sie ein, während der andere einen zweiten Rettungswagen anforderte und dem Wawerka, der langsam zu sich kam, die Handschellen anlegte.

Der Gang war wie ausgestorben, als der Wawerka, links und rechts einen Polizisten, in Handfesseln hinausgebracht wurde. Die Wohnungstüre von Herrn Pöhz klappte zu, aber Julia wusste, dass er hinter dem Türspion aus sicherem Abstand das Geschehen verfolgte. Das tat er immer. Sie war wie in Trance, als sie in den Ambulanzwagen stieg. Sie wartete Stunden auf einem gleißend hell erleuchteten Gang, ging auf und ab und folgte den vorbeieilenden Schwestern mit ängstlichen Blicken. Markus war geröntgt worden. Er musste die Nacht im Spital bleiben, zur Beobachtung. Damals hatte sie ihm und sich versprochen: Nie wieder. Der Wawerka kam ihr nie wieder ins Haus. Nie wieder. Sie stand, viel später in der Nacht, wieder am Gang vor der Wohnung und rauchte. Langsam sog sie den Rauch ein, inhalierte tief, starrte auf die Wand vor sich. Sie war bleich und müde, aber entschlossen. Sie hatte so viel falsch gemacht. Das wusste sie. Sie würde alles ändern. Jetzt.

Die wirklich guten Zeiten begannen erst nach zwei, drei Jahren. Da wusste sie, es war ausgestanden. Der Wawerka würde nicht mehr wiederkommen. Sie waren geschieden, und er hatte endlich begriffen, dass es vorbei war. Julia trug die Haare längst kurz und fransig und färbte sie in einem hellen Braunton. Haselnuss, stand auf der Packung. Sie musste lächeln. Sie sah völlig verändert aus.

Das war das Erste gewesen – der Friseurbesuch. Ganz klassisch. Frau Novak hatte sie erst gar nicht erkannt. »Kind, die schönen Haare!« Sie war vor ihr gestanden, klein, rundlich, ein bisschen gebeugt, die große braune Einkaufstasche über dem Arm, und hatte sie forschend angeschaut. Und ihr dann den Arm getätschelt. »Freilich, Kinderl, nichts bleibt für immer. Sie haben recht, man muss sich verändern. Auch, wenn es einem schwerfällt. So und so.« Der Hund war ganz still danebengestanden und hatte zu Frau Novak hinaufgeschaut. Kein Ruckeln an der Leine, kein Herumspringen wie früher. Er stand ganz still und wartete auf ein Zeichen für den Aufbruch. Er ist nicht mehr jung, dachte Julia. Er hatte einzelne graue Haare im Fell und einiges an Gewicht zugelegt.

Alles hat sich verändert damals, denkt Julia. Nacheinander sind zwei Hausparteien verstorben, kurze Zeit später noch eine, und nach und nach zogen neue Mieter ein.

Der Lärm und die ständigen Renovierungen hatten allerdings Herrn Pöhz zur Weißglut getrieben. Immer wieder zeterte er und beschwerte sich lautstark, dass alle es hören konnten.

Was den Umbau betraf, trieb es die Kleine in der Wohnung über ihm am heftigsten, ein dünnes, ja mageres Ding. Schwer vorstellbar, dass sie Lehrerin war, kaum größer vermutlich als ihre Schüler. Ein Quirl! Er fragte sich, wie das gehen sollte: wie die sich Respekt verschaffen wollte. Höflich war sie aber, da gab es nichts zu sagen. Sie hatte sich den Nachbarn vorgestellt und ihm, dem Pöhz, lange zugehört. Sie hatte sich schon im Vorhinein für den Baulärm mit einer Flasche Rotwein entschuldigt. Das mochte er. Höflichkeit. Respekt. Und – sie war keine Ausländerin. Oberösterreich. Die Landmädchen, das wusste Herr Pöhz noch von seinen Lehrlingen seinerzeit, waren um vieles höflicher und williger als jede Junge aus der Stadt. Obwohl – auch das hatte sich zum Schlechteren gewendet, Land hin, Stadt her.

Der Umbau – das war für Pöhz die schwerste Zeit. Einerseits. Andrerseits aber in gewisser Weise auch eine schöne. Monatelang nichts als Baulärm, Stemmen, Graben, Hämmern. Säcke voller Bauschutt im Eingangsbereich und ständig fremde Leute im Haus. Das war das Schlechte. Die Hausbesitzerin, das geldgierige Weibsbild, erfreut über den Wertzuwachs ihres Hauses, sah man mit der Zeit kaum noch. Freilich, dachte der Alte, die tat sich leicht, fuhr einfach in ihr Haus ins Steirische, mit ihren beiden Katzen, und blieb dort, bis das Ärgste vorbei war.

Herr Pöhz, dem diese Möglichkeit nicht offen stand, versuchte das Beste aus der Situation zu machen. Er instruierte die Arbeiter hinsichtlich ihrer Befugnisse im Haus, zeigte ihnen aber vor allem ihre Grenzen auf. Er erntete gutmütiges Lachen und freundliches Gebell, das er freilich kaum je verstand. Man grüßte ihn aber, und so sah er sich respektiert. Immer wieder fand er sich auf der Baustelle ein, um den Gang der Arbeiten zu überwachen. Er stand im Weg, nickte fachmännisch und fühlte sich eingebunden. Es war sein Haus, er trug Verantwortung. Unverständlich, dachte Pöhz, wie die Hausbesitzerin, die Radl, einfach wegfahren, sich um nichts kümmern konnte. Ins gemachte Nest hineingeboren, selber nie etwas geleistet – da tat man sich leicht! Das war ihm, Pöhz, fremd. Dank war freilich keiner zu erwarten, das wusste er mit Sicherheit.

Der Polier war Radio-Burgenland-Hörer, ein stämmiger ruhiger Mensch – leutselig, gutmütig, Weißweintrinker. Zum Erstaunen des ganzen Hauses gelang es ihm, Herrn Pöhz binnen weniger Tage für sich einzunehmen. Er hörte ihm zu, ließ sich belehren und den Älteren den Gescheiteren sein. Immer wieder bot er ihm einen Schluck aus seinem Doppler an. Er interessierte sich für die Geschichten des alten Pöhz und versorgte ihn mit Witzen, die nicht ganz jugendfrei waren, Herrn Pöhz aber über die Maßen erheiterten, und über kurz oder lang störten den Alten weder die Risse in der Decke noch das ständige Hämmern und Bohren.

An einem denkwürdigen Freitagabend lud Herr Pöhz den Polier schließlich in seine Wohnung ein, die fast ein Jahrzehnt kein Fremder mehr betreten hatte, und im Laufe des Abends – der Burgenländer hatte zwei Doppler mitgebracht – zeigte ihm Herr Pöhz seine Alben, besorgt wegen der rauen Hände des Poliers, und forschte in dessen Gesicht, ob sie ihm gefielen. Pöhz sammelte alte Aktpostkarten, schwarzweiß, üppige nackte Mädchen und Frauen in allen möglichen Posen, häufig auch mit einem gut bestückten Galan zugange. Gewagt, aber doch auch künstlerisch wertvoll. Durchaus. Der Polier betrachtete derlei mit großem Vergnügen und gab das eine oder andere eigene Erlebnis zum Besten, und Herr Pöhz hielt tapfer mit. Männergespräche. Im Hintergrund dröhnte Volksmusik, bis der Abend ein jähes Ende fand: ein Stromausfall, der, wie der Polier recht schnell feststellte, durch eine herausgeschraubte Sicherung am Gang entstanden war. Kurz darauf waren die Bauarbeiten beendet. Man sah einander nie wieder. Daniela zog ein.

Julia mochte die Lehrerin sofort. Daniela war um zehn Jahre jünger, noch keine dreißig, hatte aber deutliche Lachfältchen um die Augen. Sie war viel gereist, meist auf eigene Faust, und erzählte davon, dass man Lust bekam, selber aufzubrechen. Nach ihren wilden Jahren, wie sie es nannte, hatte sie sich zum zweiten Mal verliebt, unerwartet und heftig. »Zeit, sesshaft zu werden«, grinste sie. »Für eine Weile wenigstens.« Die erste eigene Wohnung.

Julia mochte ihr Lachen. Ihre Stimme klang warm und schien zu groß für die kleine zierliche Person. Julia hatte gehört, wie sie mit dem Polier Änderungen besprochen hatte zu Beginn der Bauarbeiten. Sie war gut informiert und wusste, was sie wollte. Wenig später wurde sie energisch: »Auf keinen Fall. Sie machen das genau so, wie wir es besprochen haben!« Sie konnte sich durchsetzen. Es schien ganz einfach. Sie wurde nicht laut, erklärte nicht viel. Sie gab ihre Anweisungen, zog Grenzen, klar und sehr bestimmt. Später hörte Julia die Lehrerin ins Handy gurren am Gang. Sie klang sehr liebevoll, sehr zärtlich. Und sie sah sie unvermutet dem Herrn Pöhz in die Arme laufen, der stehen blieb, fragte, erzählte, die Mundwinkel hochzog, Daniela schließlich unbeholfen am Oberarm tätschelte und fast vergnügt davonwatschelte. Julia würdigte er wie immer keines Blickes. Daniela konnte Ungeheuer zähmen. Das wollte Julia auch lernen. Das und vieles andere. Nach und nach.

Julia hat diese Zeit als einziges großes Entrümpeln in Erinnerung. Sie hatte mehrere Arme voller Kleider in große Müllsäcke gestopft und zur Altkleidersammlung am Markt geschleppt. Wawerkas Sachen hatte sie zu seiner Mutter gebracht, wo er jetzt untergekommen war.

Die Renovierung dauerte länger, als sie gedacht hatte. Die Mauern waren schlecht. Der Teppichboden staubte und ließ sie fast verzweifeln. Er sah alt und schäbig aus in den nun fast leeren Räumen. Julia hustete und kämpfte mit dem sperrigen Ding, das festgeklebt schien für die Ewigkeit. Ihr stiller Nachbar, Herr Sedlak, erbarmte sich schließlich, brachte den Briefträger mit, der erst vor kurzem eingezogen und für sie ein völlig Fremder war, und nach einem Nachmittag war das Monster gebändigt und in kleine Teile zerlegt bereit für den Abtransport. Während Markus bei der Oma im Schrebergarten war, inserierte sie die Möbel in einer Gratiszeitung und freute sich über jeden Sessel, der aus der Wohnung getragen wurde. Vieles verschenkte sie, und Herr Sedlak brachte – er hatte seine Hilfe angeboten – den Rest, zwei Kofferraumladungen voll Kleinkram, auf den Mistplatz. Sie wollte nichts mehr von alledem behalten. Das war vorbei.

Julia schlief im Kabinett auf einer Matratze am Boden. Sie schlief schlecht. Überall war Staub, war Sand, und die Geräusche von der Straße hallten in den leeren Räumen wider und krochen in ihre Träume. Am Morgen war sie wie zerschlagen. »Julia«, sagte Daniela, »ich fahr heute Abend weg. Du kannst die nächsten zwei Wochen in meiner Wohnung schlafen, wenn du magst.« Julia nahm an.

Sie staunte, als sie die Tür aufschloss: durchgehende honiggelbe Holzböden, helle Räume mit weiß lackierten Flügeltüren und Fenstern. Zwei große Grünpflanzen und eine Wand voller Bücher, ein Sofa – das war das eine Zimmer. In einem zweiten stand das Klavier, lagen Notenblätter auf dem Boden, ein paar große rote, orange und lavendelfarbene Kissen, zwei lindgrüne, sonst nichts. Im Schlafzimmer eine Kommode, ein abgezogenes Bett und ein weiteres Sofa, auf dem frisches weißes Bettzeug lag. Bücher auf dem Boden, ein halb eingeräumtes Regal. Der Klavierhocker. Keine Möbel sonst. Das Kabinett war ein begehbarer Schrank, noch halb leer, und im größten Raum standen einige Stehlampen mit bunten Schirmen und mehrere Umzugskisten, einige schon ausgepackt, andere noch verschlossen.

Die Sonne tauchte den Raum in ein warmes Licht. Nirgendwo Vorhänge. Man sah über den ganzen Platz. Julia erkannte Herrn Pöhz, der eilig auf das Haus zustrebte. Im Fußballkäfig verprügelten zwei Mädchen mit Baseballkappen einen größeren Buben, der tapfer kämpfte. Ein gelbes Auto wurde abgeschleppt. Während der Kran den Wagen auf den Transporter hievte, sammelten sich rundherum die Passanten, gestikulierten aufgeregt und lachten. Julia stand lange am Fenster, sah hinaus, schaute in den Raum. So sollte man leben können: Klar und übersichtlich lagen die Dinge vor ihr, obwohl noch nicht alles seinen Platz gefunden hatte. Küche und Bad wirkten noch kühl und unbenutzt. Julia fand eine Flasche Rotwein und eine Karte von Daniela auf dem Küchentisch: Die nächste trinken wir gemeinsam.

Später setzte sie sich mit einem Glas auf den Badewannenrand, den Kopf an die kühlen Fliesen gelehnt, rauchte eine Zigarette und sah sich durch den aufsteigenden Rauch im Spiegel an, wie eine Fremde im Zug. Ihre Augen wirkten heller, fast grau, unter den dunklen Haaren. Feine Linien um Augen und Mund ließen sie müde aussehen. Sie zog die Brauen hoch und starrte auf ihren großen blassen Mund, der schon so lange, so lange nicht mehr geküsst hatte, nur geredet und gegessen und geschwiegen. Sie sah sich zu, wie sie den Wein trank, wie sie traurig wurde, nach und nach, von dem einen Glas und ihren Erinnerungen. Dann stand sie auf, zog ihren Pullover über den Kopf, sah sich in der fremden Wohnung nackt gegenüber im großen Spiegel, der bis zu ihrem Nabel reichte, schaute sich aufmerksam an: den Hals, die schmalen Schultern, die Brüste – helle, zarte Haut mit feinen Rissen, einer Narbe über dem Schlüsselbein, einem Bluterguss am linken Unterarm, der langsam verblasste –

schaute lange, sah das Bild langsam verschwimmen. Dann schlang sie die Arme um ihren Oberkörper, umarmte sich selber. Und weinte, bis keine Tränen mehr kamen.

Julia fand eine Arbeit. Abends stand sie auf der Leiter und malte Decke und Wände im Wohnzimmer, im Schlafzimmer und im Kabinett in strahlendem Weiß. Dann kamen die Professionisten, verlegten die Böden und fliesten Bad und Küche neu. Die Schule hatte längst wieder begonnen, und Markus wohnte immer noch bei der Oma. An den Wochenenden fuhr sie hin für ein paar Stunden, saß im Garten, blass und erschöpft, redete mit ihrer Mutter, zeigte sich zuversichtlich und stärker, als sie war, und suchte immer wieder das Gespräch mit ihrem Sohn, der einsilbig antwortete und sich entzog. Julia bemerkte, dass er ernster war und manchmal abweisend und schroff. Sie spürte Tränen aufsteigen und schluckte sie tapfer, biss sich auf die Knöchel und tat, als wäre nichts. Es würde sich ändern, alles, wenn er wieder zu Hause wohnte. Wenn er wieder bei ihr war.

Irgendwie kotzt mich das alles an: die Nachmittage in Wagners dunkler, schmuddeliger Wohnung, die sich ziehen und wie ein langes Warten sind auf irgendetwas, das ich nicht kapiere und das niemals kommt. Dieser verdammte Winter, der nicht aufhört, obwohl dem Kalender nach schon Frühling ist. Dass ich noch nicht sechzehn bin und mit Sylvie damals bloß blöd rumgeknutscht hab, viel zu besoffen und viel zu verliebt, um sie an Ort und Stelle zu vögeln, wie das Stefan keine zwei Wochen später gemacht hat, mit dem sie jetzt Händchen haltend vorm Kino rumsteht und der so cool tut, wie ich es nie, niemals sein werde, während sie ihn anhimmelt.

Ich bin noch wochenlang fast verreckt bei dem Gedanken,

dass sie sich an ihn schmiegt, dass er wie selbstverständlich seinen Arm um sie legt und alle wissen, dass und wie er es mit ihr treibt. Kotzen könnte ich, wenn ich sehe, wie lässig er tut, wie er andeutet, dass er sie bald überhat. Und ich Trottel – immer noch verliebt. Und sie hat keinen Blick für mich, nur Augen für ihn.

Wagner ist eine Sau. Er hält mir Pornos von Weibern mit dicken Titten unter die Nase, die wie zum Hohn, von der Frisur und all dem Lack abgesehen, eine gewisse Ähnlichkeit mit ihr haben, und lächelt verschwörerisch: »Schau einmal, Markus. Da!«

Die Frau auf den Bildern würgt an einem viel zu großen Schwanz. »Na komm.« Er stößt mich in die Rippen. »Ist ja bloß Spaß, Markus. Mein Gott ...« Er verdreht entnervt die Augen. »Markus?« Ich schweige. Wagner schwänzelt um mich herum, stellt mir noch ein Bier hin, Flasche, kein Glas, versucht es mit Beschwichtigungen, mit Scherzen. Mit Lockangeboten. Ich starre vor mich hin. »Mamakind«, sagt Wagner. Mamakind, ausgerechnet! Wo ich mit meinem ganzen verdammten Kram allein bin, mutterseelenallein, und sie echt die Letzte ist, mit der ich Lust hab drüber zu reden. Dem fehlt der Vater, behauptet die Hohlhippe von oben, die früher ganze Nachmittage unser Wohnzimmer verpestet hat mit ihren Zigaretten und ihrer Neugier nach allem, was ein bisschen Leben in ihren Klosteralltag bringt, bevor sie ganz vertrocknet. Wenn ich einen nicht vermisse, dann ist es der. Das gebe ich euch schriftlich.

»Hey, Wawerka, Valentinsblumen? Oder bist du jetzt Gärtner?«

Markus fährt herum und sieht Alex breit grinsen. Er grinst zurück. »Lange nicht gesehen. HTL. Und du?«

»Och, Arbeitsprojekt. Uröd. Lauter Behinderte. Kindergarten. Aber ich bin eh krank, Grippe, verstehst? Schon die zweite Woche. Er hat mich angesteckt, der Mistkerl. Jetzt muss ich im Bett bleiben. Mich schonen.«

Der Mistkerl schaut auch kein bisschen krank aus, ist im Gegenteil ziemlich auftrainiert und hat eine Farbe, als hätte er in der Karibik überwintert. »Wer ist denn der?«, fragt er und mustert Markus.

»Kenn ich aus der Hauptschule. – Wawerka, machst noch Karate? Boah, ich sag dir, Kris, das Mamakind hat mich einmal niedergefetzt, so richtig, weil ich was gegen seine Mamsch gesagt hab. Brutale Sau, der Wawerka, wie sein Alter. Echt, hätte ich damals nicht geglaubt.« Er schaut Markus prüfend an. »Warst immer so still.«

Markus zuckt mit den Schultern. Was soll er sagen?

Es fängt leicht an zu regnen. Wind kommt auf. Kris zieht die Schultern hoch und die Haube tiefer ins Gesicht. Er wird unruhig. »Was ist, gemma McDonalds, Killer?«

So hat es angefangen, und Markus wünschte sich später oft, er hätte die Telefonnummer weggeworfen, die Alex ihm gegeben hat, statt sich in den kommenden Wochen immer wieder mit ihm zu treffen und nach und nach alle seine Freunde kennenzulernen.

Anfangs war es cool. Sie waren meistens in der Gruppe unterwegs, und es war immer etwas los. Zwei von ihnen waren schon älter, achtzehn oder neunzehn, und nur manchmal dabei, aber Alex war unbestritten der Boss. Markus fand es gut, wie er mit einem einzigen Blick einen Vorschlag verwarf oder einen der Jungs dazu brachte, die Klappe zu halten, wenn er etwas sagen wollte. Sie verbrachten viel Zeit im Einkaufscenter, schlenderten zwischen den Geschäften hin und her und quatschten Mädchen an. Sie hörten stundenlang Musik und checkten, wo man am besten klauen konnte, CDs vor allem, und einmal machte Markus mit und war erfolgreich, verschenkte die CD aber sofort, Hardcore-Techno, den er sowieso nicht hörte, weil er das Zeug so schnell wie möglich loswerden wollte. So schnell wie möglich. Immerhin gehörte er jetzt wirklich dazu.

Sie chillten halbe Tage in ihrem Lieblingscafé, und Markus gewöhnte sich an, gleich nach der Schule hinzugehen und die eine oder andere Stunde am Nachmittag ausfallen zu lassen. Er wusste nicht, wie er dazu kam, dass Alex ihm eine Sonderposition einräumte und ihn fast beiläufig vor den anderen in Schutz nahm, wenn er – was anfangs öfter vorkam – nicht mitrauchen wollte oder beim Cola blieb, weil er am nächsten Tag Schularbeit hatte. Er tat gelangweilt: Saufen ist uncool.

Seine Leistungen sanken trotzdem ab. Julia bestand auf Nachhilfeunterricht, und er fügte sich zähneknirschend. Die nächsten Samstagabende mit den Freunden waren gestrichen.

Einmal waren sie in einer Peepshow. Zu dritt in der Kabine. Markus war wie weggetreten, als die Frau langsam die Beine öffnete und einen Finger in ihre Möse tauchte. Sie warf den Kopf zurück, ihre dunkle Mähne, und sah sie unter halb geschlossenen Lidern an. Ihre Zunge leckte über ihre Oberlippe. Er atmete schwer. Wir waren schon oft da, behauptete Alex und holte sich neben ihm einen runter. Er war unglaublich aufgekratzt und konnte die Klappe nicht halten. »Boaah, ist die heiß, Wahnsinn ... Hey ...« Noch Tage später ging es nur um geile Weiber. Demnächst wollte man miteinander ins Puff.

»Du bist doch dabei, Maks, oder?«

Markus grinste schief. »Mit sechzehn?«

»Scheiß dich nicht an, ich kenn da wen ... Willst du?«

Markus wollte.

»Scheiß dich nicht an«, sagt Alex. »Das ist todsicher. Halt dich im Hintergrund.« Er setzt sich in Bewegung und redet den Kleinen an. »Hey, weißt du, wie spät es ist?«

Der Bub stellt sein Board ab, versenkt seine Hand erst in der rechten, dann die andere in der linken Hosentasche, fördert schließlich sein Handy zutage, schaut auf das Display, Haarschopf im Gesicht, dann zu Alex hoch.

»Dreizehnuhreinund …«

»Cooles Handy, zeig mal.« Da hat er es schon in der Hand, und die anderen lösen sich langsam vom Geländer, bewegen sich auf Alex und den Skater zu, der ein kicksendes »Aber …?« hören lässt und panisch um sich schaut. Alex gibt ihm die SIM-Karte zurück und lässt das Handy in seine Jackentasche gleiten. Ganz lässig, wie in Zeitlupe, schlendern die anderen Jungs auf die beiden zu, verdecken die Szene – und der Kleine steht mit dem Rücken zur Wand.

Markus, drei Schritte hinter den anderen, keine Spur von lässig, versteht endlich, flippt fast aus. »Hey, ihr könnt doch …« Seine Stimme kommt sehr leise. Ein langer Blick von Alex, und er verstummt. Passanten gehen vorbei. Ein Kind direkt vor ihm stolpert über eine rote Hundeleine, plärrt sofort los wie verrückt, während der Kläffer winselt und eine schrille dünne Frau am anderen Ende der Leine das Tier an ihre flache Brust reißt und die Kindesmutter ankeift. Eine Schulklasse bahnt sich einen Weg durch die Menge. Vorne beugt sich einer von Alex' Freunden etwas vor, dann löst sich die Gruppe auf, ebenso langsam. Ein, zwei Blicke, dann verschwinden zwei von ihnen im Gewühl, die beiden anderen nehmen die Rolltreppe zur U 3. Markus ist unschlüssig, was er tun soll. An der marmorverkleideten Wand vor der Bank steht der Kleine wie angeklebt, sein Board unterm Arm, und wühlt in seinem Rucksack. Er schnieft und schaut immer wieder auf – gehetzt, rührt sich aber nicht von der

Stelle. Dann trifft sein Blick Markus. Da schluchzt er laut auf, beginnt hemmungslos zu heulen. Markus löst sich endlich aus seiner Erstarrung, dreht sich um und rennt Richtung U-Bahn.

Auf der Treppe vor ihm Gerangel inmitten der Passanten. Alex' Freunde haben einen Gleichaltrigen in ihrer Mitte, der sich kurz heftig wehrt, plötzlich ganz still wird und unversehens ein, zwei Passanten zur Seite stößt, losrennt, die Treppe runter, zweimal stolpert und, ohne sich noch einmal umzudrehen, in der Menge verschwindet. Die Großen grinsen einander an, schauen sich kurz um, wie gelangweilt, und obwohl Markus versucht, hinter einer dicken Frau mit Hut in Deckung zu gehen, haben sie ihn gesehen und warten vorne beim U-Bahn-Abgang auf ihn.

»Hey, Weichei. Hast du gesehen?« Der Dünne hat hohe Backenknochen und ganz schmale Augen. Er war heute zum ersten Mal dabei. Zumindest hat Markus ihn noch nie zuvor gesehen. Er spuckt aus, zündet sich eine Zigarette an, sein Feuerzeug klickt, er scheint unter Strom zu stehen, tänzelt, wippt, lässt seinen Blick unentwegt über die Passanten schweifen.

»Warum der gelaufen ist?« Der zweite Typ, den alle Grisu nennen, ist kleiner als Markus, schaut aus wie ein gestylter Engel in Puma-Klamotten und lacht sich halb tot. »Wir haben einfach die besseren Argumente.«

Markus sieht ein Messer aufblitzen.

»Glaub mir, der packt sein Leben nimmer, der Typ, der scheißt sich an, der will nicht mehr dran denken, der hat schon vergessen, alles vergessen, Handy vergessen, vergessen, wie wir aussehen, was?« Er stößt den anderen an, hat aber nicht die Resonanz, die er sich wünscht. »Der scheißt sich an. Der macht sich nass. Wie du, Markus, hä?«

Sein Gesicht ist keine Handbreit von Markus' Nase

entfernt. Sie starren einander an. Dann führt der Gegner einen Schlag gegen Markus' Brust, aus kurzer Distanz, und Markus knickt ein.

»Du hast nichts gesehen, Weichei. Nichts.«

Noch ein Blick aus schmalen Augen, und dann wenden sie sich ab. Der große Dunkle, immer noch unter Spannung, leicht tänzelnd wie ein Boxer, rempelt weiter vorne einen Mann an, brüllt ihn an, und dann lachen sie beide, der Engel auch, und sprinten los.

Julia ist müde. Es läuft nicht gut. Irgendwie kommt ihr alles wie eine einzige Wiederholung vor. Band anhalten, zurückspulen – und wieder laufen die gleichen Szenen ab. Jedes Mal. Nur der zweite Hauptdarsteller wechselt. Vier gab es, genau genommen. Sie hat viel Zeit beim Putzen. Stundenlang schaut sie sich Szene für Szene noch einmal an.

Der Mann musste sie tagelang beobachtet haben. Sie kam gegen fünf, schloss die Büros auf und begann mit der Arbeit. Hin und wieder war Herr Pucher noch im Haus, der gerne abends über seinen Akten saß, weil er da in Ruhe arbeiten konnte, und beim ersten Mal waren sie beide gleichermaßen erschrocken, als sie an einer Ecke gegeneinanderprallten. Seitdem machte sie sofort überall Licht, bevor sie sich in der Garderobe hinter einem Wandschirm umzog und die Putzutensilien holte. Sie wischte die Oberflächen und versorgte die Blumen in den Büros und im Gemeinschaftsraum, schrubbte dann die Klos und Waschräume und startete schließlich, wenn Herr Pucher seine Unterlagen versperrt und sein Büro verlassen hatte, den Staubsauger. Während sie später die Böden feucht wischte, klingelt da und dort ein Telefon. Sie rauchte eine Zigarette, während die Böden trockneten, und ging dann noch einmal durch die Räume, kontrollierte, ob sie nichts übersehen hatte.

Einmal sah sie den Mann im gegenüberliegenden Trakt am Fenster stehen, beide Hände auf die Scheibe gelegt. Er starrte angestrengt nach unten, fing dann ihren Blick auf, grinste und winkte ihr zu. Er sah irgendwie zerstrubbelt aus, als hätte er sich die Haare gerauft oder wäre grade aufgestanden. Meistens war der Raum dunkel, aber in einem der dahinter liegenden wurde noch gearbeitet. Einmal sah sie ein knutschendes Pärchen im Lichtschein einer halb geöffneten Tür, ein anderes Mal, als sie später dran war, eine Kollegin in Höchstgeschwindigkeit die Arbeitsplätze wischen. Die verrückte ein paar Ordner auf den Schreibtischen, fuhr zerstreut über ein paar Telefone, musterte erst das Putztuch, dann genauer ihre Nägel, zündete sich schließlich eine Zigarette an und telefonierte lange von einem der Apparate nahe dem Fenster.

Hin und wieder vermeinte Julia eine Gestalt im Dunkel stehen zu sehen. Dennoch fühlte sie sich sicher. Sie traf ihn im Stiegenhaus, Tage später. »Sind Sie das, da im Dunkeln?«, fragte sie forsch, nun doch ein bisschen unbehaglich, und er errötete tatsächlich leicht.

»Ich hab Ihnen zugesehen, ja. Schlimm?« Er gewann seine Lässigkeit wieder.

Julia schüttelte den Kopf. Der sah nett aus, völlig ungefährlich, ein großer Junge mit breitem Grinsen. Sie kann sich an ihr weiteres Gespräch nicht mehr erinnern, aber an ein anderes, in dem er sie mehrfach zum Lachen brachte, und einmal gestand er ihr, er habe ihr aufgelauert, um sie wiederzusehen. Sie standen lange im Stiegenhaus. Er brachte sie wieder zum Lachen. Später gingen sie in ein Lokal.

Damals hätte sie geschworen, es sei einfach so gekommen, ohne jedes Zutun von ihrer Seite. Sie war nur dagesessen, inmitten von Musik und Stimmengewirr, und hatte ab und zu einen Schluck getrunken, ihm zugehört, wie er erzählte, lachte, ein bisschen angab und ganz offen um sie warb. Sie hatte fast vergessen, wie schön das war. Er neigte sich zu ihr, streifte mit seinem Mund ihre Wange, ganz sanft, wie zufällig, und sie fand es unglaublich, ganz unglaublich, fühlte sich lebendig, fühlte Gänsehaut aufsteigen und die Lust, ihn zu küssen, während er etwas in ihr Ohr murmelte, das sie nicht verstand. Sie wandte sich ihm zu und zog die Brauen hoch. Er lachte. Sein Mund war ganz nah. Braune Augen mit hellen Einsprengseln. Der Bass dröhnte in ihrem Blut. Sie sog an der Zigarette, hielt sich daran fest, inhalierte tief. Er ist noch ein Kind, sagte sie sich, während das Kind ihre Hand hielt und an ihrem Ohr schnupperte und ihren Nacken küsste, sehr feucht, und tausend Schauer ihren Rücken hinunterrieselten und sie bleiben wollte und an nichts denken.

Er drängte zum Aufbruch. Sie wollte die Zeit anhalten. Sie saßen nebeneinander, ganz eng, die halbe Nacht, bis das Lokal fast leer war. Julia spürte den Alkohol, leicht nur, aber das war es nicht, weswegen sie ihn mitnahm, zum ersten Mal, nach Hause, in ihre Wohnung, gegen alle Vernunft.

Sie erkannte sich nicht wieder. So war es noch nie gewesen. Kein bisschen Vertrautheit, alles war neu. Sie war plötzlich scheu wie beim ersten Mal. Im Spiegel sah sie ihre Augen, erschrocken, und einen wundgeküssten Mund. Sie verhedderte sich in ihrem Pullover, war aufgeregt, kämpfte mit seinem Reißverschluss. Er half ihr, schlüpfte aus den Jeans, drehte sich zu ihr um, schubste sie aufs Bett und warf sich neben sie. Der Lattenrost ächzte. »Jetzt hilft kein Jammern.« Er lachte. Dann schaute er sie aufmerksam an und begann langsam ihre Konturen nachzuzeichnen. Er war verspielt, ließ sich Zeit, ließ ihr Zeit, wusste aber genau, was er wollte. Sie hörte sich keuchen, schreien, spürte seinen

Mund, sein Zunge, seine Finger. Sie fasste in sein Haar. Er sah zwischen ihren Beinen hoch und grinste sie an. Dann tauchte er wieder ab. Sie ließ sich fallen, spannte sich an, bebte, bebte, und dann – Feuerwerk. Jetzt war er in ihr, über ihr, ließ von ihr ab und rollte unter ihr weg. Sie balgten miteinander, und nun saß sie auf ihm und schaukelte sie beide zum Höhepunkt.

Später lag sie neben ihm im Dunkeln, schmiegte sich an seinen Rücken, und er drehte sich um und zog sie im Schlaf an sich, ganz selbstverständlich. Sie blieb wach, bis es hell wurde, und sie machten es noch einmal, kurz und heftig diesmal. Er biss sie leicht in die Schulter, setzte einen Kuss darauf und zog mit dem Zeigefinger ihre Narbe nach. »Du bist sehr schön, weißt du. Deine Augen, Julia. Und dein Mund, wenn du kommst.«

Julia sieht sich mit ihm über eine Wiese laufen. Wie im Film. Es ist Frühsommer und ihre Beine sind noch ganz hell. Es duftet nach frisch gemähtem Gras. Bienen summen im Klee. Sie sitzen an der alten Donau, beim Birner, ganz nah am Wasser. Es ist Sommer, sie blinzelt ins Helle und ihr Gesicht spannt von zu viel Sonne. Sie essen Fisch. Er kann gut erzählen, und sie hört ihm zu, das Kinn auf beide Hände gestützt. Er greift ihr ins Haar:

»Warum lässt du die Haare nicht wachsen, Julia?«

»Das ist vorbei.«

Sie schüttelt den Kopf und schaut in den Sonnenuntergang. Sie ist mit einem Mal weit weg. Mücken tanzen über dem Wasser.

Als sie zur Straße hinaufgehen, all die Stufen, legt er seinen Arm um ihre Schultern und zieht sie an sich. Sie lächelt ihm zu und vergräbt ihre Nase in seiner Halsbeuge.

Sie sahen einander wieder. Sie sah sie alle wieder, bis auf einen, der nicht mehr anrief nach der ersten Nacht. Und mit der Zeit wurde es vertrauter und sanfter. Es war schön, aber sie wurde schnell ungeduldig, benahm sich zickig und schämte sich dafür. Sie hatte es doch gut, endlich gut. Es waren kleine Dinge, die Julia nervös machten.

Sie wurde wach und hörte ihren Liebhaber in der Küche hantieren. Sie hatten nur zweimal miteinander gefrühstückt, aber er fand sich ohne Weiteres zurecht und bewegte sich sehr selbstverständlich in ihrer Wohnung. Und brachte ihr das Frühstück ans Bett. Die Frage des Zweiten nach einem gemeinsamen Urlaub ließ sie plötzlich auf Distanz gehen. Bis dahin war alles gut gewesen. Und einmal lag sie nachts da, jäh aus einem Traum erwacht, weil in der Wohnung über ihr etwas zu Boden gefallen war, und ließ sein Haar durch ihre Finger gleiten und sah ihm beim Schlafen zu und hörte ihn seufzen. Er hatte die Lippen aufgeworfen und sah aus wie ein schmollendes Kind. Sie stand auf und stellte sich ans Fenster. Rauchte. Die Straße war ganz still. Im Hintergrund hörte sie seinen regelmäßigen Atem und fühlte sich sehr allein. Der Traum ging ihr nach: Sie war mit einem Fahrrad eine breite Straße entlanggefahren. Sie trug nur ein weites weißes Hemd und trat heftig in die Pedale. Ihre Beine schmerzten. Vor sich ihr eigener Schatten – immer ein paar Schritte voraus, wie ein verspielter junger Hund. Sie strampelte und strampelte. Sie musste ihn erreichen, ihn fangen. Der Schatten aber blieb, sosehr sie sich mühte, immer ein Stück vor ihr. Sie holte ihn nicht ein.

Zwischen Julia und der Lehrerin entwickelte sich bald eine Freundschaft, sehr zum Missfallen von Herrn Pöhz.

»Was finden Sie denn an der?«, fragte er Daniela ganz aufgeregt und gestikulierte wild. »Die ist doch unter Ihrem

Niveau, Frau Daniela, ein Flittchen ist das, und ein ausgekochtes Luder. Kaum war der Mann aus dem Haus ...« Er wurde laut. Wieder erinnerte er sich daran, wie sie ihn angefahren hatte, damals, mitten in der Nacht. Er schnappte nach Luft. »Frau Daniela! Das ist doch kein Umgang für Sie.«

»Herr Pöhz«, Daniela sah ihn plötzlich sehr kühl an, »ich mag die Julia. Ich mag sie sehr. Und ich werde es nicht dulden, dass man schlecht von ihr redet.«

»Aber, ich ... Sie kennen sie nicht, sie hat doch ...« Herr Pöhz kam ins Stocken. »Ein Flittchen ist das, die Julia«, schnaufte er noch einmal. »Schauen Sie sich die Romeos an, einer jünger als der andere. Buben! Glauben Sie, ich bin blind? Und taub am Ende? Kaum war der Mann aus dem Haus...« Daniela versuchte ihn zu unterbrechen, aber Pöhz hatte sich in Rage geredet. »Wenn sie heimkommt in der Früh, wenn ordentliche Leute aufstehen, weil sie arbeiten müssen«, Pöhz rang nach Luft, »mit einem von den Buben – das müssen Sie hören. Das ist eine Schande. Wir sind ja kein Puff. Wenn sie schreit. Und keucht. Und die Buben auch. Und der eigene Sohn in derselben Wohnung, ich bitte Sie, das ist doch kein Vorbild, das ist doch keine Mutter, das ...«

Da fuhr Daniela dazwischen. Sie unterbrach ihn barsch. »Herr Pöhz, das interessiert mich nicht, der Tratsch. Ich mag die Julia. Passen Sie auf, was Sie reden. Ich meine das ernst.« Sie holte tief Luft. Der alte Mann schaute sie erschrocken an. »Sie wissen, dass ich Sie schätze, Herr Pöhz«, begann sie wieder, nun etwas ruhiger. »Umso mehr erwarte ich mir gerade von Ihnen, dass Sie über meine Freundin nicht schlecht reden.« Sie wirkte plötzlich sehr kühl.

Pöhz erschrak. Meine Freundin, hatte sie gesagt. Er nickte resigniert. Dass ich Sie schätze, hatte sie gesagt. Und immer freundlich war sie, jedes Mal blieb sie stehen, wenn sie ihm begegnete. Das tat sonst keiner im Haus. Sie respektierte ihn, sie hörte ihm zu. Und was war denn dabei, wenn er …? Wenn sie meinte. Er hatte sie ja nur warnen wollen. Er nickte noch einmal. »Ja«, sagte er. »Ja, Frau Daniela, Sie werden schon wissen, was Sie tun.«

Daniela lächelte ihn an. Es kam ihm weniger herzlich vor als zuletzt. »Gut, Herr Pöhz. Das freut mich. Ich muss weiter. Einen schönen Tag.«

Kühl, ja. Er war erschrocken. Sie wandte sich zum Gehen. Ob sie ihm jetzt böse war? Er rang mit sich. »Frau Daniela?«

»Ja?«

»Nichts«, sagte er. Ihn hatte der Mut verlassen. »Sie können sich auf mich verlassen. Ja.«

Sie lächelte.

Daniela liebt ihn, aber seine Klamotten sind eine Katastrophe. Die Jeans, er trägt nur Jeans, sind abgetragen und haben durchwegs durchgescheuerte Taschen. Ein Mann Mitte dreißig sollte sich langsam von seinem Lieblingspullover, den er mit zwanzig schon getragen hat, trennen. Manfred versteht nicht, warum Daniela zunehmend gereizt reagiert, wenn er ihn anzieht, fügt sich aber schließlich. Sie gehen einkaufen. Am Samstag. Es ist heiß. Er hasst das. Das Gedränge. Das An- und Ausziehen, stundenlang. Die Enge der Kabine, die ihn zum Schwitzen bringt. Die Berge von Klamotten, die ihm Daniela immer wieder zur Anprobe reicht. Er weigert sich, auch noch aus der Kabine zu treten und sich wie ein Affe vor dem Spiegel zu drehen, sich begutachten zu lassen. Er ist froh, als sie sich endlich mit ihren Einkäufen in eine der Schlangen vor den Kassen einreihen.

Daniela stellt sich auf die Zehenspitzen und reckt sich zu ihm hoch. Sie erreicht mit Mühe seinen Mund und packt einen Kuss drauf. »Du bist ganz erhitzt. Wir haben's gleich.«

Er knurrt.

»Hey«, sie knufft ihn in die Seite, »schaut gut aus, was wir gekauft haben, du wirst sehen.« Sie strahlt ihn an.

Er will raus, endlich raus. Er merkt eine leichte Gereiztheit aufsteigen. Warum zum Teufel geht das jedes Mal wieder los, unweigerlich, sobald man einige Monate zusammen ist? Selbst eine Frau wie Daniela, bestimmt kein Modepüppchen, fängt an, an seiner Kleidung herumzumäkeln. Er ist weder ungepflegt, noch trägt er grelle Farben, ganz im Gegenteil, und trotzdem ist über kurz oder lang klar: Entweder sie gehen einkaufen oder es gibt laufend spitze Bemerkungen oder genervte Blicke, wenn sie miteinander unterwegs sind. Also ergibt er sich. Auch diesmal wieder.

Manfred hat das Auto stehen lassen. Ein Fehler. In der U-Bahn drängen sich die Massen. Er versteht nicht, wie man das täglich auf sich nehmen kann. Ein Seitenblick auf Daniela, die ganz vergnügt um sich schaut und schließlich zu ihm hoch. Sie fasst wieder nach seiner Hand und schmiegt sich an ihn. Die U-Bahn fährt mit einem Ruck an. Manfred hat den Ellbogen eines dicken Mannes in der Seite. Sein Gegenüber, ein schlaksiger Kerl mit schütterem hellbraunem Haar, frisst mit großem Behagen ein Kebab. Salat und Tomaten lösen sich aus dem Ganzen und fallen zu Boden. Ein gefährlich aussehender brauner Hund schnüffelt zwischen seinen Beinen. Er hält den Atem an. Der Hund wendet sich ab. Knoblauchgeruch breitet sich aus. »Gestatten?« Er schnappt Daniela, bahnt sich den Weg durch die Menge und zerrt sie förmlich hinter sich her aus dem Waggon. Menschen strömen vorbei. Auf einer seiner Tragtaschen klebt etwas Salat.

Daniela schaut ihn verständnislos an. »Was ...?«

»Ich muss da raus, bitte. Ich halt das nicht aus. Daniela …« Sie nehmen den nächsten Aufgang.

»Hallo, Markus.« Julias Sohn schaut verwirrt auf. Er scheint es eilig zu haben.

»Äh, Tag.« Er verschwindet im Gewühl.

Daniela weiß, wann es an der Zeit ist zu schweigen. Manfred ist angespannt und mehr als gereizt. Sie biegen in die nächste Seitengasse ein. »Rani?«, fragt sie. »Ich lad dich ein.«

Beim Essen entspannt er sich langsam. Er schaut sie lange an, dann beugt er sich über den Tisch, küsst ihre Wange, schnüffelt sich zum Ohr vor. Sie kriegt Gänsehaut. Es kitzelt. »Mach das nie wieder mit mir, nie wieder. Das nächste Mal laufe ich nämlich Amok.«

Sie dreht ihm ihr Gesicht zu. Er hat die dunklen Brauen eng zusammengezogen, schiebt das Kinn vor und schaut finster und bedrohlich. »Ich kille sie alle. Alle. Und zuletzt dich.« Er beißt sie sanft in den Hals. »So!« Daniela quietscht laut auf. Das Paar am Nachbartisch dreht sich um. Manfred grinst breit. Verdammt, sie mag ihn. Die Art, wie er spielerisch schwierige Situationen entspannt. Sie mag ihn sehr.

Wagner ist so. Um halb zehn, sagt Wagner, bin ich da. Du kannst dich drauf verlassen, Markus. Und da steh ich dann, wie ein Trottel – und weit und breit kein Wagner. Im Stiegenhaus surrt eine einzelne Fliege und knallt mit nervtötender Beharrlichkeit an die immer gleiche Scheibe. Irgendwo geht eine Tür, aber keiner kommt, und ich trete gegen die Wand, immer wieder. Das beruhigt mich ein bisschen. Ich verteile den abgeblätterten Putz auf einer genau abgezirkelten Fläche.

Die Bewegung ist kaum wahrnehmbar – aber ihr Blick:

Flash. Das ist die Neue aus dem ersten Stock. Richtige Frau, kein Mädchen. Sie lächelt mich an. Ich werde ein bisschen rot und lass mir also die Haare ins Gesicht fallen und murmle was von »war noch nicht da«, als sie sich an den Postkästen zu schaffen macht. »Sag mal«, sagt sie, grinst breit und starrt mir auf die Hose ... und mit einem Mal ist mir der Aufnäher irgendwie peinlich. Und so. In dem Moment kommt Wagner. Schwungvoll: »Moageeeen!« Ich hasse ihn. Wagner, große Klappe, quatscht sie gleich voll und nennt mich Kleiner, aber da sehe ich, dass sie mir zuzwinkert. Eins zu null für mich, Wagner.

Wagner hatte nicht renoviert damals. Wagner war einfach eingezogen in die Wohnung, aus der einer herausgestorben war. Er hatte seine Möbel hineingestellt – und aus. Er und Herr Pöhz teilten das Gangklo, und ein Vergnügen war das nicht.

»Aus dem Weg da, zum Teufel«, war das Erste, was Wagner von seinem neuen Nachbarn zu hören bekam, als er seinen Fernseher Richtung Wohnung schleppte. Wagner hatte noch einige Möbel vor der Tür stehen, aber der Alte tat, als hätte er ihn buchstäblich eingemauert und ihm nur ein kleines Schlupfloch offen gelassen. Er war rot im Gesicht, schnaufte wie eine Dampflok und begann sofort, Wagner zu instruieren, was dieser hier im Haus gefälligst zu unterlassen habe. Impertinent. Sofort entbrannte ein heftiger Streit. Wagner spuckte ihm schließlich vor die Füße, drehte sich um und ging. Seitdem waren sie verfeindet. Man redete kein Wort mehr miteinander.

Wagner störte das nicht im Geringsten, bis der Pöhz das erste Mal, an einem Sonntagnachmittag, seinen Musikgeschmack offenbarte. Wagner lag in Trainingshose und T-Shirt im Bett und schaute sich ein Magazin an. Im Hintergrund lief der Fernseher, den Ton hatte er leiser gedreht. Er schaute auf den Bildschirm, ließ sich von ein paar Sequenzen fesseln, nahm dann einen Schluck Bier aus der Flasche und sah sich im Zimmer um. Schön hatte er es. Die dicken Vorhänge hielten die Welt draußen. In der Ecke brannte eine Lavalampe. Die Möbel, die im hellen Tageslicht schäbig gewirkt hatten – Sperrmüll, Gerümpel, Glumpert, hatte Pöhz gegiftet –, wirkten in diesem Licht ganz in Ordnung: die ausziehbare Doppelbettbank aus braunem Cordsamt. Eine Mahagoniwohnwand, alt, aber noch gut. Eine Ecksitzbank mit einem runden Tisch und ein Schrank, in dem er seine Magazine und Videos aufbewahrte. Die Anlage. Alles, was er brauchte. Wagner streckte sich behaglich.

Er wurde jäh aus seinen Betrachtungen gerissen. Von links erklang der »Schneewalzer«, einmal, zweimal, dreimal. Laut. Penetrant. Rücksichtslos. Wagner schnaubte. Es war zum Verrücktwerden. Sang der alte Depp am Ende sogar dazu? Es klang danach. Wagner klopfte energisch an die Wand. Pause. Er knirschte mit den Zähnen, hämmerte nun mit geballter Faust dagegen, sah den alten Pöhz förmlich dastehen, den Kopf vorgereckt, wie ein gerupftes Huhn, lauschend. Kurz danach ging es wieder los: Schneewalzer. Wagner schrie auf, begutachtete seine Knöchel. Blut! Er inspizierte die Wand. Ein kleiner Nagel stand ein Stück vor. Pöhz tanzte den Schneewalzer, unvermindert laut. Wagner sprang auf, fuhr in die Schlapfen, stürzte durch die Tür. Die blutige Hand auf der Klingel, schoss ihm ein: Ich rede ja nicht mit dem Trottel! Er machte kehrt. Nebenan klappte die Tür. Pöhz fuhr aus seiner Wohnung und tobte. Wagner nahm grinsend sein Auge vom Türspion und legte sich erneut ins Bett, nachdem er den Fernseher ganz laut gestellt hatte. Er schaltete um zur Formel 1 und ließ die Motoren aufheulen.

Sein Nachbar linker Hand war deutlich angenehmer. Er wirkte zurückhaltend, fast ein bisschen scheu.

»Sedlak, Herbert Sedlak.« Wagner sah zu dem großen stämmigen Mann auf und ergriff eine gut gepolsterte schwitzige Hand. »Wenn Sie etwas brauchen sollten …« Er lächelte freundlich. »Man muss ja zusammenhelfen.«

Mit diesem Nachbarn hatte Wagner jedenfalls definitiv Glück gehabt. Herbert Sedlak, Beamter in einer Registratur – welches Amt, hatte Wagner vergessen –, war in jeder Hinsicht angenehm. Er schien zu den Alteingesessenen zu gehören, war aber mit niemandem besonders vertraulich oder vertraut. Man begegnete einander hin und wieder am Gang, grüßte, wechselte ein paar Worte, nichts von Belang, und ging seiner Wege. Der Ältere zeigte sich weder besonders kontaktfreudig noch neugierig, was Wagner schätzte. Eine Frau schien es nicht zu geben, aber die hatte Wagner ja auch nicht, und im Übrigen war ihm das Privatleben seiner Nachbarn ziemlich egal. Da unterschied er sich definitiv von den meisten anderen. Und jedenfalls von Herrn Pöhz. Nur einmal hatte Sedlak bei ihm angeklopft und ihn um Hilfe gebeten, damals, als die Hausbesorgerin renoviert hat. Diesem Umstand verdankt Wagner die Bekanntschaft mit Julias Sohn. Seitdem lässt Wagner auf den Sedlak nichts kommen.

Es hat sich einfach so ergeben: Wenn wir einander begegnen, bleibt sie stehen und sagt was. Ich hänge viel im Haus herum. Und vor dem Haus. Sie kommt und geht zu den unmöglichsten Zeiten. Ich versuche im Wesentlichen cool zu wirken. Ich hab mir neue Klamotten gekauft, obwohl Mama meint, meine alten seien noch ganz in Ordnung. Zu eng, sage ich und drücke die Brust raus, und dann rückt sie die Kohle raus, wohl auch, weil sie ein schlechtes Gewissen hat. Wegen dem neuen Lover. Bei dem verbringt sie nämlich derzeit die meisten Abende. Der Neue hat scheint's eine geräumige Wohnung und keine Angst vor Nähe. Es ist der dritte Haltbarere in Serie. Dazwischen gab's ein paar Eintagsfliegen. Sozusagen. Mam ist knapp vierzig, und die Knaben sind um die dreißig. Oder knapp drunter. Adidas-Jacke oder Puma, Seitenscheitel, Unfrisur, iPod (okay, den würde ich auch nehmen), Thekensteher, Raucher, ungefickt, vermutlich Dreißigerkrise oder so was. Ich hab mir angewöhnt, möglichst gelangweilt dreinzuschauen, wenn sie den Nächsten anschleppt, und auf ihre Anbiederungsversuche nicht einzugehen. Insgesamt sind sie ganz in Ordnung, denke ich. Meine Mam auch. Bloß ist sie meine Mutter und sollte sich auch so benehmen. Denke ich.

Die Lady hat moosgrüne Augen und immer enge T-Shirts an. Ich bemühe mich, meinen Blick nicht unter ihr Kinn abfallen zu lassen. Grinse sie an und wundere mich, dass mir das passiert. Wirklich schlaue Sachen fallen mir meistens nicht ein, aber das scheint ihr nichts auszumachen. Sie geht auf die Knie, streichelt den Moppel, der sich sofort wie eine Sau an ihr reibt, tätschelt und krault ihn und nennt ihn einen guten Hund. Und so übel ist er ja auch eigentlich nicht, abgesehen davon, dass er ständig furzt und viel zu fett ist. Und jetzt tatsächlich grunzt vor Wohlbehagen.

Aus Marie Bergers Eckwohnung im zweiten Stock, die mittlerweile einem Dschungel gleicht und ihn gießtechnisch eine gute Stunde beschäftigt, sieht Markus, wenn er im Schlafzimmer ganz nah am Fenster steht, in Monas Schlafzimmer; freilich auch in das der Hausbesitzerin, was ihn aber kein bisschen interessiert. Erwischen lassen möchte er sich aber auch nicht, wie er aus dem Fenster starrt in der Hoffnung, Mona sozusagen privat zu sehen. Gut, dass vor dem Fenster eine große Zimmerlinde steht, die ihn etwas tarnt.

Markus schleppt Kanne um Kanne. Die Vorräte an abgestandenem Wasser sind längst aufgebraucht. Die Pflanzen schlucken, als müssten sie sich auf eine lange Dürreperiode vorbereiten, aber Markus kommt mittlerweile ohnehin jeden Tag, sicherheitshalber, auch wenn Frau Berger, wie diesmal, nur ein Wochenende lang weg ist. Den Frauenhaarfarn hat er in eine Glasschüssel voller Wasser gepackt. Die Dinger sind höllisch empfindlich, und ein Unfall wie damals passiert ihm sicher nie wieder. Frau Berger hat ihn tatsächlich gelobt und nichts gemerkt, und er hat seitdem ein fixes Einkommen. Auch Tipp zwei von Wagner war hilfreich: auf jeden Fall alle gelben oder verdorrten Blätter abzupfen und verschwinden lassen. Schaut immer gepflegt aus. Erstaunlich, findet Markus, wo der doch auf eine gepflegte Umgebung nicht gerade viel Wert zu legen scheint und selber nicht einmal Plastikblumen in der Wohnung hat. »Aber Köpfchen«, sagt Wagner. »Köpfchen hab ich. Definitiv.«

Markus blättert in Frau Bergers Büchern. Sie liest seltsame Sachen, Esoterik, Lebenshilferatgeber, wirkt aber völlig normal: lange braune Haare, ein bisschen rundlich, Jeans und Pullover. Keine, die auffällt, aber auch nicht hässlich. Naturbelassen, irgendwie. In ihrem Schlafzimmer hängt ein Traumfänger. Und als sie eingezogen ist, hat sie zum Entsetzen der Hausbesitzerin die Wohnung ausgeräuchert. Das war noch lange Thema im Haus.

Unter ihm schießt ein Rollo hoch. Markus zuckt erschrocken zurück. Mona steht vor ihrem völlig zerwühlten Bett, in dem auch zerknüllte Jeans liegen. Sie ist nackt, schaut sich im Zimmer um, bückt sich – ihm wird heiß – und wühlt irgendwo ein weißes T-Shirt hervor, das sie sich überzieht. Sie bleibt untenrum nackt. Anders als die Frauen in der

Peepshow trägt sie ein kurz geschorenes schwarzes Pelzchen. Markus saugt die Luft ein und beißt sich auf die Lippen. Wahnsinn! Aus dem Augenwinkel nimmt er eine Bewegung wahr. Er fährt zurück. Direkt gegenüber starren ihn vom Fensterbrett die beiden Katzen an, unbeweglich. Bestien.

Mona ist mittlerweile aus seinem Blickfeld verschwunden. Er weiß ungefähr, wie ihre Wohnung geschnitten ist. Vermutlich steht sie jetzt in der Küche, die sie sowohl vom Schlafzimmer als auch vom Wohnzimmer aus erreichen kann, und trinkt Kaffee aus ihrer großen braunen Tasse. Ohne Kaffee, sagt Mona, geht morgens gar nichts. Mona braucht eine ewig lange Anlaufzeit, hat sie ihm erzählt. Bis sie fit ist für den Tag. Im Augenblick sind Ferien, da kann sie ausschlafen. Da arbeitet sie fast jeden Abend in dem Lokal, hat aber die Tage für sich, bis die Uni wieder losgeht. Es ist verdammt schwer, sie zufällig zu treffen, weil er bisher noch keine Regelmäßigkeit in ihrem Tagesablauf herausgefunden hat.

Markus klingelt bei Frau Novak und nimmt den Moppel in Empfang. Der Hund wedelt begeistert. Er wird immer runder, findet Markus. Und offenbar senil, denkt er, wenn er mich dermaßen entzückt anstarrt. Der Hund nimmt langsam Stufe um Stufe. Sein Bauch streift die Kanten. Markus kann sich nicht dazu durchringen, ihn auf den Arm zu nehmen und über die Stiege zu tragen. Im Hausflur ist niemand. Er parkt den Hund im Rinnstein unweit des Hauses und bezieht seinen Posten. Der Moppel nimmt einen höchst konzentrierten Gesichtsausdruck an, er krümmt und windet sich. Er furzt. Ein vorwurfsvoller Blick zu Markus hoch. Unglaublich, der Hund. Der zweite Anlauf scheint erfolgreicher. Wastls Gesichtszüge entspannen sich zusehends. Schließlich rutscht er mit dem Hinterteil ein Stück den Boden entlang, steht auf und ruckelt an der Leine.

»Markus!«

Sie ist es. Sie schaut schlecht aus. Also im Gesicht. Müde und bleich, dunkle Ringe unter den Augen. Ansonsten topp wie immer. Das weiße hat sie gegen ein enges knallgrünes Shirt mit breit grinsendem Frosch drauf getauscht. »Verkatert«, sagt sie, »und erst um sechs ins Bett. Hab aber einen Termin. Schlechte Planung. Tja.« Markus nickt. Er hat ganz feuchte Hände. Und starrt ihr in die Augen. »Sag, weißt du, wer da einzieht neben mir?«

Markus weiß gar nichts, wird aber seine Mutter fragen. »Ich sag dir dann Bescheid.« Mona nickt.

Markus zerrt den Hund lustlos hinter sich her, setzt sich auf eine Bank im Park, schlurft ein paar Schritte weiter und lässt sich im Schatten nieder. Der Moppel beschnüffelt ausführlich ein rosa Kondom. Markus zerrt ihn zurück. »Aus. Aus jetzt.« Der Hund schaut demonstrativ in die Gegenrichtung und interessiert sich jetzt für ein zusammengeknülltes Papier. Der Park ist völlig versaut, denkt Markus. Bei den Schaukeln sitzen ein paar größere Kinder und rauchen. Im Käfig ist niemand. Hinter ihm kickt jemand eine Dose vor sich her. Das Geräusch kommt näher.

»Maks«, grüßt Alex und lässt sich neben ihm auf die Bank fallen. Er streckt die Beine weit von sich und stupst den Hund an. »Geht's?«

»Hm. Geht so.«

»Cooler Hund«, grinst Alex, deutet mit dem Kinn auf den Moppel und stößt Markus in die Seite.

Der schaut genervt auf. Der Hund nähert sich gerade wie beiläufig erneut dem Gummi.

»Bisschen fixiert, hä, wie es scheint.« Alex hört nicht auf.

»Aus, Wastl! Aus, sag ich.« Der Hund lässt sich fallen und streckt alle viere von sich.

»Eins a Stunt«, ätzt Alex.

»Hey, komm.« Markus ist zunehmend genervt.

Sie schweigen. Alex fingert in seiner Jackentasche nach Zigaretten, steckt sich eine an und hält Markus die Packung hin. »Auch eine?« Markus schüttelt den Kopf. Er raucht selten. Eigentlich nur, wenn sie abends unterwegs sind. Oder bei Wagner. »Die Sau hat mich ausgegriffen«, fängt Alex plötzlich an zu erzählen. Er nimmt einen tiefen Zug und muss husten.

Markus versteht nicht. »Wer jetzt?«

»Der Wagner«, erklärt Alex und redet sich langsam in Rage. »Stell dir vor: Ich sitz da und schau mir mit dem den Film an. Hat ja eine ganze Menge davon. Hat mir auch schon welche geborgt. Alles ganz chillig. Wir liegen da auf seinem Bett, kannst ja nirgends bequem sitzen sonst, Bier vor uns, du kennst das. Wir unterhalten uns, schauen uns den Porno an, einen zweiten, und dann redet der plötzlich so komisch, macht so Andeutungen, ich Trottel lache mit, und auf einmal hat der seine Hand auf meinem Schwanz. Ich sag dir: ich auf und hab ihm eine geknallt. Bier am Bett, auf meiner Hose, überall. Alles nass – und sein blödes Gesicht. Da hat er sich angeschissen: Alex, Alex, was ist denn? Alles ein Missverständnis und so. Aber echt nicht! Nicht mit mir. Scheißkerl. Macht einen auf Kumpel und geht dir dann an die Wäsche. Ich steh auf Weiber, verstehst. Und dann kommt der und glaubt, für ein bisschen Quatschen und Taschengeld hin und wieder und ein, zwei Bier kann er mich haben. Hat mir einmal sogar seine Wohnung angeboten, wenn ich mit meiner Freundin ins Bett will. Drecksau. Und zuschauen wahrscheinlich! Markus, ich schwör dir, dem verpassen wir auch noch eine Abreibung. Der merkt sich das.«

»Was hast du vor?«, fragt Markus. »Und wer ist *wir*?«

Alex zuckt die Schultern. »Besser, du weißt nicht zu viel«,

sagt er, steht auf und klopft Markus auf die Schulter. »Vergiss es, Maks. Ich wollte dir bloß ... aber – egal.«

Markus schaut ihm nach, wie er langsam über den Platz geht, ein bisschen nach vorn gebeugt. Müde sieht er aus, denkt Markus. Und dünn. Da schaut Alex sich noch einmal um.

Markus hebt die Hand. Dann blickt er auf die Uhr. Nun hat er es plötzlich eilig. Jetzt irgendwann müsste Mona eigentlich zurückkommen. Er zerrt den Hund zu sich und sprintet über den Platz nach Hause. Er hört den Moppel hinter sich keuchen.

Und dann, ein paar Tage später, der Kellereinbruch. Markus war in der Schule und hat nichts davon mitbekommen. Herr Pöhz fährt ihn an, ob ihn die Polizei schon einvernommen habe, und Markus bringt grade noch ein »Wa-warum?« heraus, aber Herr Pöhz hat schon Herrn Sedlak erspäht und schreit ihm aufgeregt entgegen: »Einbruch, Herr Nachbar. Einbruch in unseren Keller. Die Hälfte der Abteile ist offen. Die Polizei war auch schon da. Bitte, bei mir fehlt nichts, aber Sie sollten sicherheitshalber nachschauen.«

Sedlak kommt ihm nicht aus. Herr Pöhz muss reden. »Jetzt sind die Verbrecher schon im Haus. Kein Wunder, wenn die Tür ständig offen ist. Und die Mutter von dem Früchtchen da nie daheim. Da kann ein jeder ein und aus gehen, wie er will. Man muss Angst haben um sein Leben, Herr Sedlak. Angst.«

Markus macht, dass er wegkommt.

Der Einbruch bringt die Leute einander wieder näher. Man hat etwas zu reden. Herr Pöhz steht viel am Gang herum und nicht ungern, wie es scheint, im Mittelpunkt. Er tobt, dass man seines Lebens nicht mehr sicher sei. Die Wawerka sei nicht imstand, die Haustüre geschlossen zu halten. Kein Wunder, wo sie ständig unterwegs ist. »Und mit welchen Nachwuchsganoven ihr Sohn herumzieht, das sollte sie sich auch einmal anschauen.«

Wagner geht an Sedlak und Pöhz vorbei, nickt dem einen zu und ignoriert den anderen. Er findet die Jungs ganz in Ordnung, den einen, mit dem Markus ein paarmal bei ihm war – der hatte seine Magazine zu schätzen gewusst –, sogar schwer in Ordnung. Richtig frecher Typ mit großer Klappe. Einer, der sich nichts pfeift. Und immer Kohle braucht. Nicht so gutaussehend wie Markus, aber auch bei weitem nicht so verklemmt. Es war Zeit, dass der Bub endlich einmal mit richtigen Jungs Umgang hatte, die nicht ständig an Mamas Rockzipfel hingen.

Die Polizei zeigt sich nicht sonderlich engagiert, findet Herr Pöhz. Die Ganoven haben zum Glück bald aufgegeben. Weiter als bis zum fünften Abteil scheinen sie nicht gekommen zu sein. Die zweite Tür, die zum hinteren Teil des Kellers führt, weist keine Einbruchspuren auf. Eine der Jugendbanden aus der Gegend wahrscheinlich, meint der Polizist. Herr Pöhz soll die Augen offen halten. Da üben also die Nachwuchskriminellen schon für später, für die richtig großen Verbrechen: Einbrüche, Raube, Banküberfälle. Den haben sie auch noch nicht, den Maskenmann. Kein Wunder, lasch wie die Exekutive ist. Vier Banken hat der bisher überfallen, freilich nicht in der Gegend, aber – weiß man's, ob man nicht morgen schon selber in den Lauf einer Pistole blickt, wenn man seine Pension abhebt? Herr Pöhz wird die Augen offen halten. Und wie.

Eine knappe Woche später trifft Markus Wagner am Haustor. Der hat ein blaues Auge und den rechten Arm in Gips. Ihm wird siedend heiß. Er starrt Wagner an: »Was …?«

»Ich war betrunken«, sagt Wagner. Er schaut ziemlich mitgenommen aus. »Letzten Samstag. Völlig zu. Bin gestolpert. Über einen Randstein. Die Brieftasche hab ich auch verloren. Kann man nichts machen. Jetzt bin ich eine Weile im Krankenstand, wie's ausschaut.«

»Tut's weh?«, fragt Markus, weil ihm nichts Besseres einfällt. Ihm ist schlecht. »Hast du eine Anzeige gemacht?«

»Anzeige? Wieso? Ich bin ja gefallen.« Wagner ist irritiert.

»Wegen der Brieftasche«, fällt Markus da ein. Er ist ganz rot im Gesicht und scharrt mit den Füßen. Seine hellen, kinnlangen Haare fallen ihm über die Augen. »Deine Brieftasche ist doch weg. Die muss doch jemand …«

Wagner winkt ab. »Kriegt man ja doch nicht wieder. Wozu also? Markus, ich muss dann …«

Mona sitzt seit anderthalb Stunden auf dem unbequemen Sessel, der perfekt in die durchgestylte Praxis passt. Trotz Termins also wieder Warten. Sie hasst das. Sie spürt förmlich, wie die Lochstruktur der Sitzfläche sich durch die dünne Baumwollhose langsam in ihren Hintern und die Oberschenkel prägt. Sie kämpft gegen den Impuls an, einfach aufzustehen, zu gehen und zu hoffen, dass weiter nichts ist. Die Frauen links und rechts von ihr blättern in Zeitschriften oder telefonieren. Einige von ihnen haben dicke Bäuche. Ein werdender Vater – die Frau neben ihm sitzt breitbeinig wie ein Kutscher, die Geburt dürfte unmittelbar bevorstehen – informiert seine Sitznachbarin über die gemeinsame Geburtsvorbereitung. Mona erwartet jeden Moment, dass er zu hecheln beginnt. Das blasse Mädchen mit den abgekauten Nägeln gegenüber schaut grimmig von ihrem dicken Buch auf. Harry Potter, mein Gott! Immerhin in Englisch. Hin und wieder wird eine zur Anmeldetheke gebeten und gibt dort intime Auskünfte über letzte Blutung,

Verkehr, Symptome und dergleichen. Mona merkt, dass sie sich immer mehr verkrampft.

»Wie blöd muss man eigentlich sein, um keinen Gedanken an Verhütung zu verschwenden? Von möglicher Ansteckung will ich gar nicht reden«, hat ihre Schwester ganz zu Recht gesagt. »In deinem Alter?« Sie sieht sich zerknirscht nicken. »Und warum rufst du nicht gleich an? Hm? Oder fährst ins AKH?« Der HIV-Test immerhin war negativ.

Sie weiß, was es ist. Sie lässt sich treiben, die ganze Zeit schon. Keine Pläne, keine Ziele, einfach weitermachen wie die Jahre davor. Ihre Vorlesungen, die Seminare, hin und wieder legt sie eine Prüfung ab. Der Auszug aus der Wohngemeinschaft nach fünf Jahren war immerhin ein Anfang. Und wieder ist sie ohne allen Antrieb für den nächsten Schritt. Dieser verdammte Job bringt ihr ganzes Leben durcheinander. Sie wird langsam zu alt, um nach der Arbeit noch nächtelang durchzumachen, in denen mehr getrunken wird, als allen guttut. Ihr vor allem guttut. David kannte sie lange und gut genug, um völlig sicher zu sein, dass zwischen ihnen nie etwas laufen würde, auch wenn sie weiß, dass er will. Niemals mit Kollegen. Und außerdem ist er ihr zu unmännlich. Ein richtiges Bubi. Aber ein hartnäckiges. Er hat es immer wieder probiert. Und dann lief doch was, Stunden, nachdem alle gegangen waren und es draußen schon hell wurde, und weder er noch sie hatte Lust, sich voneinander zu lösen und nach den Gummis zu suchen. Dann schliefen sie bis zum Nachmittag, frühstückten. Sie verließ seine Wohnung und ging zur Arbeit. Abenddienst, die ganze Woche. Die perfekte Ablenkung. Die Verdrängung funktionierte genau drei Wochen.

»Mach dich nicht verrückt«, hatte ihre Schwester gesagt. Sie saß inmitten des Chaos, das sich in der letzten Zeit angesammelt hatte, auf der hellgrünen Ikeacouch und sah sehr erwachsen aus mit der Brille, die sie seit kurzem trug, strenge schmale Form mit dunkler Fassung. Ihre glatten, hell gesträhnten Haare hatte sie aus dem Gesicht gebunden. Niemand würde uns für Schwestern halten, dachte Mona. Wir sind völlig verschieden. Irma hatte sich vorgebeugt und ihr das Haar gestrubbelt, ruppig aufmunternd. »Arzttermin. Das ist ein Befehl.« Sie hatte gefragt: »Weiß er …?«

»Ist meine Sache. Ich will nichts von ihm.«

Die Jüngere schüttelt den Kopf. »Na gut, du musst selber wissen … Ruf mich an, wenn du dort warst, gut? Dann schauen wir weiter …«

Fehlalarm. Die Ärztin, eine Freundin von Irma, groß, kühl und sehr schlank, spart sich jeden Kommentar. Sie haben über sie geredet, so viel ist klar. Mona kommt sich mit einem Mal vor wie ein kleines Mädchen, das die Erwachsenen nachsichtig behandeln, weil es ohnehin nie auf die Großen hört und immer noch zu schnell rennt und seine Möglichkeiten überschätzt, trotz aller Mahnungen und schlechten Erfahrungen. Und sich also die Knie aufgeschlagen hat. Und wohl wieder nichts dazulernt.

Sie schämt sich plötzlich ein bisschen. Die Ärztin ist kaum älter als sie. Mona schwingt sich vom Untersuchungsstuhl und zieht sich an. Die Freude sickert ganz langsam, als sie wieder auf der Straße steht. Nach und nach entspannt sie sich. Sie geht den ganzen Weg durch die Stadt zu Fuß, durch den gutbürgerlichen Bezirk, durch die Gegend, in der die Häuser niedriger und schäbiger werden, Sechziger-Jahre-Betonbauten dazwischen, und schließlich über den Markt. Entronnen. Entronnen. Entronnen. Die Blumenfrau hat stachelige bunte Strauchrosen in Eimern vor dem Geschäft stehen. Sie kauft einen Armvoll. Eine Dorne reißt ihr den Daumen auf. Sie leckt das Blut ab. Entronnen. Sie strahlt den mürrischen alten Mann an, der im Haus im Erdgeschoss wohnt und immer etwas zu schimpfen und zu nörgeln hat.

Er bleibt stehen und schaut ihr erstaunt nach. Nebenan ist jemand eingezogen. Mona hat ihn einmal kurz gesehen: Interessanter Typ, aber er hat sie kaum angeschaut.

Der Neue hat seine Tür einen Spalt offen. Davor stehen einige Umzugskartons. Sie hebt die Werbesendungen vom Boden auf und sucht nach ihrem Schlüsselbund. Hämmern von nebenan. Der wird sich freuen, wenn er mitkriegt, wie mies die Wände hier sind. Schnell und lieblos renoviert, das Ganze. Schaut auf den ersten Blick aber tadellos aus. Die Böden, immerhin altes Eichenparkett, sind schön.

Von ihrem sieht man nicht viel. Überall liegen ihre Klamotten. Pizzaschachteln dazwischen, Kaffeebecher, Skripten und Bücher. Sie schaufelt das schmutzige Geschirr aus dem Abwaschbecken, füllt Wasser ein und taucht die Rosen. Macht sich einen Kaffee. Sie trinkt ihn schwarz mit viel Zucker.

Mona schlüpft aus der Hose, wirft sie aufs Bett und setzt sich in Slip und Shirt auf das breite Fensterbrett, die Hände um die große Tasse gelegt. An der Feuermauer gegenüber klettert Wilder Wein. Im Herbst wird er in allen Rottönen leuchten. Flammend. Die Hinterhoffassade ist schäbig, blättert ab, hätte einen Anstrich dringend nötig. Am gegenüberliegenden Ende des Ganges, in der Eckwohnung, steht die alte Frau am Fenster und schaut zu ihr her. Mona winkt ihr zu. Ein freundliches Lächeln kommt zurück. Die Omama im Apfelbaum, denkt Mona. Ihr Lieblingsbuch als Kind. So schaut sie aus, genau so. Mona lächelt in ihre Tasse.

Ihr Handy! Der Klingelton ist unglaublich nervig. Sie muss den ändern. Morgen. Sie löst sich vom Fenster und tastet nach dem Telefon. Ihre Schwester.

»Und? Wie war's?«

»Na ja. Ist okay. Also …« Mona wandert mit dem Handy im Wohnzimmer auf und ab. Wie ein Storch steigt sie über das Chaos am Boden, runzelt die Stirn und grinst. Da ist ja ihre Sonnenbrille. Unter einem Haufen Schmutzwäsche schauen die Bügel hervor. Sie zieht sie heraus, hebt sie auf. Unversehrt, zum Glück.

»Verdammt, kannst du nicht in ganzen Sätzen reden?« Irma pfaucht ihr ins Ohr. »Was sagt sie? Bist du schwanger?«

»Nein. Bin ich nicht. Irmi, ich bin soo froh. Ich schwöre dir, nie wieder ... Ich hab ja immer Gummis mit, sicher, aber da, wir waren ...« Und plötzlich sprudelt sie los. Von der einen Nacht. Der einzigen. Den verdammten endlosen drei Wochen Vergessenwollens, vom Test, dem Warten, der Untersuchung. Davon, wie pestig sie zu David war, der von nichts weiß und von nichts wissen muss und nicht kapiert, warum seine Lieblingskollegin plötzlich wie eine Irre Bierkisten schleppt und putzt und ihm aus dem Weg geht und zickt. Nur noch zickt.

Mona sitzt auf der Sofalehne und redet und redet. Sie wickelt sich eine Haarsträhne um den Zeigefinger, zieht sie lang und nagt daran. Irma findet das grauslich, fällt ihr ein, und sie nimmt die Haare aus dem Mund, obwohl Irma sie nicht sieht.

»Mona, ich muss dann«, unterbricht ihre Schwester schließlich, »ich hab Karten ...«, und in dem Moment geht Monas Türklingel.

»Entschuldige, da ist jemand an der Tür, Irmi. Wir hören uns. Und – danke.«

Langsam kommt der Sommer in Gang. Die Tage sind endlos lang. Markus döst oder hört Musik. Er sitzt am Computer, verbringt Stunden in Marie Bergers Wohnung im zweiten Stock. Die ist nach Hause gefahren, wo immer das sein mag. Manchmal geht er raus, meist erst gegen Abend. Frau Novak hat wieder begonnen, hin und wieder selber kleine Runden mit ihrem Hund zu gehen. Markus ist das ganz recht.

Eines Abends sitzen sie im Park, die ganze Partie. Markus bleibt stehen. »Auch wieder da? Einmal nicht schwer beschäftigt?« Markus nickt. Er schaut sich um. Die Kleineren kicken im Käfig. Alex raucht. Er hat dunkle Ringe unter den Augen und ist noch dünner geworden. Sebi starrt ihn aus trägen Augen an. »Weichei!« Er grinst. Er ist völlig dicht.

»Was macht ihr?«

Alex schnieft. »Nichts. Rumhängen. Kohle organisieren. So Sachen.« Er schaut irgendwie krank aus. Und unglücklich. Da ist nichts mehr von cool und entspannt.

»Weichei, schon mal eine Oma gemacht?«, schaltet sich Sebi ein. »Geht ganz einfach. Schubsen, Handtasche wegreißen, Geldtasche plündern. Chillen. Bist du zu feig, was?« Die anderen grinsen.

Alex schaut wütend auf und geht ein paar Schritte mit ihm weiter. Er ist nervös und fahrig. »Alles Scheiße, Markus. Und bei dir?«

Markus zuckt die Schultern. »Geht so.« Sie nicken einander zu.

An der Haustür trifft Markus Frau Novak. Sie zögert kurz, blinzelt in die Sonne, dann zu ihm hoch, erkennt ihn schließlich. Sie lächelt ihn freundlich an. »Markus!« Der Hund drängelt sich an ihn, reibt sich an seinem Bein. ›Omas machen‹. Er sieht Frau Novak auf dem Boden liegen, wie sie die große braune Tasche an sich presst und »nein, nicht« ruft. Er sieht Sebi grinsen und weglaufen. »Ist was, Markus? Geht's dir nicht gut?« Er spürt Frau Novaks Hand auf seinem Oberarm. Ihr besorgter Blick tastet sein Gesicht ab.

»Nein, nein, es ist nichts.« Markus stürmt Richtung Wohnung. Er schämt sich.

Bernhard Färber hat seine zwei Zimmer möbliert gemietet. Der zweite Stock ist ruhig – eine alte Dame, die er hin und wieder am Fenster sieht, und nebenan wohnt ein Mädchen, das oft erst morgens heimkommt und manchmal ziemlich laute Musik hört. Es stört ihn nicht. Die dritte Wohnung dürfte vermietet sein, die Bewohner kennt er nicht. Bernhard hat sich eingerichtet, seine Sachen eingeräumt. Es ist nicht für lange. In zwei, drei Jahren wird er nicht mehr hier sein. Es lässt sich nicht vermeiden.

Die Wohnung ist fast fertig, nur noch die beiden Bilder – und dann merkt er, dass er hier mit einem Hammer und Nägeln nicht weiterkommt. Es ist ärgerlich, aber es macht ihn nervös, dass er damit bis morgen warten soll. Die Geschäfte haben schon zu. Er will, bevor er schlafen geht, alles an seinem Platz haben.

Die Bilder lehnen am Sofa. Kandinsky hat nie verstanden, warum einer an zwei halbfertigen Bildern dermaßen Gefallen finden konnte, dass er drei Monatseinkommen dafür ausgab, in einer Zeit, als keiner von ihnen es sich leisten konnte, besonders großzügig zu sein. Ich male sie dir fertig, hatte Kandinsky gemeint und ihn mit zusammengekniffenen Augen gemustert, aber er wollte sie so haben – eine bloße Ahnung von dem, was in jedem der beiden Bilder steckte, was möglich war, werden konnte – und Kandinsky hatte ihn für verrückt gehalten. Er war nicht der Einzige.

Er klingelt bei seiner Nachbarin und sieht gleich, dass er sich das hätte sparen können. Das Mädchen mit den nackten Beinen und den Piercings im Ohr und in der linken Braue schaut nicht nach Heimwerkerin aus. Bei der alten Dame am anderen Ende des Ganges war er ebenfalls erfolglos gewesen. Aber die Nachbarin – ich heiße Mona – taucht mit dem Oberkörper in einen Karton im Eingangsbereich und fördert eine Bohrmaschine zutage. »Hab ich mir gleich gedacht. Mit Nägeln geht da gar nichts. Spachtelmasse? Hab ich auch. Meine Schwester hat ein Baumarktabo.« Sie grinst. Die Suche nach den Bohraufsätzen dauert etwas länger. Sie findet sie im Bad.

Bernhard bedankt sich. Er soll ihr die Sachen morgen einfach vor die Tür legen, meint sie. »In dem Haus kommt nichts weg. Und ich schlafe lang.« Bernhard hat nicht vor, nachbarschaftliche Kontakte zu pflegen. Das ist ihm so ganz recht. Er schätzt seine Unabhängigkeit, interessiert sich nicht für andere und möchte für sich bleiben.

Um sechs Uhr in der Früh ist er bereits am Laufen. Hinunter zum Donaukanal und dann, je nachdem, in den Prater oder Richtung Klosterneuburg. Bernhard ist schlank, aber muskulös, durchtrainiert. Er versteht nicht, dass jemand sich gehen lassen kann, keinen Wert auf Ernährung legt, keine Pläne hat, keine Ziele. Man kann alles erreichen, wenn man ein klares Ziel vor Augen hat, Visionen, und den festen Willen, sie umzusetzen. Man kann jedes begonnene Bild nach seinen Vorstellungen fertigmalen.

Kandinsky hat das ebenso wenig verstanden wie die anderen. »Aber man kann doch nicht alles planen, Bernd.« Kandinsky war richtig gut, aber haltlos. Er malte nach Lust und Laune. Er ließ sich treiben. Immer wieder Frauen, vor allem in der ersten Zeit. Eine neue Frau, und er meldete sich fünf, sechs Tage nicht, bis er sattgefickt war und schlapp. Keine Visionen mehr. Bernhard hatte sich abgewandt. Vanek und Ebner – keiner der beiden hatte die Kraft gehabt, eine Zeitlang seine eigenen Bedürfnisse zurückzustellen und mit ihm das Projekt, das immer als vager Plan zwischen ihnen gestanden war, aufzugreifen und auszuarbeiten. Das erforderte vor allem Disziplin, klare Kalkulation und Weitsicht. Man musste eine Weile zurückstecken können und hart arbeiten. In ein, zwei Jahren wird er es geschafft haben. Die

Wohnung hier ist eine Zwischenstation. Sie ist günstig gelegen und er braucht einen ruhigen Ort ohne Ablenkung. Zeit. Konzentration. Es kommt auf jede Kleinigkeit an.

Vanek war genial, auf seine Art. Kreativ, unkonventionell und wendig. Aber er soff. Ebner war groß, was Pläne betraf, weigerte sich aber, die mühsamen Recherchen zu Beginn auf sich zu nehmen, und Kolin, den er vom ersten Tag an gemocht hatte, weil er wie ein großer Bruder für ihn war, Kolin war nach Spanien gegangen, weil er hier für sich keine Zukunft gesehen hatte. Um Kolin tat es ihm leid. Kolin hatte ihm klargemacht, dass ein verpatzter Start nichts bedeutet und ein starker Wille alles. Er war entspannt, aber sofort wie unter Strom, wenn er eine Möglichkeit witterte, eine große Sache auf die Beine zu stellen. Kolin hatte ab sofort nur auf das eine Ziel hingearbeitet. Er war ein glänzender Analytiker – das fehlte Bernhard – und erfasste mit einem Blick die Chancen und Möglichkeiten, die eine Situation bot.

Kolin war so etwas wie ein Mentor für ihn gewesen, obwohl nur um weniges älter. In schwierigen Momenten fragte er sich, wie Kolin das Problem lösen würde. Bernhard hatte nicht sein Charisma und seine Entspanntheit, aber er kannte ihn wie keiner der Kollegen, konnte sich in ihn hineinfühlen – und sah dann den nächsten logischen Schritt deutlich vor sich.

Endlich, praktisch über Nacht, bricht der Sommer aus wie ein Fieber. Die Sonne brennt sich in die Straßen, die Häuserfassaden, heizt die Dachböden auf wie Backöfen und saugt das Wasser aus dem Fluss und die Farbe aus den Parks. Binnen weniger Tage stehen die Bäume matt und blass über braunen Wiesen. In den alten Straßenbahngarnituren sind alle Fenster offen, in den neuen kapituliert die Klimaanlage vor der Hitze. Passagiere kollabieren. Junge dünne Frauen mit Bauchnabelpiercings hängen an ihren Saugflaschen wie Ertrinkende. Man geht nahe an den Hauswänden entlang, die im Schatten liegen. Wer kann, ist im Bad.

Bernhard schläft nackt. Er hat den Körper eines Läufers, drahtig, sehnig, mit gut definierten Muskeln. Glatte, leicht gebräunte Haut, von einem schimmernden Schweißfilm überzogen. Er atmet ruhig. Die Decke hat er weggestrampelt. Im Zimmer liegt der Schein der Straßenlaterne. Der Rechner läuft auf Sparmodus, im Hintergrund flimmert der Fernseher. Ohne Ton. Er kann nicht schlafen ohne das Flimmern – eine alte Gewohnheit, die er nicht ändern will. Sein Brustkorb hebt und senkt sich, ganz regelmäßig. Er schläft entspannt, traumlos.

Um sechs, kurz bevor der Wecker lospiepst, ist er wach. Eine große Tasse Tee ohne Zucker, Laufschuhe, Hose, Shirt. Und dann läuft er los, durch die Stadt – über den Markt, enge Gassen entlang, Kopfsteinpflaster, auf die breiten Straßen im Zentrum. Einatmen. Ausatmen. Den Rhythmus finden. Locker, die Arme angewinkelt, abrollen, sich in die Bewegung fallen lassen, loslassen, laufen. Er hört seinen Atem, seinen Herzschlag, padamm, padamm, riecht frisches Brot, Benzin, ein Parfum, viel zu stark, heiße Milch, seinen Schweiß, Blumen, nein – Rosen, Rindenmulch, Wasser. Sein Kopf ist leer. Erst langsam kommen die Bilder. Es sind immer dieselben. Sie kommen und gehen und machen ihm keine Angst mehr. Einatmen. Ausatmen. Den Herzschlag spüren. Die Kraft, die Stärke, die ihn trägt.

Es ist gegen halb acht, als er das Haustor aufsperrt. Eine Frau mit großen blauen Augen, heller Haut und einem himmelblauen Sweater schaut ihn verwirrt an. Er ist schweißüberströmt. Er lächelt. »Guten Morgen.«

»Hallo«, sagt sie und lächelt.

Er spürt ihren Blick noch eine Weile im Rücken. Dann fällt die Tür ins Schloss.

»Vielleicht«, sagt Julia und schaut Daniela an, die vor einem lavendelfarbenen Kissen auf dem Sofa sitzt, die Knie angezogen, in kurzen Hosen und einem weißen T-Shirt, mit aufgeschlagenen Knien wie ein kleines Mädchen (immerhin, denkt Julia), »vielleicht geht es gar nicht so sehr darum, wer der andere ist, das Gegenüber, das man liebt. Vielleicht«, meint sie und schaut plötzlich etwas verwundert, als sei ihr der Gedanke selber ganz neu, »ist es das Gefühl von Lebendigkeit, das ich so mag, in das ich mich immer wieder verliebe.«

Daniela schaut zweifelnd.

»Ich meine: das Strahlen, das Glück, das du in jemandem wachküsst, sein Staunen, sein Berührtsein. Das färbt ab, das fällt auf dich zurück. Das macht dich leicht und lebendig. Und umgekehrt: Wenn dich jemand berührt, blühst du auf, also innen, irgendwie. Verstehst du, was ich meine?«

Daniela versteht. Aber: »Es ist doch nicht egal, wer das ist.« Und dann: »Hey, Julia ...« Daniela gibt die Coole, Erwachsene.

»Was magst du an jemandem? Was magst du an Manfred?«

»Phuuuu, ja, also ... dass er ist, wie er ist. Stark, sicher. Aber behutsam. Dass er mich will. Und das ganz deutlich zeigt ...« Sie nimmt einen Schluck Rotwein. Sie ist verwirrt.

»Eben.« Julia lächelt. »Dass er dich berührt. Dass du unverwechselbar bist. Für ihn.«

»Ich muss ihn gern riechen. Schmecken. Ich muss ständig Lust haben, ihn anzufassen. Ich muss ...«

»Muss es von Dauer sein? Was unterscheidet Lust von Liebe?«

»Verdammt, Julia ...« Daniela lacht sie an. »Das spürst du. Das kann ich nicht erklären. Vielleicht, ja ... du merkst, dass du richtig bist, irgendwie ... hm ... angekommen. Dass du auch bleibst, wenn es mühsam wird, dass du auch die öden Alltagsprobleme teilst. Dass er dir fehlt, wenn er nicht da ist, dass dir seine Anliegen so wichtig sind wie deine ... was weiß ich. Wenn er es ist, weißt du es einfach.«

»Wie meine Mutter schon sagte.« Julia grinst frech. Sie hat unglaublich schön geschwungene Schlüsselbeine, denkt Daniela. Komisch, worauf man so achtet.

»Und der Wawerka?«, fragt Daniela.

Julia zieht die Brauen hoch. »Ich war jung. Ich war dumm. Ich wollte geheiratet werden.«

Daniela reißt die Augen auf. Julia lässt ihre Zähne blitzen und zwinkert. Sie sieht einen Augenblick lang sehr jung aus.

Daniela schaut. Zögert. Dann packt sie das Kissen, wirft es nach Julia. Die kringelt sich vor Lachen, packt es und fetzt es zurück. Ein Glas geht zu Boden. Kissenschlacht. Irgendwann ringen sie um das Kissen. Kommen ganz nah nebeneinander, aufeinander zu liegen. Beide atmen schwer. Julias T-Shirt ist verrutscht und gibt ein Stück Bauch frei, helle sanfte Haut. Ihr Mund ist leicht geöffnet und kräuselt sich an den Mundwinkeln nach oben. Ihre Augen sind nun von einem hellen Blaugrün. Sie klammert sich ans Kissen und streckt Daniela die Zunge heraus. Beide schauen einander an, aus wenigen Zentimetern Entfernung. Ernst jetzt. Julia hat den Mund leicht geöffnet, feuchtet ihre Lippen an. Und plötzlich schlingen sich ihre Zungen umeinander, spielen miteinander, kosten den Geschmack der anderen, saugen, lecken, kosen. Julia schließt die Augen und lässt sich fallen, spürt die Hand der Freundin über ihren Bauch wandern, über ihre Brüste, den Hals, ihren Nacken. Sie streicht mit ihren Händen ganz sanft das Rückgrat der anderen entlang,

Wirbel um Wirbel, spürt Danielas Beckenknochen an ihrem leicht gerundeten Bauch, empfindet ein Pochen zwischen den Beinen und wundert sich, wie vertraut und selbstverständlich all diese Gesten sind. Sie küssen einander lange, zärtlich, sanft, wild, fordernd. Mit geschlossenen Augen. Bis sich Julia löst. »Schön«, sagt sie. »Mit dir.«

Daniela ist verwirrt. »Und jetzt?«

»Was – jetzt? Ich weiß jetzt, wie du schmeckst.«

Julia schaut ihre Freundin an, die da sitzt mit roten Backen, wie ein kleines Mädchen, ganz aufgeregt.

»Daniela«, sagt sie. »Ich war nie richtig jung. Nie unbeschwert. Erst jetzt, die letzten beiden Jahre. Ich hatte noch nie eine Freundin. Jemanden, mit der man alles bereden kann, alles. Das ist schön. Das ist für mich etwas Besonderes. Ich werd gut drauf aufpassen. Mach dir keine Sorgen.«

Später kochen sie Spaghetti. Schaufeln Sugo aus dem Glas darüber. Daniela ist keine besonders gute Köchin. Julia reibt Käse und macht aus den Grünzeugresten Salat. Sie essen und schweigen. Draußen wird es langsam dunkel. Im Zimmer steht die Luft. Daniela öffnet ein Fenster. Nachtfalter taumeln um die Lampen. Daniela schaut Julia an. Die Freundin spürt ihren Blick. Sie lächeln.

»Weißt du«, nimmt Julia den Faden wieder auf, »das war für mich eine Premiere. Vielleicht, wenn ich einmal nicht mehr auf Männer steh ...« Sie zeigt ein breites Grinsen.

»Gut, dann wart ich solange«, steigt Daniela auf das Spiel ein.

Es bleibt drückend heiß. Markus ist mit Freunden im Gänsehäufel. Marie in Kritzendorf, wo eine Freundin eine Kabane bewohnt und sommers alle Großstadtpflanzen einlädt, mit ihr am Wasser zu liegen und abends zum Heurigen zu gehen. Die Hausbesitzerin verbringt die meiste Zeit in der Steiermark und Julia sitzt mit ihrer Mutter im Garten. Sie hilft ihr, die Ribiselsträucher abzugrasen, die Buschbohnen zu ernten und die Gurken, und kehrt abends mit einem Korb voll Paradeisern, Salat und Frühäpfeln in die Stadt zurück. Im Erdgeschoss ist es völlig ruhig. Wagner hat wie immer die Vorhänge vorgezogen, aus der Pöhz'schen Wohnung dringt kein Laut, und Herr Sedlak, den die Zeugen Jehovas nach langer Belagerung zu den ihren zählen, verbringt den Tag im Königreichssaal im zehnten Bezirk. Er geht nur dieses eine Mal hin. Dann nie wieder.

Bernhard sitzt vor dem Computer. Es ist stickig. Er war Stunden mit Recherchen beschäftigt, sortiert nun die Ergebnisse, ist aber nicht wirklich bei der Sache. Er wird morgen weitermachen.

Glühende Hitze schlägt ihm entgegen. Bernhard geht dennoch zu Fuß. Nach wenigen Minuten ist er schweißnass. Er nimmt den diskreten Seiteneingang. Mavi öffnet. Sie trägt den roten Body mit Spitze, den er schon kennt. Sie bittet ihn weiter. Er kennt den Ablauf, alle Schritte sind ihm vertraut. Mavi geht voran, obwohl er die Räumlichkeiten kennt. Sie plappert vor sich hin. Bernhard hört ihr nicht zu. Er duscht. Sie trocknet ihn ab. Sie geht vor ihm auf die Knie und lutscht seinen Schwanz. Bernhard schaut auf ihren hellen Scheitel, sieht seinen Schwanz in ihren Mund schlüpfen und wieder daraus auftauchen, hört sie schmatzen, schaut auf ihren Scheitel, auf seinen Schwanz, schließt endlich die Augen und lässt seinen ganz privaten Porno ablaufen. Er wird hart. Er zieht sie hoch. Sie öffnet den Body im Schritt und zieht Bernhard ein Kondom über. Er dreht sie um, fasst ihr mit der Hand zwischen die Beine, mechanisch. Sie stöhnt. Sie beugt sich vor, stützt sich am Waschbecken ab. Er umfasst seinen Schwanz und dringt in sie ein, pumpt, stößt, hört sie keuchen, wimmern, etwas murmeln, lässt seine Bilder ablaufen, die mit ihr wenig zu tun haben. Einmal eine Irritation: große blaue Augen, staunend, dann fängt er sich wieder. Er konzentriert sich auf die Bewegung, rhythmisch, auf seinen Atem, er stößt und stößt, lange, und die Frau stöhnt, keucht, hechelt, animiert ihn mit Worten, zunehmend drängender. Und dann kommt er – heftig, aber ohne einen Laut. Und pumpt noch eine Weile und lässt sich auf sie fallen. Dann ist es wieder hell. Und er wischt sich ab. Und sie sich. Und er zieht sich an.

Einmal hat sie ihn gefragt: »Warum bist du so still?«

»Gewohnheit«, hat er gesagt.

Er will nicht reden, danach. Es genügt ihm, dass da noch jemand ist, für ein paar Minuten. Und dann – duschen. Und weg. Er kann sich nicht erinnern, dass es einmal anders gewesen wäre. Und wenn, dann hat es die Zeit zugeschüttet. Er erinnert sich nicht.

Ilka hat es gut, denkt Marie. Die Kabane war ein Gelegenheitskauf, nicht teuer, sagt sie, und im Sommer gibt es keinen schöneren Platz als hier am Fluss. Sie fährt hin und wieder für einen Tag in die Stadt, um Besorgungen zu machen oder einen Amtsweg, sonst lebt sie von Mai bis weit in den Herbst hinein hier, und Marie kommt wie alle anderen für ein, zwei Tage oder ein langes Wochenende zu Besuch. Sie kennt Ilka von einem Workshop. Irgendwie, fällt Marie auf, kennt sie fast nur Frauen mittlerweile, und sie fragt sich, wie das jemals wieder klappen soll mit einer neuen Liebe, denn auch ihre Freundinnen sind – von wenigen Ausnahmen abgesehen – Singles.

Marie hat ihre glatten Haare hochgesteckt und den türkisfarbenen Badeanzug bis über die Hüften hinuntergerollt. Hier ist das egal, da liegen viele ohne Bikinioberteil. Ihre sehr helle Haut beginnt leicht zu spannen. Auf ihrer Oberlippe sammeln sich Schweißtröpfchen. Sie muss in den Schatten. Sie muss nachcremen. Das Sonnenschutzmittel duftet leicht nach Zitronen. Sie verteilt einen großen Klecks auf ihrem linken Unterschenkel und arbeitet die Creme gewissenhaft ein. Das zweite Bein. Und dann den Bauch.

Ilka döst neben ihr, Anna blättert in einer Illustrierten. »Wahnsinn«, sagt sie, »du hast eine Haut wie Schneewittchen.« Marie presst die Lippen zusammen. Sie mag Anna nicht. Alles, was sie sagt, selbst Lob, kommt irgendwie feindselig daher. Anna ist fett. Mindestens fünfundzwanzig Kilo zu viel, aber sie kleidet sich schrill und sie schreitet wie eine Königin, selbst halb nackt. Und verteilt ihre Noten mit großer Sicherheit. Sie hat einen zu großen Mund, breite Schneidezähne, und sie lacht viel zu laut. Abends, wenn sie beim Heurigen sitzen, hat sie jede Menge Publikum. Marie ist das peinlich, aber Anna scheint das zu genießen. Sie geht seit Jahren bei Ilka ein und aus und hält auch hier, in Kritzendorf, mit großer Selbstverständlichkeit Hof.

Marie wird heute früher zurückfahren. Sie hat schlechte Laune. Und keine Lust auf einen weiteren Abend mit der Königin. Ihr Morgen war mühsam genug. Ihre Mutter, immer noch passionierte Frühaufsteherin, hat sie bereits um halb acht aus dem Schlaf geklingelt. Marie war sauer, die Mutter gekränkt, weil Marie sie angefahren hat.

»Ich dachte, du freust dich.« Sie war nicht lange geblieben.

Niemand nimmt Rücksicht auf mich, beschwert sich Marie nun auch bei Ilka, die sofort einen besorgten Blick aufsetzt und sie umarmt. Anna zieht die linke Braue hoch und wendet sich dann wieder den anderen zu. Sie sagt etwas und alle lachen. Marie windet sich aus der Umarmung, schnappt sich ihre Badetasche und verlässt grußlos den Strand.

Herr Pöhz hat lange mit sich gerungen, aber schließlich hat er sich doch eine Heimhilfe genommen. »Herr Pöhz«, hat Daniela gesagt, »das kostet Sie nicht viel, und Sie haben es dann wieder ordentlich und sauber.« Ordentlich und sauber war es bei ihm freilich schon lange nicht mehr, und das war ihm nun doch peinlich. Daniela hatte nur gelacht. »Männerhaushalt eben – aber im Ernst, Herr Pöhz, das müssen Sie doch nicht mehr alles selber machen. Ein Mann von Ihrem Format kann sich doch eine Hilfe gönnen.« Das hatte den Ausschlag gegeben. Immerhin, früher hatte er auch eine Bedienung gehabt. Im Geschäft jedenfalls, und einmal die Woche hatte sie auch die Wohnung geputzt, nachdem seine Frau krank geworden war. Es war aber keine länger geblieben. Über kurz oder lang hatten sie Ansprüche gestellt, und das ließ sich Herr Pöhz nicht gefallen. Er nicht. Also war er wieder ohne Hilfe gewesen. Eine Zeitlang hatte er Essen auf Rädern bezogen, aber das schmeckte ja alles nicht, und er war wieder zu seinem Stammwirt zurückgekehrt, wo er jeden Tag gegen dreiviertel zwölf sein Mittagsmenü verzehrte und ein Seidel Bier dazu trank. Hier erfuhr er auch alle möglichen Neuigkeiten.

Frau Erika räumt den Spüler aus und poliert die Gläser mit einem weichen Tuch. Prüfend hält sie ein Glas gegen das Licht.

Herr Pöhz kaut.

»Schon wieder ein Bankraub. Was sagen's dazu, Herr Pöhz?« Der kämpft mit dem Krenfleisch. Sein Gebiss ist nicht mehr das beste, aber wenn er vorsichtig kaut, geht das schon.

Er schaut auf. »Bei uns im Bezirk? Wo denn?« Er selber hat sein Konto bei der Post.

»Nein, nein. In der Brigittenau. Wieder der eine, der mit

der schwarzen Kappe über dem Gesicht, Sie wissen schon.« Die üppige Wirtin ist ganz aufgeregt. »Mein Sohn wohnt ja dort ganz in der Nähe. Stellen Sie sich vor, der geht in die Bank. So einer nimmt ja oft gern eine Geisel. Nicht auszudenken …« Sie schlägt die Hände vors Gesicht.

»Und – hat er?« Herr Pöhz schaut sie interessiert an.

»Nein, nein, aber er ist wieder entkommen. Keine Spur, sagt man. Wieder keine Spur.«

Das nun wundert den Herrn Pöhz nicht im Geringsten.

»Wie denn nicht«, ereifert er sich. »Bei *der* Polizei. Denen kann man ja unterm Gehen die Hosen fladern und die bemerken es nicht.«

Die Wirtin wirft einen raschen Blick Richtung Extrazimmer, wo der Bezirksinspektor Stöttner, Bezirksinspektor in Ruhe genau genommen, einer ihrer besten Kunden – Gottlob schon ein wenig schwerhörig –, mit seiner Frau zu Mittag isst, und macht besänftigende Gesten Richtung Pöhz.

»Die tun, was sie können, Herr Pöhz.«

»Was reden's denn«, fährt der auf. »Nichts tun sie, nichts. Nicht das Geringste.« Er ist sehr aufgeregt. »Bei uns im Haus der Einbruch. Keller. Alle Abteile aufgebrochen.« Man musste es ja nicht so genau nehmen. »Und? Ich frage Sie: Was tut die Polizei? Naa? Ein Schulbub in Uniform nimmt unsere Daten auf. Man schaut sich kurz den Keller an und sagt uns, dass wir aufpassen sollen. Und geht dann wieder. Geht. Dann. Wieder. Sie hören von uns, sagt er. Ja wann denn?, frag ich Sie. Wann denn? Frau Erika, das ist ein Skandal. Muss man erst warten, bis einer wo erschlagen in der Wohnung liegt? Da wundert es mich nicht, dass man einen Berufsverbrecher laufen lässt. Der ist sicher längst wieder im Ausland und verprasst unser sauer erspartes Geld.« Er schnauft schwer. »Ein Glas Wasser, Frau Erika. Bitte.«

Er nimmt seine Pulver und wird langsam wieder etwas ruhiger. Die Wirtin setzt sich zu ihm. »Einbruch, sagen's, Herr Pöhz. Bei uns da in der Gegend?«

»Bei uns im Haus!« Herr Pöhz nickt, bestellt sich noch ein Bier und erzählt.

Die erste Ladung trudelt nach drei Wochen ein. »Eilig haben sie es ja wirklich nicht«, bestätigt Herr Sedlak dem laut schimpfenden Herrn Pöhz. Er hat sich extra freigenommen für den Amtsweg.

»Und?«

»Na ja, die Daten hat er halt aufgenommen. Nach meinen Wahrnehmungen gefragt, weil ich ja direkt neben dem Kellerabgang wohne. Und ob mir etwas fehlt. Mein Abteil ist aber unberührt. Wir waren also schnell fertig.«

Herr Pöhz kann zwei Tage später ebenso wenig zur Aufklärung beitragen, beschäftigt den jungen Beamten aber immerhin eine gute Dreiviertelstunde mit seinen Vermutungen und Theorien und hält mit seiner Meinung über die Ermittlungsmethoden nicht hinter dem Berg. Wenn er schon einmal die Gelegenheit hat!

Als er das Zimmer verlässt, wartet am Gang schon Wagner. Die beiden würdigen einander keines Blicks.

Nach kurzen Gesprächen mit der Hausbesorgerin, die ebenfalls nichts bemerkt hat und nichts vermisst, und einer ebenso ergebnislosen Unterredung mit einer freundlichen alten Dame aus dem ersten Stock, wie sie betont, und also abseits des Geschehens, zeigt sich dem Ermittler immerhin ein Lichtblick – ein Mädchen in einem engen knallroten T-Shirt mit einer Krabbe vorne drauf und einem Piercing in der linken Braue. Und unglaublich grünen Augen. Sie schaut ihn sehr aufmerksam an. Revierinspektor Seiler blättert in den Papieren und gibt sich geschäftig. Er bemerkt mit Entsetzen, dass er tatsächlich etwas rot wird. Sie lächelt ihn an. »Heiß heute. Muss arg sein, so in Uniform.« Er ist froh, dass ein Kollege ins Zimmer kommt und ihn ablenkt. Das gibt ihm die Möglichkeit, sich wieder zu fangen.

Das Gespräch ist unergiebig wie die anderen. Trotzdem lässt er sich Zeit für seine Fragen.

»Darf man hier rauchen?« Er nickt und schiebt ihr den Ascher vom Tisch des Kollegen hin. »Auch eine?« Sie hält ihm lächelnd ein Päckchen Nil unter die Nase. Hübsche blaue Packung.

»Nichtraucher«, bedauert er. Sie raucht ein bisschen hastig, stellt er fest, und beantwortet seine Fragen.

»Zur fraglichen Zeit? Ja, da war ich zu Hause. Die ganze Zeit, ja. Nein, keine Wahrnehmungen.« Sie lächelt. Seiler gibt sich betont amtlich. Er tippt flott, ohne zu stocken, und druckt ihr das Papier zur Unterschrift aus. »Monika«, schreibt sie und schaut hoch, »sagt kein Mensch. Ich heiß Mona.« Er nickt.

Mich haben sie nicht geholt. Also eingeladen, meine ich. Ich habe eine Woche lang gezittert, dass doch, aber Mam meint, das war's wohl. Die Lehrerin und Frau Berger wurden auch nicht befragt. Die Hausbesitzerin ist selber hin, wegen der Meldung an die Versicherung. Der Schaden scheint gering, es fehlt nichts, soweit man weiß, nur das mit der Reparatur der Türen wird dauern, weil die Versicherung sich üblicherweise Zeit lässt. Sagt Mam. Egal. Ich hab andere Sorgen.

In einer Woche geht die Schule wieder los. Ich habe geschworen, wenn ich da heil herauskomme, lerne ich ab jetzt wie der Blöde. Dass ich ... ach, Scheiße, alles, alles würde ich tun. Alles. Mir ist ganz schlecht vor Angst. Vorgestern klopft Alex bei mir ans Fenster, am Abend. Mam war arbeiten. Oder im Kurs, ich weiß nicht. Ich lass ihn rein. Er ist außer sich. Alles ist aufgeflogen, sagt er. Grisu haben sie geschnappt, und dann ging alles Schlag auf Schlag. Sechs von ihnen wurden von der Polizei geholt, abends, von zu Hause. Einer konnte wieder heim am Morgen, fünf sind jetzt in Haft. Wegen der Handyraube. Und wegen der Omas.

Alex ist seitdem nicht mehr zu Hause gewesen. Er nimmt an, dass er gesucht wird. Er schaut schlecht aus und braucht Kohle. Ich gebe ihm was. Er futtert den halben Kühlschrank leer.

»Wenn du irgendwas sagst, sagt Sebi, dann sticht er dich ab.« Sagt Alex. »Die Schwester war ihn besuchen. Im Landesgericht.«

»Ich hab doch damit nichts zu tun. Ich hab nichts gemacht. Alex!«

»Du warst ein paarmal dabei, Maks. Du weißt eine Menge. Sebi sagt, du verpfeifst uns alle bei der ersten Gelegenheit. Er ist schon einmal gesessen. Achtzehn Monate Jugendstrafe. Er war auf Bewährung draußen. Er sagt, er kennt das. Er sagt, du bist ein Weichei.«

»Aber …«

»Er hat überall seine Leute, Maks. Drinnen im Gefängnis. Draußen. Also halt verdammt die Klappe. Der Typ ist psycho, voll psycho. Und er ist schwer drauf.«

»Und du?« Ich schaue Alex an. Der zuckt die Achseln.

»Weiß nicht. Bruder«, sagt er plötzlich, »ich scheiß mich an. Wir müssen da durch. Und – danke. Du bist in Ordnung.« Er boxt mich gegen die Schulter. Ich spüre, wie meine Knie zu zittern anfangen, und setze mich hin. Im Hintergrund dröhnt der Fernseher. Mir ist zum Heulen. Zum Heulen. Es ist ein Hundeleben.

Er kommt ihr in letzter Zeit so still vor. Kaum zwei, drei Worte, das Notwendigste, wenn sie abends beim Essen sitzen, und wenn sie ihn anredet, hat sie das Gefühl, er hört ihr gar nicht richtig zu. Er fährt sich durch die Haare, die er jetzt wieder länger trägt, schaut sie genervt an. »Ist nichts. Was soll sein?« Er ist ständig auf dem Sprung. »Muss noch was erledigen, Mam.« Oder: »Ich muss noch einmal weg.« Obwohl er weniger unterwegs ist als zuletzt, das immerhin. Die Freunde, mit denen er die letzten Wochen herumgezogen ist, haben ihr nicht gefallen. Alex kennt sie noch von früher, aus der Schule. Die Mutter arbeitet im Tagdienst in dem Lokal, in dem der Wawerka seinerzeit immer war, auch eine Alleinerzieherin. Den großen Dünnen, der zweimal mit war, den hat Julia noch nie gesehen. Der ist rotzfrech und wirkt irgendwie völlig aufgedreht, aggressiv. »Ach, der«, sagt Markus auf ihre Fragen, »der ist schon älter, ist eher selten dabei. Bisschen nervös. Sonst ganz okay.« Das findet Julia nicht.

Immerhin hockt Markus jetzt nicht mehr halbe Nachmittage bei Wagner herum. Julia fragt sich, was Markus wohl bei ihm gesucht hat. Was sie wohl geredet haben die ganze Zeit, ein erwachsener Mann und ein kaum Sechzehnjähriger. »Wagner ist in Ordnung«, sagt Markus auf ihre Nachfragen, und tatsächlich scheinen die beiden sich ganz gut zu verstehen. Markus wollte sogar eine Zeitlang Briefträger werden. Vielleicht sucht er ja einen Vaterersatz. Julia fühlt sich schuldig, immer noch. Ihr Bub hat mehr erlebt, als man einem Kind zumuten kann, und er hat sich erstaunlich gut entwickelt, obwohl der Wawerka wahrlich nicht der Vater war, den man sich wünscht – brutal, abwertend, unzuverlässig. Die wenigen guten Tage, der eine oder andere Nachmittag am Fußballplatz, ein Ausflug in den Tiergarten, ein paar Wochenenden im Garten bei der Großmutter endeten meist spätestens auf der Heimfahrt mit Streit. Das Miteinander hatte über weite Strecken einem Minenfeld geglichen, sieht sie jetzt, über das man sich vorsichtig, vorausschauend hatte bewegen müssen. Die Explosionen erfolgten immer völlig überraschend. Nachdem der Großvater gestorben war, an dem Markus sehr hing, war der Wawerka nicht mehr mitgefahren in den Zweiundzwanzigsten. »Was soll ich am Sonntagnachmittag unter Weibern?«

Und nun Markus. Julia hat das Gefühl, dass er sich zurückzieht. Jeder Versuch, mit ihm ins Gespräch zu kommen, scheitert an seiner Einsilbigkeit. Ihr schlechtes Gewissen macht ihr zu schaffen. War sie zu viel mit sich beschäftigt die letzte Zeit? Hat sie etwas übersehen?

Ihre Mutter ist ihr keine Hilfe: »Ich weiß nicht, was du hast, Julia. Er ist in der Pubertät. Er wird langsam erwachsen. Da haben die Buben eben ihre Geheimnisse und werden maulfaul und patzig und ziehen sich zurück. Das war bei deinen Brüdern nicht anders.«

»Redet er mit dir, Mutter? Ich meine, erzählt er dir, was er so macht, was ihn beschäftigt? Weißt du, ich mach mir Sorgen.«

»Du wirst ihn langsam loslassen müssen, Julia. Er ist kein Kind mehr. Er muss seine eigenen Erfahrungen machen.« Ihre Mutter schneidet einen Apfel in Spalten. Sie hat mürbe Finger. Ihr immer noch schönes Gesicht ist von zarten Fältchen durchzogen, die Augen wirken kleiner unter den schlaffen Lidern. Sie trägt ein geblümtes Kleid und ihre Haare immer noch lang, zu einem Knoten hochgesteckt. So werde ich aussehen, später, denkt Julia und fährt sich mit der Hand an die Wange, noch glatte weiche Haut.

Im Baum über ihnen summen die Bienen. Margeriten wiegen sich im leichten Wind. Es riecht nach Biskuit und frisch gemahlenem Kaffee aus dem Nachbarhaus und nach späten

Rosen von der Veranda. Noch vor wenigen Jahren war jeder Sonntag so. Markus hat mit seinen Autos und Baggern den Weg umgepflügt und ist nachmittags um Eis für sie alle gelaufen. Er war so ein liebes offenes Kind. Und manchmal so ernst. Wie jetzt.

Irgendwo läutet ein Handy. »Erwin hat es gehasst«, nimmt ihre Mutter das Gespräch wieder auf, »wenn ich ihn mit Ratschlägen überschüttet habe. Oder mit Fragen. Wenn er geredet hat, dann mit seinem Vater. In der Werkstatt. Oder im Garten, wenn sie miteinander gearbeitet haben. Und dein jüngerer Bruder hat mich regelmäßig mit ein paar Brocken gefüttert und war weg, bevor ich genauer hinschauen konnte. Da war ich dann aber auch schon entspannter. Mit Drängen, wie dein Stiefvater immer gesagt hat, geht nämlich gar nichts.«

Der Abend hatte unerfreulich geendet. Mona hätte sich das ebenso gut sparen können. Sie war müde und wollte nur nach Hause, nur noch ins Bett.

»Herrgott noch einmal, Mona, wie lange soll das so weitergehen? Reiß dich endlich zusammen, verdammt. Das hatte mit dir nichts zu tun, das hättest du nicht verhindern können. Warum kapierst du das denn nicht endlich? Wem soll das nützen, sag, wenn du dir dein Leben versaust? Ihm sicher nicht. Er ist tot. Und das schon so lange. Du badest in deiner Trauer, das ist ja nicht normal. Das muss doch irgendwann einmal aufhören …«

»Ich war nicht da, als es ihm so schlecht gegangen ist. Mit mir hätte er geredet, mir hätte er …« Sie kam immer wieder an diesen Punkt.

Und da hatte ihre Schwester endgültig genug. »Was glaubst du, wer du bist? Hm? Wenn ich da gewesen wäre … Schwachsinn. Es hätte nichts geändert, Mona, nichts. Geht das nicht in deinen Kopf? Es war nicht zu verhindern. Keiner hat was gemerkt. Keiner konnte was tun. Du hättest nichts gemerkt. Du spinnst doch. Gut, anfangs haben wir uns gedacht, das wird wieder. Dann hast du Psychologie inskribiert. Okay, soll sein – vielleicht ist das ja eine Möglichkeit, mit dem Ganzen umzugehen. Mona, er ist zehn Jahre tot. Zehn Jahre schon. Und du tust immer noch, als sei das gestern gewesen. Du suhlst dich in deinem Schmerz, Mona. Es kotzt mich an. Es kotzt mich so an.«

»Irma, ich …«

»Halt doch die Klappe, verdammt. Schau dich an.« Ihre Schwester war außer sich. »Das ist krank, Mona, krank. Sein eigenes Leben so schleifen zu lassen, es zu versauen, jeden kleinen Erfolg sofort zu vernichten, kaputt zu machen, weil es nicht sein darf, dass dir etwas gelingt, dass du es gut hast. Ich versteh nichts von Psychologie, aber das eine weiß ich – du bist krank. Echt krank.

Hast du schon einmal dran gedacht, wie es Mama gehen mag? Ein Kind tot und das andere seitdem völlig neben der Spur. Eine, die erst starr ist und wie versteinert zwischen den anderen herumgeht. Die dann, Wochen nach dem Begräbnis, plötzlich heult und heult und alle, die selber trauern, mit ihren Selbstbezichtigungen verrückt macht.

Und dann geht plötzlich nichts mehr – die Matura mit Auszeichnung, die ersten beiden Semester alle Prüfungen abgelegt, und dann nur noch in den Tag hinein leben. Chaosbeziehungen. Mona, du hast nur noch kaputte Typen angeschleppt. Loser, die dich ausgesaugt haben und noch weiter runtergezogen. Wozu soll das gut sein, hä?«

Sie streicht sich eine Strähne hinters Ohr und springt auf.

»Diese versiffte WG bis vor kurzem. Der verdammte Job, weil du plötzlich kein Geld mehr von Mama annehmen, dein Studium selber finanzieren wolltest. Du warst ständig müde und gereizt und hast eine Prüfung nach der anderen geschmissen. Und jobbst immer noch und kriegst dein Leben nicht auf die Reihe. Und du hast für alles eine Erklärung, was sag ich – eine Entschuldigung, *die* Entschuldigung. Was, wenn du endlich den Arsch hebst und erwachsen wirst? Ich musste das auch. Damals schon, als Kind. Mama stützen. Ihr Arbeit abnehmen. Vernünftig sein. Mein Leben managen. Und deines dazu.«

»Irmi, ich hab doch …«

»Du hast was, Mona? Du hast dich in deinem Unglück eingerichtet. Du krallst dich dran wie andere ans Glück. Mona leidet. Mona verkraftet das nicht. Mona ist nicht mehr dieselbe seitdem … Mona Mona Mona … Immer nur du. Immer nur du. Es kotzt mich an, Mona. Es kotzt mich so an.«

Irma steht am Fenster, der Rücken wie ein Panzer gegen sie. Mona nimmt ihre Umhängetasche, die grüne Jacke. »Irmi?« Ihre Schwester schweigt. Sie lehnt ihre Stirn an die Scheibe und schaut hinaus in die Nacht. Sie sagt kein Wort. Sie dreht sich nicht um, als Mona geht.

Über der Stadt steht ein heller großer Mond. Mona setzt einen Fuß vor den anderen wie eine Maschine, spürt ihr Herz hämmern und ihren Atem stoßweise gehen. Sie bekommt trotzdem kaum Luft, schnappt wie ein Fisch, keucht. Irmas Hass schnürt ihr die Kehle zu. Irma hasst sie. Irma hasst sie. Ihre kleine Schwester hasst sie. Jetzt ist es heraußen. Jetzt weiß auch sie. All die Jahre – kein Besorgtsein, keine Nachsicht. Hass! Eines passt zum anderen.

Sie geht und geht. Geht sich müde, quer durch die Stadt, bis sie wieder atmen kann. Samstagabend. Es sind noch viele Leute unterwegs. Eine Gruppe Betrunkener teilt sich vor ihr und fließt, als sie vorüber ist, wieder zusammen. Blicke, aber niemand pöbelt sie an. Mona rennt die Treppe zur U-Bahn hinunter. Plötzlich hat sie es eilig. Eine Türe zumachen hinter sich. Sie will allein sein und niemanden mehr sehen. Die Bahn taucht aus dem Untergrund auf und gibt den Blick auf die Stadt frei, bevor sie wieder ins Dunkel taucht. Im letzten Wagen lauter blasse Gesichter. Ein Mädchen mit kurzgeschorenen schwarzlila Haaren lackiert sich die Nägel. Sie wirkt verlangsamt. Der Junge links von ihr ist an einen iPod angestöpselt. Die weißen Kabel verschwinden in seinem Pulloverausschnitt. Er wippt zur Musik. Mona verpasst fast ihre Station, schlüpft im letzten Moment hinaus. Sie steht am Ende des Bahnsteigs. Unter ihr rauscht der Verkehr, blinken die Lichter der Autos und der Lokale. Ihre Schuhe klacken am Asphalt. Die Tasche rutscht ihr von der Schulter und schlägt gegen ihren rechten Oberschenkel. Am Geländer zehn Meter vor ihr lehnt jemand und starrt nach unten. Monas Blick streift helle Nikes, Jeans und ein dunkles T-Shirt, kinnlange glatte helle Haare. Mona stolpert über eine Coladose, kickt sie weg. Sie flucht. Sie hat sich den Knöchel verknackst. Der Junge fährt herum.

»Markus!«

Sie ist mit wenigen Schritten bei ihm. Sie humpelt. Ihr Fuß schmerzt. »Hey, was machst du da?« Ihr Lächeln prallt an seinem Gesicht ab.

Er schüttelt den Kopf, unwirsch. »Lass mich.« Er schweigt. Dreht sich wieder um, kehrt ihr den Rücken zu.

»Markus?«

»Verdammt, Mona, lass mich! Geh weg! Geh weg!«

Es klingt wie ein Schluchzen.

Mona spürt leichte Panik aufsteigen. Mit dem ist was!

»Du? Was ist los?« Sie fasst ihn am Oberarm.

Markus reißt sich los und stößt sie weg. »Ich will, dass du gehst. Scheiße. Hau ab, Mona. Hau ab!«

Er schreit sie an. Er steht vor ihr, mit erhobenen Händen, als wollte er sie schlagen. Mona schaut ihn an, fassungslos. Markus atmet stoßweise. Sein Gesicht ist rot und verquollen. Sie geht einen Schritt zur Seite, stellt sich neben ihn ans Geländer. Sie spürt ihren Puls hämmern. Sie konzentriert sich auf ihren Atem: Du bist krank, Mona, krank. Sie wird nicht weggehen. Mit dem ist was. Sie muss bleiben.

Markus wendet sich ab. Er starrt auf einen Punkt unter sich. Seine Kiefer mahlen. Er klammert die Hände ans Geländer, die Knöchel treten weiß hervor.

»Sag was«, bittet sie und kommt sich blöd vor. Er schaut sie nicht an. Sie wartet. »Markus?«

Sie sieht, dass er mit sich kämpft. »Du weißt, dass ich dich mag«, setzt sie nach. »Markus, wenn ich irgendetwas tun kann …«

Da schreit er, schreit sie an: »Ich geh nicht ins Gefängnis, ich geh nicht ins Gefängnis. Lieber bring ich mich um.«

Mona erstarrt. Sie schaut ihn an – die Sekunden ticken – ganz still. Bilder: Sie sieht ihren Bruder. Wie er sich die Haare aus der Stirn streicht. Sein scheues, immer ein wenig fragendes Lächeln. Trotzig aufgeworfene Lippen. Sein schmales, verschlossenes Gesicht. Wie er sich abwendet, weggeht. Geballte Fäuste. Dann Blaulicht. Angespannte ernste Gesichter. Jemand zuckt die Schultern. Eine Plane. Und die Hand, seine Hand … Und da löst sich die Starre, springt sie ihn an, den Buben vor ihr. Wirft ihn fast um, reißt ihn in ihre Arme, schnellt zurück und schlägt auf ihn ein wie eine Irre. Er bewegt sich nicht. Wehrt sich nicht gegen ihre Schläge. Hebt nicht den Arm, während sie auf ihn einschlägt, mit den Fäusten gegen seine Brust trommelt und keucht und sich selber schreien hört: »Bleibda bleibdableibda … bittebleibda.« Irgendwann erlahmen ihre Arme. Ihre Hände, die Schultern schmerzen. Ihre Kehle brennt. Sie schnappt nach Luft und keucht, bis der Knoten im Hals sich löst, ihr Körperpanzer sich löst und ein Schluchzen hochkommt, das sie nicht mehr halten kann. Da zieht er sie an sich, immer noch starr. Mona sinkt in sich zusammen. Sie liegt an seiner Brust und zittert, weint, krallt sich in sein T-Shirt und wiegt sich leicht vor und zurück.

Er steht reglos und streichelt ihren Kopf, ihre Haare. Und murmelt irgendwas von »wieder gut«. »Es wird alles wieder gut, Mona. Mona.«

Langsam wird sie ruhiger. Sie spürt, wie ihr Herz klopft. Und seinen Puls wie ein Echo an ihrem Hals. Als sie sich endlich von ihm löst und sie voreinanderstehen, sind sie beide beklommen und sehen einander kaum an.

Markus räuspert sich. Seine Stimme trägt nicht. »Mona.«

Sie kramt in ihrer Tasche. Sie zieht ein Päckchen Zigaretten und ein Feuerzeug heraus. Etwas zum Festhalten. Sie zündet eine an, hastig, ein bisschen ungeschickt, hält sie ihm hin. Markus nimmt einen tiefen Zug. Er hustet. Mona lehnt sich mit ihrer Zigarette ans Geländer. Er stellt sich neben sie. Sie rauchen schweigend.

Die Zeit vergeht. Unter ihnen fahren die Autos. Sie schauen über die Kronen der Bäume in fremde Wohnungen, in denen noch Licht brennt. Keiner sagt ein Wort. Eine U-Bahn kommt, zuerst auf ihrer, dann auf der Gegenseite. Menschen gehen vorbei. Kaum jemand wirft einen Blick auf sie. Es ist spät. Mona schämt sich. Sie weiß nicht, wie sie anfangen soll, wie ihm erklären, was da eben war. Was mit ihr los war. Es ist ihr selber fremd. Sie ist sich fremd. Der Bub neben ihr ist fast noch ein Kind und hat sie gehalten. Und sie, die Ältere, die Erwachsene, spürt wieder nur sich. Ihre Schwester hat recht: Immer nur du, Mona. Immer nur du. Sofort sind die Schuldgefühle wieder da.

»Markus?«

»Hm.« Er schaut weiter starr vor sich hin. Er raucht längst nicht mehr, hat die Zigarette einfach fallen lassen und ausgetreten. Er lehnt am Geländer und scharrt mit dem rechten Fuß – vor und zurück. Vor und zurück. Die ganze Zeit.

»Ich hatte einfach Angst, als ich dich da so stehen sah.« Es ist nur die halbe Wahrheit, sie weiß es, aber darauf kommt es jetzt nicht an. »Ich hatte Angst um dich, Markus.« Jetzt redet sie wie aufgezogen. »Und ich war hilflos. Ich wusste nicht, was ich tun ... ich wollte nicht, dass du dich ... dass du dir wehtust ...« Sie bringt das Wort nicht über die Lippen und merkt plötzlich selber: ichichich. Die ganze Zeit nur: ich. »Ich meine«, sie verheddert sich nun völlig, »es gibt doch für alles eine Lösung. Man muss nur den Mund aufmachen, man muss ...«

»Ach ja«, fährt er sie plötzlich an, »muss man? Gibt es? Pffff, du hast ja keine Ahnung!« Er starrt sie finster an.

Sie sagt nichts, schaut in sein hübsches Bubengesicht, in dem sie Verachtung zu sehen meint, bückt sich nach ihrer Tasche und wendet sich um. »Komm«, sagt sie, plötzlich sehr bestimmt. Sie berührt ihn leicht am Arm. »Wir können nicht die ganze Nacht hierbleiben. Wir gehen in ein Lokal, und du erzählst mir, was los ist. Damit ich verstehe.«

Sie setzen sich langsam in Bewegung. Markus noch zögernd, ein Stück hinter ihr.

»Komm schon«, sagt sie und streckt ihm die Hand hin. Sie gehen nebeneinander die Stufen hinunter. Die Station ist wie ausgestorben, der Pizzastand geschlossen. Ein Mann in Uniform sichert die eine Eingangstüre mit einer Kette. Ein Knistern in den Lautsprechern – und eine blecherne Stimme verkündet den Betriebsschluss.

Sie gehen in keines der Szenelokale. Zu laut, findet Mona. Sie lotst ihn ein paar Straßen weiter in ein Kaffeehaus. Mona steuert einen Tisch in der Ecke an, Markus schlurft hinter ihr her. Es ist viel Rauch in der Luft und fast jeder Tisch besetzt. Schachspieler sitzen in der Mitte des Lokals, ruhig und konzentriert. Der Ober geht zwischen den Tischen hin und her, bringt Kaffee und serviert die leeren Tassen ab. Rundherum leises Gemurmel oder Schweigen. Mona setzt sich Markus gegenüber mit dem Blick ins Lokal, schält sich aus der Jacke, packt Zigaretten und Feuerzeug aus. Der Ober kommt. »Eine Melange bitte und ein großes Glas Wasser. Du, Markus?«

Die Haare fallen ihm ins Gesicht. Er sieht kurz auf. Er wirkt angespannt. Er schluckt. An seinem Hals pocht eine Vene. »Ein Cola.«

»Und ein Cola bitte«, wiederholt sie.

Der Ober ist alt und grau und läuft wie auf Schienen. Als er mit der Bestellung an den Tisch kommt, knipst er sein Lächeln wieder an. »Eine Melange, ein Wasser groß, ein Cola, die Dame. Der Herr.«

»Danke.« Mona lächelt ihn an, schaut dann zu Markus. »Erzähl mir alles. Von Anfang an.«

Am nächsten Morgen ist sie hundemüde. Irgendwo im Haus hat jemand gehämmert, bis sie schließlich entnervt aufgegeben hat, weiterschlafen zu wollen. Sie trinkt ihren Kaffee, heiß und süß, umfasst die Schale mit beiden Händen und denkt an den gestrigen Abend. Sie konnte nichts Schlaues sagen, nichts, was ihm weitergeholfen hätte. Aber sie hat ihm versprochen, sich zu erkundigen, wenigstens das. Mona sitzt am Bettrand, das Leintuch um die Hüften gewickelt, und tippt die Nummer ein. Er ist sofort dran.

»Polizeiinspektion, Inspektor Seiler?«

»Mona Bergmann, guten Morgen, Herr Inspektor. Haben Sie kurz Zeit für mich? Sie werden sich nicht an mich erinnern, es ist schon eine Weile her, ich war …«

Er erinnert sich. Natürlich erinnert er sich! Tiefgrüne Augen, ein Brauenpiercing, rechts oder links, er weiß es nicht mehr. Breite Schneidezähne mit einer Lücke dazwischen, sehr sexy. Sie hat ihm lange in die Augen gesehen. Sie raucht, blaue Packung – Nil, genau! – ein bisschen hastig und aufgeregt, aber das war er damals auch. Und wie.

»Was kann ich für Sie tun?« Mein Gott, klingt das blöd. Er möchte lässig wirken und souverän. Er klingt wie ein Callcenter-Girl, verdammt. Er räuspert sich. Weber gegenüber unterbricht sein Tippen, rollt zum Schreibtisch vor und grinst breit und unverschämt. Und zwinkert ihm zu. Seiler wendet sich ab.

»Ein Bekannter von mir hat eine Ladung als Zeuge zu irgendwelchen Handyrauben, die Freunde von ihm begangen haben sollen ...«

»Erwachsen?«

»Nein, er ist noch nicht achtzehn ...«

Inspektor Seiler grinst erleichtert. Ein Kind also.

»... und der flippt jetzt ziemlich, weil er nicht weiß, was dort passiert. Kann er Probleme kriegen? Darf er jemanden mitnehmen zum Gespräch? Braucht er einen Anwalt? Ich kenn mich da leider überhaupt nicht aus. Und ich hab ihm versprochen ...«

»Kein Problem. Wissen Sie, wer die Sache bearbeitet? Hm ... ach so. Und wieso rufen Sie *mich* an?«

Weber – hat denn der Kerl nichts zu tun? – sitzt da, aufmerksam, vornübergebeugt, den runden Kopf mit den schütteren rotblonden Haaren auf beide Hände gestützt, und wirft Seiler Küsschen zu. Er legt seine Hand auf seine üppige Brust und schmachtet ihn an.

»Verdammt, lass den Scheiß«, entfährt es Seiler. Er dreht sich weg. Der Kollege lacht laut auf.

»Bitte? Was meinen Sie?«

»Tut mir leid, mein Kollege ... ich habe ...«

Seiler wird rot. Hinter ihm erhebt sich Weber, langsam, schwerfällig, hundertfünfzehn Kilo Lebendgewicht, klopft ihm freundschaftlich auf die Schulter und schlurft Richtung Türe.

Nun ist es einfacher. Seiler wirft sich ins Zeug. Er erklärt Mona den Ablauf einer Zeugenvernehmung, des Verfahrens, informiert sie, dass der Jugendliche – der Jugendliche! – eine Person seines Vertrauens beiziehen kann, und fasst kurz die Hoffnung, dass sie ja vielleicht als Begleitung ...?

»Die Mutter wahrscheinlich? Klar, ja ... hm ...«

Die Sonne geht unter.

»Das heißt also, dass ich Sie ...?«

Sie lacht. Sie findet ihn süß.

»Kann ich Sie ... Frau Bergmann, ich möchte Sie gern ...«

»Sie möchten mich? Herr Inspektor!« Sie lacht. »Tja, also, ich arbeite im *Roots*. Fast jeden Abend. Vielleicht haben Sie ja einmal Lust auf ein Bier? Undienstlich jetzt.«

»Stadtbahnbögen?«

»Genau. Stadtbahnbögen. Wäre echt nett. Und – vielen, vielen Dank.«

Er strahlt.

Sie lächelt und legt den Hörer auf. Und dann ruft sie Markus an.

David nervt. Seit Tagen geht das so, obwohl alles geklärt ist.

»Mona, das war schön mit dir. Ich meine, das war doch okay, das war doch gut. Ich weiß nicht, was du hast, was los ist mit dir. Warum gehst du weg? Warum redest du nicht mit mir? Warum weichst du mir aus?« Er schaut sie an wie ein hungriges Kind.

Sie knallt noch zwei Krügel aufs Tablett, dass der Schaum

überschwappt, schnaubt, sagt »Moment noch« und schiebt sich an ihm vorbei ins Gewühl.

An der Theke hängen die üblichen späten Gäste vor ihrem Bier. Sie kennt sie alle. Chrissie, die Gläser spült, grinst und stößt sie an: »Jetzt!«

Tatsächlich ist es immer dasselbe.

Sie hocken nebeneinander wie dunkle Vögel auf einem Zaun, starren in ihr Bier, trinken hin und wieder einen Schluck, folgen den Frauen hinter der Theke mit immer langsamer werdendem Blick, nehmen förmlich Anlauf und dann: »Du hast unglaublich schöne Augen, weißt du.«

Chrissie grinst breit. »Weiß ich. Ist Anstellungserfordernis«, und: »Noch ein Bier?«

Die Musik dröhnt. Mona kommt mit einem Tablett leerer Gläser zurück.

David stellt sich neben sie. Er ignoriert einen Gast, der drei Finger hochhält und auf sein leeres Glas deutet. »Mona, wir müssen reden.«

Das. Kann. Nicht. Sein.

Wie oft noch? War sie nicht klar genug?

»Es war nur eine Nacht, David. Es war okay, ja. Du bist ein Lieber. Ich mag dich. Ich bin nicht verliebt. Wir sind Kollegen. Es wird nicht mehr sein. Es tut mir leid, ich wollt dir nicht wehtun. Mehr kann ich nicht sagen.«

»Okay. Okay. Verstanden.« Er funkelt sie böse an.

Die nächsten Abende werden mühsam sein, das weiß sie. Sie fängt Chrissies Blick auf. »Wird schon wieder«, sagt die. »In drei Wochen erzählt er, dass er dich hat abblitzen lassen. Glaub mir. Ich kenn das. Entspann dich.«

Den restlichen Abend gehen sie einander aus dem Weg. David hat unglaublich viel zu tun und würdigt sie keines Blickes. Chrissie strahlt sie an. »Männer sind so. Entspann dich.«

»Alle?«, fragt Mona.

»Alle.« Chrissie küsst sie auf die Wange, dreht sich um und räumt den Spüler aus.

Die letzte Stunde zieht sich. Mona sammelt Gläser ein und stellt sich dann zu Chrissie hinter die Theke. Sie schaltet die Kaffeemaschine aus und beginnt sauberzumachen. Immer noch kommen einzelne Gäste, und Chrissie bescheidet: »Ein schnelles Bier geht noch, mehr nicht.«

Mona erkennt Inspektor Seiler nicht gleich. Er hat breitere Schultern in der dunklen Lederjacke und wirkt größter, als sie ihn in Erinnerung hat. Älter auch. Er stellt sich an die Theke, direkt vor sie.

»Hallo, Mona.« Er strahlt sie an. »Ich bin gleich wieder weg, wollte nur kurz reinschauen und Ihnen meine Karte dalassen. Ich würde mich freuen, wenn Sie sich einmal melden.«

Er schiebt ihr seine Visitenkarte über die Theke. Da steht nur sein Name und eine Festnetznummer. Christoph heißt er also. Christoph Seiler.

»Danke. Und jetzt?« Sie ist plötzlich nervös, weil David direkt hinter ihr steht.

»Das liegt an Ihnen, Mona. War schön, Sie zu sehen.« Und er geht, dreht sich an der Tür noch einmal kurz um, ohne Lächeln jetzt, schaut sie an – und verlässt das Lokal.

Mona schiebt die Karte in die Tasche ihrer Jeans und sieht sich einem verächtlich dreinblickenden David gegenüber. »Alles klar. Ich verstehe.«

Chrissie schaut auf, zwinkert und wendet sich wieder ihren Gläsern zu.

Es dauert noch eine Weile, bis sie fertig sind. »Du hast es gut«, seufzt Chrissie. »In fünf Minuten bist du daheim. Ich muss noch durch die halbe Stadt. Bis morgen dann.« David hält sein Handy ans Ohr und nickt Chrissie kurz zu.

Mona ist gerne nachts unterwegs. Es ist immer noch warm, sie braucht keine Jacke. Im Haus brennt nur Licht bei der alten Dame. Sie hebt das Werbematerial vor der Tür auf, sperrt zweimal und kickt, kaum in der Wohnung, die Schuhe von den Füßen. Sie zieht sich aus, stopft ihre Klamotten in die Waschmaschine und geht unter die Dusche. Eine Viertelstunde später schläft sie tief und fest.

Daniela tigert die Josefstädterstraße entlang. So schnell geht das. Wegen einer kleinen Meinungsverschiedenheit. Noch kein halbes Jahr Beziehung, und schon haben sie Streit, das heißt, nicht eigentlich Streit, weil er ja den Mund nicht aufkriegt, wenn ihn etwas stört, sondern einfach nur dasitzt wie ein trotziges Kind und ihre Fragen, was nun los sei, mit einem knappen »nichts« beantwortet, bis ihr endlich der Kragen platzt und sie in die Luft geht.

Irgendwann sagt er dann etwas wie »hysterisch« und sie hat tatsächlich zu heulen begonnen, vor Zorn, wie sie sich gerne einreden möchte, obwohl sie weiß, dass es nicht stimmt, und dann sitzen sie beide da, kilometerweit voneinander entfernt, und starren vor sich hin, und draußen fährt die Straßenbahn vorbei, und irgendwo im Haus schlägt eine Tür zu und sie hört Kinder lachen und eine helle Frauenstimme schimpfen; der Wasserhahn in der Küche tropft, fällt ihr auf, und dann steht Manfred plötzlich auf, schaltet den Computer ein und wendet ihr tatsächlich den Rücken zu. Er beginnt zu arbeiten. Sie starrt eine Weile fassungslos auf seinen Nacken, macht dann noch einen Versuch, ihn zum Reden zu bewegen, knallt ihm schließlich ein wütendes »dann eben nicht« an den Kopf und wenig später die Tür hinter sich zu. Dann eben nicht.

Ihr ist zum Heulen. Sie rennt die Treppen hinunter, stürzt auf die Straße. Hinter der Sonnenbrille fühlt sie sich vor neugierigen Blicken geschützt. Soll er doch verrotten vor seinem Computer. Soll er warten, bis er schwarz wird. Den Teufel wird sie tun und noch einmal einlenken. Sie fummelt das Handy aus der Tasche und schaltet es ab. Und anrufen kann er, wenn er ausgesponnen hat, solange er will. Sie wird nicht rangehen. Sie wird wegfahren, ein paar Tage ans Meer, bevor die Schule wieder anfängt. Soll er doch bleiben, wo er ist. Soll er schauen, wo er bleibt, der Mistkerl, der elendige.

Sie biegt in die Seitenstraße ein, überholt eine ältere Frau und knallt fast an ein Verkehrsschild, das sie übersehen hat. Am nächsten Eck schrammt sie sich an der rauen Hauswand die Knöchel der rechten Hand auf. »Verdammt.« Sie leckt das Blut ab.

Die Bank hat noch offen. Sie schiebt sich die Sonnenbrille auf die Stirn und geht auf die Tür zu. Der Mann steht plötzlich vor ihr, reißt sich mit einem Ruck die Maske vom Gesicht, rempelt sie an, bevor sie reagieren kann, und schlägt ihr unvermittelt mit der Hand von unten gegen das Kinn. Sie sieht nur seine Augen, weit aufgerissen, fiebrig glänzend. Sie spürt etwas Hartes gegen ihren Kieferknochen knallen und einen Schmerz hochschießen, der ihr die Tränen in die Augen treibt. Sie schmeckt Blut, reißt die Arme hoch, verliert das Gleichgewicht und fällt rücklings über die Stufen nach hinten. Im Fallen hört sie einen lauten Knall. Dann wird es dunkel um sie.

Am nächsten Tag ist das ganze Haus in Aufruhr.

»Haben Sie schon gehört?«

»Die Rettung hat kommen müssen, sie hat nicht mehr gehen können.«

»Ganz brutal hingeschlagen. Gegen den Kopf. Ja.«

»Was denn, im Spital?«

Herr Sedlak ist erschüttert. »Wer macht denn so was? So eine nette junge Frau. Immer freundlich.« Er wird ein bisschen rot, hüstelt und hat es plötzlich eilig. »Ich habe noch einen Weg.«

Eine Hetzerei haben die alle miteinander, denkt Herr Pöhz. Da kann unsereiner nicht mehr mit. Auch die Berger muss gleich weiter. Aber die redet ohnehin nicht viel. Hält sich wahrscheinlich für was Besseres. So schaut sie aus.

Herr Pöhz hört eine Tür zuschlagen und dreht sich um.

Julia kommt mit einer Tasche aus dem ersten Stock herunter.

Er kann nicht anders: »Frau Wawerka?« Mein Gott, die wird auch immer magerer, denkt er. Na ja, kein Wunder, bei dem Lebenswandel. Herr Pöhz überwindet sich. Er muss sie fragen. »Fahren Sie zu ihr?«

Julia bleibt stehen. Er weicht ein bisschen zurück. Sein Kopf ruckt vor. Die Situation ist ihm sichtlich unangenehm. »Wie geht es ihr denn? Ist sie bei Bewusstsein?«

Julia schaut ihn an. Sie schaut ganz ernst und irgendwie prüfend. Alt ist er geworden, der Pöhz, denkt sie. Und nicht mehr so giftig wie all die Jahre zuvor. Vielleicht hat Daniela ja recht. Vielleicht ist sein ständiges Keifen und Schimpfen auf alles und jeden nur eine Möglichkeit, Aufmerksamkeit zu kriegen. »Der ist furchtbar einsam, glaub mir«, hat Daniela immer gemeint.

»Ich bringe ihr ein paar Sachen, ja. Es geht ihr besser. Eine leichte Gehirnerschütterung dürfte sie haben. Und das rechte Bein ist gebrochen. Wird eine Weile dauern, sagen die Ärzte.«

Sie zögert. Herr Pöhz ist ganz still.

»Die Daniela ... sagen Sie ihr meine besten Wünsche. Bitte.«

Er sagt tatsächlich bitte.

Julia nickt. Dann läutet ihr Handy. Sie schaut auf das Display und wirkt genervt. »Michael, ich kann jetzt wirklich nicht. Ich rufe dich später ... nein, unmöglich. Tut mir leid. Heute auf keinen Fall. Ich ... ja ... vielleicht. Du, ich melde mich.«

Einer von den Buben, ist sich Herr Pöhz sicher. Dass sie aber auch nicht gescheiter wird! Nach dem Debakel mit dem Wawerka jetzt diese Studenten. Sie ist ja nicht mehr jung. Er nickt energisch. Mindestens Ende dreißig. Mindestens. Aber bitte ... wenn sie meint. Die Frauen lassen sich ja heutzutage überhaupt nichts mehr sagen. Die machen, was sie wollen. Was sie wollen.

»Wie bitte?«

Julia schaut ihn mit großen Augen an. Hat er am Ende laut geredet?

»Was meinen Sie damit, Herr Pöhz?« Sie klappt das Handy zu und steckt es in ihre Tasche. Sie wirkt irritiert.

»Die Verbrecher«, sagt er, »die Verbrecher machen ja, was sie wollen. Ist es nicht so?« Gut, dass er geistig noch so wendig ist. Herr Pöhz nickt. Ja, das ist gut.

»Da haben Sie wohl recht, Herr Pöhz«, sagt Julia. Sie scheint mit den Gedanken woanders zu sein. »Ich muss jetzt ...«

Auch so eine Unart – mitten im Satz aufzuhören. Mitten im Satz sich einfach umzudrehen und zu gehen. Jeanshosen hat sie an und so bunte Turnschuhe. Wie eine Junge. Kopfschüttelnd dreht sich Herr Pöhz um. Er muss sich vorbereiten.

Keine zwei Minuten später läutet seine Haushaltshilfe an der Tür. Herr Pöhz strafft sich und reckt das Kinn vor. »Sie sind zu spät«, blafft er sie an. Man muss ihnen gleich von Anfang an klarmachen, was wichtig ist, weiß Herr Pöhz. So hat er es bei den Lehrmädchen auch immer gemacht, seinerzeit.

Seine neue Hilfe schält sich aus der Jacke, die über den üppigen Brüsten spannt, lacht ihn freundlich an und macht sich nicht die Mühe, sich zu entschuldigen. Mit der Frau Maria wird es schwer werden, das weiß er jetzt schon.

Sie geht an ihm vorbei und schaut in den Kühlschrank. »Das habe ich mir gedacht.«

»Was machen Sie …«, knurrt Herr Pöhz sie an.

»Gut, dass ich eine Milch mitgenommen habe.« Sie greift in ihre Einkaufstasche. »Kaffee. Und Cremeschnitten. Die können Sie auch essen, da muss man nicht viel kauen. Jetzt trinken wir einmal einen Kaffee«, sagt sie, als er empört Luft holt, und drückt ihn auf den Küchenstuhl am Fenster nieder. »Keine Widerrede. Da ist eine Zeitung für Sie, damit ich später dann in Ruhe arbeiten kann. Wenn Sie schon drauf bestehen, mich zu überwachen.« Sie zwinkert ihm tatsächlich zu.

»Herr Pöhz, wo ist der Zucker?« Sie dreht sich zu ihm um.

Pöhz beschließt, ihre Frage zu ignorieren. Er betrachtet eingehend seine Nägel.

»Der Zucker, Herr Pöhz?«, fragt sie etwas lauter »Ah, da ist er ja. Was schauen sie denn so grantig? Meiner Seel'. Na, da wird Sie mein guter Kaffee aufmuntern.«

Es duftet tatsächlich verführerisch.

»Von der Aida. Frisch gemahlen. Der beste, sag ich Ihnen. Probieren Sie.« Sie schenkt ihm eine Schale voll, dann sich, legt die Cremeschnitten auf zwei Teller. »Probieren Sie!«

Herr Pöhz starrt eine Weile auf ihren unglaublichen Busen, dann auf ihre Lippen, die sich genießerisch um die Kuchengabel schließen. Sie mustert ihn belustigt.

»Schmeckt es Ihnen?«, fragt sie und schmunzelt. Und Herr Pöhz fühlt sich ertappt.

»Na gut, das soll aber nicht zur Gewohnheit werden. Sie sind ja schließlich zum Arbeiten da«, erklärt er barsch.

Drei Stunden später ist sie immer noch da. Und er kommt mit seiner Zeitung nicht weiter. Herr Pöhz schaut über den Rand des *Kleinen Blattes* und beobachtet Frau Maria, die auf der Trittleiter steht und den Lampenschirm abwischt. Er kann seinen Blick nur schwer von ihrem Hintern lösen. Sie hat sich zum Arbeiten umgezogen. Die dunkelblaue Hose schmiegt sich an ihre üppigen Formen und betont sie aufs Vorteilhafteste.

Heutzutage, denkt Herr Pöhz, schauen die Frauen ja alle aus wie Buben, keine Hüften und vorne flach wie ein Brett. Das ist nichts für ihn. Er selber mag es üppiger – richtige pralle Weiblichkeit. Das war schon immer so. Er denkt an seine Alben. Seine Frau freilich, Herr Pöhz seufzt tief, war auch so eine Hagere. Und – mein Gott, wie lange ist das jetzt schon her, denkt er – auch innerlich war sie so: knochig, hart und zunehmend verbittert mit den Jahren. Und voller Vorwürfe immer. Und ein Mann braucht doch etwas Warmes, Weiches, Anschmiegsames, wenn er nach einem harten Arbeitstag heimkommt. Hat er sich anderswo umschauen müssen, hin und wieder. Aber das war dann meistens auf die Dauer auch nichts Rechtes. Die Weiber sind ja letztendlich alle nur aufs Geld aus. Und wollen geheiratet werden. Und verheiratet war er ja schon, da war nichts zu machen. Und als Witwer dann, mein Gott. Eine Junge will erben, da ist man über kurz oder lang im Grab. Und eine in seinem Alter, das braucht er nicht mehr. Das kennt er zur Genüge.

»Alle wollen sie nur Geld. Ja«, schimpft er unvermutet.

Sie hält einen Moment inne, schaut zu ihm herab. »Na, na, so viel verlang ich ja gar nicht«, sagt sie, »obwohl da alles pickt und verstaubt ist. Da hat schon ewig keiner mehr gewischt. Aber ich sag Ihnen, es wird noch blitzen bei Ihnen vor Sauberkeit, wenn ich erst ein paarmal da war. Das sollte Ihnen das Geld schon wert sein.«

»Wer redet denn davon«, wehrt er ab.

»Wissen Sie«, fängt sie wieder an, »mein Vater war auch so. Brummig, fast griesgrämig. Was der geschimpft hat den ganzen Tag.« Sie dreht sich um. Herr Pöhz verschwindet hinter der Zeitung. »Aber tief drin war er ein guter Mensch. Er wollte halt nicht, dass man das merkt.«

Was redet sie da wieder, denkt Herr Pöhz. Will sie ihn am End mit ihrem Vater vergleichen? So alt ist er noch nicht.

»Was reden's denn da die ganze Zeit«, grantelt er.

Sie lacht. »Wie mein Vater. Wissen Sie, wenn man ihn dabei erwischt hat, wenn er einem was Gutes getan hat, war er besonders mürrisch. Als ob er sich schämen müsste. Wenn er uns was mitgebracht hat, uns Kindern, dann hat er es hingelegt, fast zornig, wie einen Vorwurf, nicht wie ein Geschenk.«

Ein unverschämtes Weibsbild, denkt Herr Pöhz, aber gut zum Anschauen, das schon. Jetzt wendet sie sich den Küchenkasteln zu. Herr Pöhz muss mit dem Sessel ein Stück weiterrücken. Jetzt hat er ihren üppigen Busen im Blick, traut sich aber nicht so recht hinzuschauen, weil sie ab und zu einen raschen Blick auf ihn wirft, während sie weiterredet.

»Was gibt's denn Neues, Herr Pöhz? Ich komm ja kaum zum Zeitunglesen. Erzählen's ...«

Letztendlich bist du allein. So viel habe schließlich sogar ich kapiert. Ich meine jetzt nicht den Kinderkram wie unglücklich Verliebtsein oder so, verhaute Prüfungen oder dass dich alle verarschen und du der Letzte bist, der das kapiert. Ich meine, dass die Erwachsenen alle so tief in ihren eigenen Geschichten und Problemen stecken, dass du daneben verrecken könntest und keiner merkt was. Okay, Mona hat gemerkt, dass es mir beschissen geht, aber irgendwie war das Ganze dann auch urpeinlich. Im Nachhinein betrachtet. Also mir war das peinlich. Und irgendwie ist jetzt alles anders zwischen uns. Sie tut plötzlich so erwachsen, und damit meine ich nicht, dass sie bei der Polizei angerufen hat. Das war schwer okay von ihr. Obwohl es ihr selber ziemlich beschissen gegangen ist an dem Abend. Aber das weiß ich erst seit gestern. Gut, gemerkt hab ich schon was. Das ist ja nicht normal, dass eine so ausflippt aus dem Stand.

Ich hab dann mit Mam geredet, und die Einvernahme auf der Polizei ist ganz okay gelaufen. Und irgendwann gibt es eine Verhandlung, haben die gesagt, und ich werde als Zeuge aussagen müssen. Das kann aber noch dauern. Mam ist überhaupt nicht ausgeflippt, was auch komisch ist. Jetzt will sie aber ständig reden und wissen, was mich beschäftigt, und ich glaube, der Michael, bei dem sie in letzter Zeit so viel war, ist ziemlich genervt, weil sie jetzt abends oft zu Hause bleibt. Und nicht bei ihm. Der war ja schon sauer, als sie ständig mit Daniela unterwegs war. Wird also auch bald vorbei sein, denke ich. Egal, solange sie nicht die ganze Zeit mir auf dem Pelz hockt.

Die Oma weiß von allem nichts. Nichts von der Verhandlung, nichts davon, was Mama so treibt, nicht, dass der Alte wieder öfter in der Gegend unterwegs ist und einmal sogar mit mir reden wollte. Ich aber nicht mit ihm. Und bei Wagner bin ich mir auch nicht mehr sicher, was ich glauben soll. Ob Alex recht hat oder bloß herumspinnt und Geschichten erzählt. Klar reden wir miteinander, also Wagner und ich jetzt, aber so was kannst du doch nicht fragen. Definitiv nicht.

Ich bin froh, dass die Schule bald wieder anfängt, so verrückt das klingt. Solange ich nicht weiß, wie die Sache da weitergeht und was mit Alex ist und ob ich immer noch in

Gefahr bin, hab ich nicht die geringste Lust, irgendwo herumzuhängen und plötzlich einem der Verrückten aus der Gruppe gegenüberzustehen. Es ist wie in einem Scheißfilm, bloß sitzt du da ganz entspannt im Kino und futterst Popcorn und weißt sofort, wenn diese nervöse Musik einsetzt und immer lauter wird, dass es jetzt gleich Action gibt. Und Tote. Und dass nicht du es bist, der gleich in seinem Blut liegt. Das ist der Unterschied.

Als Marie Berger die Augen öffnet, ist es dunkel im Zimmer. Der Wind peitscht Regen gegen die Fenster. Als sie eingeschlafen ist, war es schon so. Und gestern.

Das Wetter passt perfekt zu ihrer Stimmung. Sie ist wieder arbeitslos. Nach zwei Wochen in dem Naturkostladen hat ihr der Typ mitgeteilt, dass sie nicht entspricht. Nicht entspricht. Wie in der Schule. Ich glaube, ich spinne, denkt sie, sofort wieder voller Zorn. Wer glaubt der Kerl, dass er ist: ihr verdammter Professor, der Noten verteilen kann? Jeder kann sich einmal irren mit dem Wechselgeld. Und dass sie die Bälger, die ständig Fangen spielen, vor und hinter der Einkaufstheke, und sie anrempeln und ihr vor die Füße springen, zuerst ein paarmal weggeschubst hat, ohnehin sanft, und dann schließlich geschnappt, festgehalten und angebrüllt, Auge in Auge, nachdem ihr einer mit voller Wucht gegen das Schienbein getreten hatte, ist ja nun wirklich kein Verbrechen. Irgendwann reicht es dem Geduldigsten. Die Eltern sagen ohnehin nie was oder lassen höchstens ein halbherziges »Jonathan« oder »Johanna« oder »du magst doch auch nicht, wenn dir jemand immer die Schuhbänder aufschnürt« hören. Das berührt die Kinder nicht im Geringsten, weil es keine Konsequenzen hat. Und während die wieder am Tratschen sind oder den Ursprung eines jeden vegetarischen Brotaufstrichbestandteils bis in seine früheste

Kindheit zurückverfolgen und die Aufzuchtbedingungen jeder Karotte diskutieren, terrorisiert der eigene Nachwuchs die Verkäuferin.

Da war dann natürlich die Hölle los: ein Aufschrei. Dann alle Erwachsenen schlagartig still. Vorwurfsvolle Gesichter, die sich ihr zuwenden. Der Bärtige stürmt auf sie zu. »Marie.« Mit Nachdruck allerdings und fuchsteufelswild. Und während rundherum Empörung laut wird und die anderen Kinder neugierig in sicherer Entfernung stehen bleiben und die Szene betrachten, spuckt sie der Sechsjährige, den sie immer noch am Ärmel festhält, an und brüllt: »Blöde Sau, blöde Sau, du!« Er windet sich aus der viel zu großen Weste, die seiner Schwester gehören dürfte, dreht sich um und rennt zu der naturbelassenen Frau mit der großen Nase und wirft sich in ihre Arme. Keine fünf Minuten später ist Marie den Job los.

Marie schlägt die Bettdecke zurück und streckt sich. Sie ist völlig verspannt. Minutenlang sitzt sie auf dem Bettrand, starrt auf ihre runden Knie, die nackten Füße. Die Nägel sind viel zu lang und splittern. Ihr Rücken schmerzt. Der Ficus Benjamini in der Ecke neben dem Schrank lässt gleichzeitig zwei Blätter fallen, die nebeneinander zu Boden taumeln. Eine Sturmbö klatscht neue Regenschauer gegen die Fenster. Sie erhebt sich, müde wie eine alte Frau, als das Telefon klingelt, hält auf halbem Weg inne und starrt es an, bis das Klingeln aufhört. Es läutet erneut. Im Bad schaut ihr ein bleiches rundes Gesicht entgegen, das ihr fremd ist. Abends wird sie sich die Haare schneiden, raspelkurz. Sie widersteht dem Wunsch, wieder zurück ins Bett zu kriechen, und schleppt sich in die Dusche. Das eisige Wasser verschlägt ihr den Atem. Wenig später verbrüht sie sich die Schultern, bevor die Temperatur sich endlich einpendelt. Marie lehnt ihren Kopf an die Fliesen und heult.

Irgendwo im Keller stehen die Kisten, in denen sie ihre Vergangenheit gesammelt hat, die Briefe, die Tagebücher, die Therapieaufzeichnungen. Wie besessen hat sie damals alles festgehalten, jahrelang, und es dann nicht übers Herz gebracht, sie wegzuwerfen. Das wird sie jetzt tun, alles noch einmal durchlesen – und verbrennen. Es ist Zeit, dass das endlich ein Ende hat. Wie ein dunkler Schatten folgt ihr das Zeug von einer Wohnung zur nächsten. Man muss loslassen, flüstert sie. Loslassen.

In den meisten Wohnungen brennt jetzt Licht. Marie hockt mit krummem Rücken, eine halb leere Flasche Rotwein vor sich, unter einem Lichtkegel auf dem Boden im Schlafzimmer und schaut ungläubig auf die drei randvollen Bene-Ordner voller Briefe auf dem Boden der zweiten Kiste. Der Mörder. Die Briefe des Jungen, dem sie mehrere Jahre lang geschrieben hatte. Dem sie sich geöffnet hatte wie keinem davor. Der sie zu verstehen schien, bis er ihr schrieb, er sei nicht ihr Therapeut. Sie brauche professionelle Hilfe. Scheißkerl. Was sie zunächst fasziniert hatte, erfüllte sie später mit Hass: sein analytischer Verstand, seine kühle, verletzende Arroganz. Auf dem ersten Foto hatte er fast kindlich gewirkt, verletzlich, und sie hatte sich ihm nahe gefühlt. Ein verschlossenes Kindergesicht, um den Hals eine Goldkette mit einem wuchtigen Kreuz, viel zu groß für ihn. Er hatte erzählt, viel erzählt, aber immer die Kontrolle behalten, verstand sie später. Da war er schon einige Jahre in Haft und ein Strafende in Sicht.

Die Wohnung von Frau Radl ist dunkel. Die Katzen starren in den Regen. Ihre gelben Augen leuchten.

Mona sieht Frau Novak am Fenster und winkt ihr. Die alte Dame scheint sie nicht zu sehen. Sie sitzt da, unter einer Lampe, die trübes Licht verbreitet, und fährt sich hin und wieder mit der Hand über die Augen. Mona findet den Gedanken, alt zu sein und an die Wohnung gefesselt, schrecklich und beängstigend. Manchmal, hat ihr Markus erzählt, geht sie noch hinaus mit dem Hund. Aber sie hat Angst. Alles ist zu schnell. Sie sieht schlecht. Sie kennt keinen mehr. Und der Hund ist kein Schutz.

Mona hat alle Lichter eingeschaltet. Ihre Wohnung ist taghell. Sie wühlt in ihren CDs und legt eine neue ein. Ibiza-Sound. Die Waschmaschine setzt zum Endspurt an, und Mona rennt ins Bad, um sie zu stabilisieren, bevor sie beim Schleudern an die Fliesen knallt. Mona ist braun. Sie hat die Haare nachlässig hochgesteckt. Einzelne Strähnen lösen sich und umrahmen ihr Gesicht. Sie lächelt ihrem Spiegelbild zu. Dann packt sie die Wäsche in den Korb, schlüpft in ihre Flipflops und schnappt sich den Schlüssel zur Dachbodentreppe.

Aus der Nachbarwohnung dringt kein Laut. Bernhard liegt auf dem Bett, vor sich eine Reihe von Skizzen, die er vergleicht, schließlich zusammenrafft und zerknüllt. Dann dreht er sich um und starrt lange an die Decke. Der Regen lässt etwas nach. Er stopft das Papier in den Müllsack, der neben der Tür steht, zieht seine Joggingklamotten an, zurrt die Kapuze seiner Regenjacke fest und verlässt die Wohnung.

Der grantige Alte im Erdgeschoss grüßt nicht zurück, sondern unterhält sich weiter mit dem dicklichen Mann mit Glatze, der Bernhard allerdings freundlich zunickt. Bei den Mülltonnen steht der Briefträger unter einem groß karierten Schirm, schimpft auf das Wetter und entsorgt einen Stapel Zeitungen, und in der Wohnung der Hausbesorgerin läuft der Fernseher ziemlich laut.

Bernhard ist unruhig. Wenn man nicht weiterkommt,

wenn man auf dem Stand tritt, hilft es oft, die Position zu wechseln, aus der Situation zu gehen, das Ganze von außen zu betrachten. Er vermisst Kolin. Zum ersten Mal befallen ihn Zweifel, ob er selber stark genug ist, das Projekt durchzuziehen. Du bist gut, würde Kolin sagen. Mach dich nicht verrückt. Du bist der Beste. Vergiss das nie.

Er lässt die schwere Eingangstür hinter sich zufallen, schaut kurz gegen den dunklen Himmel und trabt los. Er schaut nach links und rechts und überquert die Straße. Der Aufprall wirft ihn fast um, weil er ihn völlig unvorbereitet trifft. An der Ecke rennt ihn eine große schlanke Person fast über den Haufen. Bernhard reißt den Arm hoch. Sie schreit auf. Schaut zu ihm hoch, voller Zorn – große blaue Augen wie blitzendes Eis. »Mistkerl ...« Sie verschluckt den Rest, und er, erschrocken, als er sie erkennt, hebt nochmals den Arm und streicht ihr, die zurückzuckt, sanft über die gerötete Wange, ehe ihm bewusst wird, was er da tut.

»Entschuldigen Sie bitte. Entschuldigen Sie.«

Julia starrt ihn sekundenlang hasserfüllt an, bevor ihr Blick sich langsam klärt und sie ihn erkennt.

»Ich wollte ... ich war ...« Er ist verwirrt. Er hasst das. Seine Unsicherheit. Sein Stammeln. Sie ist schön. Ein klares helles Gesicht. Feine Fältchen um die Augen. Ihre Haare sind nass und zottelig. An ihren langen Wimpern hängen Regentropfen. Und ihre rechte Wange glüht. Sie schaut ihn einfach nur an, lange und sehr aufmerksam. Als wollte sie sich ihn genau einprägen. Als wollte sie ihn anspringen. Er erträgt es kaum. Er spürt seine Anspannung. Er schiebt das Kinn vor. Er steht unter Strom, möchte schreien, losrennen, gegen die Wand treten – irgendwas tun. Er ist wie festgeklebt unter ihrem Blick.

Da wendet sie sich plötzlich ab.

»Mistkerl«, sagt sie nochmals. Und geht. Langsam, hoch

erhobenen Hauptes überquert sie die Straße, mitten durch die Pfützen. Er steht an der Ecke und schaut ihr nach.

Laufen. Laufen. Laufen ... Durch den Tag und durch die Nacht. Reiten. Reiten. Reiten. Rilke. Ja. Wie viel er gelesen hat, früher. Nahezu ständig, wie ausgehungert. Was immer er in die Hände bekam. Satt gemacht hat es ihn nie. Erst später, als er zu fragen, darüber zu reden begann, vermochten ihn die Worte zu berühren, manchmal wenigstens. Kolin war der Erste, der verstanden hat. Der ihn gezwungen hat, in Worte zu packen, was er spürt. Was er glaubt verstanden zu haben. Der ihn gefordert hat. Kolin. Immer wieder Kolin. Was hätte aus ihm werden können, hätten sie einander früher getroffen. Einen Bruder haben wie ihn!

Stopp.

Bleib im Jetzt. Es hilft dir nicht, wenn du um Vergangenes trauerst. Um Möglichkeiten.

Bleib im Jetzt. Mach weiter. Du kannst das. Du kannst alles.

Er läuft. Der Regen ist schwächer geworden. Sein Puls normalisiert sich. Er hört auf seinen Atem. Einatmen. Ausatmen. Im Rhythmus bleiben. Laufen. Laufen. Laufen.

Es gibt zwei Gefahren. Die Selbstüberschätzung. Sie lässt dich unvorsichtig werden. Unaufmerksam. Dumm. Die Angst. Sie bindet dich, fesselt dich, drängt dich ins Eck. Engt deinen Blick ein. Macht dich dumm.

Jeder macht Fehler. Du kannst daraus lernen. Der Weg ist: Analysieren. Verbessern. Verändern. Fang an. Jetzt.

Er läuft am Wasser entlang. Der Donaukanal ist trüb. Die Häuserfronten weiter oben verwaschen, grau. Ein Mann in gelben Sportschuhen überholt ihn. Bernhard forciert sein Tempo, holt ihn rasch wieder ein, lässt ihn hinter sich. Er läuft und läuft. Sein Kopf ist leer.

Julia besucht Daniela, sooft sie es schafft. In letzter Zeit war sie durch die vielen Prüfungen ständig unter Druck, aber jetzt weiß sie, dass sie durchgekommen ist, und hat zum ersten Mal seit langem wieder gut geschlafen. Sie freut sich auf Daniela.

Das Krankenzimmer ist hell und freundlich. Von den vier Betten sind nur zwei belegt. Daniela ist ans Fenster übersiedelt, auf eigenen Wunsch. Auf ihrem Nachtkästchen stapeln sich Bücher und Zeitschriften. Keine Blumen.

»Alle verschenkt«, knurrt sie und futtert Schokolade. Sie trägt ein knalloranges T-Shirt und schwarze Shorts. Vorne prangt ein Schokoladefleck. »Vom Herrn Pöhz. Milkaherzen. War mit dem Sedlak da. Seltsamer Kauz. Hat die meiste Zeit aus dem Fenster geschaut. Aber immerhin: Konfekt. Magst du? – Hey, was ist mit dir?« Sie stupst Julia an. Die schüttelt den Kopf.

Daniela wuchtet das eingegipste Bein ein Stück nach rechts, klopft mit der flachen Hand neben sich auf die Decke, und Julia lässt sich auf dem Bett nieder. Sie schaut die Freundin an.

»Sag mal, was ist los mit uns, dass das immer so läuft. Dass wir Männer anziehen, die uns erst mies behandeln. Und uns dann Blumen bringen?«

»Wir sind Bruchpilotinnen, wir beide. So ist das«, sagt Daniela. »Kaum sind wir ein Weilchen oben in den Wolken. Crash. Absturz. Rauchende Trümmer.«

»War er wieder da?«

Daniela nickt. »Jeden Tag seit dem Unfall. Zerknirscht. Besorgt. Mit Rosen. Mehr Rosen. Noch mehr Rosen. Mit Schwüren. Mit Entschuldigungen.«

»Und?«

»Ich will nichts mehr hören. Ich hab's so satt. Da ist es mir erst aufgefallen. Wie *er* sich gesorgt hat. Wie *er* traurig war.

Wie *er* nicht schlafen kann vor Kummer. Wie *er* leidet, weil ich ihn nicht sofort begeistert wieder in die Arme geschlossen hab.«

»Aber vielleicht …«

»Was vielleicht«, fährt Daniela auf. »Ich weiß, dass er nichts für den Überfall kann. Ich bin ganz allein losgerannt und in den Typen reingelaufen, blind vor Wut und Heulen. Aber das ist jetzt *mein* Bein, das gebrochen ist. Und *mein* Schädel, der immer noch wehtut. Und er? Ich. Ich. Ich. Nach einem kurzen ›Wie geht's dir?‹ war nur noch von ihm die Rede. Man muss völlig verblödet sein, wenn man verknallt ist. Blind, taub und wahrnehmungsgestört. Aber ein Schlag auf den Hinterkopf hilft, wie man sieht – Hirn funktioniert wieder einwandfrei.« Sie verzieht den Mund zu einem schiefen Grinsen, schließt mit Nachdruck die Milkaschachtel und legt sie beiseite. Sie schaut Julia aufmerksam an. »Und der Marathonmann?«, fragt sie.

Julia wirkt verlegen. »Unglaublich«, sagt sie dann. »Schau.«

Sie zieht ein Kuvert aus der Tasche, ein Blatt Papier. Wenige Zeilen in einer klaren, unglaublich gleichmäßigen Schrift: »Ich weiß, es gibt keine Entschuldigung. Nur so viel – es tut mir leid. Sie haben ausgesehen, als wollten Sie mich verprügeln. Sie hatten recht.«

»Und Boxhandschuhe.«

Daniela schaut sie an. »Bitte?«

»Boxhandschuhe. Rote. Er hat rote Boxhandschuhe an meine Tür gehängt. Und diese Karte. Markus war von den Socken. Der ist völlig durchgeknallt, meint er. Oder verdammt cool. Je nachdem.«

»Und?«

»Was und?« Julia schaut die Freundin groß an.

»Der will was von dir.« Daniela ist sich ganz sicher.

Julia macht eine abwehrende Handbewegung. »Weißt du, im Moment ist mir alles zu viel. Die Sache mit Markus, der Prüfungsstress ... und Michael versteht nicht, dass ich so wenig Zeit für ihn habe ...«

»Hast du ihn seither wieder gesehen?«

Julia schaut sie groß an. »Ja sicher, zweimal die Woche sehen wir einander auch jetzt. Ach so, du meinst ... nein.« Sie lacht. »Nein, der dürfte weggefahren sein. Macht er öfter für ein paar Tage. Er ist im Übrigen ziemlich distanziert sonst. Angenehm.« Sie schluckt. »Redet wenig.« Sie stutzt. »Sag nicht, du hast den noch nie gesehen?«

»Nein, ich glaub nicht. Ich war ja wenig da, die letzte Zeit.« Daniela legt die Stirn in Falten.

»Groß, dunkel, sehr schlank.«

»Nein, wäre mir aufgefallen. Boxhandschuhe ... hehe.«

Es klopft. Die Tür wird behutsam geöffnet.

Daniela fährt herum. »Die Boxhandschuhe, hast du die auch mit?«

Julia schüttelt übertrieben heftig den Kopf.

»Ah, du hast Besuch. Wo sind denn die Blumen alle? Egal, schau, ich hab dir welche mitgebracht. War gar nicht so einfach, aus der Arbeit ...«

Daniela hält sich die Ohren zu, kreischt »neeeeeeiiiiiin« und zieht sich die Decke übers Gesicht.

Manfred schaut erst betreten von ihr zu Julia, dann wieder auf Daniela, wartet, wippt auf den Fußspitzen und knallt dann unvermittelt die Blumen aufs Bett und schreit sie an: »Du dumme Kuh! Du bist es nicht wert. Du bist es echt nicht wert!«

Die Tür klappt zu, und nach einer Minute völliger Stille und Regungslosigkeit taucht Daniela langsam wieder auf. Sie zieht die Decke Stück für Stück von ihrem Gesicht nach unten und setzt sich auf.

»Mein Gott, jetzt hat er's!«

Zwei Tage später geht der Telefonterror los.

Herr Sedlak ist durcheinander.

»Stellen Sie sich vor«, sagt er, und Wagner nickt und hört mit halbem Ohr zu. »Das Kreuz hätte sie sich brechen können, zierlich, wie sie ist. Das geht schnell.« Und nach einer Pause. »Nicht auszudenken.«

»Kennen Sie die Lehrerin näher?«, fühlt sich Wagner nun doch bemüßigt zu fragen. Er ist eigentlich auf dem Weg zum Klo, aber Sedlak scheint richtig gelauert zu haben auf einen Gesprächspartner.

Sedlak runzelt die Stirn.

»Nun, weil Sie sie doch besucht haben im Spital.«

Sedlak murmelt etwas von »Nachbarschaft« und dass die Polizei schon bei ihr war. »Zeugenaussage, wissen Sie«, macht er sich wichtig. »Sogar ein Phantombild soll mit ihrer Hilfe erstellt werden.«

Du lieber Himmel, der Mann ist definitiv ein bisschen umständlich. Wagner weiß noch immer nicht, worauf er hinauswill. Dafür meldet sich seine Blase umso energischer.

»Entschuldigen Sie«, unterbricht er Sedlak und deutet mit der zusammengerollten Zeitung auf das Gangklo. »Ich muss …«

Es ist wunderbar. Wagner lässt sich entspannt nieder. Seit der Alte eine Putzfrau beschäftigt, ist seine Lebensqualität entscheidend gestiegen. Er schlägt die Zeitung auf, überblättert den Politikteil und stürzt sich auf die Chronik.

»Besetzt«, hört er vor der Tür die Stimme von Sedlak.

Pöhz braust sofort auf. »Schläft der Trottel da oder was?« Er klopft energisch gegen die Tür.

Wagner blättert um und lässt sich nicht stören. Er grinst vergnügt.

»Wann gehen Sie wieder hin, Herr Pöhz? Ins Spital?«, hört er Sedlak fragen.

Pöhz murmelt Unverständliches und hämmert erneut gegen die Tür. »Heraus da. Andere Leute müssen auch …«

»Kommen's zu mir, Herr Pöhz, wenn Sie es eilig haben. Das dürfte dauern.«

Herr Pöhz nimmt das Angebot widerwillig schnaufend an.

Marie hat sich festgelesen. Seit Tagen hat sie die Wohnung nicht mehr verlassen. Ihre Haare sind fettig und immer noch lang. Sie schaufelt sich mit einem großen Löffel Himbeermarmelade in den Mund und schluckt gierig. Ihr Mund ist verschmiert und klebrig. Sie wird sich das Gesicht waschen und einkaufen müssen. Bis auf ein halbes Glas schwarze Oliven und ein vergammeltes Joghurt ist nichts mehr im Kühlschrank. Sie hat wieder angefangen, ihre Nägel abzukauen. Es sieht hässlich aus und tut weh. Sie hätte es bleiben lassen sollen. Die verdammten Kisten wären besser im Keller verrottet.

Sie träumt wieder schlecht. Sie starrt das Foto an und ein dunkelhaariger Junge starrt zurück. Es ist ein Automatenbild, schief geschnitten, verblasst. Er hat die Augen weit aufgerissen, um den Blitz nicht zu verpassen. Seine Haut wirkt fast lila. Sein dünner Hals wächst aus einem roten Pullover. Er hat einen kindlich-trotzigen Mund. Da hatte er schon getötet, denkt sie. Danach ist er mit dem Auto der Frau, einem weißen Käfer, tagelang durch die Gegend gefahren. »Ich wusste nicht, was ich sonst hätte tun sollen«, hat er ihr einmal geschrieben. Und: »Was fändest du denn angemessen, nachdem man jemanden erschlagen hat?«

Sie weiß noch genau, was sie damals gedacht hat: Der ist verrückt, völlig durchgeknallt. In den Zeitungen waren Fotos von ihm. Anlässlich der Festnahme. Eines aus dem Verhandlungssaal. Er blickte direkt in die Kamera, ein junger Mann, der ein bisschen verloren aussah. Ausgesetzt, ja. Eine elende Kindheit, mehrere Pflegefamilien, dann, mitten in der Pubertät, wieder nach Hause zu den eigenen Eltern, schrieben die Zeitungen. Immerhin ein Schulabschluss. Immerhin Eltern. Dort war er dann abgehauen und bei einer Frau untergekommen, deutlich älter als er selbst. Es sollte nur für ein paar Tage sein. Sie wollte ihn dazu bewegen zurückzugehen. Oder in ein Heim. Am zweiten Tag hatte er sie erschlagen. Mit einem Hammer.

»Warum schreiben Sie mir? Ich bin ein Mörder. Wenn ich hier rauskomme, bin ich kaputt oder ein alter Mann.« Sie erinnert sich noch gut an seinen ersten Brief. Ihrer war ein hilfloses Gestammel, eine seltsame Mischung aus Erklärungen und Fragen gewesen. Nein, ein Bewerbungsschreiben, denkt sie heute. Sie hatte versucht, ihn zu beeindrucken, ihn dazu zu bewegen, ihr, gerade ihr, zu antworten. Es hatte Wochen gedauert, bis sie Antwort erhielt. Seine ersten Sätze waren eine Zurückweisung. Sie antwortete ihm sofort.

Marie ist das Mädchen, das sie damals war, in vielem fremd. Sie steht auf und kramt in der Kommode. Sie legt die beiden Fotos nebeneinander. Beide sind sie schlaksig und bleich, er wie sie, auch ihr Mund trotzig aufgeworfen. Seine Haare dunkel, ihre fuchsrot. Sie hatte erst später begonnen, ihre Haare und Brauen zu färben. Sie sieht verschlagen aus auf diesem Bild, irgendwie hinterhältig. Sie weiß noch, wie sie sich damals gefühlt hat: Einsam. Voller Wut.

Er – sehr kühl. Er beantwortet ihre Fragen (nach seiner Umgebung, seinem Alltag – was soll sie fragen? Sie ist voller Scheu) wie einen Test, Frage um Frage, aber immerhin – er antwortet. Sie beginnt zu warten, wird nervös, wenn es mit einer Antwort dauert. Sie sitzt stundenlang über den Briefen, ihren wie seinen. Sie hat sich in Traumwelten eingesponnen und verbirgt ihr geheimes Leben eifersüchtig vor allen: Er könnte ihr Bruder sein, ihr älterer Bruder, von dem sie früh getrennt worden ist.

»Hast du immer schon so geheißen?«, fragt sie ihn, und bis seine Antwort eintrifft (ja, klar), versenkt sie sich immer tiefer in diese Möglichkeit. Aus ihren Adoptionsunterlagen, die die Mutter ganz hinten im Schrank unter der guten Bettwäsche versteckt, geht wenig hervor: Sie hat einen Allerweltsnamen, eine uneheliche Mutter, die zum Zeitpunkt ihrer Geburt noch keine achtzehn war. Ein weiteres Kind, ein Bub, älter als sie, wächst in einer Pflegefamilie auf. Später soll die Mutter wieder geheiratet haben. Sie will keinen Kontakt. »Du bist eine Träumerin, Marie«, schreibt er. »Wach endlich auf.« Da kennen sie einander schon eine ganze Weile.

Marie starrt auf die Fotos. Dann geht sie langsam ins Bad. Sie ist müde, so müde. Sie muss einkaufen. Aber zuerst. Sich waschen. Das Gesicht. Die Haare. Anziehen. Aufschreiben, was sie braucht. Die Tasche nicht vergessen. Das Geld. Ja. Im Stiegenhaus stiert sie ein Mann an. Er macht einen Schritt auf sie zu. »Kann ich Ihnen helfen?«

»Nein. Nein. Nicht«, sagt sie. Sie hat ihren Pullover verkehrt herum an. Ihre Haare sind nass.

Drei Tage später, am späten Nachmittag, stürzt Frau Novak in der Wohnung. Mona sieht sie wie so oft am Fenster stehen, da sackt sie plötzlich weg und kippt um. Mona stellt ihre Tasse ab und rennt auf den Gang. Hinter der Tür bellt und wimmert der Hund. Sie klopft. Sie versucht durch den Briefschlitz zu schauen. Sie ruft: »Keine Angst, bleiben Sie ganz ruhig liegen. Bewegen Sie sich nicht. Ich hole Hilfe. Ich bin gleich wieder da.«

Mona läutet an der Tür der Hausbesorgerwohnung.

Julia öffnet ihr. Sie wirkt aufgelöst und sehr blass. Der Mann hinter ihr wendet sich ab und geht in den Nebenraum.

»Entschuldigen Sie … ich … es ist …« Mona verhaspelt sich, setzt noch einmal an. »Die alte Dame. Umgefallen. Haben Sie einen Schlüssel zur Wohnung?«

»Moment.« Julia reagiert sofort.

Gemeinsam laufen sie die Stiegen hoch. Im Erdgeschoss klappt eine Tür zu. Der Hund weint in einem lang gezogenen hohen Ton.

»Wo?«, fragt Julia, bevor sie aufsperrt.

»Am zweiten Fenster zum Hinterhof.«

Julia nickt.

Die alte Dame scheint bewusstlos. Oder tot?, fragt sich Mona einen Moment lang entsetzt und spürt langsam Panik aufsteigen. Julia kniet sich hin, fasst die Hand der alten Frau, schaut zu Mona hoch und nickt ihr zu. »Rufen Sie die Rettung.«

Mona fummelt am Handy herum, tippt schließlich und gibt die notwendigen Informationen durch. Julia kniet auf dem Boden, hält die Hand der alten Frau und hat eine Handfläche auf deren rechte Wange gelegt. Sie spricht beruhigend auf sie ein. Sie wirkt sehr sicher, sehr kompetent. Mona spürt, wie sie selber zittert. Es beginnt ganz langsam in den Knien und pflanzt sich durch den ganzen Körper fort.

Der Hund tänzelt um die alte Frau herum und stupst sie immer wieder an. Er fiept. Mona geht zu ihm hin und versucht, ihn wegzuziehen. Da schnappt er nach ihr und knurrt drohend. Die Sanitäter sind wenig später da. Julia antwortet kurz und klar auf ihre Fragen, während sie sich um die alte Dame kümmern und sie auf die Bahre betten. Mona geht langsam in ihre Wohnung zurück und zieht die Türe hinter sich zu.

Julia weiß, dass er die Dinge, die er angefangen hat, zu Ende bringt. Immer. Sie wünscht sich, er würde so tun, als hätte es dieses Gespräch nicht gegeben, sich zu ihr aufs Sofa setzen und ihr zuzwinkern oder eine Flasche Wein aufmachen, ihr ein Glas hinstellen, selber einen Schluck nehmen, genießerisch, ihr zulächeln und sie in den Arm nehmen. Oder mit ihr kochen, irgendein Phantasiegericht, das sie gemeinsam erfinden. Meinetwegen streiten, denkt sie. Aber nicht das.

Sie zieht den Hund hinter sich her, eine kleine Walze, die sich heftig dagegen wehrt und ihr nicht in die Wohnung folgen will. Sie stellt ihm sein Körbchen hin und Futter. Der Hund verkriecht sich unter dem Tisch.

Michael blickt sehr ernst. »Schaut nicht gut aus, oder?«

Julia zuckt die Schultern. »Nicht gut, nein.« Nichts schaut gut aus. Nicht für Frau Novak. Nicht für sie.

»Und der Hund? Bleibt der jetzt hier?«

Sie weiß es nicht. »Ich kann nicht mit Hunden. Ich hab Angst, und ich glaube, die spüren das.« Sie schluckt. »Vorübergehend vielleicht. Ich muss einen Platz suchen.«

Michael will antworten, räuspert sich, verstummt wieder. Er setzt noch einmal an. Seine Stimme klingt rau. Er sieht sehr müde aus. »Julia, du bist eine wunderbare Frau.«

Sie hat es gewusst. Es ist vorbei.

Michael schaut sie aufmerksam an, und sie spürt, dass ihr die Tränen in die Augen steigen. Sie ist froh, dass Markus weggegangen ist. Zu Freunden, wie er sagt. Sie schluckt tapfer und versucht, ruhig weiterzuatmen.

Er hat es probiert, wirklich versucht, und sie hätten es schaffen können, wenn nicht ... Sie weiß, was jetzt kommt, aber zum ersten Mal ist es nicht sie, die geht. Sie hatten schon viele solche Gespräche in den letzten Wochen. Aber diesmal, das weiß sie plötzlich, ist es zum letzten Mal. Sie möchte aufstehen und verschwinden und kein Wort mehr hören. Keines. Sie zieht sich langsam in sich zurück.

»Du bist klug, Julia. Auch wenn du es selber nicht glaubst. Noch immer nicht glaubst. Lass mich«, wehrt er ihren Versuch ab, ihn zu unterbrechen. »Der Kurs in der Minimalzeit, die Prüfung mit Auszeichnung bestanden. Und das alles neben dem Job. Neben diesem Wahnsinnshaus, in dem alle verrückt sind und keiner irgendwas allein zustande bringt. Wo ständig einer an der Tür ist, der etwas von dir will. Du schaukelst den Laden. Dein Sohn ist schwer okay – und das ist wahrscheinlich das größte Kompliment, das man dir machen muss.«

Julia hat ihre Mimik jetzt im Griff. Ihr Gesicht ist wie eingefroren. Vor ihr liegen ihre Zigaretten, aber sie greift nicht danach.

Er rückt ein Stück näher. Seine Hand bleibt auf halbem Weg liegen. Unter dem Tisch weint der Hund, leise, in einem hohen kindlichen Ton.

»Ich liebe dich, Julia. Aber ich kann das nicht. Nicht mehr länger. Ich stehe da irgendwo am Rand in deinem Leben, und manchmal kommst du kurz und umarmst mich. Du schmiegst dich an mich und du riechst wunderbar. Ich möchte bleiben. Ich nehme dich in die Arme. Aber ich erreich dich nicht. Wie jetzt. Du wirst plötzlich ganz kühl und geschäftig. Immer geht irgendetwas anderes vor, steht da irgendwer dazwischen, der etwas von dir braucht. Wo du hinmusst. Immer bist du auf dem Sprung. Dein ganzer verdammter Tag ist angefüllt mit tausend Dingen, die auf dich warten, die zu erledigen sind, die nur du kannst.«

Sie schüttelt den Kopf.

»Du schließt mich aus. Du behandelst mich wie ein Kind. Alles, alles machst du allein. Du bist cool und stark und …« Er wird heftig. Er bricht ab. Schüttelt dann den Kopf. Und nach einer Pause, in der er sie aufmerksam ansieht: »Du bist überhaupt nicht stark, Julia. Innen drin bist du das kleine Mädchen, das immer noch glaubt, nur für Leistung wird man geliebt. Ich lieb dich dafür, wie du bist, wenn du loslässt. Wenn du ganz bei dir bist. Das ist schön, weißt du. Wenn du lachst und losrennst und sprudelst vor Erzählenwollen und die Zeit vergisst und niemandem was beweisen willst. Vor allem nicht dir. Aber – das kapierst du nicht. Das kapierst du nicht.«

Sie ist ganz weit weg. Sie sieht sich an einem Strand im Gegenlicht. Hinter ihr glitzert das Wasser. Die Luft ist salzig. Es riecht betäubend nach Thymian. Möwen schreien.

Es ist still.

Still.

Er wartet. Wartet. Nichts.

»Ich geh jetzt«, sagt er dann.

»Michael?« Sie ist wieder da. Ihre Stimme ist brüchig.

»Ich warte nicht mehr«, sagt er. »*Das* ist anders.«

Er legt ihr die Schlüssel hin und bleibt kurz neben ihr stehen. Sie lehnt den Kopf an ihn, atmet seinen vertrauten Geruch ein. Eine Minute, zwei, bleiben sie so. Sie fällt und fällt und fällt.

»Es tut mir so leid«, sagt er. »Um uns.«

Dann geht er. Er dreht sich nicht mehr um. Die Tür fällt ins Schloss.

Man kann nichts machen. Gar nichts. Man kann so mutig sein, wie man will. Und das war ich. Ich hab lange überlegt: Brief oder selber sagen? Brief ist was für Feiglinge. Ich bin also hin. Hab geklingelt.

Mona: »Es ist offen.«

Ich rein. Sie ist im Wohnzimmer. Steht da, auf der Leiter, und schraubt eine Glühbirne ein. Ich schau an ihren Beinen hoch. Sie grinst auf mich runter und ist mindestens so verlegen wie ich.

»Hi«, krächze ich.

»Hi«, sagt sie. Und: »Hab's gleich.« Sie braucht ewig.

Ich hocke mich auf das giftige Sofa und warte. Schaue mich um. Unglaublich, was die Frau an Klamotten hat. Und Büchern.

Nach Stunden, also, sie hat echt ewig gebraucht, wirft sie sich neben mich aufs Sofa. Und entschuldigt sich. Entschuldigt sich! Das ist ein denkbar schlechter Start.

»Ist schon okay«, sage ich lässig und überlege, wie ich jetzt die Kurve kriege.

»Nichts ist okay«, sagt sie. »Das war einfach so was von peinlich. *Ich* war so was von peinlich. Tut mir leid.«

Ich nicke verständnisvoll. Ich habe keine Ahnung, wovon sie redet. Okay, vielleicht war sie betrunken, damals, obwohl – gemerkt habe ich nichts. Und dann war sie auch wieder ganz normal. Es hat gutgetan, mit ihr zu reden. Und dann hat sie mir auch die Sache mit der Polizei gecheckt.

»Ich muss dir das erklären«, sagt sie. »Damit du verstehst.«

Ich winke ab.

»Doch«, sagt sie. Und erzählt dann. Von ihrem kleinen Bruder, der von der Brücke gesprungen ist eines Nachts. Mitten auf die Autobahn. Als sie nicht da war wochenlang. Ein Auto nach dem anderen hat ihn überfahren. Als man ihn fand, war er längst tot. »Seine rechte Hand war völlig zermatscht«, sagt sie.

Die Hand. Ich will mir nicht vorstellen, wie er sonst aussah.

»Ich hab's zu Hause nicht mehr ausgehalten und bin lange vor Semesterbeginn weg. Es war eng und düster bei uns, weißt du. Ich war nächtelang unterwegs und hab ständig neue Leute kennengelernt. Und bin schließlich auch am Wochenende geblieben. Er hat mich ein paarmal angerufen. Du kennst das: Alles okay bei dir? – Hm. – Was machst du so? – Oooch, nichts Besonderes. Du? – Ja. Auch nicht. Weggehen. So Sachen. – Ich hab keine Lust. – Ist was? – Nö. Wieso? – Ja dann …«

Sie schluckt.

»Und?« frage ich.

Sie: »Drei Tage später war er tot.«

Wir schweigen.

»Brief?«, frage ich. »Ich meine, weiß man …?«

Sie schüttelt den Kopf. »Weißt du, Markus, *mir* hätte er was gesagt. Er hat nicht viel geredet. Aber wir, wir konnten gut miteinander … trotz des großen Altersunterschieds.«

»Du denkst, wenn du da gewesen wärst …?«, frage ich. Es liegt auf der Hand.

»Ja«, sagt sie. »Sicher.«

Sie hat plötzlich ein ganz kleines Gesicht. Sie schaut mich an.

Ich schüttle den Kopf.

»Was?«, fragt sie.

»Und deshalb bist du so ausgeflippt?«

»Du erinnerst mich an ihn«, sagt sie da.

»Ich heiße Markus«, sage ich.

»Ja, Mister Cool. Unverwechselbar. – So einer war er auch.« Sie grinst schief. Dann weint sie ein bisschen.

Ich sitze da und schau ihr dabei zu.

Sie schnieft. Sie sucht nach einem Taschentuch. »Ich vermisse ihn, weißt du. Sehr.«

Ich nicke.

»Er war ein … er war … ein verdammter Wichser. Einfach so abzuhauen!«

»Hm«, sage ich.

Sie schaut mich an. »Du bist auch so, oder?«

»Klar«, sage ich. Und dann, im denkbar blödesten Moment: »Ich liebe dich, Mona.«

Ich pack es nicht. Ich hab das gesagt. »Ich liebe dich, Mona.« Und dann werde ich rot. Ganz langsam. Tiefrot.

Und dann sie. »Oh Scheiße«, hör ich sie sagen. »Ich bin so blöd. Entschuldige, Markus. Sooo sorry.«

Ich frag mich, wie wir da rausgekommen sind, alle beide.

Ich weiß nur noch, dass wir irgendwie überlebt haben müssen. Und dass keiner von uns beiden gelacht hat. Das immerhin. Sie sagt nichts davon, dass ich ein ganz Lieber bin, aber eben zu jung. Und all den Mist. Und dass ganz sicher irgendwann …

Seitdem reden wir wenig. Was auch? Heute Morgen hat sie mich angegrinst.

»Die steht auf dich«, hat Wagner gesagt. So laut, dass sie es hören musste.

»Klar, Wagner«, sag ich.

Und sie dreht sich um und zwinkert mir zu. Immerhin.

Niemand will den Hund. Die Hausbesitzerin verweist auf ihre Katzen, Mona auf ihre unmöglichen Arbeitszeiten und Frau Berger schützt, da ist sich Julia sicher, ohne die Frau näher zu kennen, eine Tierhaarallergie vor. Herrn Pöhz hat sie nicht gefragt. Der und ein Hund – undenkbar. Wagner fällt auch aus. »Briefträger und Hunde sind natürliche Feinde«, sagt er. Nur der Herr Sedlak hat sich angetragen, vorübergehend mit dem Tier Gassi zu gehen. Notfalls. Begeistert klingt er nicht. »Ich muss ja zeitig ins Amt«, erklärt er. So bleibt diese Aufgabe meistens an Markus hängen, morgens vor der Schule, die gerade wieder angefangen hat. Abends opfert sich Julia. Sie hat es Frau Novak versprochen, die ganz klein und ängstlich zwischen den Kissen gelegen ist und immer nur davon gesprochen hat: »Der Wastl ... bitte geben Sie den Wastl nicht weg. Ich hab ja sonst niemanden.« Julia hatte sich unbehaglich gefühlt. »Er ist so ein lieber Hund, Frau Julia.«

Der liebe Hund ist bei Julia wie ausgewechselt. Er betrachtet sie als Feind. Sie fühlt sich unbehaglich. Sie traut dem Vieh nicht. Der Hund schnappt immer wieder nach ihr und hat sie zweimal sogar gebissen, nicht tief, aber doch. Sie hat geblutet. »Ratte«, schimpft Julia, und der Hund schaut sie fast vergnügt an, bevor er zu seinem Körbchen trottet. Nachts schnarcht er.

»Er kann nichts dafür, er ist zu fett«, sagt Markus.

Julia setzt den Hund auf Diät. Der pinkelt in ihre Lieblingsschuhe, flache weiche rauchblaue Raulederschuhe, die sie nach der Scheidung von ihrem ersten eigenen Geld gekauft hat. Sündhaft teuer für ihre Verhältnisse.

Frau Maria kommt immer donnerstags. Julia weiß, dass der alte Pöhz sich ärgert, wenn sie bei ihr stehen bleibt.

»Die Tratscherei allerweil«, hört sie ihn auch schon granteln. Er hat die Wohnungstür einen Spaltweit geöffnet und rumort vernehmlich in der Küche.

Frau Maria lässt sich davon nicht beeindrucken. »So ein lieber Hund.« Sie stellt ihre Einkaufstasche ab und streckt dem Hund ihre mollige Hand hin. Sie hat eine angenehme dunkle Stimme, denkt Julia. Viele Lachfältchen um die Augen.

»Vorsicht, der beißt«, warnt sie, aber der Wastl schnuppert nur und wirft sich nach eingehender Prüfung mit seinem ganzen Gewicht gegen Frau Maria, die sich eben zu ihm hinabbeugt und ein wenig aus dem Gleichgewicht gerät.

»No, du bist aber ein Stürmischer«, lacht sie.

Der Hund reibt sich an ihren Beinen. Er wedelt wie besessen und springt japsend an Frau Maria hoch. Es schaut sehr unelegant aus. Frau Maria tätschelt den Hund und lobt ihn wieder und wieder. Wastl grunzt vergnügt.

»Ich kann ihn unmöglich behalten«, sagt Julia, während sie die Blumen im großen Gangfenster gießt. »Wir schaffen das einfach nicht. Markus muss in die Schule, und wenn ich den neuen Job kriege, ich weiß nicht, wie ich das neben dem Hausbesorgerposten schaffen soll. Der«, sie deutet auf den Hund, der sich etwas beruhigt hat, »kann ja nicht die ganze Zeit in der Wohnung bleiben. Der braucht ja seinen Auslauf.«

Frau Maria nickt. »Ein bisschen Bewegung täte ihm gut.«

Sie richtet sich auf und zieht den Pullover über ihrem Busen glatt.

»Ah, mein Aufseher«, lacht sie, als Herr Pöhz in der Tür auftaucht. Sie nimmt die Tasche wieder auf. Der Hund folgt völlig gebannt jeder ihrer Bewegungen. Als sie sich zum Gehen anschickt, trottet er hinter ihr her. Er folgt der Haushälterin wie selbstverständlich, legt plötzlich an Tempo zu, überspielt geschickt den Herrn Pöhz an der Tür und verschwindet noch vor den beiden in der Pöhz'schen Wohnung. Julia stellt die Kanne ab und eilt hinterher. Sie traut sich nicht einzutreten und bleibt in der Tür stehen. Die Wohnung ist dunkel, vollgeräumt, aber nicht ungemütlich. In der Küche tickt ganz laut eine Uhr. Auf dem Tisch liegt ein Stapel Zeitungen, eine Brille daneben. Sie hat den alten Pöhz noch nie mit Brille gesehen. Eitel ist er also auch, denkt sie und muss grinsen. Der Hund ist nirgends zu sehen.

»Eigensinnig wie die alte Novak, das Vieh«, schimpft Herr Pöhz gerade und versucht tatsächlich, den Wastl unter dem Tisch hervorzuzerren. Der Wastl knurrt. Herr Pöhz auch.

»Erschrecken Sie ihn nicht. Nicht vorn vorne hingreifen. Da fühlt er sich bedroht und schnappt womöglich. Kommen

Sie, lassen Sie mich das machen.« Energisch schiebt Frau Maria ihren Arbeitgeber beiseite und geht in die Knie. Sie ist erstaunlich gelenkig. »Komm, Hunderl, komm her da. Kriegst was Feines, jaaaa, so ist's brav.« Sie wendet sich um. »Haben Sie eine Wurst, Herr Pöhz? Ein, zwei Scheiben genügen. Na, kommen Sie schon ...«, sagt sie.

»Wie die kommandiert allerweil«, hört Julia den alten Herrn granteln. Sie ist sich nicht sicher, ob er sie bemerkt hat, und verhält sich ruhig.

»Na?« Frau Maria gibt nicht auf.

Wie ein altes Ehepaar, denkt Julia. Jetzt geht Herr Pöhz tatsächlich zum Kühlschrank und wenig später neben der Haushälterin in die Hocke, ächzend und ein bisschen unsicher. Die Extrawurst, zwei hauchdünn geschnittene Scheiben, hält er weit von sich.

»Na, komm her.« Wieder die Haushälterin. Diesmal zum Hund. Der stellt sich tot. Herr Pöhz späht vorsichtig unter den Tisch. Er bewegt sich nicht. Da kommt Wastls Schnauze ins Bild. Der Hund schnüffelt eine Weile, springt dann plötzlich hoch und schnappt nach der Hand des Herrn Pöhz, der erschrocken die Wurst fallen lässt. Der ganze Hund wird sichtbar. Er hat keinen Blick mehr für seine Umwelt. Er widmet sich der Wurst, hält kurz inne und wirft Julia, die immer noch an der Tür steht, einen langen Blick zu. Dann frisst er weiter.

Herr Pöhz und seine Haushaltshilfe hocken nebeneinander auf dem Boden und betrachten ihn. Julia hat den knochigen Hintern des Herrn Pöhz in der etwas schmuddeligen braunen Stoffhose und den runden, appetitlichen von Frau Maria (die ganze Frau hat etwas Appetitliches, schaut rund und prall und frisch gewaschen aus, denkt Julia) direkt vor sich. Wastl schleckt nun hingebungsvoll den Küchenfußboden ab. »Er wird noch Hunger haben«, knurrt Herr

Pöhz. »Die gute teure Wurst. Für einen Hund.« Als er sich umständlich erhebt, löst sich Julia langsam vom Türrahmen. Sie möchte nicht beim Lauschen ertappt werden. Frau Maria dreht sich zu ihr um und zwinkert ihr zu.

»Dass mir das aber nicht einreißt«, hört sie Herrn Pöhz hinter sich schimpfen. Der Hund wird erst am Abend wieder zurückgebracht.

»Markus?«

»Hm.«

»Die Ladung für die Verhandlung ist heute gekommen.«

Markus hält einen Moment inne, streicht sich dann die Haare aus der Stirn und wickelt weiter seine Nudeln um die Gabel. Scheinbar unbeeindruckt. »Wann?«

»Heute Morgen … ach so, die Verhandlung … verdammt, kannst du nicht in ganzen Sätzen sprechen? In zwei Wochen. Am Dienstag um halb elf.«

Er schaut sie an.

»Entschuldige. Ich bin nervös.«

»Hm. Passt schon.«

Sie schweigen.

»Markus«, fängt sie wieder an, »wir müssen reden. Das vorbereiten, meine ich. Ich hab ja keine Ahnung, wie das abläuft. Und was wichtig ist.«

»Mona hat mir alles erklärt. Also, wie so eine Verhandlung abläuft. Und was du als Zeuge tun musst. Du musst draußen warten und wirst dann aufgerufen. Der Richter fragt dich eine Menge Sachen, alles, was noch unklar ist, und du musst antworten. Also ich. Du gehst bloß mit. Weil ich noch nicht achtzehn bin. Er fragt. Ich antworte. Wenn alles klar ist, kann man gehen.«

»Die Mona? Woher weiß die so Sachen?« Julia ist beunruhigt. »Kennst du die näher?« Sie weiß so wenig über ihn.

Er erzählt nichts mehr. Julia kann sich nicht erinnern, wann das angefangen hat.

Markus schaufelt sich einen Berg Nudeln in den Mund. Er kaut ausführlich. »Ich hab auch im Internet geschaut. Da gibt es umfassende Infos. Kann ich dir zeigen, wenn du magst.«

Julia nickt. »Mag ich.« Und dann: »Sag mal, die Mona …?«

»Mama, ich muss noch was für die Schule tun«, sagt Markus, steht auf und trägt seinen Teller zum Geschirrspüler. »Ich drucke dir die Seiten aus und leg sie dir hin, okay? Ich mach das schon. Du musst bloß mitgehen. Ist keine große Sache, ehrlich.«

»Markus?«

»Hm?« Er dreht sich nur halb um, scheint es eilig zu haben.

»Nichts.«

»Legst du mir bitte die Ladung raus. Für die Schule. Mama?«

Julia nickt.

Er will also nicht reden. Er macht das alles mit sich aus. Oder mit anderen. Nicht mehr mit ihr.

Wagner ist noch immer im Krankenstand. Er ist trotzdem selten da, denkt Markus. Zweimal hat er bei ihm geläutet und ist unverrichteter Dinge wieder abgezogen. Er probiert es trotzdem wieder. Irgendwen muss er ja fragen. Und Wagner kennt sich aus mit Frauen. Definitiv. Markus grinst.

Diesmal ist Wagner zu Hause.

»Du?«, fragt er und bleibt in der Tür stehen. »Lassen dir die Frauen und sonstigen Verpflichtungen auch wieder mal Zeit?« Es soll witzig sein oder das, was Wagner unter witzig versteht, aber selbst Wagner lacht diesmal nicht. Er wirkt seltsam verkrampft.

»Hab wieder Schule«, sagt Markus und bleibt unschlüssig stehen. »Kann ich ... ich muss dich was fragen.«

Wagner bewegt sich nicht von der Stelle.

Markus dämmert es endlich. »Sag, störe ich dich?

»Na ja«, sagt Wagner. »Ich hab Besuch und ...«

Jetzt erst fällt Markus auf, dass Wagner nur Shorts anhat. So warm ist es schließlich nicht mehr, Mitte September.

»Na ja, dann komm ich halt später«, murmelt er.

»Ja«, sagt Wagner.

»Also dann«, sagt er und zögert. Da schlägt ihm Wagner schon die Tür vor der Nase zu.

»Ziemlich unhöflich.«

Markus fährt herum.

»Hallo.« Der Typ aus dem ersten Stock, Monas Nachbar, nickt ihm zu. Er trägt eine schwarze Reisetasche.

Markus zuckt die Schultern. »Der hat zu tun. Frauenbesuch.«

Der Typ stutzt, wirft Markus einen raschen prüfenden Blick zu, grinst. »Na dann.«

Markus ist irritiert. Dann steigt ihm ganz langsam die Hitze ins Gesicht. Er hasst das.

Der Mann zuckt die Schultern. »Ich hab mich wohl getäuscht. Egal.« Das Grinsen ist wie weggewischt. Er schaut Markus aufmerksam an. »Sagt er das? Frauenbesuch?« Er deutet auf Wagners Tür.

Markus schüttelt den Kopf. »Ich denk mir bloß ...« Und dann: »Hallo, Frau Berger.«

Marie kommt den Gang entlang, mit einer Einkaufstasche, und macht sich an den Postfächern zu schaffen. Sie braucht lange. Dann dreht sie sich um. Sie schaut Markus an, dann den Mann. Sie sieht fiebrig aus und erschöpft.

Es ist wie im Kino, wenn der Film plötzlich stehen bleibt. Zuerst flackert das Bild – und dann …

»Alles in Ordnung, Frau Berger?«, fragt Markus.

Sie nickt. Bleibt stehen. Dann steigt sie langsam die Stufen hinauf. Jetzt erst fällt Markus auf, dass sie ihre Haare abgeschnitten hat. Sie stehen kurz und strubbelig am Hinterkopf ab. Sie sind dunkler als sonst.

»Mach dir dein eigenes Bild«, sagt der Mann da. »Man kann alles behaupten. Es muss nicht stimmen.« Er scheint zu überlegen. »Wenn einer nett zu dir ist, will er vielleicht bloß was von dir.«

»Wagner?«, fragt Markus. Und: »Was?« Wieder wird ihm heiß.

Der Mann will etwas sagen. Zögert. Er hält immer noch die Reisetasche. Sie scheint schwer zu sein. Er wechselt die Tasche in die andere Hand. Die Knöchel treten weiß hervor. Sehr schwer, denkt Markus.

»Und Sie, was wollen *Sie* von mir?«, fragt er. Und, ein bisschen erschrocken: »Ich meine, was wollen Sie mir sagen. Und warum?«

»Es gibt einfach zu viele Arschlöcher auf der Welt«, sagt der Mann. »Wenn du jung bist, ist immer einer da, der ganz genau weiß, was gut für dich ist. Und dich davon zu überzeugen versucht. Oder dich dazu zwingt. Alles zu deinem Besten.« Der Mann wirkt plötzlich – zornig. »Zu deinem Besten.« Er spuckt das Wort aus wie eine faule Frucht. »Glaub keinem was. Verlass dich auf deinen eigenen Verstand. Du hast doch Augen im Kopf. Nutze die. Schau hin, verdammt. Ich werde dir die Welt nicht erklären. Du bist doch nicht blöd. Du kannst das selber.«

»Kann ich Sie was fragen?«, unterbricht Markus.

Der Mann stutzt, atmet tief aus. Fast ein Seufzen ist das. »Ja?«

»Die Boxhandschuhe«, sagt er. »Für meine Mutter. – Sind Sie so ein cooler Typ? Oder völlig durchgeknallt?«

Plötzlich grinst der Mann wieder. »Durchgeknallt. Gefährlich. Ein Raubtier.« Er macht ganz schmale Augen. Verwegen. Wie die Ganoven im Film.

»Passt«, sagt Markus. »Ich schau mir das an.«

Der Mann wird plötzlich ernst. Nickt. Dann wendet er sich um und geht. Schwarze Klamotten, schmale Silhouette.

Wie irgend so ein beschissener Filmheld. Ein Cowboy, denkt Markus. Und ist dennoch wider Willen irgendwie beeindruckt. Die Haustüre fällt ins Schloss. Er spuckt aus und geht langsam, sehr lässig, Richtung Wohnung.

Marie sitzt am Boden und ordnet die Fotos aus all den Jahren. Links die, die sie selber zeigen. Aus einem dünnen feindselig dreinschauenden Mädchen mit hellen roten Haaren wird eine runde junge Frau mit teigigem Gesicht und Igelfrisur. Auf den nächsten Fotos ist sie wieder ganz dünn. Ihre Schlüsselbeine stehen vor und der Mund wirkt viel zu breit in ihrem schmalen Gesicht. Damals hat sie sich schön gefunden. Kurz danach ist sie zum ersten Mal für längere Zeit im Spital. Auf dem nächsten Foto, das sie unter die Lampe hält, hat sie wieder längere, braun gefärbte Haare. Die Narben auf ihren Armen sind bereits verblasst. Da lebt sie schon nicht mehr zu Hause. Die nächsten Fotos legt sie beiseite. Sie ist auf keinem gut getroffen: Sie wendet sich ab oder schiebt sich einen Bissen in den Mund. Grinst dämlich und ein bisschen unsicher.

Von ihm hat sie drei: Das Automatenbild. Dann eines, das aus einem Gruppenfoto heraus vergrößert worden sein muss. Man sieht links und rechts von ihm die Schultern anderer, und über ihm ragt ein Zweig ins Bild. Das hat er ihr ein halbes Jahr später geschickt, als sie einander schon regelmäßig schreiben. Es muss vor der Haft aufgenommen worden sein. Im Heim vielleicht, auf einem Ausflug. Auf dem dritten ist er um Jahre älter. Er hat die Haare ganz kurz geschoren, ein runderes Gesicht und ziemlich breite Schultern. Er lacht nicht, sondern schaut den Betrachter nachdenklich an. Um den Hals trägt er ein schmales Goldkettchen. Daran hängt ein Kreuz. Es ist ihr in Erinnerung geblieben wegen seiner ungewöhnlichen Größe. Wenige Monate später bricht er den Kontakt ab: Ich bin nicht dein Therapeut, schreibt er. Du ziehst mich runter. Und dort will ich nie wieder hin. Nie wieder.

Sie schläft schlecht. Sie träumt immer wieder die gleichen Sequenzen. Sie steht auf dem Eis, unsicher und ungeübt, in alten Schlittschuhen, versucht hin und wieder ein paar Schritte, taumelt und fängt sich wieder. Niemand um sie herum nimmt von ihr Notiz. Sie sieht ihn am Rand stehen und zu ihr herüberschauen. Sie kann das Knacken zuerst nicht zuordnen. Sie steht wie angewurzelt und lauscht. Plötzlich ist sie allein. Wie eine klaffende Wunde springt das Eis auf, der Riss läuft auf sie zu. Sie steht schreckensstarr. Sie breitet die Arme aus. Sie holt Luft. Will schreien. Es kommt kein Ton. Sie spürt ihr Herz wild schlagen, als der Grund unter ihr nachgibt und sie strauchelt und fällt. Er steht ganz ruhig am Ufer und sieht ihr voller Interesse zu. Er rührt keinen Finger.

Ich glaube, der Typ ist ganz in Ordnung. Er sagt nicht viel, aber wenn, klingt es durchdacht. Kein Herumreden. Klartext. So was mag ich. Obwohl – so viel haben wir noch nicht geredet. Ich glaube, es interessiert ihn nicht besonders, was sich um ihn herum tut. Mich hat er immerhin gefragt, was ich mache. Morgens treffe ich ihn manchmal, wenn er vom Laufen kommt. Dann sehe ich ihn wieder tagelang nicht. Einmal war ich in seiner Wohnung, kurz nur. Virus auf seinem Rechner. Wir haben es gemeinsam wieder hingekriegt.

Ich kenn mich ganz gut aus mit so Sachen, aber das scheint er ganz selbstverständlich zu finden. Kein Lob also. Er hat sich bedankt. Das war's.

Ich hab übrigens noch nie eine Wohnung wie die gesehen: alles an seinem Platz, alles sauber, fast steril. Einen größeren Kontrast zu meinem Zimmer gibt es kaum. Ich finde an sich so viel Ordnung ja ziemlich uncool, aber bei ihm passt das irgendwie.

Daniela verbringt erst zwei Tage in ihrer Wohnung. Und fühlt sich hier wie gefangen. Die heftigen Regenschauer der letzten Tage haben aufgehört. Es regnet gleichmäßig, fast ohne Pausen. Vor den Fenstern liegt der Platz grau in grau. Ihre Wohnung kommt ihr sehr kühl vor. Sehr fremd. Sie ist niedergeschlagen. Die Arme schmerzen von der ungewohnten Belastung. Sie möchte möglichst schnell lernen, sich rasch und sicher mit den Krücken zu bewegen, und hat sich dadurch einen heftigen Muskelkater zugezogen.

Julia geht für sie einkaufen. Herr Pöhz war schon zweimal zu Besuch, und sogar Herr Sedlak war einmal an der Tür, aber sie hat nicht geöffnet. Sie vermisst ihre Freundinnen, die sie über ihrer Beziehung mit Manfred sehr vernachlässigt hat. Und sie vermisst Julia. Die ist müde, als sie abends anläutet. Daniela staunt, wie schick sie aussieht, obwohl sie nass geworden ist.

Julia stellt die Einkaufstasche auf den Küchentisch, schält sich aus dem roten Ledermantel, legt ihn über eine Sessellehne, küsst Daniela auf die Wange, lässt sich auf die Bank fallen. Sie kickt die nassen Schuhe von den Füßen. »Gib mir drei Minuten.« Ihre Haare kringeln sich vor Nässe.

»Schicker Mantel«, lobt Daniela und streicht über das weiche Leder. »Neu?«

»Hm, hat ein Vermögen gekostet. Ich bin ruiniert.« Julia

lacht. Und dann, nach einem Blick auf Daniela: »Hey, du schaust aus wie ein Boxer nach dem Kampf. Was ist los?«

»Ich halte das nicht mehr aus. Das halbe Haus rennt mir die Tür ein, ist bestimmt nett gemeint, aber ... Ich hab Muskelkater in den Armen. Innerlich sowieso. Und der Verrückte ruft die ganze Zeit an, sagt nichts und legt wieder auf. Nummer unterdrückt, klar.«

»Manfred?«

»Wer sonst? Einmal war er da. Vor der Tür.« Sie hält inne. »Hey, magst du was essen? Ein Glas Wein? Du musst total erledigt sein.«

Julia beginnt die Einkäufe zu verräumen. Sie lässt ein begehrliches »hm« hören.

»Im Backrohr. Sollte noch warm sein. Nimm dir Brot.« Sie schiebt ihr den Korb hin.

Julia schaufelt sich Gemüseeintopf auf den Teller und bricht ein Stück Brot ab. Sie schenkt Daniela ein Glas Rotwein ein. Dann sich. Beide Frauen nehmen einen großen Schluck.

Das Handy läutet. Daniela nimmt ab. »Ja? ... Was soll das, verdammt?«

Sie hält es Julia hin. Julia hört Musik. Sie schaut Daniela an. Die schüttelt den Kopf. Julia schaltet das Gerät aus.

»Das ist neu. Unser Lied. Phaaa ... Terror neu. Heute mit Musik! Du, ich fange den Kerl an zu hassen, glaub mir. Das ist doch nicht normal, Julia. Oder? Am Vormittag ruft mich meine Mutter an. Er hat mit ihr geredet. Stundenlang, wie's scheint. So rede doch wenigstens mit ihm, hat sie gesagt. Er hat ihr leidgetan. Was denn mit mir los sei? Er vermutet, sagt meine Mutter, ich gebe ihm die Schuld an meinem Unfall. Und ob *sie* nicht mit mir reden könne. Ich meine, der ist doch ... der ist doch völlig durchgeknallt.«

»Zu kalt?«, fragt sie dann.

Julia nickt, nimmt einen Topf aus dem Schrank und wärmt das Gemüse auf. »Du magst nichts?«

»Echt keinen Appetit mehr. – Was soll ich denn *noch*, sag?«

Die Freundin setzt sich wieder und isst weiter. Sie zuckt die Schultern.

»Ich hab versucht mit ihm zu reden. Zuerst am Telefon. Am Tag nach dem Unfall. Äh, Überfall. Da hat er geschmollt. Dann im Spital. Nach ganzen vier Tagen hat er sich herabgelassen aufzutauchen. Voller Vorwürfe. Immer noch beleidigt. Ich meine, das war ja keine große Sache, unser Streit. Ich war stinksauer damals, ja. Und getroffen, weil er sich einfach umgedreht hat ... weil ... ach, das hab ich dir ja schon hundertmal erzählt. Und dann lieg ich da, wie ein Käfer auf dem Rücken, im Spital, muss betteln, dass er endlich kommt. Und dann ist *er* der Arme. Und kein Wort, dass es ihm auch leidtut, und ständig hat er nur von sich geredet. Und dann hat es mir gereicht. Ich hab gesagt, dass es keinen Sinn hat mit uns. Dass es aus ist.«

»Und dann kam er mit den Blumen.«

»Genau. Rosen. Tulpen. Nelken. Täglich.«

»Wie damals, als ich bei dir war.«

»Hm, da hab ich gedacht, jetzt hat er's kapiert.«

»Der war so wütend«, sagt Julia. Sie scheint nachzudenken.

»Und dann ging der Terror los«, erzählt Daniela weiter. »Alle Leute hat er angerufen, die er über mich kennengelernt hat. Dass er in Sorge sei um mich. Dass ich einen Fehler mache. Am Anfang hab ich es noch locker genommen ... und dann ist der Telefonterror bei mir losgegangen. Kein Wort. Nur anrufen, schweigen, auflegen.«

»Glaubst du, der tut dir was?«

Daniela schüttelt den Kopf. »Ich war mir ganz sicher, dass

er aufhört. Als er gestern dann vor der Tür stand, hab ich Angst bekommen. Er war ganz leise, hat nicht geklingelt. Ist einfach dagestanden, direkt vor meiner Tür, und der Herr Pöhz, der mir Zeitungen gebracht hatte, hat ihn angeherrscht, was er denn da tue. Der kennt ihn ja nicht. Da ist er dann gegangen.«

»Und heute hat deine Mutter angerufen?«

»Ja. Weißt du, ich hab entschieden, ich fahre für ein, zwei Wochen nach Hause. Ja. Das sollte reichen, um Abstand zu kriegen.«

Julia nickt. Sie schweigen eine Weile.

»Und bei dir? Wie läuft es im neuen Job?«

Julias Gesicht leuchtet auf. Sie schiebt das Glas ein Stück von sich weg, beugt sich vor. Sie zieht Daniela zu sich und drückt ihr einen Kuss auf die Wange. »Ich bin verliebt.« Dann lacht sie los. »In den Job. Es ist toll. Das ist ein ganz kleines Team, weißt du. Zwei Frauen, vier Männer. Und wir zu zweit im Büro. Ich fang um neun an. Im Moment ist das noch nicht so stressig, sagen sie. Kann aber auch mal sein. Sie erwarten, dass ich dann auch einmal länger bleibe.«

Daniela nickt.

»Heute hab ich Mist gebaut. Also, nicht richtig, aber eben was falsch verstanden und also falsch gemacht. Hey komm, das kann schon mal passieren, war alles, was ich gehört hab. Das war mein Glückstag, sag ich dir, als ich den Tom wiedergetroffen habe. Der war ja ein halbes Jahr in Deutschland und erst seit ein paar Wochen wieder zurück.«

»Der erste von den Buben, wie der Pöhz sagt?«

»Genau. Ist schon eine Weile her. Ich bin weiter in die Versicherung putzen gegangen, und hin und wieder haben wir einander im Stiegenhaus getroffen.«

Daniela nickt. Sie kennt die Geschichte.

»Anfangs war es ein bisschen krampfig zwischen uns,

auch, weil ich so unsicher war, aber er hat das ganz gut weggesteckt, dass ich nicht mehr wollte. Und wir mögen einander ja, das ist geblieben.«

»Und als in der Agentur was frei wurde im Sekretariat, hat er an dich gedacht.«

»Hm, dabei hatte ich den Kurs noch gar nicht fertig. Die haben gewartet, stell dir vor.«

»Schön«, sagt Daniela. »Ich freu mich für dich.«

»Wenn du wieder da bist«, sagt Julia, »gehen wir feiern. Deine neue Freiheit. Meinen neuen Job. Und Markus hat dann seine Zeugenaussage auch hinter sich.«

»Kann da was herauskommen, ich meine, kann er Probleme kriegen?«

»Er sagt nein. Ich mach mir trotzdem Sorgen. Er ist gut in der Schule, weißt du, er arbeitet heuer ziemlich viel dafür, und ich will nicht, dass er dadurch Schwierigkeiten hat.«

»Hm«, sagt Daniela. Sie ist mit den Gedanken anderswo. »Wie war das mit dem Wawerka damals? Hat der einfach irgendwann Ruhe gegeben? Ich meine, wie lange hat das gedauert, bis der dich in Ruhe gelassen hat?«

»Der Wawerka ... das war ganz anders, Dani. Das kannst du nicht vergleichen. Der hat gesoffen wie ein Loch. Und immer, wenn er betrunken war, bin ich ihm wieder eingefallen. Und der Bub. Und dann stand er vor dem Haus. Vor der Wohnung. Und hat gebettelt. Und geschmeichelt. Und uns den Himmel versprochen. Und dann getobt und geweint und gedroht. Der war nie still. – Du darfst dich nicht verrückt machen lassen, Daniela«, sagt Julia. »Du kannst bei mir schlafen, wenn du magst. Wenn du dich hier fürchtest.«

Daniela schüttelt den Kopf. »Geht schon. Morgen bin ich eh weg.«

»Trotzdem.« Julia lässt nicht locker. »Ich schaue, dass die Haustür abends zu ist und bleibt. Geh nicht ans Telefon. Ich lass dir meinen Wohnungsschlüssel da, falls du es dir anders überlegst. Markus ist am Wochenende bei der Oma. Ich hab morgen frei. Ist also kein Problem.« Sie zögert. »Schaffst du die Stufen schon mit den Krücken?«

Daniela schraubt sich aus dem Sessel hoch, schnappt sich die Krücken und geht ein Stück. »Sollte klappen. Da brauche ich ja nur eine Krücke und kann mich am Geländer festhalten. Fühl mal.« Sie hält Julia ihren Oberarm hin und spannt die Muskeln an.

»Spinat, Popeye?« Julia grinst. »Mein Angebot gilt. Sag, wann fährst du? Morgen Mittag? Gut, ich schau auf jeden Fall am Vormittag noch einmal vorbei.«

Julia räumt das Geschirr in den Spüler. Dann umarmt sie die Freundin und legt ihr den Ersatzschlüssel auf den Tisch.

»Danke«, sagt Daniela.

Julia hört, wie sie den Schlüssel zweimal umdreht. Sie läuft die Stufen hinunter. Sie bemerkt nicht, dass sie ihren Mantel vergessen hat. In ihrer Wohnung weint der Hund.

Der Regen hört langsam auf. Hin und wieder fährt ein Auto vorbei. Jemand kickt eine Dose vor sich her. Eine Gruppe junger Leute geht über den Platz. Lautes Lachen, dann läuft jemand los, schreit auf. Ihr Puls jagt. Dann Fluchen. Lachen. Sie schaut auf die Uhr. Es ist noch nicht Mitternacht. Sie kann nicht schlafen. Sie steht auf, tastet nach den Krücken und geht zum Fenster. Sie benötigt kein Licht. Vollmond. Auf der Straße vor dem Haus lehnt ein Straßenkehrer an seinem Wagen und raucht. Sonst ist niemand zu sehen. Sie schließt die Läden.

Daniela hat das Handy abgeschaltet. Die Stille macht sie ebenso verrückt wie das Läuten zuvor. Julia ist sicher noch wach.

Sie zieht sich eine Hose an, schlüpft in ihren Lieblingspullover. Sie trägt dicke Wollsocken. Ihr Blick fällt auf Julias knallroten Mantel. Er ist noch feucht. Schön ist der. Sie liebt den Geruch von Leder. Sie legt ihn sich über die Schultern und greift nach den Schlüsseln. Das Handy bleibt auf dem Tisch liegen. Daniela humpelt zur Tür. Sie schaut durch den Türspion. Nichts. Der Gang, in Mondlicht getaucht, ist leer. Sie lauscht. Stille. Sie wird kein Licht machen. Leise zieht sie die Wohnungstür hinter sich zu.

Es geht besser als erwartet. Der Handlauf als Stütze bringt sie rasch vorwärts. Da ist jemand an der Haustüre, hantiert am Schloss. Sie hält den Atem an. Langsam schwingt die Tür auf. Sie hört das Knirschen in den Angeln. Jetzt wird das Licht angehen. Sie wird schreien, wenn er es ist. Laut brüllen, dass das ganze Haus zusammenläuft. Sie darf die Nerven nicht verlieren. Sie muss ihn überraschen, überrumpeln.

Sie wartet.

Kein Licht. Der Mond malt die Fensterkreuze auf den Boden. Ihre Kehle ist wie zugeschnürt. Taumelnde unsichere Schritte kommen näher. Er hat getrunken. Er hat sich Mut angetrunken. Er torkelt. Daniela spürt Panik aufsteigen. Zurück kann sie nicht. Sie ist zu langsam. Viel zu langsam. Zu Julias Wohnung sind es nur wenige Meter. Da läuft sie ihm direkt in die Arme. Sie schaut sich hastig um. Der Türrahmen zum Kellerabgang liegt im Dunkeln. Sie hastet die letzten beiden Stufen hinab und drückt sich an die Wand. Sie trägt Socken. Sie ist leise. Er wird sie nicht sehen. Wie ein Kind schließt sie die Augen und hält den Atem an. »Bittebitte, mach. Lass ihn vorbeigehen. Bitte.« Der Puls dröhnt in ihren Ohren. Die Schritte kommen näher.

Sie riecht Schweiß. Ich stinke vor Angst. Man kann Angst riechen, fällt ihr noch ein.

Alkohol. Er ist direkt vor ihr. »Daniela!«

Sie weicht einen Schritt zurück. Er folgt. »Nicht!« Sie spürt seine Hand an ihrem Arm, taumelt, die Tür schwingt auf, gibt nach. Sie verliert das Gleichgewicht. Und fällt. Ohne einen Laut. Wie ein Sack. Irgendetwas in ihrem linken Bein reißt ab, ein stechender Schmerz fährt in ihre Schulter. Dann knallt sie mit dem Nacken auf eine Kante. Und dann spürt sie nichts mehr.

Der Mann steht oben auf den Stufen, schaut, zieht die Tür hinter sich zu und tastet sich langsam, Schritt für Schritt, nach unten. Er öffnet die Tür zum Keller, schaltet das Licht ein. Er hockt sich hin und spürt Übelkeit aufsteigen. Er würgt. Sie liegt da wie eine Puppe, mit verdrehten Gliedern. Kaputt. Sie blutet nicht. Er versucht, ihren Kopf hochzuheben. Ihre Augen sind weit offen. Sie starren ihn an. Ohne Glanz. Er weiß es sofort: Sie ist tot.

Wagner hasst den Hund. Mitten in der Nacht bellt das Vieh und weckt ihn auf. Er wird mit der Hausbesorgerin reden. Wenn die Novak ins Pflegeheim muss, soll man den Hund einschläfern. Der macht es sowieso nicht mehr lange. Wagner tastet nach den Hausschuhen und tappt zur Tür. Die Klotüre quietscht. Kurz danach hört man ausführliches Plätschern. Es war also nötig. Jetzt ist das Haus wieder still, wenn man vom Schnarchen des alten Pöhz absieht. Er hat das Fenster zum Gang offen. Wagner zieht die Tür energisch hinter sich zu. Wenig später schläft er tief und traumlos.

Als Julia aufwacht, ist es schon fast Mittag. Sie starrt ungläubig den Wecker an, springt hektisch auf – und begreift dann: Es ist Samstag. Sie hat nichts verpasst. Die Tür zum Wohnzimmer ist geschlossen. Der Hund liegt in seinem Körbchen und schläft. Hin und wieder zucken seine Vorderbeine. Er scheint zu träumen. Seltsam, sie hat ihn nicht gehört. Er müsste doch längst wach sein. Sie sucht nach ihren Pantoffeln und steigt in eine Pfütze unmittelbar daneben. Jetzt versteht sie. Er muss nicht mehr raus, sie kann sich den Gang um den Block sparen. Julia packt die Pantoffeln in einen Müllsack und wischt den Boden auf. Sie hasst den Geruch. Sie mag den Hund nicht. Obwohl er schon fast zwei Wochen bei ihr und Markus lebt, fürchtet sie sich immer noch ein bisschen vor ihm und nähert sich ihm mit Vorsicht. Der Hund kann unmöglich bleiben, beschließt sie.

Julia tappt barfuß in die Küche. Die Fliesen sind kühl. Sie mahlt Kaffee, füllt Wasser in die Maschine und das Kaffeemehl in den Filter, zögert kurz und gibt dann noch einen weiteren Löffel Kaffee und eine Prise Salz dazu. Die Maschine beginnt zu blubbern. Sie saugt den Kaffeegeruch ein und lächelt. Sie backt eine Semmel auf und schlüpft aus dem Nachthemd. Erst unter der Dusche fällt ihr ein, dass sie sich noch von Daniela verabschieden wollte. Verdammt. Sie wird den Kaffee später trinken. Hastig zieht sie sich an, schlüpft in die Schuhe und zieht die Tür hinter sich zu. Der Hund öffnet ein Auge, seufzt und schläft wieder ein.

Daniela ist nicht mehr da. Julia läutet an, klopft dann – keine Reaktion. Sie hat sie verpasst. Sie wird also die Blumen gießen wie ausgemacht und die Werbesendungen an der Tür wegnehmen, bis Daniela wieder da ist. So wie bisher auch. Vor der Wohnung von Frau Novak liegen einige Prospekte. Eine Nichte der alten Dame hat sich vor kurzem gemeldet. Sie hat die Blumen abgeholt, den Kühlschrank ausgeräumt und gemeint, sie werde hin und wieder nach dem Rechten sehen. Julia hat den Postkastenschlüssel übernommen und versprochen, die Werbesendungen einzusammeln. Es ist nicht abzusehen, wann Frau Novak wieder nach Hause kann. Der Hund! Julia muss den Hund unterbringen, bevor der systematisch ihren gesamten Schuhbestand vernichten kann. Sie wird nach dem Frühstück das Stiegenhaus kehren und feucht wischen und noch einmal die einzelnen Hausbewohner fragen – vielleicht findet sich ja eine Lösung.

Julia denkt an Michael. Er hat sich nicht mehr gemeldet. Während der Arbeitswoche war sie ständig abgelenkt und abends todmüde. Da war es leicht, die Erinnerungen wegzuschieben, die jetzt plötzlich hochkommen. Sie wird traurig. Sie denkt an seine Anrufe und wie beschäftigt sie immer war. Mit anderen Dingen. Sie sieht ihn vor sich, wie er sich zu ihr umdreht beim Kochen und sie anstrahlt, ihr den Löffel hinhält: Koste einmal! Wie er sie an sich zieht und an ihrem Hals schnuppert. Daran, wie sie durch den Park gelaufen sind, bis sie beide völlig außer Atem waren und sich ins hohe Gras haben fallen lassen, mitten in einen Hundehaufen.

Sie presst die Lippen aufeinander. Michael ist weg. Der Hund ist immer noch da. Sie kümmert sich um alles und jeden, nur um ihr eigenes Glück nicht. So ist das.

Sie bückt sich nach den Prospekten vor Frau Novaks Tür und macht sich wieder auf den Weg nach unten.

Wagner kommt vom Einkaufen. Er steuert direkt auf sie zu. »Der Hund, Frau Wawerka – das geht nicht.«

Julia schaut ihn erstaunt an. Sie hat ihn noch gar nicht gefragt.

»Der muss weg, das ist ja nicht zum Aushalten«, sagt Wagner. »Definitiv nicht zum Aushalten.«

So energisch kennt sie ihn gar nicht. »Was meinen Sie?«, fragt sie.

»Der bellt und bellt und bellt. Dazwischen dieses Winseln. Das macht mich verrückt, sag ich Ihnen.«

Julia schaut ihn fragend an.

»Tagsüber. Sie stört das nicht – Sie sind ja nicht da. Aber ich. Im Krankenstand.«

Jetzt fällt ihr ein, dass er ja den Arm in Gips hatte bis jetzt.

»Man könnte ein bisschen länger schlafen. Man könnte. Aber – nichts. Das Vieh bellt. Jedes Mal, wenn die Haustür geht. Den ganzen Tag lang. Ich sage Ihnen, ich freue mich, dass ich wieder arbeite ab Montag.«

»Was schimpft der da schon wieder«, hört sie plötzlich Herrn Pöhz hinter sich. »Schreit da herum am helllichten Tag, als wäre er allein im Haus. Kein Benehmen. Kein Benehmen, sag ich.« Er redet ausschließlich mit Julia und würdigt Wagner keines Blicks. Dann schlurft er Richtung Gangklo.

»Es tut mir leid«, sagt Julia. »Ich überlege ohnedies schon die ganze Zeit ...«

»Dann überlegen Sie schnell«, sagt Wagner. Er klingt verärgert.

Pöhz zieht energisch die Klospülung. Er kommt auf den Gang und bleibt in einiger Entfernung stehen. Stöhnend bückt er sich nach den Prospekten vor seiner Tür und beginnt sie zu studieren.

»Heute Nacht«, beginnt Wagner wieder, »heute Nacht hat er auch einen Höllenlärm gemacht. Ganz hysterisch gebellt hat das Vieh. Ich bin wach geworden und konnte die halbe Nacht nicht mehr einschlafen. Das geht definitiv zu weit.«

»Frau Julia«, wendet sich da Herr Pöhz um, »ich habe mir gedacht, ich könnte mich ja derweil um den Hund kümmern.«

Wagner fährt herum. Er schäumt. Er ist hochrot im Gesicht, weiß aber augenscheinlich nicht, was tun.

Pöhz benimmt sich, als wäre er mit Julia allein. »Meine Haushälterin meint, der Hund ist arm, so eingesperrt den ganzen Tag. Da ist es kein Wunder, dass er unruhig ist.«

Wagner kann sich nicht mehr zurückhalten. Er explodiert. »Das Scheißvieh ist nicht unruhig. Der Köter kläfft und kläfft und kläfft. Nicht einmal in der Nacht gibt er Ruhe. Der macht mich wahnsinnig, definitiv wahnsinnig.«

»Das sieht man«, bemerkt Herr Pöhz seelenruhig und nickt.

Wagner funkelt ihn hasserfüllt an, wendet sich abrupt um und stürmt in seine Wohnung.

»Ich hab nämlich nichts gehört letzte Nacht!«, schreit Herr Pöhz ihm triumphierend hinterher.

Die Tür fliegt noch einmal auf. »Seniler alter schwerhöriger Trottel!«, brüllt Wagner völlig außer sich und knallt die Tür zu.

Julia steht mit offenem Mund. Sie starrt auf Wagners Tür. Im Haus ist es still. Erstaunlich. Auch aus Herrn Sedlaks Wohnung dringt kein Laut.

Jetzt wird der Herr Pöhz ausflippen. Julia hält den Atem an und dreht sich um.

Aber Pöhz grinst. Er nickt befriedigt und grinst. »Hehe«, hört sie. Und dann zu ihrem Erstaunen Herrn Pöhz erklären: »Er ist ja kein schlechter Hund. Man muss sich halt beschäftigen. Bitte, ich hab ja Zeit. Ich könnt ihn derweil nehmen. Bis die Novak wieder da ist.«

»Herr Pöhz«, sagt Julia, »er pinkelt manchmal auf den Boden.« Sie findet, er muss wissen, worauf er sich einlässt. Auch wenn sie damit riskiert, dass er es sich anders überlegt.

»Ja, wie denn nicht, wenn er muss?«, fragt Herr Pöhz.

Julia staunt.

»Warten Sie, ich tät ihn morgen holen. Da hat die Frau Maria Zeit, und wir könnten ihn eingewöhnen. So ein alter Hund braucht ja seine Zeit. Zum Gewöhnen.« Herr Pöhz grinst wieder. »Sagt die Frau Maria. Und die kennt sich aus.«

Da ist sich Julia allerdings sicher. »Herr Pöhz«, sagt sie. »Danke.«

Der brummt.

»Ich komme also morgen Nachmittag mit dem Wastl zu Ihnen, wenn's recht ist.«

»Wastl heißt er? No jo, die Novak ... hehe.« Er geht beschwingt in seine Wohnung.

Wagner ist stinksauer. Deine Mutter, Markus, sagt er, kann mich gern haben. Also, wenn sie noch einmal etwas brauchen sollte.

Ich bin ja froh, dass wir den Hund einstweilen los sind, auch wenn ich mich an den Wastl zuletzt schon fast gewöhnt hatte. Aber das sage ich Wagner nicht. Der Pöhz ist ja sein Feind. Und der Wastl jetzt also ein feindlicher Hund. Der Pöhz scheint ganz gut damit zurechtzukommen. Mit dem Wastl. Er nimmt ihn sogar zum Mittagessen mit ins Gasthaus. Dünner wird der Hund davon nicht.

Ich glaube ja, dass er den Hund nur genommen hat, weil er den Wagner ärgern will. Oder vielleicht der Frau Maria zuliebe. Könnte auch sein. Die hat den Pöhz nämlich irgendwie ... ja ... gezähmt. Weil – die Novak war ihm eigentlich immer eher egal.

Mona sehe ich jetzt selten. Komischerweise ist das gar nicht so schlimm. Die erste Zeit habe ich ständig an sie gedacht, aber vielleicht gewöhnt man sich ja. Abends, wenn ich im Bett liege, denke ich eigentlich immer an sie. Tagsüber nicht so. Ich merke, dass ich langsam nervös werde wegen der Verhandlung. Kannst du aber mit keinem drüber reden. Ich wüsste jedenfalls niemanden.

Mona geht der Polizist nicht aus dem Kopf. Sie hat seine Telefonnummer verschmissen, und ohne Grund noch einmal in der Polizeiinspektion anrufen möchte sie nicht. Markus scheint ihr aus dem Weg zu gehen. Das wäre ein möglicher

Anknüpfungspunkt. Er muss ja jetzt bald die Verhandlung haben. Anrufen, weil sie noch etwas von ihm braucht, und dann – falls es passt, das wird sie an seiner Stimme hören, ob er sich freut und so – ihm gestehen, dass sie ihn eigentlich, also, dass sie ihn gern wiedersehen möchte. Du lieber Himmel, denkt Mona. Als wäre ich siebzehn! Peinlich.

Sie nimmt ihre Lieblingsjeans aus dem Schrank und sucht nach einem Pullover. Langsam wird es Zeit, die warmen Klamotten herauszusuchen. Ha, wieder ein Taschentuch mitgewaschen. Sie stülpt die Hosentasche um. Verdammt – da ist die Telefonnummer, die sie sucht. Völlig unleserlich freilich. Sie kann sie nicht entziffern.

Ohne nachzudenken schnappt sie sich das Handy und tippt eine Nummer ein.

»Polizeiinspektion, Seiler?«

Wie immer beim ersten Versuch.

»Mona Bergmann, hallo«, sagt sie. »Ich habe Ihre Nummer gefunden, also verloren, ich meine …« Mist.

Der Polizist klingt kühl, distanziert. »Ja? Was kann ich … was möchten Sie?«

Na bestens, er erinnert sich nicht mehr! »Ich hab eine Frage. Ich würde Sie gerne treffen und …«

Er unterbricht sie: »Worum geht es? Ich bin jetzt mitten in einer Beschuldigtenvernehmung.«

Sie atmet durch. »Würden Sie mich anrufen?« Sie sagt ihm ihre Nummer.

»Ich melde mich. Auf Wiederhören.« Er legt auf, bevor sie etwas sagen kann.

Abserviert. Ein beschissenes Gefühl.

Als er sich nach vier Tagen noch immer nicht gemeldet hat, hört Mona auf zu warten. Sie versucht, die Gedanken an das peinliche Telefonat und an den Mann zu verdrängen. Sie arbeitet derzeit doppelte Schichten, weil sie ab Beginn des Wintersemesters nur noch am Wochenende arbeiten und endlich ihren Abschluss machen will. Wenn sie ein bisschen spart, geht es sich aus. Ihr Chef ist nicht begeistert, hat aber zugestimmt. Immerhin ist sie neben Chrissie seine zuverlässigste Kraft.

Auch mit ihrer Schwester herrscht Funkstille seit jenem Abend, an dem sie später so ausgeflippt ist. Sie hat einmal überlegt, ihr einen Brief zu schreiben, es dann aber bleiben lassen. Was soll sie sagen, das nicht anklagend klingt oder weinerlich. Sie ist immer noch getroffen, merkt sie, aber auch, dass sich langsam etwas zu verändern beginnt. Markus hat damit zu tun, dieser eine Abend und sein Besuch vor kurzem bei ihr in der Wohnung. Da sitzt ihr ein Sechzehnjähriger gegenüber, auf ihrem Lieblingssofa, das schon wieder unter tausend Klamotten verschwindet, und verhält sich mutiger und erwachsener, als sie selber es die letzten Jahre je gewesen ist. Sie schämt sich plötzlich. Kein Wunder, dass er nichts mehr mit ihr zu tun haben will.

Sie sieht ihn vor sich mit den ausgebleichten, mittlerweile fast schulterlangen glatten Haaren, die ihm immer in die Augen fallen. »Du denkst, wenn du da gewesen wärst ...?«, fragt er.

Er war ganz ruhig dagesessen und hatte sie aufmerksam angeschaut. Kein Wort zu viel. Sie hatte zu erzählen begonnen. Und er hatte einfach zugehört.

Und später: »Und deshalb bist du so ausgeflippt?«

Er hatte verstanden, ohne dass sie viel erklären musste. Und sie hatte nichts kapiert. Nichts. Was war sie bloß für eine Versagerin!

Sie sah ihre Schwester vor sich: »MonaMonaMona ... Immer nur du. Immer nur du. Es kotzt mich an, Mona. Es kotzt mich so an.«

Sie hatte recht. Und – es ging noch peinlicher.

»Du erinnerst mich an ihn«, hatte sie gesagt.

Und er: »Ich heiße Markus.« Und dann, nach einer Pause: »Ich liebe dich, Mona.«

Sie hatte ihn einfach angestarrt. Er liebte sie. Er war sechzehn. Und liebte sie.

Warum hatte sie das nicht bemerkt? Was sagt man da? Sie hatte es nicht gewusst. Sie war wie immer überfordert. Markus war langsam aufgestanden und hatte seine Hose hochgezogen, die auf den Hüften hing. Und dann seine Schultern. Die Haare fielen ihm ins Gesicht. Er hatte sie nicht mehr angesehen, sondern war langsam zur Tür gegangen.

»Tut mir leid, Mona.«

Sie hofft bloß, er hat ihr »Scheiße« nicht mehr gehört.

Christoph Seiler meldet sich am fünften Tag. »Was brauchen Sie?«, fragt er. Es klingt wie: Was kann ich diesmal für Sie tun?

»Ich möchte mich entschuldigen«, sagt Mona. Sie ist am Weg zur Arbeit, bleibt stehen und lehnt sich an einen Fahrradständer.

Er schweigt.

»Sind Sie noch da?«

»Ja«, sagt er nach einer Weile.

Verdammt, warum ist das alles so mühsam? Mona setzt zu einer Erklärung an: »Ich habe Ihre Telefonnummer gewaschen. Mit den Jeans. Jetzt ist sie unleserlich. Ich hab an Sie gedacht. Ich habe …«

»Sie knipsen Leute an und aus. Einmal ist Ihnen danach. Dann wieder nicht …«

Mona protestiert sofort.

»Ich bin keine Lampe, Mona.« Er klingt streng. Sie stellt sich vor, wie er finster vor sich hinschaut. Sie lächelt.

»Ich bin schlampig. Das war mir peinlich. Telefonnummer verschmissen, gleich nachdem ich sie bekommen hab. Ich wollte mich melden. Sie wiedersehen. Ich habe gesucht. Und ich wollte nicht schon wieder an Ihrer – wie sagt man – Dienststelle? anrufen.« Verdammt, sag was, denkt sie. Du bist ein unglaublich sturer Hund!

»Haben Sie dann aber doch.« Er klingt nun etwas freundlicher.

»Hab ich, ja.« Sie grinst. »Todesmutig.«

»Verblödeln Sie das nicht. Mir ist es ernst«, sagt er.

»Mir auch«, murmelt Mona.

Dann schweigen sie wieder.

»Und«, fragt sie dann, »kriege ich eine zweite Chance? Oder hab ich bereits alles verbockt?«

»Sie könnten mich auf ein Bier einladen. Ich denke dann noch einmal drüber nach. Also, falls Sie pünktlich sind.« Sie merkt, dass er grinst.

»Wann?«

»Übermorgen gegen neun? Besser, ich hole Sie ab. Ich gehe lieber kein Risiko ein«, sagt er da.

»Du bist echt arg«, pfaucht Mona. »Na – meinetwegen.« Sie sagt ihm ihre Adresse.

»Bis dann also, *du*«, sagt er. Und Mona rennt los.

Die letzten Septembertage sind wunderschön, sonnig, warm. Noch ein kleiner Nachschlag Sommer. Die Zeitungen sind immer noch voll vom Maskenmann, der wieder eine Bank, diesmal am Stadtrand, überfallen hat. Frau Radl verbringt ihren Herbsturlaub auf dem Semmering. Das Schloss an der Kellertür wurde endlich repariert. Julia hat ein Wochenende bei ihrer Mutter im Garten verbracht. Es ist gut, wenn sie Ablenkung hat. Die Wochenenden machen sie traurig. Julia hat die Arme voller Blumen, als sie nach Hause kommt, und einen Korb voller Obst mitgebracht.

Sie erkennt den Mann nicht gleich, der vor ihrer Tür steht. Er sieht mitgenommen aus. »Daniela? Haben Sie eine Ahnung, was mit Daniela los ist? Ich erreiche sie nicht.«.

Manfred. Julia ist nun doch beunruhigt. Die Freundin ist seit zwei Wochen weg. Sie müsste bald zurückkommen. »Keine Ahnung«, sagt sie. »Sie ist wohl verreist.« Mit meinem Mantel, denkt sie und lächelt. Und ohne ihr Handy. Das liegt auf dem Küchentisch, wie sie beim Blumengießen gesehen hat. Julia weiß, sie ruft ohnehin nie an, wenn sie unterwegs ist. Eine alte Gewohnheit, hat Daniela damals gesagt und gelacht. Es geht auch ohne Handy, weißt du. Und auf ihren Einwand: Ich komm schon wieder, keine Sorge.

Sie will ihn loswerden.

»Denken Sie, dass irgendjemand hier weiß …?«

»Nein«, sagt Julia bestimmt. »Sie hatte zu niemandem Kontakt. Lassen Sie es gut sein …«

»Entschuldigen Sie«, sagt sie dann, als ihr Handy läutet, und verschwindet in ihre Wohnung. Wenig später hört sie die Haustüre zuschlagen.

Am Abend vor der Verhandlung bekommt Markus einen Anruf: »Mach keinen Scheiß, du.« Eine fremde Stimme. Der Anrufer legt sofort auf. Markus, der auf dem Bett gedöst hat, ist plötzlich hellwach. Es ist gegen elf. Er ist in Panik. Mit seiner Mutter kann er nicht reden. Unmöglich. Markus tut die halbe Nacht kein Auge zu.

Am Morgen ist er wie gerädert. Julia kriegt ihn kaum wach. Markus will kein Frühstück, trinkt nur ein paar Schlucke Kakao und weigert sich energisch, Hemd und Sakko anzuziehen.

»Ich will mich nicht verkleiden, Mam«, sagt er. Immerhin bindet er sich die Haare zusammen. Julia kleidet sich sorgfältig und streicht sich eine Strähne hinter das linke Ohr. Streicht sie wieder ins Gesicht. Ist doch egal. Sie ist müde und aufgeregt – eine schlechte Mischung. Sie war noch nie bei Gericht. Hinter dem großen grünen Tor müssen sie durch eine Schleuse. Sicherheitsmänner oder Polizisten, sie weiß es nicht, tasten sie ab und durchsuchen ihre Tasche. Markus muss seinen Gürtel ablegen, bekommt ihn aber gleich wieder. Beide gehen sie nacheinander durch die Sperre. Das Gebäude ist unübersichtlich und sehr weitläufig. Julia hat Sorge, sie könnten sich verirren und zu spät kommen. Sie treibt Markus zur Eile an. Die Stimmung zwischen ihnen wird zunehmend gereizt.

Julia reißt sich zusammen und hört auf, ihn zu bedrängen. Markus schlurft hinter ihr her. Sie haben den falschen Eingang genommen und müssen durch das halbe Haus. Die Verhandlungssäle liegen auf einer Ebene. Überall warten Leute, telefonieren Rechtsanwälte. Sie hören Durchsagen wie auf einem Bahnhof. Statt der Züge werden Namen aufgerufen. Julia fragt sicherheitshalber noch dreimal und kontrolliert auf der Ladung, ob sie richtig sind. Die Verhandlung läuft schon seit einer Stunde, hören sie. Zeugen müssen warten, bis sie aufgerufen werden. Julia würde jetzt gern eine rauchen.

Markus hat abgeschaltet. Er steht still und in sich gekehrt am Fenster und starrt vor sich hin. Julia fürchtet, er könnte unvermittelt umkippen. Auf den Bänken am Gang sitzen einige junge Leute. Und ein paar ältere. Eine Frau hat rotgeweinte Augen. Julia hält den Atem an, als zwei Uniformierte mit einem Buben, jünger als Markus, durch den Gang kommen. Der Bub trägt Handschellen. Er steckt in einem Anzug, der ihm etwas zu groß ist. Eine ältere Frau mit langen dunklen Haaren löst sich aus der Gruppe der Wartenden und umarmt ihn nach einem fragenden Blick auf die Beamten. Tränen laufen ihr über die Wange. Unwirsch wendet sich der Bub ab. »Weine nicht«, befiehlt er. Die Frau beißt sich auf die Lippen. Einer nach dem anderen steht auf und gibt dem Jungen die Hand. Der wirkt angespannt, aber sehr selbstsicher. Seine Kiefer mahlen. Julia versteht nicht, was er sagt. Der hagere abgearbeitete Mann neben ihm nickt. Er klopft ihm auf die Schulter. Dann drängt der eine Beamte die Angehörigen weg. Gleich darauf wird der Junge in den Saal gerufen.

Die Zeit vergeht unendlich langsam. Markus muss aufs Klo, traut sich aber nicht. Er hat Angst, den Aufruf zu verpassen. Zeuge um Zeuge verschwindet im Gerichtssaal. Die letzten beiden kommen schon nach zwei Minuten wieder heraus. Ein Bub hat hektische rote Flecken im Gesicht und klammert sich an die Hand seiner Mutter.

»Markus Wawerka, Verhandlungssaal 305 – eintreten.«

Markus löst sich von der Wand, Julia betritt nach ihm den Saal.

»Herr Wawerka, kommen Sie bitte hier nach vorne. Nehmen Sie Platz.«

Julia bleibt an der Tür stehen.

»Sie sind die Mutter?«, fragt der Mann vorne in der Mitte. Einige Zuschauer drehen sich um. Der Saal ist völlig überfüllt. Die Luft ist so schlecht wie die Akustik.

Julia nickt. »Ja«, sagt sie dann.

Markus konzentriert sich, wie Mona ihm geraten hat, auf die Richter vor ihm. Links, das weiß er, sitzt der Staatsanwalt, in diesem Fall eine zierliche junge Frau mit dunklen Haaren. Auf der Anklagebank, links und rechts vor ihm, die Angeklagten, dahinter ihre Anwälte. Ein paar von den Jungs hat Markus, da ist er sich sicher, noch nie gesehen. Er schaut kurz zur Seite und sieht Alex, der schief in der Bank lümmelt und unentwegt mit dem rechten Fuß scharrt – vor und zurück, vor und zurück. Er senkt den Blick.

»Herr Wawerka.« Der Richter wieder. »Wir haben Ihre Aussagen bei der Polizei.« Markus nickt. »Die Angeklagten sind zu den Fakten, zu denen wir Sie hätten befragen wollen, im Wesentlichen geständig. Braucht jemand von Ihnen«, er wendet sich an die Staatsanwältin und die Verteidiger, »den Zeugen?«

Zwei Verteidiger schwätzen miteinander. Einer blättert gelangweilt in den Akten. Ein anderer winkt ab.

»Danke«, sagt die Staatsanwältin.

»Herr Wawerka, Sie müssen also nicht aussagen.«

Markus nickt.

Er wartet auf die Fragen. Beantworte einfach die Fragen, hat Mona gesagt.

Aber der Richter blättert schon wieder in den Akten.

»Haben Sie die Ladung mit?«

»Ja.« Markus dreht sich zu seiner Mutter um. Julia steht immer noch neben der Tür. Sie zieht die Papiere aus ihrer Tasche und gibt sie Markus, der ihr ein paar Schritte entgegengeht.

»Brauchen Sie eine Bestätigung?«

»Für die Schule, ja.«

»Dann kommen Sie zu mir«, sagt der beisitzende Richter. Er lächelt ihn freundlich an. Markus muss an den Angeklagten vorbei. Er wirft Alex einen Blick zu. Alex nickt.

»Fahrscheingeld bekommen Sie auf Zimmer …«

»Danke«, sagt Markus. »Ich bin Schüler. Ich habe einen Fahrausweis.« Und dann ist es schon vorbei.

»Sie können gehen, Herr Wawerka. Danke, dass Sie gekommen sind.« Und während er noch zur Tür geht und Julia ihm folgt, wird schon der nächste Zeuge aufgerufen.

»Die Esoterische«, sagt die Hausbesitzerin und schaut Julia eindringlich an, »also mit der ist irgendwas. Seltsam war sie ja immer schon, aber jetzt – sie ist seit Tagen nicht mehr aus der Wohnung gegangen. Stundenlang sehe ich sie am Fenster stehen. Sie schleicht durch die Wohnung wie ein Geist.«

Julia schüttelt den Kopf. Markus hat letztens etwas erwähnt. Es fällt ihr nicht mehr ein. Irgendetwas von einer Veränderung. Sie hat nur mit halbem Ohr zugehört. Wie jetzt. Julia hat es eilig. Sie muss noch einkaufen, bevor die Geschäfte schließen. Aber die Hausbesitzerin lässt nicht locker.

»Ich bin ein bisschen in Sorge, muss ich zugeben«, sagt sie und nestelt an ihrem Halstuch. »Könnten Sie nicht bei ihr klopfen, Frau Wawerka?«

»Ich kenne sie ja nicht, Frau Radl«, wendet Julia ein. »Sie hingegen ...«

»Ihr Bub gießt doch dort die Blumen. Der kann doch einmal fragen.« Die Ältere lässt nicht locker.

Sie kann das nicht. Michael hatte recht. Wenn jemand lange genug auf sie einredet, übernimmt sie doch wieder. Aber diesmal nicht. Diesmal nicht.

»Frau Radl, ich muss noch einkaufen. Ich hab überhaupt nichts mehr daheim«, murmelt sie und lässt die verdutzte Frau am Gang stehen.

Marie schaut sich selber zu, wie sie langsam versinkt. Sie kennt das. Es braucht lange, bis sie morgens aus dem Bett kommt. Sie sitzt auf der Bettkante und schaut. Sie wäscht sich nicht. Sie beginnt zu riechen. Sie liest nicht mehr, macht halbherzige Versuche, die Berge von Zetteln, die nun wie Laub den ganzen Raum bedecken, wieder in die Kisten zu stopfen, greift wahllos nach dem einen oder anderen, bleibt dann am Fenster stehen, das Blatt in der Hand, und starrt ins Leere. Sie schleppt sich durch das raschelnde Papier zum Klo. In die Küche. Ihre Grünpflanzen sind müde wie sie. Es kostet sie alle Kraft, hin und wieder eine Kanne Wasser für sie zu füllen. Der Kühlschrank ist leer. Sie hat keinen Hunger. Wenig Durst. Seit einigen Tagen ist sie ohne Medikamente. Es geht noch tiefer. Bleierne Schwere. Immer wieder läutet das Telefon. Am Anfang, als sie alle Briefe gelesen hat, seine und ihre, ist sie manchmal ganz nahe hingegangen, hat atemlos gelauscht, mit laut klopfendem Herzen, bis das Klingeln wieder aufgehört hat. Jetzt, nach Tagen, bleibt sie sitzen, in sich zusammengesunken, wendet kaum noch den Kopf. Das Klingeln ist weit weg. Die Welt ist weit weg. Es tut nicht weh. Es tut nicht mehr weh. Man gewöhnt sich. Die Welt wird leiser.

Sie weiß, sie hat es nicht verdient, dass jemand bleibt. Dass jemand bei ihr bleibt. Es wird immer so sein: Jemand hilft ihr auf. Eine gute Zeit. Hoffnung. Aufbruch. Neubeginn. Und dann: Begreifen, wie sie wirklich ist. Dass sie nichts taugt. Zu nichts taugt. Dass sie nutzlos ist. Immer steht jemand, der eine Zeitlang neben ihr gegangen ist, am Ende am Ufer und wendet sich ab. Und sie versinkt.

Sie versinkt. Sie hat keine Medikamente mehr. Sie wird keine neuen holen. Es lohnt sich nicht. Sie muss einkaufen. Sie wird hinausgehen. Später. Morgen. Irgendwann. Nicht jetzt. Sie hat keinen Hunger. Sie ist so müde. Hat keine Kraft. Will schlafen. Und wieder das Telefon. Zweimal, dreimal, sie weiß es nicht, war jemand an der Tür. Gestern, heute. Jetzt wieder. Energisches Klopfen. »Marie!«

Ilka. Ilka kennt sie schon lange. Zuerst stellt sie sich tot. Aber die Freundin gibt nicht auf. »Geh weg«, sagt sie schließlich, »geh weg, Ilka. Es geht mir gut.« Ihre Stimme klingt fremd.

»Mach auf, Marie. Komm her, mach mir die Tür auf.«

Ilka ist hartnäckig, Ilka wird nicht weggehen. Sie lockt sie wie eine Katze an die Tür, Schritt für Schritt, und nimmt sie in die Arme, als sie endlich voreinanderstehen, und wiegt sie wie ein Kind. Ilka kocht ihr Tee. Süßen heißen Tee. Zwingt sie zu kleinen Schlucken, immer wieder. Sie redet nicht viel. Ilka war immer so. Marie wehrt sich nicht mehr.

Diesmal fahren sie im Auto hin, Ilkas gelbem Auto, und sie bleibt nur eine Woche. Bis sie wieder Kraft hat. Vor den hohen hellen Fenstern färben sich die Bäume bunt. Sie liegt im Bett und schaut. Nach draußen. Nach innen. Und redet wenig. Ruht sich aus. Isst. Trinkt. Nimmt ihre Medikamente. Ilka besucht sie jeden Tag. Die Tabletten fangen sie wieder auf. Ilka räumt die Wohnung auf. Sie kehrt die Blätter zusammen. Sie gießt die Blumen. Wirft einige weg. Als Marie zurückkommt, ist alles wie immer. Wie früher. Leerer freilich. Pflanzen fehlen. Die Kisten stehen im Kabinett. »Keine Sorge«, sagt Ilka, »ich hab nichts gelesen.« Und: »Du musst drüber reden, Marie.«

Dann geht Marie nur noch tagsüber in die Klinik. Sie macht Schmuck aus Filz. In strahlenden kräftigen Farben. Sie macht eine Kette für Ilka.

»Schön«, sagt die Freundin und legt sie sich um den Hals. Und umarmt Marie. »Danke.«

Marie gießt ihre Blumen. Sie geht jeden zweiten Tag einkaufen. Sie sitzt jeden dritten Tag in einem kleinen hellen Raum einer blonden Frau gegenüber und redet und schweigt und weint. Sie geht den Weg nach Hause zu Fuß. Die Welt wird wieder farbig. Die Stimmen anderer erreichen sie wieder. Noch ist sie gewappnet, noch passt sie auf sich auf. »Das ist gut«, sagt die Therapeutin. »Lassen Sie sich Zeit.«

Mama hat das urschlechte Gewissen, weil sie nichts gemacht hat. Ich finde, man kann es auch übertreiben. Mit dem schlechten Gewissen, meine ich. Gut, ich war auch erschrocken, wie dünn die Frau Berger war, als ihre Freundin sie aus der Wohnung geholt hat, aber das kann ja kein Mensch wissen, dass die so abstürzt. Und so schnell. Mir jedenfalls ist vorher nie was aufgefallen, und ich war ja regelmäßig bei ihr. Komische Bücher lesen schließlich viele. Die Hohlhippe von ganz oben hat natürlich immer schon was geahnt, logisch. Sie hätte ja nachschauen können, anstatt blöd daherzureden und meiner Mam jetzt ein schlechtes Gewissen zu machen. Das hab ich ihr auch gesagt und jetzt ist sie sauer. Ist aber wahr.

Der Herr Sedlak war auch eine Woche im Krankenstand, und meine Mam also gleich hin: Ob er was braucht? Ob sie was tun kann? Konnte sie aber nicht. Ich meine, der hatte Darmgrippe oder so und hat sie gleich abgewimmelt, noch an der Tür, logisch. Jetzt arbeitet er wieder, und ich hoffe, Mam entspannt sich langsam. Nicht jeder stirbt gleich, bloß weil er ein bisschen blass ist.

Blass ist auch Wagner geworden. Ich hab ihn nämlich einfach gefragt. Gestern. Er wieder so am Reden über das Leben, die heißen Weiber, die er so kennt, und ob ich auch schon oder ob ich mein erstes Mal vor mir hab ... und irgendwie kommt mir das plötzlich so seltsam vor, Wagner und die Frauen, und dass er plötzlich so aufgeregt ist, irgendwie. Ich kann das schwer beschreiben.

Ich höre ihm eine Weile zu, nicke beiläufig und unterbreche ihn dann: »Sag mal, Wagner, stimmt das, dass du dem Alex auf den Schwanz gegriffen hast?« Dann passiert erst einmal gar nichts. Wagner steht wie vom Blitz getroffen. Er braucht eine Weile, bis er wieder in Gang kommt. Und dann, ganz schnell nacheinander: lautstarke Empörung, Abwehr, und dann, plötzlich wieder sehr sicher: »Lächerlich. Der Wichser. Hat er dir das erzählt? Markus, du glaubst doch nicht ...« Er kommt einen Schritt näher und legt mir den Arm auf die Schulter. »Der hat sich angeboten, Markus. Der wollte Geld. Immer bloß Geld. Mieser Stricher. So einer ist das, Markus.«

Es passt nicht zusammen. Der Dunkle hat recht. Jetzt wirbt Wagner heftig um meine Zustimmung. Und er redet. Zu viel. Viel zu viel. Er ist aufgekratzt und kaum noch zu stoppen.

Reicht doch, wenn er sagt: Blödsinn, Markus. Oder: Wie kommst du drauf? Oder: Stimmt. Weil das so ist, da bin ich mir jetzt nämlich sicher. All das Gerede von den Weibern, all die Männergespräche, das Bier, das immer am Tisch stand, die Einladungen zum Videoschauen, ganz bequem auf dem Bett (ist doch gemütlicher so, Markus) – du lieber Himmel. Ich muss wirklich blind gewesen sein. Hat irgendjemand jemals Wagner mit einer Frau gesehen? Eben. Leeres Gerede, die ganze Zeit.

»Ist okay, Wagner«, sage ich. »Du stehst auf Männer.« Pause. »Und ich auf Frauen.«

Er protestiert nicht mehr. »Wenn du meinst.« Wagner zuckt die Schultern. Ich warte, ob er noch etwas sagt. Aber es kommt nichts.

Ich sage: »Also dann ...«

»Ja«, sagt Wagner.

Mehr ist nicht zu sagen.

»Nein«, sagt Wagner, während er im Höllentempo die Briefe einsortiert. Und »Kann sein« auf den Einwand der alten Dame, die neben den Brieffächern steht, dass die Briefträger früher viel gesprächiger gewesen seien.

»Freundlicher auch«, fügt sie spitz hinzu, bevor sie sich umdreht und geht.

Wagner hat dieser Tage einen zweiten Rayon übernommen. Er braucht Geld. Eine Zeitlang zwei Schichten, und er kann es sich leisten, sich eine andere Wohnung zu nehmen. Nächsten Sommer, denkt er, müsste es so weit sein. Er stürmt durch den Gang zurück auf die Straße. Sein Wagen ist hoch aufgetürmt und schwer. Er wird noch eine Weile brauchen, bis er sich hier eingearbeitet hat, aber es ist zu schaffen. Von den jungen Kollegen machen das einige, und mit seiner Freizeit kann er in *dem* Haus ohnehin nicht mehr viel anfangen.

Markus sieht er selten, seine Freunde will er nicht mehr sehen. Der alte Pöhz macht sich einen Spaß daraus, den Hund täglich vor seiner Tür bellen zu lassen, nur um ihn zu ärgern. Dass so ein altes Vieh überhaupt noch imstande ist, etwas Neues zu lernen! Der Sedlak ist einsilbig geworden in letzter Zeit, und mit den anderen im Haus hatte er ohnehin nie viel zu tun. Definitiv nicht. Lauter Weiber. Na ja, fast. Der Kerl im ersten Stock ist ja selten da.

Beim Gehen hat Wagner viel Zeit zum Denken: Richtig viel Geld haben, überlegt er. Einmal eine Bank überfallen und mit dem ganzen Geld irgendwo untertauchen. Der Maskenmann muss jetzt schon eine schöne Summe zusammenhaben, definitiv, überlegt Wagner. Aber irgendwann werden sie alle gierig. Der vorletzte Überfall ist fast danebengegangen. Und die Lehrerin hat es ja ordentlich erwischt. Wahrscheinlich ist er deshalb an den Stadtrand ausgewichen. Da gibt es weniger mögliche Zeugen.

»Guten Morgen.« Er kennt die Frau nicht. Moment. Nummer drei. Japp. Schönes Haus. So was in der Art sucht er. Neubau, versetzte Türen, kaum Namensschilder, keiner kümmert sich hier um den anderen. Irgendwas im dritten oder vierten Stock. Frisch renoviert. Mit Lift. Und Haustierverbot! Neue Möbel, auf jeden Fall. Und vorher, beim Auszug, dem Pöhz alles vor die Wohnung stapeln. Er grinst.

Nächstes Haus. Geht ja. Er rennt wie ein Junger. Der Wagen wird zusehends leichter.

Oder Lotto. Am besten einen Doppeljackpot. Wagner nimmt sich vor, ab jetzt regelmäßig zu spielen. Dann wären allerdings ganz andere Dinge möglich. Wagner bremst sich vor der nächsten Trafik ein. »Einen Schein. Quicktipp. Mit Joker. Ja.« Vielleicht hat er ja auch einmal Glück.

»Dummer Hund«, schimpft Herr Pöhz. Er steht im Mantel am Gang und überlegt, ob er einen Schal mitnehmen soll. Sich jetzt verkühlen, das wäre was! Jetzt, wo er Verantwortung hat. Der Hund braucht ja seinen Auslauf. Der ist auf ihn angewiesen.

Der Hund schnüffelt vor der Kellertüre und bellt. Seit ein paar Tagen macht er das schon. Herr Pöhz schüttelt den Kopf. Frau Maria hat sie beide weggeschickt, ihn und den Wastl. Sie macht heute Großreinigung, will vor dem Winter noch einmal alle Fenster putzen. Sie will sie aus dem Weg haben, ihn und den Hund. »Aus der eigenen Wohnung werfen sie einen«, knurrt Herr Pöhz. Er wirkt dabei aber nicht verstimmt. »Was, Wastl?« Er hat sich angewöhnt, mit dem Viecherl zu reden. Der Hund schaut ihn verständig an, fast wie ein Mensch. Diesmal aber redet Herr Pöhz umsonst. Der Hund schenkt ihm keine Beachtung und lässt sich nur mit einem weiteren energischen Ruck an der Leine und nochmaligem strengem Ermahnen zum Weitergehen bewegen. Er wirkt aufgeregt.

Seltsam, denkt Herr Pöhz, wie man sich an so ein Viecherl gewöhnt. Die ersten Tage waren nicht leicht, aber jetzt akzeptiert ihn der Hund, und Herr Pöhz gesteht sich nur ungern ein, dass er den Wastl eigentlich nicht mehr hergeben möchte. Von der Novak hat man schon eine Weile nichts mehr gehört. Er fragt sich, ob das ein gutes oder ein schlechtes Zeichen ist. Wahrscheinlich ein gutes, beschließt er. Sie ist ja nicht mehr jung.

Wenig später betreten sie das Gasthaus am Eck. Sie sind hier Stammgäste. Wastl bekommt ein Wasserschüsserl hingestellt, das er ignoriert. Interessant ist hier nämlich nur, was Herr Pöhz auf den Teller bekommt. Das meiste jedenfalls. Stück für Stück davon wandert nach und nach unter den Tisch. Die Wirtin tut mittlerweile, als würde sie es nicht bemerken.

Anfangs sind sie deswegen fast aneinandergeraten, sie und ihr Gast. »Schmeckt es Ihnen denn nicht, Herr Pöhz?«

Der fährt auf: »Was?«

Der Hund sieht das schmackhafte Stück Schwein wieder in unerreichbare Höhen verschwinden. Er bellt empört.

»Ich gebe Ihnen immer das beste Stück«, fährt sie fort und stemmt ihre Hände in die Hüften. »Ich weiß ja, dass Sie nicht mehr so gut beißen können.« Sie ist ein bisschen gekränkt.

Herr Pöhz knurrt.

Der Hund sieht den Schweinsbraten direkt vor seiner Schnauze und nützt die Gelegenheit. Sofort zieht er sich mit seiner Beute unter den Sessel von Herrn Pöhz zurück und beäugt misstrauisch die Umgebung. Die stämmigen Beine der Wirtin in den ausgetretenen Gesundheitssandalen kommen wieder näher. Wastl packt das Fleisch mit den Zähnen. Er sieht ihren dicken roten Kopf verkehrt herum unter den Tisch schauen. Sie schnauft, als sie sich wieder aufrichtet. Wastl verzehrt in Ruhe sein Fleisch.

»Ein gutes Bratl«, versucht Herr Pöhz jetzt die Wirtin milde zu stimmen. »Aber – ein älterer Mensch, Frau Erika, braucht ja nicht mehr so viel.« Er nickt nachdrücklich.

»Ob das für den Hund das Richtige ist?«, wagt sie noch einmal zweifelnd einzuwenden. Das lässt Herr Pöhz nicht gelten. Schadet es ihm, dem Pöhz, am Ende? Eben.

»Bier trinkt er auch, der Hund?«, entgegnet sie da schnippisch, lenkt aber sofort ein, als Herr Pöhz sich zum Aufstehen anschickt.

»Wir müssen auch gar nicht mehr kommen, wir beide. Wenn's nicht recht ist. Komm, Wastl.«

Das zweite kleine Bier geht aufs Haus. Wastl bekommt noch einen Nachschlag. Er ist mit dem Ausgang der Verhandlungen sehr zufrieden. Man hört, wie er verdaut.

Wenn Frau Maria an diesem Tag wie gewöhnlich gegen halb vier gegangen wäre, wüsste noch niemand von der Leiche.

Frau Maria bemerkt den Geruch bereits auf den ersten Stufen. Eine tote Ratte wahrscheinlich, denkt sie und hält kurz inne. Sie war noch nie im Keller, aber irgendwo hier muss die Hausleiter ja sein. Sie hat die einzelnen Stockwerke erfolglos danach abgesucht. Bei der Hausbesorgerin ist niemand daheim. Und Frau Maria will heute fertig werden. Also in den Keller. Am Kellerabgang stehen alte Blumentöpfe und ein Besen. Jemand hat einen kaputten Klappstuhl an die Wand gelehnt.

Frau Maria kann sich im Nachhinein nicht erklären, warum sie nicht einfach umgedreht hat. Zurückgegangen ist in die Wohnung vom alten Pöhz. Warum sie weitergegangen ist, Stufe um Stufe und Meter um Meter dem furchtbaren Gestank entgegen, durch einen langen, von nackten Glühbirnen erhellten Gang aus roten Ziegeln, wie ein Weinkeller. Da war sie sich nämlich schon sicher. Das ist keine Ratte, sagt sie laut zu sich selber. Keine Ratte, nein.

In Krimis wird der Geruch als süßlich beschrieben: der süßliche Geruch der Verwesung. Nichts daran ist süßlich. Es riecht nach verdorbenem Fleisch, großen Mengen verdorbenen Fleisches. Und nach gärenden Abfällen. Frau Maria geht ruhig den Gang entlang, an den wuchtigen Holztüren vorbei, einige von ihnen nur angelehnt, einige mit verrosteten, andere mit neuen Bogenschlössern versehen. Eine Kellertür steht weit offen: Gerümpel, Holzscheite, Blumenkübel macht sie im Halbdunkel aus. Ein Lichtstrahl fällt durch das zerbrochene Glas des Kellerfensters und beleuchtet ein Bündel Kleider, einen alten Ölofen. Erst jetzt bemerkt sie das penetrante Summen. Fliegen, unzählige Fliegen schwirren durch das Fenster aus und ein. Wie ein Sog zieht der Geruch sie in den hinteren, dunkleren Teil des Ganges. Frau Maria nimmt ihr Halstuch ab, zerknüllt es und hält es sich vor Mund und Nase. Sie atmet flach. Sie spürt Übelkeit aufsteigen. Aber sie geht weiter, Schritt um Schritt. Der Boden unter ihren Füßen ist kühl und sandig.

Die Tür zum Abteil ist nicht verschlossen, scheint aber mit irgendetwas blockiert. Die Fliegen verschwinden durch eine Luke im Dunkeln. Der Gestank ist bestialisch. Frau Maria bindet sich das Tuch vors Gesicht und inspiziert die Tür. Seitlich und am Boden ist je ein Keil angebracht. Sie löst beide vorsichtig. Dass das ein Fehler war, begreift sie unmittelbar danach. Sie hat mögliche Spuren vernichtet! Die Tür schwingt auf.

Der Gestank lässt sie zurücktaumeln. Vorerst nimmt sie nur die Fliegen wahr, ein einziges Summen. Sie schluckt und atmet. Schluckt und atmet. Dann macht Frau Maria einen Schritt ins Abteil. Einen zweiten. Umrundet einen dunklen Eichenschrank, der mitten im Raum steht. Sie schaut und schluckt. Und schluckt. Dann reißt sie sich unvermittelt das Tuch vom Gesicht und erbricht, mehrfach, in hohem Schwall.

Später sitzt Frau Maria in der Pöhz'schen Wohnung und trinkt einen Cognac. Sie ist immer noch blass. Herr Pöhz hat den Hund, der völlig außer sich ist, ins Schlafzimmer gesperrt. Wastl bellt und kratzt an der Tür. Es dauert lange, bis er Ruhe gibt. Pöhz zieht einen Küchenstuhl zu sich und lässt sich ächzend nieder.

»Trinken Sie, Frau Maria. Das hilft gegen den Schock. Meine Frau, als die damals gestorben ist, neben mir im Bett, ich habe geschlafen, ein Dienstag war's, im Mai, eine schlechte Zeit zum Sterben, so mitten im Frühling.« Er hält kurz inne, dann nickt er. »Da hat der Doktor mich zum Trinken angehalten: ein Cognac, Herr Pöhz, oder zwei. Das ist besser als jede Beruhigungsspritze.«

Frau Maria nimmt einen kleinen Schluck und nickt.

»Und darüber reden«, sagt Herr Pöhz. »Nichts hineinfressen.«

Sie schaut ihn erstaunt an. Ihr ist nicht nach Reden. Sie möchte schlafen. Sie möchte diesen schrecklichen Geruch aus der Nase kriegen, das vor allem. Sie hat das Gefühl, er hängt an ihr, an jeder Faser ihrer Kleidung. In ihren Haaren. Obwohl sie nichts berührt hat an der Leiche. Duschen, ja. Alles abwaschen. Und dann schlafen.

Aber der Alte redet und redet. »... sonst bleiben einem die Bilder. Wie meine Frau dagelegen ist, mit offenem Mund, das Kinn so herabgesackt, wissen Sie? Eine weiße spitze Nase. Man weiß ja sofort, wenn einer tot ist«, hört sie ihn wie von weit her.

Sie spürt den Cognac. Ihr ist schwindlig. Wieder steigt Brechreiz in ihr hoch. Die Bilder. Eine Truhe? Ein umgelegter Kasten mit offenen Türen. Ein aufgequollenes Etwas darin. Fliegenschwärme. Und ein Spitzenvorhang? Eine Häkeldecke? Ein Tischtuch? Darübergebreitet. Vollgesogen mit den Verwesungssäften. Und Fliegen. Überall Fliegen. Und

Maden. Fette weiße Würmer auf dem aufgedunsenen Körper. Sie rennt zum Waschbecken und würgt. Und würgt. Ein Schwall Säure. Sie ist völlig erschöpft.

»Entschuldigen Sie, Herr Pöhz«, murmelt sie und spült das Erbrochene weg. Sie öffnet den Putzschrank, aber da wird er unwirsch.

»Jetzt lassen Sie doch, verdammt noch einmal! Setzen Sie sich her da! Na?«, fügt er etwas milder hinzu. Frau Maria nimmt wieder Platz. Herr Pöhz schaut sie besorgt an und nimmt ihre Hand.

Als Wagner nach Hause kommt, steht die Haustüre sperrangelweit offen. Vor dem Haus Feuerwehr. Und Polizeiautos. Vor dem Kellerabgang steht ein Polizist, ein dicker mit müden Augen. Feuerwehrmänner kommen die Treppe hoch. Mit Atemschutz. Schwerem Atemschutzgerät, heißt das wohl, denkt Wagner. Das liest man immer wieder. Obwohl – Wagner liest nur das *Kleine Blatt*. Und das nicht regelmäßig. Dann kommt eine Frau die Stiege herauf, teuer gekleidet, das sieht er gleich, die aussieht wie ein Habicht, Hakennase und hager. Der Habicht unterhält sich mit einem rundlichen Mann, der kummervoll dreinschaut. Er trägt ein schäbiges Sakko mit ausgebeulten Taschen.

»Was ist passiert?«, fragt Wagner.

Der Rundliche schaut ihn kurz an. »Sie wohnen hier?«, fragt er dann.

Wagner nickt und deutet auf seine Wohnungstür.

»Übermorgen?«, wendet sich der Mann dann wieder an die Frau, die sehr in Eile zu sein scheint.

»Übermorgen, allerfrühestens. Ich gebe Ihnen Bescheid.« Ihr Handy läutet. Sie reißt es ans Ohr. Dann wendet sie sich abrupt um und stöckelt den Gang entlang Richtung Haustüre. Der Rundliche bleibt mit seiner zur Verabschiedung ausgestreckten Hand zurück. Er zieht sie zurück und schüttelt den Kopf.

»Mord«, sagt er betrübt und schaut Wagner nachdenklich an. »Die Kollegen werden Ihre Daten aufnehmen.«

Wagner wartet, aber da kommt nichts mehr.

Der Mann sucht in seinen Taschen, zieht dann eine Packung Smart heraus und steckt sich eine an. Er sucht vergeblich nach einem Feuerzeug. Wagner raucht nicht. Der Uniformierte hilft aus.

»Weiß man, wer?«, setzt Wagner noch einmal an, während sein Gegenüber einen tiefen Zug nimmt, fast augenblicklich rot anläuft und heftig hustet. Der zweite Zug gelingt besser. Der Mann entspannt sich. Er nimmt wieder seine normale Gesichtsfarbe an.

»Wann werden Sie abgelöst?«, fragt er den Uniformierten, als hätte Wagner nichts gesagt. Der Polizist zuckt die Achseln. »Zigarette?« Der Uniformierte lehnt ab.

Einen Wein hätte er sicher angenommen, denkt Wagner. Dienst hin, Dienst her. Er sperrt nacheinander die drei Schlösser auf und geht in seine Wohnung. Der Mann mit dem zerdrückten Sakko lehnt sich an die Wand und raucht.

Als Julia nach Hause kommt, ein bisschen abgehetzt, weil sie noch einkaufen war, steht die Haustüre weit offen – beide Flügel. Vor dem Haus ein Leichenwagen. Und Schaulustige am gegenüberliegenden Gehsteig, als gälte es Abstand zu halten zum Tod. Julia sucht nach den Wohnungsschlüsseln. Sie stellt die Tasche ab und sperrt auf. Ihre Hände sind eiskalt. Sie dreht sich um.

Der Herr Pöhz, denkt Julia, aber die Bestatter kommen die Kellerstiege herauf. Der junge Polizist, den sie jetzt erst bemerkt, weil er ein wenig abseits gestanden ist, tritt zur Seite und blickt zu Boden, die Kappe in der Hand. Julia bleibt in der Tür stehen. Die Leichenträger schauen ernst, keiner spricht. Ein älterer Mann, der hinten geht, nickt ihr zu. Julia schaut auf den Metallsarg zwischen ihnen und spürt, wie ihre Knie weich werden.

Ein Gedanke blitzt auf. Sie scheucht ihn weg. Verrückt, völlig verrückt. Nicht daran denken. Sie streicht sich mit der Hand über das Gesicht. Schritte auf der Kellertreppe. Zwei weitere Männer, die augenscheinlich nicht zur städtischen Bestattung gehören. Einer sagt etwas zu dem Polizisten, der nickt und deutet nach links.

Also doch der Pöhz, denkt Julia. Wahrscheinlich ausgerutscht und die Stufen hinuntergefallen, und ihr steigen, warum weiß sie nicht, plötzlich Tränen in die Augen. Sie steht in der halb offenen Wohnungstür und sieht einen der Männer mit Hilfe des Polizisten ein provisorisches Schloss und ein Band an der Kellertür anbringen. Der andere läutet an der Pöhz'schen Wohnung und Herr Pöhz erscheint in der Tür und bittet ihn hinein.

Sie duscht gerade, als es laut an der Tür klopft. Sie dreht das Wasser ab. Es fröstelt sie. Jemand hämmert mit beiden Fäusten gegen die Tür.

»Moment«, ruft Julia. Und dann: »Ja, gleich.« Sie trocknet sich hastig ab und schlüpft in ihren Bademantel. Barfuß läuft sie zur Tür.

Frau Berger fällt ihr fast in die Arme, als sie aufmacht. »Kann ich reinkommen«, sagt sie und steht schon mitten in der Küche. Sie ist blass, sieht aber gepflegt aus, in einem hellen Pullover. Mit frisch gewaschenen Haaren. »Der Mörder …«, sagt sie. Und: »Ich hab Angst.« Wie ein Kind.

Jetzt geht es also wieder los, denkt sich Julia. Sie redet beruhigend auf die Frau ein. »Kommen Sie, setzen Sie sich hin. Ja, daher.« Sie rückt ihr einen Sessel zurecht. Sie selber schlüpft in ein Paar Hausschuhe. Der Küchenboden ist kühl.

Marie setzt sich hin. Sie zieht die Beine hoch und umschlingt sie mit den Armen. Sie hat abgekaute Nägel, bemerkt Julia. Und schöne helle Haut, ohne Muttermale, ohne jeden Makel. Sie wirkt angespannt und lässt Julia keine Sekunde aus den Augen.

»Ich mache uns einen Kakao«, sagt Julia und bückt sich zum Kühlschrank. »Mögen Sie?«

Marie nickt.

Julia macht Milch warm. Sie rührt Schokoladeflocken ein. Maries unruhige Augen folgen ihr. Sie sagt kein Wort. Julia sucht nach zwei großen Trinkschalen und füllt sie bis zwei Fingerbreit unter den Rand. Sie schäumt Milch auf und gießt sie darüber.

»So«, sagt sie. »Erst einmal trinken wir.« Ich rede wie eine Krankenschwester, denkt sie. Über den Tassenrand sieht sie Marie an. »Was ist los? Was haben Sie?«

»Ich ...«, beginnt Marie. Dann schweigt sie wieder.

»Ja?« Julia schaut sie aufmunternd an.

»Ich wollte in den Keller. Mit meinen Kisten. Ich kann die nicht in der Wohnung haben. Ich will das nicht mehr«, sagt sie auf Julias fragenden Blick.

»Die Kisten?«

»Briefe. Tagebücher. Dinge, die mich aufwühlen, immer noch.«

»Die wollten sie weghaben. Verstauen?«

»Ja. Und als ich runterkomme: Polizei. Vor der Tür zum Keller. Eine Leiche, sagen sie. Und dass ich auf keinen Fall hinunter kann, jetzt.« Sie schluckt heftig und klammert sich an ihre Tasse.

Julia nimmt einen großen Schluck. »Trinken Sie. Das beruhigt.«

Marie trinkt brav. In großen Schlucken. »Mord«, sagt sie dann. »Da wurde jemand ermordet. Im Keller. Im Haus.« Sie zieht fröstelnd die Schultern zusammen.

»Wer sagt das, Frau Berger?«, fragt Julia.

»Marie. Ich heiße Marie.« Und dann, nach einer Pause, kommt endlich die Antwort: »Die Polizei sagt das.« Dann schweigt sie.

»Wissen Sie mehr?« Julia stellt ihre Tasse ab. Sie ist unruhig.

»Dass sie schon länger da liegen dürfte.« Marie spricht jetzt ganz klar. Ihr Zittern hat aufgehört. »Die Haushälterin hat sie gefunden. Die von dem alten Herrn. Sie hat eine Leiter gesucht.«

Julia hält sich an ihrer Tasse fest.

»Stellen Sie sich vor, fast hätte ich sie gefunden. Also den Toten. Und irgendwo hier ist ein Mörder, Frau Julia.« Sie wird wieder unruhiger. »Irgendwo hier in der Gegend. Ich mag hier nicht bleiben.« Sie schweigt lange. »Ich hab Ilka angerufen«, sagt sie dann. »Eine Freundin«, setzt sie auf Julias fragenden Blick hinzu. »Die holt mich ab, ich kann ein, zwei Tage bei ihr bleiben. Sie hat aber erst gegen neun Zeit. Ich bin also die ganze Zeit in der Wohnung gesessen. Am Abend hab ich es nicht mehr ausgehalten. Und dann habe ich Sie heimkommen sehen. Und mir gedacht …« Sie bricht ab.

Julia nickt. »Noch Kakao?« Sie füllt die Tassen nach.

Beide trinken. »Kann ich bleiben, bis sie kommt?«, fragt Marie.

»Natürlich«, sagt Julia. »Sie essen mit uns. Mögen Sie Fisch?«

»Fremde im Haus?«, fragt Herr Pöhz. »No, die ganze Zeit. Ist ja immer die Haustüre offen. Kann ja ein jeder kommen und gehen, wie er will.« Wie einer freilich eine Leiche hereintragen und im Keller verstecken soll, kann sich auch der Herr Pöhz nicht vorstellen.

»Also, der muss erst einmal an der Hausbesorgerwohnung vorbei. Wawerka, Mutter und Sohn. Obwohl – sie arbeitet ja außer Haus. Und der Bub ist in der Schule.«

Der Kriminalbeamte macht sich Notizen. Diesmal waren sie schnell, denkt Herr Pöhz. Aber es muss immer erst etwas passieren. »Na«, sagt er dann, »so gegen sechs, halb sieben sind sie eigentlich immer daheim. Sie ist früher viel weggegangen. Jetzt nicht mehr so oft.« Er nickt.

»Dann ist da der Sedlak. Ein ruhiger Mensch, angenehm, mischt sich nirgends ein. Der wohnt direkt neben der Kellerstiege. Gegen vier kommt der heim. Er arbeitet in einem Amt.« Er überlegt. »Vor kurzem war er krank, gute zwei Wochen. Der hat vielleicht etwas gehört.«

»Und neben Ihnen?«, fragt der Beamte.

»Wagner. Briefträger. Der wird nichts sagen. Hat ja selber die ganze Zeit Besuch. Lauter junge Leute. Keine Guten. Na ja, ich will nichts gesagt haben. Wir haben nicht das beste Einvernehmen.«

Der Beamte schreibt. Herr Pöhz kann leider nichts entziffern. Eine furchtbare Schrift, denkt er. Und Schuppen hat er auch.

»Letztens«, fängt Herr Pöhz wieder an, »als ich bei der Daniela war – eine Lehrerin, erster Stock, eine ordentliche junge Frau, sehr höflich, sehr freundlich, sag ich Ihnen –, war da auch ein Mann vor ihrer Tür, den ich nur mit Müh und Not losgeworden bin.«

Der Beamte schaut interessiert auf.

»Daniela Brandlhofer.« Er stutzt. »Die müssen Sie eh kennen?«, fragt er den Beamten. »War Augenzeugin bei dem einen Banküberfall. Ist direkt mit dem Kriminellen zusammengestoßen an der Tür. Schwer verletzt. Lange im Spital. Ich hab sie natürlich besucht. Auch hier daheim dann. Und da war dieser Mann. Im ersten Stock. Vor ihrer Tür. Er hat aber nicht geklopft. Ist nur so dagestanden. So ein größerer, nicht ganz schlank.« Er nimmt einen Schluck Kaffee. »Sie möchten wirklich nichts trinken? – Sie hat beim Phantombild geholfen. Nein, vom Bankräuber. Wer der Mann an ihrer Tür war, weiß ich nicht. Aber verdächtig ist das schon. Immerhin erster Stock. Ja, ein-, zweimal hab ich ihn noch gesehen, aber das ist auch schon eine Zeitlang her. Er hat immer geschaut, dass er davonkommt. Gell, Wastl?«

Er tätschelt den Hund, der zu seinen Füßen liegt und sein dickes Hinterteil auf dem linken Schuh des Beamten niedergelassen hat. Der Hund grunzt.

Herr Sedlak hat nichts gehört.

»Wir reden von den letzten drei bis vier Wochen. So genau wissen wir noch nicht, wann die Leiche im Keller deponiert worden ist«, erklärt der Beamte. »Ist Ihnen da irgendetwas Ungewöhnliches aufgefallen?«

Er sitzt in Sedlaks Wohnzimmer, hat ein Glas und eine Flasche Zitronenlimonade vor sich stehen und schaut sich um. Im Hintergrund läuft der Fernseher. Irgendein alter Spielfilm. Er hat Sedlak gebeten, den Ton etwas leiser zu drehen.

Sauber, ordentlich, konservativ, denkt er. Die Wohnung. Sedlak selber riecht leider. Der Beamte würde gerne rauchen, sieht aber nirgends einen Aschenbecher.

Sedlak scheint angestrengt nachzudenken. »Na ja, es ist tagsüber öfter laut am Gang. Aber ich schau halt nicht hinaus. Interessiert mich nicht. Zu mir kommt sowieso keiner.« Er schenkt sich selber nach. »Das Gangklo hört man halt in der Nacht. Und ab und zu ein paar Betrunkene auf der Straße. Oder eine Alarmanlage. Das schon.«

Oft getragene Wäsche, denkt der Beamte. Und verschwitzte Kunststoffhemden. Die Haare sind nämlich frisch gewaschen. Saubere Fingernägel. Und rasiert ist er auch. »Mit wem haben Sie denn Kontakt im Haus, Herr Sedlak?«

»Mit den Älteren, ja«, sagt Sedlak und scheint wieder nachzudenken. Er dürfte nicht der Hellste sein.

Der Beamte wird ungeduldig. Das kann doch nicht so schwer sein. »Namen?«, fragt er.

»Der Herr Pöhz nebenan. Die Frau Novak aus dem ersten Stock. Aber die ist im Spital. Schon lange. Wird wohl nicht mehr heimkommen. Die Hausbesorgerin.« Pause. »Ja, mit dem Wagner, also dem Briefträger, rede ich auch hin und wieder. Die anderen sind ja neu. Man grüßt einander. Ja.«

»Wo arbeiten Sie eigentlich?«, fragt der Ermittler dann.

»Am Magistrat«, sagt Herr Sedlak. Er sagt es bedeutungsvoll.

»Wenn Ihnen noch etwas einfallen sollte, Herr Sedlak ...« Der Polizist erhebt sich.

»Ja«, sagt Sedlak, »selbstverständlich.« Er scheint noch etwas sagen zu wollen, winkt dann aber ab. Der Beamte ist froh, als er wieder am Gang steht.

Das ist so krank. Zuerst überfallen sie einen und knipsen wie besessen, dann fragen sie die unmöglichsten Sachen, aber ich hab gleich gesagt, dass ich überhaupt nichts weiß, und bin wieder weg. Schule und so, Mittagspause gleich aus. Und ich wusste ja wirklich nichts, da noch nicht. Und am nächsten Tag sind dann die Zeitungen voll: »Das Mörderhaus«, steht da. Unter einem Foto von unserem Haus. Daneben sieht man die Bestattung mit dem Sarg aus der Tür treten. Darunter Fotos vom alten Pöhz (Man ist sich seines Lebens nicht mehr sicher. Gut, dass ich einen Hund habe), von mir (Markus W.: Ich fürchte mich nicht). Was ich gar nicht gesagt hab. Weil ich nämlich gar nichts gesagt hab, außer das mit der Schule. Die Haushälterin vom Herrn Pöhz sieht man ganz. Sie wendet sich ab und hält die Hand vors Gesicht. Darunter: Schwer geschockt – Maria G. fand die Leiche.

Der Bericht selber ist nicht ergiebig. Man weiß noch zu wenig. Man kennt weder die Identität der Leiche, noch weiß man, wie lange sie schon in unserem Keller lag. Der Polizist (Wenn wir erst wissen, wer sie ist, haben wir auch den Mörder) spricht von einem Täter aus dem nahen Umfeld des Opfers.

Frau Berger ist sich sicher, dass der Mörder ganz in der Nähe ist. Aber die flippt sowieso leicht aus, wie's scheint. Sie hat einmal einen Mörder gekannt, hat sie gestern Abend erzählt. Meine Mam ist echt die Caritas. Weil die Berger sich plötzlich fürchtet, kriegt sie bei uns Abendessen. Und erzählt ihre Mördergeschichten. Nicht, dass ich mich fürchte, aber schräg war das schon. Also, falls es stimmt.

In der Schule bin ich jetzt irgendwie der King. Auch krank, weil, ich meine, ich hab ja gar nichts mit der Sache zu tun. Und gesagt hab ich auch nichts.

Julia ist völlig zerschlagen am Morgen. Wieder ein Samstag, und Markus ist noch in der Schule. Sie hat ihn nicht weggehen hören. Sie hat schlecht geträumt. Sie ist verspannt. Sie sitzt lange beim Frühstück, in ihre Lieblingsweste gehüllt, die blaue, von der sie sich nicht trennen kann, gießt sich eine dritte Tasse Kaffee ein, raucht. Hier im Haus ist jemand gestorben. Oder doch abgelegt worden, nachdem ihn jemand getötet hat. Einer, der niemandem abgeht. Wie er wohl gelebt haben mag? Wie der Herr Sedlak, ohne Kontakte? Wer bringt so jemanden um? Einen, der nie aneckt, niemanden stört, keine Laster hat, keine Leidenschaften auszulösen vermag? Da ist sich Julia nämlich sicher. Sedlak ist einer von den Stillen, Scheuen, die immer da waren und plötzlich nicht mehr da sind. Die manchmal erröten. Die belächelt werden. Und niemandem abgehen. Schrecklich, denkt sie. So ein Leben.

Sie überlegt weiter: Jemand, der auf der Straße gelebt hat vielleicht? Oder ein alter Mensch, bei dem man Geld vermutet hat? Aber – warum liegt der hier im Haus? Warum im Keller? Sie hat Gerüchte gehört, aber das klingt bizarr: aufgebahrt in einem Sarg, unter einer Spitzendecke. Nicht zu identifizieren, aufgedunsen. Sagen die einen. Mumifiziert, die anderen. Man weiß nicht – ein Mann? Eine Frau?

Julia hat gestern Frau Radl angerufen. In der Steiermark. Die will heute zurückkommen. Nicht, dass sie etwas tun kann, aber: Es ist ihr Haus. Das Mörderhaus, schreiben die Zeitungen. Es wird immer leerer: Frau Novak im Spital. Frau Berger bei ihrer Freundin. Den Neuen hat sie kurz gesehen, vorgestern erst, ganz früh am Morgen. Mona zuletzt vor einer Woche. Und Daniela sollte längst zurück sein.

Julia läuft die Treppe hinauf. Das Stiegenhaus ist leer. Sie nimmt die Werbesendungen vor der Wohnung der Frau Novak weg, sieht eine Türe aufgehen und eine verwuschelte Mona in einem übergroßen weißen T-Shirt einen Mann umarmen, den sie im ersten Moment für den Neuen hält. Er ist es nicht. Julia hat ihn noch nie gesehen. Er trägt Motorradklamotten und einen roten Helm über dem linken Arm und grüßt sie freundlich. »Hallo«, sagt Julia und sperrt Danielas Wohnungstür auf.

Sie geht durch die Räume. Auf den Möbeln liegt eine feine Schicht Staub. In dem kühlen Licht wirken die Farben wie verblasst. Sie holt Wasser und gießt die wenigen Pflanzen.

Sie nimmt ein Buch, das aufgeschlagen, mit dem Rücken nach oben, auf dem Sofa liegt. Sonst geht Daniela immer so sorgsam mit ihren Büchern um, denkt sie. Seltsam.

Julia liest: »... das Leben, sagte sie, ist schmutzig. Und beängstigend ist es ebenfalls. Es enthält einfach alles: Mord, Schmerz, Schönheit, Krankheit – Tod. Weißt du das?

Das Kind antwortete: ja.

Woher weißt du das?

Das Kind antwortete abermals: Ich weiß nicht.

Siehst du!, fuhr Madame von Bartmann fort, du weißt nichts. Du musst alles wissen und dann beginnen. Du musst ein ungeheures Verständnis haben, oder du fällst. Pferde tragen dich geschwind aus der Gefahr; Züge bringen dich dorthin zurück. Gemälde versetzen dem Herzen einen tödlichen Stich – sie hängen über einem Mann, den du liebtest und vielleicht in seinem Bett ermordet hast. Blumen betrüben das Herz, weil ein Kind in ihnen begraben wurde. Musik treibt uns in das Grauen der Wiederholung. Die Kreuzwege sind dort, wo die Liebenden Schwüre ablegen, und die Schenken sind für die Diebe da ... weißt du das alles? Aus dem Dunkel kam keine Antwort.«

Julia schaut auf. Es enthält einfach alles, denkt sie. Mord. Schmerz. Schönheit. Krankheit. Tod. Sie klappt das Buch zu. Djuna Barnes, liest sie. *Aller et retour*. Sie kann kein Französisch. Sie legt das Buch hin. Die Seiten springen wieder auf. Sie streicht sie behutsam glatt und legt einen Briefbeschwerer aus Glas darauf. Luftblasen sind darin eingeschlossen.

Julia geht zum Fenster. Es hat zu nieseln begonnen. Der Raum wird von Minute zu Minute dunkler. Sie zündet sich eine Zigarette an. Daniela raucht manchmal eine mit. Wenn sie lange sitzen, trinken, reden. Daniela sagt dann: Frag mich. Und Julia hält ihr die Zigaretten hin: Magst du?

Der erste Zug, sagt Daniela. Immer noch. Nach so vielen Jahren.

Julia lächelt. Dann schrillt die Türklingel. Immer noch lächelnd öffnet sie die Tür. Der Mann davor hat lichte graue Haare und müde Augen.

»Kriminalpolizei«, sagt er. Er weist seine Marke vor und murmelt einen Namen, den sie nicht versteht. Sie fragt nicht nach.

Kriminalpolizei. »Lassen Sie mich rein?«

Julia nickt und tritt einen Schritt zur Seite. Wir sind gleich groß, der Polizist und ich, denkt sie. Sie dreht sich um und geht ins Wohnzimmer. Er folgt ihr.

»Und Sie?«, fragt er. »Was machen Sie hier?«

»Blumen gießen.« Sie deutet auf die Gießkanne. »Bis Daniela wiederkommt. Ich bin ihre Freundin. Julia Wawerka.«

»Die Hausbesorgerin«, sagt er und betrachtet sie aufmerksam. Feine Fältchen um die Augen und um den Mund. Raucherin, denkt er. Dünnhäutig, nervös, aber stark. Eine, die gern lacht, aber wenig Gelegenheit dazu hat. Sie bewegt sich leicht und sicher. Trägt flache weiche Schuhe. Wie eine Tänzerin geht sie, denkt er.

Er folgt ihr ans Fenster. Er fasst behutsam nach ihrem Arm. Sie schaut nicht auf. Er spürt ihre Anspannung, ihre Abwehr. Sie hält sich sehr gerade.

»Sie wird nicht mehr kommen«, sagt er.

Nichts.

»Sie ist tot, Frau Wawerka. Daniela ist tot.«

»Ja«, sagt die Hausbesorgerin. »Sicher.« Sie starrt aus dem Fenster. Er weiß, dass es dauert, bis das Gesagte durchdringt. Er steht ruhig neben ihr. Es gibt sonst nichts zu sagen. Er hasst diese Momente. Und mehr als alles hasst er, diesen Einsatz mit einem Kollegen gemeinsam zu fahren. Die meisten von ihnen halten es nicht aus – die Stille. Und das, was dann kommt. Sie wollen es schnell hinter sich bringen. Er weiß aber, dass es Zeit braucht.

Da dreht sie sich um. »Tot, ja?«

Er nickt. »Ermordet. Die Frau im Keller.«

»Ja«, sagt sie wieder. Und dann: »Wie?«

»Man hat ihr das Genick gebrochen.«

»Das Genick«, wiederholt sie.

Dann hört er sie aufschluchzen. Sieht ihre Schultern beben. Und plötzlich schreit sie. Und schreit. Knallt ihren Kopf gegen die Wand, einmal, zweimal, dreimal. Und sackt in sich zusammen, rutscht mit dem Gesicht die Wand, die Raufasertapete entlang, zerschrammt sich die Wange, bevor sie sich abfängt und irgendwie zu sitzen kommt, kreidebleich jetzt und ganz still. Er hört sie atmen, einmal etwas wie ein hohes Wimmern, ganz leise. Er hockt sich zu ihr auf den Boden. Nun weint sie nicht mehr.

»Tot«, sagt sie wieder. Es ist eine Feststellung.

Er nickt.

Und dann schaut sie ihn an mit ihren großen hellen Augen und fragt: »Weiß es ihre Mutter schon?« Und: »Wer ...« Und dann: »Kann ich sie sehen?«

»Ja«, sagt er. »Ich bringe Sie hin. Kommen Sie.«

Sie steht auf ohne zu taumeln, ihr Gesicht ist eine Maske. Sie schaut sich nicht um, geht wie von unsichtbaren Fäden gezogen zum Tisch, nimmt ein Buch, geht zur Tür. Sie hält sich am Buch fest, denkt er. Ihre Knöchel treten weiß hervor. Sie fasst sich an die rechte Wange. Er gibt ihr ein Taschentuch.

»Ein bisschen Blut«, sagt er. »Man sollte etwas drauftun.«

»Nein«, sagt sie. »Fahren wir.«

Es ist nicht weit. Sie schaut die ganze Zeit geradeaus. Sie hält das Buch an ihre Brust gepresst. Er schweigt. Das Gebäude ist alt. Bröckelnder Putz an der Fassade. Daneben eine Baustelle. Ein hoher gelber Kran schwingt seinen Arm über die Häuser. Im Gebäude ist es kühl. Lange Gänge. Man kennt das aus Filmen. Er schüttelt der Gerichtsmedizinerin die Hand. Dr. Hoffer nickt seiner Begleiterin zu und berührt sie leicht am Oberarm. Senger, der meistens mit der Hoffer arbeitet, zieht eine Schublade auf. Beim ersten Mal ist es die falsche.

Er bleibt neben der Hausbesorgerin stehen, bereit, sie aufzufangen, sollte sie umkippen. Es scheint nicht nötig zu sein. Sie wirkt sicher und gefasst. Nach einem weiteren prüfenden Blick tritt er einen Schritt zurück.

Die Frau schaut lange, aufmerksam. Sie hält sich eine Hand vor den Mund. Er weiß, dass er ihr, dass sie selber sich viel zumutet: Der Körper, der vor ihnen liegt, ist aufgebläht und von seltsamer Farbe. Man erkennt ein Muttermal an der Schulter. Sie betrachtet die Tote wie ein Fundstück, das sie nicht einordnen kann. Ohne den Blick abzuwenden. Minutenlang. Dann dreht sie sich abrupt um und sagt: »Ich möchte jetzt gehen.«

Er begleitet sie auf die Straße. »Soll ich Sie heimbringen?«

Sie schüttelt den Kopf.

»Haben Sie jemanden? Sie sollten jetzt nicht allein sein.«

»Ja«, sagt sie. »Danke.«

»Ich werde mit Ihnen reden müssen.«

Sie nickt. Dann geht sie rasch davon, die staubige Fassade des Uni-Campus entlang. Die Leute, die ihr entgegenkommen, machen ihr Platz.

Die Erinnerungen überfallen sie mit einer Wucht, die ihr den Atem nimmt. Den ganzen Weg nach Hause hat sie an nichts gedacht, hat mechanisch einen Fuß vor den anderen gesetzt, geatmet, vor sich hin gestarrt, ohne etwas zu sehen. Sie hat ihre Schritte gezählt und sich immer wieder verzählt. Wieder von vorne angefangen. Und noch einmal. Einmal ist sie gestolpert, ausgeglitten und gegen einen Mann getaumelt, hat sich im letzten Moment wieder gefangen. Es hat zu regnen begonnen, ein eisiger Regen, der auf der Haut schmerzt. Da erst hat sie gemerkt, dass sie weint. Ohne einen Laut. Ihr Hals schmerzt. Ihre Brust. Wie gepanzert ist sie. Julia glaubt zu ersticken.

Zu Hause zerrt sie sich die Kleider vom Leib, lässt sie auf dem Boden liegen. Ihr ist kalt, sie zittert. Sie steigt in die Dusche, steht lange unter dem heißen Wasser. Und weint, laut und hemmungslos. Sie hört die Tür gehen und dann Markus' Stimme: »Mam?« Er nimmt etwas aus dem Kühlschrank, geht in sein Zimmer, dreht die Musik auf, die er derzeit ständig hört, etwas, das sie nicht kennt. Schnelle, harte Beats. Dampf hüllt sie ein. Wasser läuft über ihr Gesicht. Sie will nicht denken. Nicht denken.

Daniela, das Handy am Ohr, dreht sich um. Zerzaustes, widerspenstiges Haar, eine schräge kleine Falte zwischen den Brauen, die verschwindet, als ihr Julia zuwinkt. Ihr Mund zieht sich zu einem breiten Lächeln auseinander. Die Lücke zwischen den beiden oberen Schneidezähnen wird sichtbar. Daniela kräuselt die Nase, schickt einen komisch verzweifelten Blick gen Himmel und beendet mit wenigen Worten ihr Gespräch. »Mütter!«, ächzt sie und dann: »Oh, 'tschuldigung«, weil Julia sie gespielt strafend anschaut, und dann schnappt sie die Freundin an der Hand und zieht sie mit sich: »Komm, ich muss dir was zeigen!« – Nie wieder.

Nie wieder.

Die einzige Frau, die sie je geküsst hat. Ein Mal. Nie wieder. Nie mehr. Einmal haben sie gestritten, wegen nichts, und

Julia hat die Tür zugeknallt und sich nicht mehr umgedreht. Wie ein bockiges Kind. Daniela, die Jüngere, die Erwachsenere, stand wenig später vor ihrer Wohnung, hat geläutet und sie angepfaucht: »Mach, was du willst, verdammt, aber renn nicht davon! Ich bin noch nicht fertig.« Und hat sie zornig angefunkelt, bis sie beide lachen mussten. Julia vor Erleichterung. Vorbei. Auch das.

Ihre Abende, wenige, an denen sie gemeinsam unterwegs waren. Julia war oft so müde, vom Kurs, von der Arbeit. Damals hat sie angefangen, sich mehr zu trauen. Sich mehr zuzutrauen. Neben Daniela hat sie sich immer sicher gefühlt. War sie jedes Mal … War. War!

Sie schläft wie ein Stein. Kein Traum. Als sie die Augen öffnet, draußen ist es noch dunkel, braucht es eine Weile, bis sie begreift, dass sie wieder allein ist. Ganz allein ist. Daniela ist tot.

Es ist gut, dass sie arbeitet. Sie schaltet ab, funktioniert, organisiert Besprechungen, tippt, macht Termine aus, telefoniert, empfängt Besucher.

Tom weiß Bescheid und nimmt sie kurz in den Arm. »Magst du reden?« Sie schüttelt den Kopf. »Ich bin da«, sagt er.

Julia nickt. Julia schluckt. »Danke.« Sie setzt sich wieder an den Computer.

Julia trägt ihr rauchblaues Kleid, einen hellgrauen Mantel. Lippenstift. Eine große helle Tasche. Pumps in der gleichen Farbe. Einen Schirm. Sie kommt aus dem Büro nach Hause, in ihre Hausbesorgerinnenwelt, in ihr Leben, das nicht mehr stimmt, in dem nichts mehr an seinem Platz ist. Sie zieht sich um, Jeans und Pullover, dreht die Heizung höher, schaut auf die Uhr. Julia putzt die Küche. Sie schrubbt das

Bad. Kocht, stellt das Essen für Markus warm. Sie trägt den Müll hinaus.

Herr Pöhz scheint auf sie gewartet zu haben. »Der Hund ist krank«, klagt er. »Er frisst nicht. Er trinkt kaum. Er liegt nur da und schaut mich an.« Er blickt sie hilfesuchend an. »Was kann er haben? Was glauben Sie?«

Julia starrt ihn an. Der Hund! Der Hund ist krank. Daniela ist tot! Sie merkt, wie ihre Unterlippe zu zittern beginnt.

»Mein Gott, was haben Sie denn?« Herr Pöhz ist erschrocken. »Glauben Sie, es ist so schlimm?«

Julia schüttelt den Kopf. Er weiß es noch nicht! »Der muss zum Tierarzt, Herr Pöhz.«

Er ist plötzlich ganz hilflos. »Aber, aber – ich kenne doch keinen.«

»Ich werde anrufen, Herr Pöhz. Gehen Sie wieder zum Hund. Die Tierärztin macht auch Hausbesuche. Bei der Frau Novak war sie auch immer. Sie kennt den Wastl.«

Der alte Mann hat plötzlich Tränen in den Augen. »Glauben Sie, dass es etwas Ernstes ist?«

Julia schüttelt den Kopf. »Er wird zu viel gefressen haben. Oder was Fettes.«

Herr Pöhz wischt sich mit dem Handrücken über die Augen.

»Ich rufe gleich an und sage Ihnen dann Bescheid.« Er weiß noch nichts! Und macht sich Sorgen um den *Hund*!

Herr Pöhz geht zögernd zurück in seine Wohnung. Er lässt die Türe angelehnt. Julia telefoniert.

Die Tierärztin kommt wenig später. Sie ist jung und energisch. Sie stellt kurze knappe Fragen, nicht unfreundlich, aber doch so, dass sich Herr Pöhz nicht zu einem Gespräch eingeladen fühlt. Er folgt jeder ihrer Bewegungen und forscht im Gesicht seines Hundes, ob sie ihm am Ende wehtut, aber der Wastl ist ganz ruhig. Er wirkt konzentriert. Einmal japst er kurz und Herr Pöhz tut einen erschrockenen Schritt nach vorn.

»Die Zähne«, sagt die Tierärztin. »Ich muss ihm zwei Zähne ziehen.«

»Jetzt?«, fragt Herr Pöhz erschrocken. »Hier?«

»Sie können morgen früh in meine Praxis kommen. Man sollte auch ein Blutbild machen. Und sein Herz anschauen. Ich gebe ihm jetzt eine Spritze. Gegen die Schmerzen.«

Herr Pöhz kann nicht hinschauen, als sie die Spritze aufzieht, aber der Hund macht keinen Mucks.

»Brav«, lobt sie und krault seinen Hinterkopf. »Er wird bald schlafen.« Der Wastl grunzt.

»Mein Hund hat Zahnschmerzen?«, fragt Herr Pöhz fassungslos.

Sie nickt. »Und Übergewicht. Ich werde ihn auf Diät setzen müssen.«

Herr Pöhz nickt. Schuldbewusst, wie ihr scheint. »Er war immer schon rundlich«, sagt er dann aber. »Wie die Frau Novak.«

Die Tierärztin nickt. »Sie wollen ihn doch noch länger haben, oder?«

Das will Herr Pöhz. Er begleitet die junge Frau zur Tür und sperrt sorgfältig hinter ihr ab. Er sitzt noch lange in der Küche und schaut dem Wastl beim Schlafen zu. Zahnschmerzen! Erst spät löscht er das Licht. Wenig später schläft er tief und fest. Seine eigenen Zähne liegen in einem Wasserglas auf dem Nachtkastel.

Der alte Mann mit dem dicken Hund kommt erst gegen Mittag in die Praxis. Er hat rotgeweinte Augen und sitzt völlig in sich zusammengesunken im Wartezimmer. Dem Hund scheint es heute besser zu gehen. Er beschnüffelt interessiert den Käfig neben ihm, in dem eine magere Katze hockt und starr vor sich hin schaut. Die muss eingeschläfert werden.

Danach wird Herr Pöhz mit dem Wastl ins Behandlungszimmer gebeten. Der Hund sträubt sich plötzlich und bringt den alten Mann zum Straucheln.

»Kommen Sie«, sagt die Sprechstundenhilfe, eine schmale ältere Frau, und nimmt ihm die Leine aus der Hand. Die Ärztin wirft einen besorgten Blick auf den alten Herren. »Ist Ihnen nicht gut? Sie brauchen sich keine Sorgen zu machen. Sie lassen ihn hier, wir kümmern uns um den Wastl und am Nachmittag ...« Sie hält erschrocken inne. »... ist alles wieder gut«, murmelt sie.

Es kommt völlig überraschend. Der Mann liegt plötzlich an ihrem Hals, stammelt etwas Unverständliches, zittert am ganzen Leib und schluchzt. Sie verliert beinahe den Halt. Über seine schütteren grauen Haare sieht sie den erschrockenen Blick ihrer Sprechstundenhilfe, die damit beschäftigt ist, den Wastl auf den Behandlungstisch zu befördern. Sie riecht das Rasierwasser, das ihr Großvater immer benutzt hat, und spürt Nässe an ihrem Hals. Ihr ekelt ein bisschen. Sie fühlt sich überfordert.

»Um Himmels willen«, sagt sie. »Herr Pöhz! Soll nichts Ärgeres passieren als so ein ...« Da schluchzt er laut auf. »Der Hund hat ja nichts Schlimmes. Herr Pöhz, bitte ...«, murmelt sie hilflos. Sie bemerkt mit Entsetzen, dass sie begonnen hat, dem alten Mann tröstend über den Kopf zu streicheln. Mit dem anderen Arm versucht sie ihn von sich wegzuschieben. Sie gibt sich einen Ruck.

»Herr Pöhz«, kommt ihr jetzt ihre Assistentin zu Hilfe. Sie löst seine Arme langsam von der Ärztin, dreht ihn herum, zwingt ihn, sie anzuschauen. »Reißen Sie sich doch ein bisschen zusammen. Der Hund hat Zahnweh. Da müssen Sie doch nicht heulen deswegen.«

Herr Pöhz wischt sich mit dem Handrücken über die Augen. Er strafft sich. »Sie Unmensch«, blafft er plötzlich zurück. »Was schreien Sie? Sie haben ja keine Ahnung. Keine Ahnung.« Die dünne Frau wendet sich abrupt ab.

»Entschuldigen Sie, dass ich ...«, sagt er da zur Frau Doktor, die einen neuen Mantel vom Haken nimmt, »ich weiß nicht, es ist nur ...« Und dann beginnen die Tränen wieder zu laufen. Er taumelt.

»Ist Ihnen nicht gut? Soll ich einen Arzt ...?«

Er schüttelt den Kopf. »Es ist nur ...«

Die Ärztin drückt ihn auf einen Sessel und gibt ihm ein Glas Wasser.

Er hat geheult wie eine Memme! Wie ein Weib! Aber jetzt ist er zornig, voller Zorn auf die Polizei und auf den Schweinehund, die Bestie, die das getan hat. Sie hat ja keinem was gemacht! So eine Liebe war sie. So junge Frauen wie sie gibt es ja heute eigentlich gar nicht mehr, so höfliche, immer freundliche. Zu einem alten Mann wie ihm. Und die junge Doktorin hat recht: Man hat ihm einfach zu viel zugemutet.

Zuerst der Hund, an dem ein älterer Mensch ja hängt, der sonst keinen mehr hat. Er hat schlecht geschlafen vor Sorge. Furchtbar schlecht. Und schlecht geträumt. Lauter wirres Zeug. Ganz fertig war er nach der Nacht. Und seine Pulver hat er auch vergessen in der Aufregung. Und da kommt wieder dieser junge Inspektor, gleich in der Früh, stellt ihm noch einmal ein paar Fragen nach den anderen Hausbewohnern, schreibt alles auf mit seiner Kinderschrift und sagt ihm dann ganz nebenbei, im Gehen – er trinkt einen Schluck Wasser und noch einen und merkt, wie seine Hand jetzt wieder zittert – und sagt dann, einfach so, als ob nichts wäre, dass die Leiche im Keller die Daniela ist. Die Lehrerin, hat er genau genommen gesagt. Als ob sie keinen Namen gehabt hätte.

Die Leiche ist die Lehrerin aus dem ersten Stock, hat er noch einmal wiederholt, als ob er, der Pöhz, senil wäre oder begriffsstutzig. Und dann ist der Herr Pöhz, schon in Ausgehkleidung, wieder niedergesunken auf die Küchenbank und hat den Wastl mit der Leine herumlaufen lassen in der Wohnung und hat eine ganze Weile nichts mehr gehört und gesehen und auf nichts reagiert. Weit weg war er. Nein, er hat nicht geweint, da nicht. Er ist nur dagesessen wie betäubt. Es muss ein Irrtum sein, hat er sich gedacht. Ein Irrtum, ganz sicher. Erst als der Hund dann begonnen hat, laut zu bellen, und dazwischen gewinselt, hat er sich wieder nach der Leine gebückt und ist mit ihm hinausgegangen.

Mona streicht sich die Haare aus der Stirn. Das blassgrüne Band, mit dem sie sie hochgebunden hat, ist ausgeleiert. Immer wieder lösen sich einzelne Strähnen. Sie schaut sich um. Zwei Müllsäcke neben der Tür, und den dritten hat sie eben zugeknotet. Das Abtropfbrett ist vollgestellt mit blank geschrubbtem Geschirr, das Bett ist frisch bezogen. Die Waschmaschine setzt zum Schleudern an. Mona ist seit drei Stunden auf den Beinen und müde wie kaum je nach einer langen Nacht. Sie hasst Putzen, sie hasst Abwaschen, sie hasst den Staubsauger. Nur Wäsche aufhängen, das mag sie: Stück um Stück an einer Leine aneinanderreihen, festklammern mit bunten Plastikkluppen, von denen manchmal eine unvermutet wegspringt und in drei Teile zerfällt. Sie liebt den Dachboden im Haus, die trockene staubige Luft, das Gurren der Tauben über sich. Manchmal drückt sie ihr Gesicht in ein T-Shirt und schnuppert wie früher als Kind. Damals hat sie Himbeermarmeladespuren hinterlassen oder die Abdrücke ihrer schwarzen Fingerkuppen. Und ihre kleine ordentliche Schwester hat umgehend ihre Mutter darauf aufmerksam gemacht. Jedes Mal.

Mona verzieht den Mund. Ihre kleine Schwester kriegt seit Monaten nichts von ihrem Leben mit. Sie sieht weder sieben Tage lang das Chaos in Monas Wohnung anwachsen, noch Mona zumindest zweimal im Monat am Samstagmorgen früher aufstehen und hektisch Ordnung schaffen, mit nichts als einer großen Tasse schwarzen Kaffees im Bauch. Sie weiß nichts vom neuen Mann in Monas Leben, der sich in allem von seinen Vorgängern unterscheidet und der dennoch, das weiß Mona genau, vor den Augen der Schwester nicht bestehen würde. Niemals. Ein Polizist, Mona!, hört sie Irma sagen. Na, wenn du meinst. Schnuckelig, bestimmt, guter Körper, aber, Mona, ich bitte dich, das hat doch keine Zukunft. Und unausgesprochen steht da: du als angehende Akademikerin.

Zukunft, doziert Mona jetzt im Irma-Tonfall in der leeren Wohnung vor einem imaginären Publikum, während ihre kleine Waschmaschine hochtourig schleudert und wie verrückt auf ihrer Gummimatte herumtanzt, ist nämlich nicht etwas, das einfach irgendwann einmal kommt. Zukunft hat nur, wer planerisch vorgeht. Wer Ziele hat und diese Schritt für Schritt umsetzt. Seilschaften, Netzwerke, auch private … Im Badezimmerspiegel gestikuliert eine angestrengt blickende Mona. Sie stutzt. Ihre Züge glätten sich.

Sie ist ungerecht. Irma ist nicht so. Mona übertreibt. Sie sind einfach zu verschieden. So war es früher schon. Sie prallen ständig aufeinander. Mona kann auf Dauer nicht mit ihr. Und, wie sie jetzt merkt, auch schwer ohne sie. Sie registriert mit Erstaunen: Sie vermisst Irma.

Christoph hat nichts gesagt, aber Mona hat seinen Blick gesehen, als er das erste Mal bei ihr war. Und ihre Wohnung mit seinen Augen: eine helle kleine Küche, die überquillt von buntem ungewaschenem Geschirr. Reste von Pizza in einem Karton. Tomaten, Mozzarella. Oliven. Gezählte vierundzwanzig Mineralwasser- und Colaflaschen neben dem Eingang. Zwei Pullover, maigrün und rot, malerisch über ihre Schuhsammlung am Boden geworfen. Ein quietschgrüner Regenschirm mit gebrochenem Flügel, Sonnencreme vom Vorjahr, eine Packung Kondome auf dem Garderobenschrank. Ein schwarzer Müllsack, umgekippt. Immerhin verknotet. Auf dem Fensterbrett auf einem Geschirrtuch ihre drei Lieblingskaffeeschalen – grün, orange, braun. Sauber abgewaschen. Das Wohnzimmer, durch herabgelassene Rollos in gnädige Dämmerung getaucht. Sie hatte alles Herumliegende in eine Korbtruhe und den hellen Schrank geschaufelt, die Bücherstapel zur Seite geschoben. Schöne Räume, hat er gesagt. Und so viele Bücher!

Später, im Schlafzimmer, als klar war, dass er bleibt, war er unordentlich wie sie. Zog erst sie aus, dann sich. Ihr helles Kleid neben seinem weißen Hemd mitten im Chaos auf dem Boden. Mona fühlte sich plötzlich sehr nackt. Sie vergrub ihr Gesicht in seiner Halsbeuge. Er küsste sie in den Nacken. Dann, im Bett, zog sie die ganz große Show ab. Sie wollte ihn beeindrucken. Er war beeindruckt.

Am Morgen tranken sie Kaffee aus ihren großen Schalen. Am Fenster stehend. Er nahm den Müllsack mit hinunter, als er ging. Er kam wieder. Sie haben nie darüber geredet, sondern einfach weitergemacht. Einander getroffen. Bei ihm. Bei ihr.

Sie telefonieren. Er erzählt ihr von seiner Arbeit. Sie liest ihm aus ihren Büchern vor. Aus ihrer Diplomarbeit, die sie endlich angefangen hat. Er massiert ihr den Rücken. Sie beißt ihn in den Nacken und küsst die Stelle, bis er schnurrt. Sie probiert seine Lederklamotten an und grinst über das ganze Gesicht. Er schneidet ihr die Stirnfransen und lackiert ihr die Zehennägel, weil sie selber ständig patzt. Sie schaut ihm zu, wie er unglaublich konzentriert den dunklen Lack aufträgt, und spürt da, genau da, das erste Mal, dass sie dabei ist, sich zu verlieben. Sie sagt nichts. Er sagt auch nichts. Einmal nimmt er sie in den Arm und erdrückt sie fast. Sie kocht Spaghetti mit Meeresfrüchten, und die schmecken gut. Sie betrinkt sich mit ihm und erzählt ihm von ihrer Schwester. Er ist nicht mit Ratschlägen zur Hand, sondern hört ihr zu. Er gesteht ihr, dass er vier Jahre jünger ist als sie. Sie lachen. Erzählen einander Geschichten. Sie streiten. Und starren einander böse an. Jetzt wird er gehen, weiß sie. Er nimmt ihre Hand. Er bleibt.

Man muss nicht immer reden. Man muss nichts planen. Sagt Mona. Es kommt, wie es kommt.

Es kommen kühlere Tage. Die Luft riecht nach Herbst, nach nassem Laub. Julia ist ganz still geworden in den letzten Wochen. Sie merkt es selber. Jeder Versuch von Hausbewohnern, sie ins Gespräch zu ziehen, scheitert an ihrem abwesenden Blick, ihren unkonzentrierten Antworten, halben Sätzen, die in der Luft hängen bleiben und denen sie selber nachzuschauen scheint, bis sie sich aufgelöst haben. Wie Rauchringe. Sie vermeidet, so gut es geht, jede Begegnung.

»Lassen Sie sie«, sagt Herr Sedlak, der selber nicht viel redet. »Sie sehen doch, dass sie nichts sagen will.«

Aber der Herr Pöhz ist kaum zu bremsen. Frau Maria holt ihn schließlich energisch in die Wohnung zurück. Julia hört ihn schreien und Drohungen ausstoßen. Er ist so zornig die ganze Zeit. Sie hört ihn nur noch schimpfen, schlimmer als je zuvor. Am liebsten würde sie sich die Ohren zuhalten und weglaufen. Aber das geht nicht.

Julia räumt die Blumen von den Fensterbrettern im Gang und holt die Grünpflanzen aus dem Hinterhof. »Markus, kannst du bitte …« Sie beendet den Satz nicht.

»Ja, klar«, sagt er. Er schleppt die Blumentöpfe in den Keller zum Überwintern. In den ersten beiden Kellerabteilen gleich beim Eingang gibt es verglaste Fenster und genügend Licht für die Pflanzen. Es stinkt nach wie vor bestialisch. Der Geruch von Desinfektionsmitteln macht das Ganze noch schlimmer. Wenn man die Kellertüre schließt, bleibt der Gestank aber zurück. Markus macht, so schnell er kann. Trotzdem sind sie an die zwei Stunden beschäftigt.

Die Hausbesitzerin möchte eine Reinigungsfirma beauftragen. »Das ist doch zu viel – der Hausbesorgerposten neben der Arbeit«, sagt sie, aber Julia will weitermachen. Sie muss etwas tun.

Julia macht das Haus winterfest. Sie schrubbt das Stiegenhaus vom Dachboden bis ins Erdgeschoss. In den Keller geht sie nicht. Abends hat sie Kreuzschmerzen und weint ein bisschen. Das tut sie sonst nie. Sie träumt nicht mehr. Im Büro macht sie Überstunden. Sie arbeitet rasch und konzentriert. Manchmal bemerkt sie Toms besorgten Blick, einmal kommt er zu ihrem Schreibtisch und nimmt sie in den Arm.

»Nicht«, sagt sie und wird ganz steif vor Abwehr.

So kennt er sie nicht. »Julia«, sagt er, »du kannst das nicht so in dich hineinfressen. Das macht dich kaputt.«

Sie schüttelt den Kopf und scheint in Gedanken weit weg zu sein. Das Telefon läutet, und sie meldet sich mechanisch lächelnd und verbindet weiter. Tom geht in sein Büro zurück.

Als Julia nach Hause eilt, schüttet es wie aus Kübeln. Trotz Schirms ist sie völlig durchnässt. Sie vermisst ihren roten Ledermantel, ihren Lieblingsmantel, den sie hat liegen lassen, damals. Nicht daran denken. Nicht.

An der Tafel beim Eingang hängt ein Zettel. Die Parte. Julia schluckt und geht näher hin. Ein kurzer Text. Ein Datum. Ein Ort in Oberösterreich. Kein Kreuz. Ein Foto: Daniela mit einem Lächeln, das ihr fremd vorkommt. Daniela. Fremd. Tot. Ihr wird kalt. Von einer Minute auf die nächste zittert sie am ganzen Leib. Sie gräbt sich die Nägel ins Fleisch. Und steht und schaut. Ihr Hals beginnt zu schmerzen.

Hinter ihr geht eine Tür. »Mam«, hört sie Markus sagen. »Komm.« Er nimmt sie um die Schultern und führt sie in die Wohnung. Er hat große Hände, denkt sie. Wie ein Mann.

»Du willst doch nicht krank werden? Du zitterst.«

Sie schüttelt den Kopf. »Mir ist nur kalt.« Er zieht ihr die Jacke aus und schiebt sie Richtung Bad.

Julia duscht. Sie steht unter dem heißen Wasser, bis ihre Haut ganz rot ist. Das Zittern hört nicht auf. Markus schickt sie ins Bett. Sie hört den Fernseher aus seinem Zimmer, ihre Zähne aufeinanderschlagen, den Teekessel pfeifen. Wenig später Markus: »Komm, trink.« Sie zwingt sich dazu. Ihr wird heiß. Der Tee ist viel zu süß. Lindenblüten, denkt sie.

Irgendetwas legt sich schwer auf sie und nimmt ihr die Luft. Sie tritt und strampelt.

»Hey, lass die Decke«, lacht Markus. »Du musst schwitzen, du hast Fieber.«

Julia zieht sich die Decke über das Gesicht. Sie liegt regungslos.

Am nächsten Morgen ist der Arzt da. Sie muss Antibiotika nehmen. Sie schläft viel. Sie will keinen Besuch. Sie hat ihr Handy ausgeschaltet. Als sie wieder aufstehen darf, ist die Parte weg. Der grauhaarige Polizist läutet an und fragt sie nach Danielas Exfreund. Ich weiß nichts, sagt sie. Ich habe ihn nicht gekannt.

Es ist ihr im Nachhinein unbegreiflich, warum sie Herrn Pucher die ganze Geschichte erzählt hat. Sie hat Überstunden gemacht, am zweiten Arbeitstag nach ihrem Krankenstand. Das ganze Team arbeitet am Abschluss eines neuen Projekts, und Tom hat sie gebeten zu bleiben. »Ausnahmsweise, Julia. Wir schaffen das sonst nicht.« Sie hat genickt.

Als sie gegangen ist, sehr müde, war die Agentur noch hell erleuchtet, Tom hat Pizza bestellt, und dann hat das Projektteam weitergearbeitet.

Gegenüber, eine Etage tiefer, in der Versicherung, in der sie früher geputzt hat, erlischt das Licht. Herr Pucher sperrt die zahlreichen Schlösser. Er beantwortet ihren Gruß knapp, aber freundlich. Er schaut irgendwie sportlicher, flotter aus, findet Julia. Wahrscheinlich eine jüngere Freundin, vermutet sie. Sie gehen nebeneinander her.

»Sie arbeiten immer noch am liebsten abends?«, fragt sie, der die Stille zwischen ihnen ein bisschen peinlich ist.

»Da stört einen kein Versicherter«, bestätigt er.

Sie nickt. Er dreht sich im Gehen eine Zigarette.

»Die halten einen für die Telefonseelsorge«, informiert er sie, während er das Papier beleckt und sorgfältig glattstreicht. Er schaut sie aufmerksam an. »Aber das erleben Sie jetzt wahrscheinlich auch? Am Telefon kennen Kunden keine Hemmung.«

Julia fällt auf, dass er ihr noch nie zuvor eine Frage gestellt hat. Der lebt für seine Zahlen, hat sie damals vermutet. Die Welt um ihn interessiert ihn nicht. Ein Buchhalter eben.

»Geht so«, sagt sie.

Als er den Rauch genießerisch einzieht, greift sie selber nach ihren Zigaretten. Er hält ihr sein Feuerzeug hin.

»Es geht Ihnen also gut«, stellt er fest.

»Meine Freundin wurde ermordet«, hört sich Julia da sagen, »und im Keller abgelegt. Ich vermisse sie sehr. Ich fühle mich einsam.«

Er bleibt stehen und raucht. Er schaut zu ihr hin, raucht. Er zeigt keine Ungeduld. Er fragt nichts. Er unterbricht sie nicht.

Sie erzählt ihm von der Freundin. Von ihrem Ende. Und davon, wie sie Daniela zuletzt gesehen hat. Auf dem Foto. »Da war es vorbei. Da habe ich verstanden«, sagt sie. Und schweigt dann.

»Ja«, sagt Herr Pucher. Nichts sonst. Nur: ja. Und kurz darauf: »Ich muss jetzt gehen.«

Sie nickt. Er hält ihr die schwere Eingangstür auf. Sie gehen in verschiedene Richtungen davon.

Einsam. Allein, ja – aber einsam? Julia geht die Wiedner Hauptstraße entlang, an der Blutspendezentrale vorbei, über den Karlsplatz. Sie hat keine Augen für ihre Umgebung. Einsam. Das Wort klebt an ihr und lässt sich nicht ablösen. Sie geht durch die Passage. Elend, denkt sie beim Blick in die jungen Gesichter, die bleich sind, kreidig, und schwitzen, die seltsam strahlend oder mit leerem Blick vor ihr auftauchen. Einmal rempelt sie einer an, und sie erschrickt. Viele sind deutlich jünger als Markus. Sie geht unwillkürlich schneller. Ein Mädchen redet sie an. Sie schaut auf und versteht nicht. Dann schüttelt sie den Kopf. Das Mädchen ruft ihr etwas nach. Julia rennt los. Sie hört ihre Schuhe auf dem Asphalt klacken.

Es hat zum ersten Mal geschneit. Ende Oktober ist es erst, und schon Schnee. Die Stadt wirkt stiller unter den weißen Dächern, die Konturen treten schärfer hervor. Es ist empfindlich kühler geworden. Aus einzelnen Kaminen steigen Rauchfahnen, bei günstigem Wind riecht es nach Schokolade aus der nahe gelegenen Waffelfabrik.

Julia friert ständig. Man sieht sie morgens aus dem Haus gehen, in eine dunkle Winterjacke gehüllt, einen rauchblauen Schal bis zu den Ohren hochgezogen. Sie lässt sich, zögernd noch, im Haus wieder in Gespräche verwickeln. Es ist, als ob das Fieber ihr die Sprache wiedergegeben hätte. Der Polizist war noch einmal da, mit einem zweiten, jüngeren, beflissenen, der sie nervös gemacht hat mit seinem Eifer. Er hat sie befragt, ausführlich befragt, und als ob durch das Gespräch mit dem Buchhalter ein Damm gebrochen wäre, sind die Worte aus ihr herausgekommen. Stundenlang hat sie erzählt, sie hat Licht gemacht, als es dämmrig wurde im Raum, hat Tee gekocht und sich an ihrer Tasse festgehalten. Plötzlich ist heiße, ohnmächtige Wut in ihr aufgestiegen, völlig überraschend, ohne jeden Übergang. Danielas früherer Freund gilt als Hauptverdächtiger, hat sie erfahren. Herr Pöhz hat ihn einwandfrei als den Mann identifiziert, den er einmal von Danielas Schwelle verjagt und vor der Tat mehrmals im Haus gesehen hat. Sie erzählt von der Trennung, von ihrer Begegnung im Krankenhaus, von den vielen Anrufen, die Daniela zunehmend geängstigt haben. Vom letzten gemeinsamen Abend mit der Freundin. Jedes Detail ist wichtig, sagt der Polizist. Er ist in Untersuchungshaft, sagt er dann. Er bestreitet die Tat.

Herr Pöhz hat die ganze Sache ins Rollen gebracht. Er hat nämlich von Anfang an keine Ruhe gegeben. Zornig war er, furchtbar zornig. Auf die Polizei vor allem, die nichts zuwege bringt, und auf die anderen Hausbewohner.

Eine schöne Freundin ist das, die Hausbesorgerin! Legt sich ins Bett und ist krank. Geht dann arbeiten, als ob nichts wäre. Nicht einmal auf dem Begräbnis war sie, was man so hört. Und die anderen – keinen Deut besser. Der Sedlak zuckt hilflos die Schultern und weiß von nichts. Herr Pöhz fährt ihn schließlich an, grob, zugegeben, aber das ist ja nicht normal, dass einer gar nichts gesehen haben will und nichts bemerkt, wo er doch im Erdgeschoss wohnt, direkt neben der Kellertüre, wo die Bestie gewütet hat, und immer nur die Schultern zuckt. Nicht anstreifen will der, denkt der Herr Pöhz, nur nicht auffallen. Eine Memme ist das, kein Mann.

Und er schreit ihm seine ganze Verachtung ins Gesicht. Seitdem grüßt ihn auch der Sedlak nicht mehr. Mit dem Wagner redet Pöhz nach wie vor kein Wort, auch wenn ihn die Frau Maria deswegen einen Dickschädel nennt.

Als Nächsten hat der Herr Pöhz den jungen Mann aus dem ersten Stock gestellt und genauer in Augenschein genommen, als der vom Laufen gekommen ist. Herr Pöhz ist extra früher aufgestanden und hat sich mit dem Wastl vor dem Haus postiert. Gegen halb sieben hat er ihn dann um die Ecke kommen sehen, in einem dunklen Trikot mit den hellen Streifen auf der Jacke, in leichtem Trab und kein bisschen rot im Gesicht, obwohl er, wie er erzählt hat, anderthalb Stunden laufen war. Der Herr Pöhz selber schnauft oft schon nach ein paar Schritten. Das war früher freilich anders, denkt er, obwohl – sportlich war er ja nie. Die Frauen haben ihn halt auf Trab gehalten, damals. Er nickt wehmütig. Der Mann ist gleich stehen geblieben, als ihn der Herr Pöhz angeredet hat, und hat sich vorgestellt. Färber, heißt der also, Bernhard Färber. Der ist viel unterwegs und hat die Lehrerin gar nicht gekannt, hat Herr Pöhz erfahren. Er ist so eine Art freischaffender Journalist und muss beruflich oft ins Ausland. Das erklärt freilich, warum man ihn im Haus so selten sieht. Er ist lange beim Herrn Pöhz stehen geblieben und hat sich ruhig, aber interessiert die ganze schreckliche Geschichte angehört, auch eine Menge Fragen gestellt, ruhig und sachlich, nicht in der Art von Leuten, die gerne tratschen.

»Wenn mir etwas auffallen sollte, Herr Pöhz«, hat er dann gesagt, »gebe ich Ihnen Bescheid, obwohl – sehr viel kann ich wahrscheinlich nicht beitragen. Ich hoffe aber, man findet den Täter bald.« Und er hatte sich mit einem festen Händedruck verabschiedet. Ein angenehmer Mensch, fand der Herr Pöhz.

Aber die Frauen! Weiber, knurrte Herr Pöhz und tätschelte dem Wastl die Flanken. Der Hund war tatsächlich ein bisschen schlanker geworden. Die Diät zeitigte Erfolge.

Die Hausbesitzerin, die Radl, war schon wieder im Steirischen. Sie hatte sich vor allem um den Ruf des Hauses und um ihren eigenen gesorgt, wie Herr Pöhz entsetzt hatte feststellen müssen.

»Mein Haus in allen Zeitungen. Man traut sich ja nicht mehr auf die Straße.« Am Semmering wolle sie abwarten, bis Gras über die Sache gewachsen sei.

Die Sache! Herr Pöhz hatte ihr eine scharfe Antwort gegeben. Die Sache! Ein eiskaltes Weibsbild war das. Er hatte es immer gewusst. Geld wie Heu, alles geerbt, aber keinen Stil. Da nützten auch die Seidentücher nichts und die Kostümchen und die Stöckelschuhe. Sicher hat sie einmal was mit dem Wawerka gehabt, egal, was die Novak immer behauptet hat. Er war doch nicht blind. Als die Julia damals mit dem Buben schwanger war, hatte sich so ein ganz eigener Ton zwischen der Radl und dem Wawerka eingeschlichen. Und ständig hat sie etwas gebraucht. Nicht nur einmal hatte er den Schönling (damals hatte er noch was, das die Weiber anzog) mit der Werkzeugkiste hinaufgehen sehen in den zweiten Stock. Etwas reparieren, ha! Herr Pöhz konnte sich schon vorstellen, was!

Und die Julia, das Schaf, hat sich mit der noch befreundet. Ein und aus gegangen ist die Radl eine Zeitlang bei den Wawerkas, Kaffee getrunken haben die Weiber miteinander, auch wenn der Wawerka nicht da war. Als die Julia im Krankenhaus war, mit dem neugeborenen Buben, hat er die Hausbesitzerin und den Wawerka einmal spät nachts auseinanderfahren sehen im Stiegenhaus. Mit hochrotem Kopf die Radl. Der Wawerka hatte schief gegrinst und sich nicht im Geringsten geniert. Die Radl hatte den Rock hochgeschoben – magere Beine, erinnerte sich der Herr Pöhz – und er seine Hand auf ihrem Schenkel. Soso, hatte der Herr Pöhz damals gemurmelt und aufgelacht, und die Radl war daraufhin immer sehr freundlich, scheißfreundlich, zu ihm gewesen.

»Unbedachte Worte zerstören so viel, Herr Pöhz«, hatte sie am nächsten Tag gesäuselt, und: »Falls Sie etwas brauchen, Sie wissen …«

Herr Pöhz hatte nichts gebraucht, wenn man von den neuen Lärmschutzfenstern absah. Seine Andeutungen, das Gangklo betreffend, hatte sie freilich geflissentlich überhört. Immerhin war seine Miete all die Jahre nicht erhöht worden. Das war wohl das Mindeste, fand er.

Der Wawerka hielt Abstand. Die Radl erkundigte sich regelmäßig nach seinem Befinden. Dann war eine Zeitlang Funkstille, die Radl sehr beschäftigt und wenig im Haus. Dann hat der Wawerka sich versoffen, und als er schließlich ausgezogen ist, ausziehen musste, hat sich die Radl wieder an die Julia herangemacht. Widerlich war das! Herr Pöhz war ja selber kein Heiliger, aber diese abgefeimte Art, dieses sich Anschmiegen an die Konkurrentin, die Betrogene, und honigsüß Konversation betreiben, das machte kein Mann. Das konnten nur Weiber. Die Julia jedenfalls dürfte nie etwas gemerkt haben. Nun ja, die Hellste war sie ja nicht.

Ihr Bub schon eher. Der hat dem Herrn Pöhz nämlich erzählt – nicht gleich, aber dem Herrn Pöhz kam keiner aus –, dass die Daniela einen Freund hatte und dass der sie zuletzt belauert haben soll. Markus hat ihn nur einmal im Haus gesehen, wenige Tage vor dem Mord, aber die Beschreibung genügte, dass Herr Pöhz sich anzog, den guten dunklen Anzug, Mantel, Schal, den Wastl an die Leine nahm und sich aufmachte zur Polizei. Er machte seine Angaben und überprüfte genau, ob auch alles richtig niedergeschrieben worden war.

Dann setzte er bedächtig seine Unterschrift auf jede Seite des Protokolls und machte sich auf den Heimweg. Wenig später wurde Danielas Exfreund von seiner Arbeitsstelle abgeholt und einvernommen. Und am nächsten Morgen, nach einem Anruf der Ermittler, machte sich Herr Pöhz ein zweites Mal auf den Weg, diesmal ohne Wastl, weil die Gehsteige voller Dreck und Schneematsch waren, und bestätigte in einer Gegenüberstellung, dass man den Richtigen erwischt hatte.

Herr Pöhz zweifelte keinen Augenblick, dass der zweite von links, der wie die anderen starr vor sich hin blickte, damals vor Danielas Wohnungstür gestanden war, auch wenn er die Haare jetzt kürzer trug, sehr blass war und Ringe unter den Augen hatte. Dünner war er auch. Herr Pöhz fixierte die Bestie im dunklen Pullover, die ihn hinter dem Spiegel freilich nicht sehen konnte, wie er wusste, und fühlte sich plötzlich schrecklich müde.

Er hatte Wut erwartet, Zerstörungswut, Hass, in Gedanken immer wieder auf ihn eingeprügelt, den Mörder, die Bestie, den Totschläger, der die kleine Lehrerin auf dem Gewissen hatte. Den ganzen Weg auf die Polizeistation hatte er gekeucht vor Anstrengung und Aufregung und Zorn, mühsam gebändigter Wut. Jetzt spürte er mit Erstaunen ein leichtes Schwächegefühl, Übelkeit auch, tastete nach seinen Pulvern, musste sich ein-, zweimal räuspern, bevor er um ein Glas Wasser bitten konnte. Er starrte noch wie blind durch die Scheibe, als schon längst niemand mehr dahinter stand und um ihn Betriebsamkeit losbrach.

Eine Frau in Uniform legte die Hand auf seine Schulter und beugte sich mit besorgtem Blick über ihn. Er rappelte sich auf, schüttelte unwirsch ihre Hand ab. Nur nicht weinen, befahl er sich.

»Kann ich jetzt gehen?«, knurrte er sie an, die auf den grauhaarigen Chefermittler wies. Der nickte. »Dann ...«, krächzte Herr Pöhz und tappte zur Tür. Gut, dass er seinen Stock mitgenommen hatte. Er fühlte sich unsicher auf den Beinen. Aber – es war ja nicht weit. Sein Hund wartete. Am Nachmittag kam die Frau Maria. Er hatte alles getan. Er musste jetzt nach Hause. Draußen begann es wieder leicht zu schneien. Und es war erst Ende Oktober. Herr Pöhz erwartete einen langen harten Winter.

Wahrscheinlich hätte der letzte Trottel es bemerkt, bloß ich hab nichts mitgekriegt. Ich fühle mich so beschissen. Wieder einmal.

Ich stehe vor dem Haus und schau mir das Motorrad an. BMW R 1150 GS, 1130 Kubik, zwei Zylinder Boxermotor. Mit so einer würde ich gern einmal ... Da kommt der Mann raus. Aus unserem Haus, meine ich. Schwarze Lederklamotten, roter Helm, und im ersten Moment halte ich ihn für den Typen aus dem ersten Stock. Er ist aber größer und jünger.

»Ihre?«, frage ich.

»Meine«, bestätigt er, legt eine Hand auf die BMW und bleibt neben mir stehen. Den Helm trägt er lässig in der Linken.

Ich nicke zustimmend. »Stark«, sage ich. Er nickt.

Wir unterhalten uns über technische Details. Ich kenn mich ja nicht so wahnsinnig gut aus, aber der Alex hat seit Neuestem nichts anderes im Kopf als Motorräder und träumt von einer Profikarriere, obwohl jedem klar sein muss, dass die echt Großen schon als Kinder trainiert haben. Aber wie. Das geht anders gar nicht. Und Kohle musst du haben. Das auch. Wenn man wirklich will, Maks, sagt Alex, der null Kohle hat, aber immerhin wieder einen Kurs mit Aussicht auf eine Lehrstelle, schafft man alles. Egal ...

»Wenn du einen Helm hast und eine dicke Lederjacke«, sagt der Typ nämlich gerade zu mir, und ich sehe den Alex in Gedanken schon ausflippen, wenn ich ihm erzähle, dass ich, einfach so … da geht über uns im ersten Stock ein Fenster auf, und wir beide, der Typ und ich, schauen rauf. Da ist Mona mit offenen Haaren, ein bisschen zerzaust, aber vergnügt, das sehe ich sofort, und winkt mir zu. Und ich winke zurück und grinse breit. Und der Typ neben mir auch. Und plötzlich checke ich, dass *er* gemeint ist, dass sie *ihm* zuwinkt. Dass der Kuss, zu dem sie ihren Mund jetzt formt, für ihn ist. Und das »Ah, hallo, Markus« für mich.

»Mona«, sage ich und meine Stimme klingt ungewohnt rau, und ich winke ihr noch einmal lässig zu. Ich bemühe mich, ein bisschen gelangweilt dreinzuschauen. Dann schnappe ich mir meinen Puma-Rucksack mit den Schulsachen vom Boden, werfe ein »bis dann« hinter mich und schlurfe Richtung Haus. Ich werfe keinen Blick zurück. Ich bin nicht rot geworden diesmal. Mir ist eiskalt. Also innen drin. Ich bin plötzlich eiskalt. Wie in Eis gepackt. Ich könnte mit dem Kopf gegen die Wand knallen, immer wieder, und mir selber dabei zuschauen, bis mein Schädel zersplittert. Bis ich umkippe und liegen bleibe und nichts mehr spüre.

Marie erinnert sich sehr gut, zu gut, wie beschissen das ist, das Erwachsenwerden. »Lassen Sie ihn«, sagt sie also, als Markus in die Wohnung stürmt, ganz blass im Gesicht, und die Tür zu seinem Zimmer hinter sich zufetzt, dass die Wände wackeln. Sekunden später dreht er die Musik hoch. E-Gitarren jaulen.

Die Frauen sitzen in der Küche, Marie ruhig und entspannt, Julia durch Markus' Auftritt plötzlich angespannt und am Sprung. »Ich muss«, sagt sie.

»Lassen Sie ihn«, sagt Marie noch einmal und zieht Julia auf ihren Sessel zurück. »Der muss jetzt eine Weile allein sein und Dampf ablassen. Ich kenne das. Ich war auch so.«

Julia wirkt ratlos.

»Erwachsenwerden ist eine verdammt schwere Arbeit«, sagt Marie und tunkt ein Stück Marmorkuchen in ihren Kaffee. Bevor das Stück zerfallen kann, vollgesogen und schwer, führt sie es zum Mund. Julia folgt ihrer Hand mit den Augen und hört nur halb zu. »Und Erwachsensein auch«, fügt Marie hinzu und versenkt das nächste Kuchenstück. Sie wirkt kein bisschen beunruhigt.

Die Musik bricht plötzlich ab und Julia springt auf. Marie zuckt resignierend die Schultern. Sie hat wieder zugenommen und isst mit großem Behagen. Sie hat einen gierigen Mund, denkt Julia.

Markus hat die Tür versperrt. »Markus«, schreit Julia. Hysterisch, denkt Marie. Mütter sind so.

»Lass mich. Ich hatte einen Scheißtag. Ich will allein sein«, schreit Markus. »Gute Nacht.«

»Aber ...«, wendet sie ein, »Markus, wir sollten reden. Du weißt ...«

»Gute Nacht«, schreit Markus.

Julia kommt an den Tisch zurück. »Ich kenne ihn so nicht«, sagt sie. »Ich weiß nicht, was ich tun soll.«

»Lassen Sie ihn einfach in Ruhe«, sagt Marie. »Lassen Sie ihn schlafen. Morgen geht's wieder. Oder übermorgen. Oder nächste Woche. Der ist stark, Ihr Sohn. Der packt das schon.«

Julia steht auf und holt die Kaffeekanne. Eine Verrückte gibt mir Erziehungstipps, denkt sie bitter und schämt sich augenblicklich für den Gedanken.

»Noch Kaffee?«

»Gern«, sagt Marie und schiebt ihr die Tasse hin. Ein weiteres Stück Kuchen lehnt sie ab.

Marie ist seit wenigen Tagen zurück. »Auf Dauer geht das nicht mit Ilka. Die ist zu dominant. Man kann auch zu fürsorglich sein. Oder aber«, sie lächelt, »es liegt an mir. Ich ertrage es schwer, allein zu sein. Obwohl ich das schon so lange bin. Und ich halte ein Zuviel an Nähe nicht aus.«

Julia fürchtet eine weitere lange Geschichte aus Maries Leben. Die aber kommt gleich auf den Punkt.

»Ich bin beunruhigt, Julia«, sagt sie. »Ich muss mit jemandem reden, der mich nicht gleich für verrückt erklärt.«

Julia nimmt einen großen Schluck Kaffee. Sie streicht sich die Haare aus dem Gesicht. Sie schaut ihr Gegenüber an.

»Ich bin seit drei Tagen wieder da. Jetzt, wo man den mutmaßlichen Täter überführt hat, ist die Gefahr für uns alle ja wohl gebannt. Und trotzdem – ich habe so ein komisches Gefühl. Lachen Sie nicht, Julia. Irgendetwas stimmt nicht. Hier im Haus, meine ich.«

»Die Leute sind durcheinander«, sagt Julia. »Man weiß nicht, was man denken soll. Einige haben sich zurückgezogen. Andere sind zornig. Oder traurig ... ja«, fügt sie nach einer Pause hinzu.

»Ich hab sie nur vom Sehen gekannt«, sagt Marie.

»Sie war meine Freundin«, erklärt Julia.

Beide schweigen.

»Was meinen Sie genau?«, nimmt Julia den Faden wieder auf. Sie beobachtet Marie. Die wirkt völlig klar und konzentriert.

»Ich kann das schwer beschreiben«, sagt Marie. »Es ist eher ein, wie soll ich sagen – Gefühlsbild? Irgendwo ist da der Wurm drin«, fährt sie fort. »Es spürt sich falsch an, wie die Leute miteinander umgehen. Es liegt eine seltsame Stimmung über dem Haus. Als ob man auf der Flucht wäre und nicht anhalten dürfte. Spüren Sie das denn nicht?«

Julia verneint. »Einige trauern«, fängt sie noch einmal an.

Marie schüttelt den Kopf. »Das meine ich nicht.«

Zwei Tage später läutet sie zeitig am Morgen an der Tür der Hausbesorgerin. Julia wickelt sich in den Morgenmantel und schaut ihr verschlafen entgegen.

»Kann ich reinkommen? Bitte«, fügt sie hinzu.

Nein. Nein. Nein, denkt Julia und hält ihr die Tür auf. Sie bleibt stehen und gähnt ausführlich. Vielleicht dauert es ja nicht allzu lange. Sie hat heute Zeitausgleich genommen und wollte ausschlafen.

»Ich weiß nicht, mit wem ich darüber reden soll«, sagt Marie. Sie setzt sich an den Küchentisch.

Julia seufzt, streckt sich und nimmt zwei Tassen aus dem Schrank. Sie kocht Kaffee.

»Ich hab ihn noch nie so bewusst wahrgenommen«, fängt sie mitten in der Geschichte an, wie sie es so oft tut, und Julia hat keine Ahnung, wovon sie spricht. Sie wartet einfach ab. »Aber heute Morgen, ich hab schlecht geschlafen und bin früh mit dem Müll runter, da bin ich ihm wieder begegnet. Hab ihn mir genauer angeschaut. Den Läufer«, fügt sie hinzu. »Ich bin mir ganz sicher, ich kenne den. Und ich habe keine Ahnung, woher.«

Die Kaffeemaschine blubbert. Julia atmet tief ein und verflucht sich und ihre Nachgiebigkeit. Sie schaut die andere Frau ungläubig an. »Sie reißen mich aus dem besten Schlaf, um mir zu erzählen, dass Ihnen jemand bekannt vorkommt. Ja, sind Sie denn ...«, faucht sie und bricht abrupt ab. Natürlich ist die verrückt! Es fängt also wieder an. Und klarerweise ist Julia die Erste, die davon informiert wird. Von der Irren persönlich.

Marie bekommt nichts davon mit. Ernsthaft erklärt sie weiter: »Ich kenne diese Augen, diesen kühlen, sezierenden Blick. Auch er schien zu überlegen. Wir sind sicher eine halbe Minute voreinander gestanden, nachdem er gegrüßt hat. Bevor er sich umgewandt hat und die Treppe hinaufgerannt ist. Er hat sich noch einmal nach mir umgedreht.«

»Und?«, fragt Julia und schenkt Kaffee ein. Erst der Nachbarin, dann sich. Sie bleibt mit ihrer Tasse stehen.

»Nichts und«, sagt Marie. »Er hat keine gute Ausstrahlung. Er hat was Kaltes. In den Augen, meine ich.«

»Aha«, sagt Julia. Irre darf man nicht reizen. »Ist mir noch nicht aufgefallen.«

»Sie kennen ihn?«

Julia schüttelt den Kopf. »Nicht wirklich.« Sie denkt an ihren Zusammenstoß. An die Boxhandschuhe und den Brief. Sie hat damals Markus gebeten, ihm das Geschenk zurückzubringen. Die Karte hat sie behalten. Die Entschuldigung angenommen. »Markus war ein paarmal bei ihm. Irgendwas am Computer installieren. Sich eine CD ausborgen.«

Der hat eine total aufgeräumte Wohnung, hat er danach erzählt. Fast steril. Aber Wahnsinnsbilder. Drei. Riesengroß, Teile davon abstrakt, aber du erkennst mittendrin einen Mund, der schreit; oder einen Mann, der sich aus einer Umarmung windet; eine Frau, die sich aufbäumt. Hat ein Freund von ihm gemacht, sagt er.

Markus schien beeindruckt. Guter Typ, sagt er. Redet keinen Scheiß. Macht einfach. Auf sein Zimmer hatte das Vorbild aber keine Wirkung.

Sie reißt sich aus ihren Gedanken. »... jemanden gekannt«, sagt Marie gerade.

»Hm«, sagt Julia, weil sie nichts vom Erzählten mitbekommen hat. Sie zupft Fusseln von ihrem Morgenmantel.

»Verstehen Sie das?«, fragt Marie sie jetzt.

»Was genau?«, fragt Julia.

»Dass von jemandem eine Bedrohung ausgeht, dass man jemandem am liebsten nie wieder begegnen möchte. Dass man ihn sich ganz weit weg wünscht, ans andere Ende der Welt?«

Mädchen, bitte, denkt Julia. Laut sagt sie: »Ja. Das verstehe ich. Sehr gut sogar.«

Marie nickt befriedigt. »Ich weiß, dass man mit Ihnen reden kann. Dass Sie das verstehen. Ich würde gerne, ich meine ... können wir nicht einfach ›du‹ zueinander sagen?«

»Julia«, sagt Julia, weil sie nicht weiß, wie sie das Duzen abwenden kann. Noch mehr Nähe also. Verdammt. Verdammt. Verdammt.

»Ich weiß«, sagt Marie. »Bis bald, Julia.«

Julia geht in ihr Schlafzimmer, wirft sich aufs Bett und drischt auf die Decken und Kissen ein. Ihr Sohn hat recht: Sie ist nicht die Caritas. Sie muss lernen, sich abzugrenzen. Sie muss endlich lernen, für sich selber gut zu sorgen. Sich nicht ständig zuständig fühlen. Nicht jeden Verrückten gleich einladen. Zurückweisen, was nicht in ihr Leben passt. Bei dem Läufer hat das ja auch geklappt. Der hat die Boxhandschuhe zurückgenommen (ganz normal, hat Markus gesagt) und sie weiterhin gegrüßt, wenn sie einander begegnet sind. Nichts nachgefragt, weil alles klar war. So geht das, Julia, sagt sie sich. Genau so.

Warum hat ihn diese Frau bloß so angesehen? Anderthalb Minuten hat sie ihn angestarrt, bevor sie den Blick zu Boden hat fallen lassen. Da ist er gegangen. Er weiß, sie wohnt im Haus. Er kennt sie nicht. Ein paarmal gesehen, das ja, möglich, er hat nicht darauf geachtet. Möglich, dass sie auch einmal miteinander geredet haben. Und jetzt hat sie ihn angestarrt, als wäre er der Teufel.

Und der alte Mann. Bernhard hatte Mühe, höflich zu bleiben, damals vor zwei Wochen, als der ihn aufgehalten hat. Und geredet und geredet und geredet. Die Tote aus dem Keller macht sie alle verrückt. Das macht Bernhard nervös. Er ist nicht umsonst hierher gezogen. Ein altes Zinshaus mit wenig Alteingesessenen. Mieter, die gerne für sich bleiben. Wie die beiden Männer, die neben dem neugierigen Alten wohnen. Wie seine unmittelbare Nachbarin. Die hat mit sich zu tun. Und einen Liebhaber, der die Wochenenden, manchmal eine Nacht bei ihr verbringt. Manchmal hört er sie stöhnen. Es stößt ihn ab.

Die alte Dame hat er schon lange nicht mehr gesehen.

Von der Toten hat er in der Zeitung gelesen. Sie kommt ihm flüchtig bekannt vor. Den Erzählungen des Alten, der in sie verliebt gewesen sein muss, geradezu verliebt, der alte Bock, hat er nur mit halbem Ohr zugehört. Er will sich nicht involvieren lassen. In andere Leben. In anderer Leute Geschichten. Er war immer ein Einzelgänger. Höflich, korrekt nach außen mit einer geheimen Verachtung für alle, fast alle um ihn.

»Du wirkst arrogant, wenn du die Braue so hochziehst. Wirst du denn nie wütend, verdammt?«, hatte Vanek einmal gefragt, der impulsive, versoffene Vanek, der keinem Konflikt aus dem Weg gegangen war, der keine Gelegenheit ausgelassen hatte, jemanden zu provozieren, um sich mit ihm zu messen. Der manchmal unterlegen war, aber wie ein Sieger aus jeder Konfrontation hervorging. »Das Leben spüren, Bernd, das ist es«, hat er immer gesagt. Schreien, keuchen, bluten, aber immer: mitten im Leben, Feuerwerk! Vanek war so. Mit ihm konnte man nichts planen. Bernhard hatte Abstand gehalten. Immer. Wie jetzt.

Verachtung. Verachtung für die Schwächlinge. Die, die sich unterkriegen lassen. Heute weiß er, dass er Kolin idealisiert hat, damals. Er ist kein dummer Junge mehr, der ein Mann sein wollte unter Männern. Aber Kolin ist jemand Besonderer geblieben für ihn. Ein Mentor. Ein Freund.

Der Junge im Haus ist der Einzige, den er näher an sich herangelassen hat. Ein kleines Stück weit. Es hat ihn selber überrascht. Gut, seine Mutter hat ihn interessiert. Zunächst. Die Große, Schmale mit dem hochmütigen Mund. Der ganz weich werden kann und sanft. Die geht wie eine Königin. Unnahbar. Mit blitzenden hellen Augen. Und die Krallen hat. Er spürt den Schlag noch heute. Und eine seltsame Lust daran. Bernhard schaut auf das verblasste Foto, das er immer bei sich trägt: eine Frau mit hochgesteckten Haaren. Mit schmal geschnittenen Hosen. Auf einer Vespa. Übermütig dem Betrachter entgegenlachend. Verlockung. Distanz.

Der Junge ist anders. Bernhard sieht sich selber mit geschlossenen Augen dastehen, fünfzehnjährig, verzweifelt, herzzerreißend traurig, wütend dann, einen Duft in der Nase, den er nie mehr vergessen wird. Den er nie mehr gerochen hat. Mit der Sehnsucht nach einem Lachen, das nicht ihm gegolten hat und ihn doch getroffen hat wie nie jemals etwas zuvor.

Wenn einer mit fünfzehn zum ersten Mal etwas entdeckt, das ihn verwirrt, aufwühlt, verrückt macht, lockt und zurückstößt, ergreift, hochwirbelt, wieder ans Herz reißt, schließlich von sich weist und verstört, wenn er das, was plötzlich möglich scheint, alles, sofort wieder verliert, ist es kein Wunder, wenn er sich fortan nur noch auf seinen Kopf verlässt. Und darauf achtet, dass ihm nie wieder jemand so nahekommt.

Der Junge ist auch so. In gewisser Weise. Aber auch fremd. Bernhard blickt in die hellen Augen seiner Mutter. Alles ein Irrtum, das weiß er jetzt. Sie ist anders. Klar, respektvoll, distanziert. Er hat verstanden. Er trägt ihr nichts nach. So eine hätte er treffen sollen. Damals.

Mona räkelt sich auf dem Bett, und Christoph legt seine Hand leicht auf ihren Bauch. Der Raum ist hell erleuchtet. Er mag, wie sie riecht, wie sie schmeckt, und seit sie ihm gezeigt hat, was sie mag, taucht er zwischen ihre Beine, bevor sie ihn hochzieht, ihm in die Augen schaut, ihn herumwirbelt und selber tiefer taucht und ihn keuchen lässt und schreien zuletzt. Sie leckt sich die Lippen. Sie küsst ihn in den Nacken. Sie streicht ihm die Haare aus der Stirn und schnuppert an seinem Ohr.

Er ist verliebt wie noch nie. Er hat Hemmungen, es zu sagen. Sie strahlt ihn an und gibt sich kühl. Und manchmal liegen sie da, Herz an Herz, und schweigen. Und sind ein bisschen erschrocken, wie einfach das geht.

Sie ist schlampig. Sie ist chaotisch. Sie macht ihn wahnsinnig mit ihrem Chaos. Obwohl sie putzt wie verrückt, bevor er zu ihr kommt, er weiß das, wirkt es immer wie improvisiert, findet er einen Slip am Boden, Staubflocken unter dem Bett, Ränder von Gläsern auf dem Tisch. Sie strahlt ihn an und serviert ihm zerkochte Spaghetti mit einem wunderbaren Sugo. Immerhin. Sie bemüht sich, er weiß. Er macht sich Sorgen, wie das sein wird, wenn sie Alltag leben. Sie macht keinerlei Anstalten dazu. Er wünscht sich Dauer und fürchtet sich vor den Folgen.

Wenn man sich an ihre Eingangstür lehnt, wenn man dagegendrückt, gibt sie nach.

»Du musst eine Sicherheitstüre einbauen«, befiehlt er.

Mona lacht. Bevor sie ihn kennengelernt hat, war die Tür selten versperrt. »Kommt ja keiner«, sagt sie.

»Mona«, sagt er ernst, »das ist kein Spaß. In deinem Haus ist eine ermordet worden. Eine Frau in deinem Alter. Draußen sind lauter Irre unterwegs, glaub mir.« Sie verzieht das Gesicht. Er wird ärgerlich. »Dein Nachbar«, sagt er, »kann ein Mörder sein. Lebenslang bedeutet heutzutage fünfzehn bis achtzehn Jahre. Dann ist der draußen bei guter Führung. Und hat zu seiner Grundstörung noch die Häfenparanoia. Die Gier nach Leben. Nach Frauen. Nach ... verdammt, du hast keine Ahnung«, explodiert er.

Mona schaut ihn nachdenklich an. »Polizisten sind übervorsichtig«, sagt sie. »Mir tut keiner was. Mein Nachbar borgt sich einen Hammer aus, eine Bohrmaschine. Er grüßt mich im Stiegenhaus. Der schaut mich nicht einmal an. Der würde mich auf der Straße gar nicht erkennen. Komm wieder runter. Wir sind hier im richtigen Leben, nicht auf Verbrecherjagd.«

Er ist eingeschnappt. Er möchte so tun, als wäre es ihm egal. Aber er ist sauer. Sie hat keine Ahnung. Sie hat noch nie mit den wirklich kaputten Typen zu tun gehabt, die er jeden Tag sieht. Die vor nichts Respekt haben. Und vor niemandem. Er hat plötzlich Angst um sie.

»Ich liebe dich«, sagt er. »Und ich will, dass du gut auf dich aufpasst.«

Sie starrt ihn erschrocken an. Er ist so ernst.

»So ist das nämlich«, fügt er hinzu.

»Und ich dich«, sagt sie. Es ist gar nicht schwer. Sie schaut ihn an und möchte weinen. Er nimmt sie in den Arm. Sie spürt seinen Herzschlag. Sie ist angekommen.

Seit Markus davon weiß, dass Mona, seine Mona, einen Liebhaber hat, oder einen Freund, egal, er will nicht darüber nachdenken, sieht er den Kerl ständig im Haus. Jedes Mal grüßt der freundlich, und Markus nickt. Zu einem Gruß kann er sich nicht durchringen. Mona hat er seitdem nur aus der Ferne gesehen, aber er achtet auch darauf, ihr nicht zu begegnen. Er will nicht dran denken.

Markus ist viel mit Alex unterwegs. Keine Gruppe mehr, nur sie beide. »Bruder«, sagt Alex, »ich lass mich nie mehr bescheißen, ich hab gelernt. Vier Monate da drin, Maks, du hast keine Ahnung …«

Der Rest des Satzes bleibt in der Luft hängen. Markus nickt. Irgendwann, weiß Markus, wird er erzählen. Es ist, als ob man auf dem Dreimeterbrett steht, hinunterschaut, ein bisschen wippt und dann wieder runterklettert. Lässig. »Wollte nur mal schauen.« Auch wenn das keiner glaubt.

Alex ist in Ordnung, obwohl er seinen Rennfahrertraum träumt, der nichts werden kann. Immerhin hat er einen Traum. Markus hat keinen mehr. Egal, er will nicht nachdenken. Manchmal spielen sie im Käfig, wenn die Kleinen schon zu Hause sind. Eigentlich ist es viel zu kalt. Aber zu Alex können sie nicht gehen, wenn sie einander am Abend treffen. Viel zu kleine Wohnung, ständig läuft der Fernseher. Und immer sind jede Menge Leute da. Ein ständiges Kommen und Gehen. Markus weiß, dass Alex sich dafür geniert. Mir egal, sagt Markus, weil – zu ihm können sie auch nicht. Julia würde ausflippen, wenn sie sieht, dass er wieder mit einem von denen, wie sie sagt, unterwegs ist.

Über Wagner haben sie nie wieder geredet. Beide tun so, als hätte es ihn nie gegeben. Wagner übersieht sie, wenn er ihnen zufällig gemeinsam begegnet. Mit Markus allein wechselt er hin und wieder ein paar Worte. Einmal hat er gesagt: »Hätte ich mir nicht gedacht, dass du mit so einem herumziehst.« Und Markus, plötzlich wütend: »So einem?« Da hat Wagner den Schwanz eingezogen. »Du musst wissen, was du tust, Markus. Definitiv.«

Es ist erst halb fünf, trotzdem sind die meisten schon gegangen. Die letzten Wochen waren anstrengend, aber das Projekt ein Erfolg, und nach der Präsentation und dem Feiern gestern sind alle erschöpft und wollen nur noch nach Hause. Ein langes Wochenende, endlich. Julia räumt ihren Schreibtisch auf. Dann zündet sie sich eine Zigarette an. Noch ein bisschen surfen, bevor sie den Rechner abschaltet und auch nach Hause geht. Sie hat Zeit, Markus geht am Abend weg. Mit einem Freund, hat er gesagt. Sie hat nicht nachgefragt. Er redet wenig im Moment, aber was sie sich ausmachen, klappt. Er wird also um zwei zu Hause sein.

Julia schaut auf. »Was ist?«

Sie hat ihn nicht kommen hören. Tom lehnt am gegenüberliegenden Schreibtisch und grinst sie an. »Wo warst du grade?«

Sie verzieht den Mund. »Du beobachtest mich?«

»Sicher«, sagt er. »Immer.«

Sie erinnert sich. »Tom, du bist dumm.« Sie lacht.

»Hm, zu viel Arbeit. Wie bei dir. Wir werden alt und grau und schrumpelig werden hier im Büro. Keine neuen Lieben mehr finden. Nicht mehr wissen, wie das Meer schmeckt und eine durchtanzte Nacht. Sag, erinnerst *du* dich noch, wie Küssen funktioniert?«

»Keine Ahnung«, sagt sie. »Du?«

»Erschreck mich nicht.«

Sie lacht. Dann wird sie ernst. »Ich hab überhaupt keine Lust auf zu Hause«, sagt sie.

»Worauf hast du Lust, Julia?«, fragt er, und als sie überlegt, zu lange überlegt, sagt er: »Siehst du, du hast alles verlernt. Über der Arbeit. Wir müssen üben. Mit Essengehen fangen wir an. Komm.« Er wirft ihr ihren Mantel zu und schnappt sich seine Jacke. »Nacht, Peter«, ruft er nach hinten. »Du bist der Letzte im Laden.«

»Ich weiß«, lacht der.

Sie laufen nebeneinander die Stiegen hinunter. Sie wühlt in ihrer Tasche und verliert einen Handschuh. »Selber aufheben«, sagt er, »ich will nicht streiten.«

»Streiten?« Sie schaut ihn fragend an.

»Fehdehandschuh«, grinst er.

»Du bist so dumm.«

»Du wiederholst dich.« Er zieht sie an sich. »Ich hätte dich später treffen sollen, Julia. Nicht so in der Funktion als Übergangsmann. Dann hätte ich dich geheiratet und mit dir ein Haus gebaut und ...«

Sie hält sich die Ohren zu. Dann streckt sie ihm die Zunge raus. Und er küsst sie auf den linken Mundwinkel. »Das mag ich am liebsten an dir, wenn du so bist.«

»Was?«

»Kratzbürstig. Und wenn du lachst.«

»Weil du Blödsinn redest, Tom. Da lachen die Hühner. Du und heiraten. Du und Haus.« ›Du und ich‹ verkneift sie sich.

»Man kann alles lernen. Wenn ich übe«, sagt er, »kann ich das bestimmt. Komm, Huhn.«

Sie gehen in ein persisches Lokal. Während sie essen, kommt nach und nach die alte Vertrautheit wieder. Er fragt und sie erzählt. Einmal nimmt er kurz ihre Hand. Sie wird manchmal stiller, einmal traurig. Da schweigen sie, und später finden sie eine Leichtigkeit, die sie lange nicht mehr erlebt hat. Er ist erwachsener geworden, denkt sie, als er von sich erzählt.

»Du bist nicht mehr so gewappnet«, sagt er, »wie damals. Ist es schwer für dich«, fragt er, »das Alleinsein?«

»Manchmal«, sagt sie. »Ich weiß nicht.«

»Ich lerne es gerade. Seit einem halben Jahr«, sagt er. »Aber ohne gute Freunde geht das nicht.«

Sie lächeln einander an.

Markus hat den Schlüssel stecken lassen. Sie muss ihn wecken. »Kontrollierst du mich?«, grinst sie. Er schaut sie verständnislos an und wankt wieder ins Bett. Ihr Kind ist mittlerweile fast so groß wie Tom. Und kein Kind mehr.

»Wann bist du gestern heimgekommen?«, fragt er am nächsten Morgen.

Sie hat schon geduscht und sitzt mit nassen Haaren beim Frühstück. Sie wirkt vergnügt. »Halb vier«, sagt sie. »Ungefähr. Tut mir leid, dass ich dich geweckt hab.«

»Hm«, macht er. Er nimmt sich Kaffee. »Keine Nutella?«

»Vor dir auf dem Tisch.«

Er nickt. »Ah ja.«

Sie frühstücken schweigend. Julia liest die Zeitung. Markus verschwindet im Bad.

»Du schaust anders aus heute«, sagt er, als er wiederkommt, nun einigermaßen wach. »Was ist los?«

»Ich war mit dem Tom weg. Essen. Reden. Tut gut manchmal.«

»Hm«, sagt er. »Weiß ich. Aber manchmal geht das nicht.«

Julia nickt. »Hast du jemanden, falls doch?«

»Alex«, sagt er.

»Den Alex?«

»Genau. Der ist in Ordnung.«

»Warum nimmst du ihn nicht mit hierher?«

»Wollte dich nicht stressen, Mam.«

Sie schaut ihn fragend an.

»Weil der doch dabei war, damals. Ich hab gedacht, du ...«

»... flippst aus«, ergänzt sie.

»Genau.«

»Ich flippe nicht aus«, erklärt sie. »Ich weiß, ich kann mich auf dich verlassen, Markus. Also, ich ...«

»Passt«, sagt er. »Danke, Mam.« Und beugt sich zu ihr herab und küsst sie auf die Nase.

Ich versuche, nicht mehr daran zu denken. Alex sagt, dass man sich daran gewöhnt, irgendwann. Er jedenfalls hat sich dran gewöhnt. Nach Monaten. Und jetzt kann er sie treffen und es ist ihm fast egal. Sie heißt Sandra und schaut echt gut aus. Sie waren fünf Wochen zusammen. Er kennt sich also aus. Das dauert aber, sagt er. Und das glaube ich auch.

Er ist jetzt oft bei mir. Nicht nur, wenn meine Mam abends weggeht. Das ist eher selten der Fall. Einzige Bedingung, sagt sie, dass du keine Schularbeiten verhaust. Oder Prüfungen. Alex findet sie okay. Cool, deine Mutter, sagt er. Ich zucke die Schultern. Ja. Was soll ich sagen.

Anfang Dezember. Im Park werfen die Kinder Knaller, und Herr Pöhz droht ihnen auf seinen Spaziergängen mit dem Wastl mit der geballten Faust. Der Hund erschrickt jedes Mal, als sei er getroffen worden. Die Kinder rennen lachend davon.

Herr Pöhz geht seltener ins Gasthaus. Manchmal wärmt er sich ein Dosengericht, ab und zu bringt ihm die Frau Maria etwas frisch Gekochtes mit. Sie kocht gut. Es ist angenehm, mit ihr in der warmen Wohnung zu sitzen und Kaffee zu trinken, den Wastl neben sich auf der Bank. Man hat sich aneinander gewöhnt. Sie lässt ihm seine Gewohnheiten. Und abends geht sie nach Hause. Das erspart jeden Streit. Wenn sie putzt, liest er ihr aus der Zeitung vor. Von dem Mordfall will sie nichts hören. Aber da gibt es auch nichts Neues. Der Mörder ist in Haft, die Zeitungen haben ihn vergessen, wie die Leute im Haus die Daniela vergessen haben. Zumindest redet keiner mehr von ihr. Herr Pöhz überlegt, ob er stark genug ist, die Verhandlung, die ja irgendwann demnächst stattfinden muss, durchzustehen, oder ob er lieber alles aus zweiter Hand, aus den Zeitungen erfahren will.

Warum er das getan hat. Und wie. Was für ein Mensch das ist, kann sich der Herr Pöhz freilich nicht vorstellen. Der ist kein Mensch. Das ist eine Bestie.

Auch Sedlak liest das *Kleine Blatt*. Er bemerkt, dass der Serienbankräuber nicht mehr aktiv ist. Dass die Kriminalitätsrate aber steigt. Besorgniserregend steigt, wie die Zeitung erklärt. Und auch Sedlak denkt an die Lehrerin, auch wenn der Pöhz das nicht für möglich hält.

Sedlak fühlt sich sehr allein. Zwei der Damen im Büro sind vor kurzem in den Ruhestand getreten. Es wurde nur eine Stelle nachbesetzt. Mit einem Mann, viel jünger als Sedlak, einem Besserwisser, der gleich das Aktenlager umorganisieren wollte. Sedlak hat vorsichtige Einwendungen gemacht. Sein Lager, die Registratur – sein ganzer Stolz. Es hatte nie Beanstandungen gegeben! Die Entscheidung, der sich alle zu beugen hatten, lag ohnehin beim Abteilungsleiter. Der Herr Doktor würde den schon in die Schranken weisen, hat er sich damals gedacht. Aber die Damen sind Feuer und Flamme gewesen. Und der Herr Doktor ... Sedlak musste seine Entscheidung akzeptieren. Nach Abschluss der Arbeiten, die zum größten Teil an Sedlak hängen geblieben waren, wurde seinem Widersacher eine Geldbelohnung ausgezahlt. Sedlak würgte an einer dumpfen Wut. Er begann zu trinken, nicht viel, nur manchmal, wenn er nachts nicht schlafen konnte. Die Gedanken betäuben, denkt er.

Er versteht den Pöhz gut. Als er ihn angeschrien hat damals. Aber gerade Pöhz, der ihn schon so lange kennt, sollte wissen: Einer wie er kann das nicht, über alles reden und kämpfen für etwas, das ihm wichtig ist. Etwas unternehmen. Das war ihm immer ganz recht gewesen. Es gibt ja wenig zu sagen. Ein paar Sätze genügen im Allgemeinen. Die meisten Leute hören sich selber gerne reden und sind froh, wenn einer bei ihnen steht und sie nicht unterbricht. Dass sie reden können, alles abladen und dann gehen. Aber jetzt, wo auch die wenigen im Haus, die er näher kennt, sich zurückgezogen haben, wünscht er sich manchmal, dass es anders wäre: dass er hinausgehen könnte und einen anreden und von sich erzählen. Und dann schlafen gehen.

Den Briefträger kennt er nicht gut genug. Auch Wagner bleibt gerne für sich. Sedlak hört seinen Fernseher, selten Musik. Hin und wieder sieht er ihn am Gang. Sie grüßen einander, aber Wagner sucht von sich aus kein Gespräch.

Frau Novak, die manchmal stehen geblieben ist mit dem Hund, wird nicht mehr zurückkommen. Ihre Nichte hat die Blumen zu sich genommen und die Hausbesorgerin entsorgt die Werbesendungen vor der Tür. Die Wohnung verstaubt langsam, aber die Miete wird regelmäßig abgebucht, und so wartet die Hausbesitzerin, bis allfällige Erben sich irgendwann mit ihr in Verbindung setzen werden.

Julia hat sich nun doch entschlossen, den Hausbesorgerposten aufzugeben. Es wird ihr langsam zu viel neben der Arbeit im Büro. Die Wohnung will sie behalten. Frau Radl überlegt kurz, ihr Danielas Wohnung anzubieten, aber das ist nun doch zu viel an Großzügigkeit. Außerdem kann sie sich die wahrscheinlich nicht leisten. Julia bleibt also mit Markus im Parterre und zahlt fortan Miete. Die Reinigungsfirma übernimmt das Haus Anfang Dezember.

Julia montiert das Hausbesorgerschild über der Tür ab. Es scheint festgeschraubt für die Ewigkeit. Sie muss sich plagen. Die Veränderung fällt eine Weile niemandem auf. Nur Mona, die gerade nach Hause kommt, Hand in Hand mit ihrem Freund, fragt, ob sie ausziehe. Julia lacht. »Ich gebe nur den Hausbesorgerposten auf. Also, falls ich es schaffe, das Schild abzumontieren.« Der Mann hilft ihr. Er scheint nett zu sein. Mona strahlt ihn die ganze Zeit an. Sie wirken sehr vertraut. Julia beneidet sie.

Es ist mitten in der Nacht. Sie fährt aus dem Schlaf hoch, aus dem Traum, der noch in Fetzen an ihr hängt. Sie wischt sich über das Gesicht, das nass ist, fühlt ihren Puls jagen. Ihr Herz stolpert. Ein Traum, nur ein Traum, Marie, murmelt sie und beißt sich in die Knöchel und versucht sich zu beruhigen. Sie steht auf, macht überall Licht. Sie dreht die Heizung ab. Sie trinkt ein Glas Wasser, steht lange im Bad, auf den kalten Fliesen, und versucht sich zu erinnern. Dann wieder ins Bett. Sie liegt lange wach, stundenlang, bis es dämmert. Der Raum, alle Gegenstände sind grau, ohne jede Farbe. Sie starrt an die Decke. Ein Blatt taumelt zu Boden. Sie hört eine Autotüre zuschlagen, ein Knacken in der Wand, und später noch eines. Wie im Traum. Auf dem Eis.

Marie schläft wieder ein. Sie schläft unruhig, wälzt sich von einer Seite auf die andere. Traumscherben. Sie stolpert, fühlt eine leichte Erschütterung, sieht den Riss, sieht ihn auf sich zulaufen. Er klafft, tut sich unter ihr auf, sie schreit und greift mit den Händen wild um sich, tastet nach Halt, aber da ist keiner. Ihre Nägel scharren am Eis, brechen ab. Die linke Hand wird taub. Nichts tut ihr weh, nur die Panik springt sie wieder an wie ein streunender wilder Hund und verbeißt sich in sie. Am Ufer steht eine dunkle Gestalt, schaut zu ihr her, wendet sich ab. Etwas blitzt auf, etwas Helles. Mit einem Schlag weiß sie alles. Sie schreckt kurz hoch. Nur geträumt! Sie zerrt die Decke über ihr Gesicht. Ihr wird heiß. Sie ringt nach Luft und findet in einen neuen Traum. Später wird sie wach, weil ihr kalt ist, ihre nackten Beine tasten nach der Decke. Es ist schon Tag. Die Zeiger ihres Weckers grätschen zwischen der Acht und der Drei.

Sie zieht die Beine an und rollt sich ein. So liegt sie lange. Sie grübelt, was es war. Sie war ganz nahe dran, das weiß sie.

Später trinkt sie Tee. Sie isst die letzten Haferkekse und eine Scheibe Brot. Ihr Gesicht ist wach und konzentriert. Sie scheint zu lauschen. Marie zieht den verwaschenen Bademantel enger um sich. Sie trägt graue Wollsocken, die ihr zu groß sind. Sie hat sie mitgehen lassen, als sie im Laden gekündigt worden ist. Männersocken, viel zu groß. Fünf Paar. Genug für einen ganzen Winter. Und die Haferkekse. Und drei Tuben von der teuren Creme, die nach Rosen riecht. Sie hat sich im Recht gefühlt. Sie tut es immer noch. Nehmen, was die Welt ihr vorenthalten hat. Die Gerechtigkeit wiederherstellen.

Später geht sie einkaufen. Es ist kühl. Sie trägt ihren dicken Mantel aus dem rauen Wollstoff und zum ersten Mal die warmen Stiefel. Zwischen den Regalen, in den Gängen, sieht sie die Leute ungeheure Mengen an Lebensmitteln in ihre Wagen häufen. Und dabei telefonieren. Sie nimmt Zwieback, Milch, Käse, eine Schachtel Reis, getrocknete Feigen und eine Packung Tampons. Sie steht eine Weile vor den Schokoladen und wendet sich dann ab. Sie schiebt eine Tafel Vollmilch-Nuss in ihre Manteltasche. Vor ihr in der Warteschlange an der Kassa steht ein dicker Mann, der sich dreimal nach ihr umdreht, bis sie nervös wird und ihn anschnauzt: »Was ist? Passt Ihnen etwas nicht?« Er setzt zu einer Antwort an, schimpft dann leise vor sich hin. Er wird rot. Er nestelt an seinem Kragen. Er trägt trotz der Kälte den Hemdkragen offen und eine dicke Goldkette um den Hals. Da ist sie wieder, die Wut, die sie so gut kennt. Sie macht einen raschen Schritt auf ihn zu. »Was?«, pfaucht sie ihn an. Der Mann weicht zurück. Er schüttelt den Kopf und sucht mit den Augen das Einverständnis der Verkäuferin: eine Verrückte. Aber die Frau mit den strohigen, blond gefärbten Haaren zieht weiter mit leerem Blick Ware um Ware über den Scanner und ignoriert ihn, blickt nur auf, um die Endsumme zu murmeln und das Geld entgegenzunehmen. Sie schaut müde und kaputt aus und hat kleine Hände mit kurzen splitternden Nägeln. Marie legt ihre Waren aufs Band. Sie ist rasch fertig. Sie zahlt. Dann stopft sie ihre Einkäufe in die große Umhängetasche und geht zur Tür. Am Packtisch verstaut der dicke Mann umständlich seine Einkäufe. Und auf einmal, mitten in der Bewegung, als sie sich halb umwendet, ist das Bild plötzlich da, klar und ohne jeden Zweifel: Sie hat den Mörder gesehen. Der Mörder ist im Haus.

Und jetzt: Sie muss sich Gewissheit verschaffen, obwohl sie es längst weiß. Ihr Unterbewusstsein hat es sofort registriert. Ihre Angst, ihr Angespanntsein, ihr fortgesetztes Grübeln kam nicht von ungefähr! »Der Mörder ist im Haus«, murmelt sie und hastet die Straße entlang. Herr Sedlak, der auch eben nach Hause gekommen ist, schaut ihr erschrocken nach. Sie wirft die schwere Haustüre hinter sich zu, dem Sedlak vor die Nase, läuft den Gang entlang und die Stiegen hinauf, wühlt nach den Schlüsseln, verfehlt das Schloss, sperrt schließlich, stürzt in die Wohnung, rammt den Riegel vor und rennt ins hintere Zimmer. Im Laufen schält sie sich aus dem Mantel. Sie wühlt in den Kisten. Die Fotos! Ihre Hände flattern. Das Blut dröhnt ihr in den Ohren. Dann beugt sie sich vor, bemüht, ruhig zu atmen, schaut, vergleicht das erste Bild mit ihrer Erinnerung. Die Augen, natürlich. Die Augen! Und auf dem zweiten, da! – die Kette. Ein großes schlichtes Kreuz. So eines hatte sie zuvor noch nie gesehen. »Von meiner Mutter«, hat er auf ihre Frage geschrieben. Damals. »Das Einzige, was ich von ihr hab. Geklaut, mitgenommen, bevor ich gegangen bin.« Vor dem Mord, denkt sie.

Und jetzt wohnt er im Haus. Er hat sie nicht erkannt. Marie ist sich sicher. Noch nicht, denkt sie. Aber die Begegnung im Stiegenhaus letzthin. Er hat sich umgedreht. Wie sie. Er sieht verändert aus nach all den Jahren, aber trotzdem: Sie hat ihn erkannt! Was, wenn auch er? Wenn er unbewusst, wie sie auch, lange schon registriert hat, dass er sie kennt, dann ist es nur eine Frage der Zeit, bis er sie erkennt. Bis er sie wiedererkennt. Sie ist in Gefahr!

Marie denkt sich die Grenze zwischen dem unbewusst Wahrgenommenen, nicht Zugänglichen, dem, was die diffusen Ängste macht, und dem Bewussten, Zugänglichen, Erinnerten, dem man sich stellen kann, als eine zarte Membran, unter der es brodelt, sich bewegt, an manchen Stellen wie zum Zerreißen gespannt. Und manchmal bricht etwas durch, kommt ans Licht, kriegt man mit den Gedanken etwas zu fassen, das ein Begreifen möglich macht. Dann kann man die Angst benennen und an die Leine legen. Im Auge behalten muss man sie freilich immer.

Einmal in der Gruppentherapie hat sie ein Bild gemalt. »Eine Landschaft mit Vulkanen«, haben die anderen gedeutet. »Die kleinen Tiere, die unter der Haut leben und sich mit ganz feinen Zähnen immer tiefer in dich hineinfressen«, hat das blasse Mädchen mit den zerkratzten Armen, das in der Gruppe immer geschwiegen hat, später beim Abendessen gemeint. Damals im Spital. Und festgestellt: »Du hast das also auch.«

Ja, denkt Marie jetzt: beides. Die Angst, die durchbricht. Und die, die sich in dich frisst, die dich auffrisst, wenn du es zulässt. Sie muss etwas tun. Kühlen Kopf bewahren vor allem. Mit jemandem reden. Hilfe holen. Sie legt die Bilder von sich nebeneinander. Die von damals. Sie schaut in den Spiegel.

»Er kann dich nicht erkennen«, sagt sie laut. »Du bist eine andere. Du siehst völlig anders aus.«

»Aber was, wenn doch?«, zweifelt sie dann. Wenn er nur Zeit braucht, um sie zu identifizieren? Und mit einem Mal schießt ihr siedend heiß ein: Ihr Name steht an der Tür. Und auf den neuen Postkästen! Berger heißen viele, beruhigt sie sich dann. Aber wenn man das eine zum anderen, wenn *er* das eine zum anderen zählt ... Sie schluckt. Sie fühlt Panik aufsteigen. Sie sieht seine Augen vor sich, vor kurzem im Stiegenhaus, als er sich umgedreht hat nach ihr. »Wenn einer getötet hat, gibt es keinen Weg zurück. Er unterscheidet sich von allen anderen. Wenn er einmal getötet hat, wird er es wieder tun«, hat sie einmal gelesen. Im Haus ist ein Mord passiert. Im Haus wohnt ein Mörder. Und sie ist die Einzige, die davon weiß.

Marie fühlt sich plötzlich wie in einer Falle. Die kleinen Tiere beginnen gierig zu nagen. Sie muss etwas tun, bevor die Angst sie lähmt und aufzufressen beginnt. Sie muss etwas tun.

»Tadellos, Wastl«, lobt der Herr Pöhz und beugt sich ein wenig nach vorne, um die Hervorbringungen seines Hundes genauer in Augenschein zu nehmen. Der Hund bellt zustimmend und ruckelt an der Leine. Er wirft keinen Blick zurück. Ihm ist kalt. Er will wieder ins Haus.

»Ja, ja, Wastl. Wir gehen ja schon«, beruhigt Herr Pöhz. Er trägt einen dicken Wintermantel, der noch ein bisschen nach Lavendel riecht, vom Einmotten über den Sommer, und eine Pelzkappe. Sogar die Brille hat er auf. Der Herr Pöhz sieht in letzter Zeit nicht mehr so gut, aber er ist immer noch sicher auf den Beinen. »Das ist, Wasti«, sagt er zum Hund, der jetzt interessiert an einem Autoreifen schnuppert, »weil wir so viel gehen miteinander. Das hätte die Novak auch tun sollen. Das hält jung. Weil, wenn man erst einmal im Spital ist und auf fremde Hilfe angewiesen, dann kann man sich genauso gut zum Sterben hinlegen. Was?« Er hat sich angewöhnt, mit dem Hund zu reden. Ein Tier braucht das, das kann nicht sein ohne eine Ansprach.

Der Hund inspiziert aber weiter den Reifen und schenkt dem Herrn Pöhz keine besondere Beachtung. Transporte, liest Herr Pöhz. Ein Mietwagen. Er geht um das Auto herum. Der Hund lässt widerwillig vom Vorderreifen ab. »Jetzt komm schon, Wasti«, drängt Herr Pöhz. Es weht ein eisiger Wind.

Die Haustüre steht offen. Das ärgert den Alten. »Durchlüften bei der Kälte. Und wir heizen und heizen«, schimpft er laut. Möbel stehen herum. Pöhz bleibt stehen. Ob da einer einzieht? Ob die Wohnung von der Novak geräumt wird? Partezettel hat er keinen gesehen. Aber er hat auch nicht geschaut. Es interessiert ihn alles nicht mehr. Die Leute kommen und gehen. Keiner kümmert sich mehr um den anderen. Kaum, dass noch einer grüßt. Und auf einen alten Menschen hört sowieso keiner mehr. Er hat seinen Hund und die Frau Maria, die immer noch kommt, trotzdem kommt, obwohl sie damals, im ersten Schock, nicht mehr wollte. Hat den Hund und die Frau, die seinen Haushalt macht und mit ihm Kaffee trinkt, zweimal die Woche.

Hinter sich hört er Schritte, der Wastl wedelt mit dem Schwanz. Der Sedlak! Pöhz beugt sich zum Hund hinunter, und der Sedlak geht vorbei ohne ein Wort. Er schaut schlecht aus, denkt der Pöhz. Ob er sich am Ende kränkt, weil sie einander nicht mehr grüßen nach all den Jahren? »Soll er halt was sagen«, erklärt er dem Hund. »Ich bin ja kein Unmensch. Aber das war nicht recht damals, dass einer, der sie auch gekannt hat, tut, als ginge ihn das Ganze nichts an. Da bin ich halt zornig geworden. Das muss man ja verstehen.«

Er hört den Sedlak aufsperren und die Tür hinter sich

zuziehen. Dann schiebt der Sedlak den Riegel vor. Pöhz weiß nicht, warum, aber das Geräusch macht ihn plötzlich zornig. »Komm, Wasti«, sagt er und setzt sich in Bewegung. Und rennt fast in einen hinein.

Es sind junge Leute. Männer. Fremde, er kennt keinen Einzigen. Sie grüßen ihn und lassen ihn und den Hund vorbei, obwohl sie Möbel schleppen. Immerhin.

»Wissen Sie, wo ich die Hausbesorgerin erreichen kann?«, fragt ein großer Lockiger den Herrn Pöhz und stellt ein Regal ab.

»Abgeschafft«, knurrt Herr Pöhz. »Das macht jetzt so ein – Putzdienst.« Er spuckt das Wort verächtlich aus. Und dann, er kann nicht anders, denn auf einmal ist ihm klar: »Das sind die Sachen von der Daniela!«

Der Lockige nickt. »Ich bin ihr Bruder.« Er gibt dem Pöhz die Hand. »Freunde von mir.« Er weist auf die anderen drei, die die Möbel kurz abstellen und dann wieder aufnehmen und anfangen, das Auto zu beladen.«

»Sie räumen die Wohnung?«

Danielas Bruder nickt.

»Darf ich«, Herr Pöhz gibt sich einen Ruck, »darf ich noch einmal hinauf in die Wohnung?«

»Sie haben sie näher gekannt?«

»Ja«, sagt der Alte. »So ein lieber Mensch, Ihre Schwester.« Dann sagt er nichts mehr. Er nimmt die Brille ab. »Entschuldigen Sie, ich muss nur den Hund hineinbringen.«

Es dauert eine ganze Weile, bis der Herr Pöhz wieder herauskommt auf den Gang. Er ist immer noch im Mantel. Die Mütze hat er abgenommen. Danielas Bruder hilft ihm die Stufen hinauf. Herr Pöhz ist ein bisschen müde. Er ist schon lange auf den Beinen. Die Wohnung ist fast leergeräumt. Ein paar Schuhe stehen noch im Vorzimmer, zwei, drei Kartons mit Büchern. Eine große Pflanze im Wohnzimmer. Das

Klavier steht mitten im Raum. »Das Klavier«, sagt er. »Da hat sie damals gespielt darauf, an ihrem Geburtstag. Etwas Klassisches. Sehr schön hat sie gespielt.«

»Ja«, sagt der Bruder. Sonst nichts.

»Sie hat erst gar nicht spielen wollen. Hat sich lange bitten lassen«, erinnert sich der Herr Pöhz. »Und dann sind alle ganz still gewesen, nur hie und da war ein Gläserklirren zu hören. Daniela hat ganz rote Wangen gehabt, von der Aufregung und vom Wein.« Der Herr Pöhz nickt. Beide Männer schweigen. Der Bruder schaut aus dem Fenster. Herr Pöhz reißt sich los aus seinen Erinnerungen, tappt ein paar Schritte vor, räuspert sich und tätschelt dem Bruder unbeholfen den Arm. »Ja«, sagt er noch einmal, »eine Liebe.« Dann geht er langsam hinaus auf den Gang, durch die weit offene Tür. Er schaut nicht mehr zurück.

Angefangen hat es so: Alex und ich bei mir. Wie fast die ganze Woche davor. Morgen hab ich Labor, da muss ich nicht so früh raus. Und dann ist ohnehin Wochenende. Alex braucht wenig Schlaf, sagt er.

Ich so: »Wann stehst du auf?«

»Um halb sechs«, sagt er, und als ich noch einmal nachfrage: »Sicher. Jeden Tag.«

Er liegt auf meinem Bett und schaut sich ein Rennen an. Ton ganz leise.

»Schau mal«, sag ich, »passt das so?« Er braucht eine Bewerbungsmappe und hat mich gefragt. Ich hab auch keine Ahnung, aber meine Mam hat mir ihre Unterlagen aus dem Kurs gegeben, und langsam wird es was. Ich meine, es schaut richtig gut aus. Bewerbung, Lebenslauf, alles.

Alex stellt sich hinter mich. »Passt«, sagt er. »Schaut voll gut aus, aber *das*«, er deutet auf den Bildschirm, »musst du ausbessern. Ich heiße Aleksandar. Mit k-s und a.« Er grinst.

»Echt?«, frage ich.

»Echt«, sagt er. »Wie Maks schreibt man das.«

Ist leicht zu ändern. Ich drucke ihm das Ganze aus. Dreimal, sicherheitshalber. Gebe ihm ein paar Klarsichthüllen dazu.

»Bruder«, sagt er und nimmt mich an den Schultern – eine halbe Umarmung.

»Passt schon«, wehre ich ab.

Dann schauen wir fern. Überall laufen irgendwelche Talkshows. »Warte mal«, sage ich und nehme ihm die Fernbedienung aus der Hand. »So wie *die* schaut sie aus. Also ungefähr so.«

»Hm«, sagt er. Er wirkt beeindruckt. Dann: »Denkst du immer noch dran?«

»Manchmal«, sage ich.

Er nickt.

Ich zappe weiter. Wir schauen. Ödes Programm.

»Die Sanna«, sagt er dann, nach einer Weile, »die findet dich nett.«

»Welche ist das?«, frage ich. Wenn ich ihn abhole, sind da immer jede Menge Leute in der Wohnung.

»Die mit dem Zopf im weißen Pullover, die Kleine, die mit meinem Cousin da war. Arbeitet als Tänzerin. Der kennt sie aus dem Lokal.«

»Tänzerin?«, frage ich.

»Gogo-Bar, weißt eh.«

»Verarsch mich nicht«, sag ich.

»Echt«, sagt er aber. »Kein Scheiß. Du kennst mich, Maks. Wenn ich etwas sage, passt das. Oder nicht?«

»Aleks«, sag ich.

»Wann hast du Zeit? Wir besuchen sie. Wir bleiben ein bisschen, trinken was, reden, und dann muss ich weg.«

Ich schlucke. »Hast du«, ich räuspere mich, »warst du da schon einmal? Bei ihr, meine ich.«

»Bei ihr nicht«, sagt er. »Aber die ist nett, du wirst sehen.«

»Warum?«, frage ich eine halbe Stunde später, als Aleks sich die Jacke anzieht.

Er zuckt die Schulter und lacht. »Ich hol dich ab, am Samstag, Maks. So gegen vier.«

Ich bin auf einmal richtig aufgeregt.

Auf dem Hinweg ist Markus ziemlich still. Ein Altbau im Fünfzehnten, in einer kleinen Gasse.

»Schaut aus wie bei uns, nur seitenverkehrt«, sagt er, um irgendwas zu sagen. »Wohnt sie da oder arbeitet sie da?«

»Sanna? Die wohnt da. Hey, wir machen einfach einen Besuch, entspann dich«, sagt Aleks. »Wenn du magst, bleibst du. Kein Stress.«

Sanna ist ungeschminkt, trägt Jeans und einen schwarzen Pullover, begrüßt Aleks mit Küsschen links, Küsschen rechts, sagt »Hi, Markus« und »Kommt weiter«. Die Wohnung ist klein. Aus der Küche mit Duschecke kommt man ins Wohnzimmer, das ein bisschen vollgeräumt wirkt, viele Fotos an der Wand, viele Kissen auf dem Sofa. Hinter der Tür muss das Schlafzimmer sein.

»Setzt euch.« Sanna stellt Popcorn hin, füllt drei Gläser Fingerbreit mit einer hellen Flüssigkeit, gibt Eis dazu.

»Kann ich ein Cola haben oder so was?«, fragt Aleks.

Sie nickt. Markus erinnert sich: »Er trinkt keinen Alkohol«, sagt er.

»Nie?«

»Nie«, bestätigt Aleks. »Schmeckt mir nicht.«

Sie lacht. Sie hat große dunkle Augen und unglaublich lange Wimpern. Sie nimmt einen Schluck und stellt ihr Glas wieder ab. Sie plaudern. Über Aleks' Lehrstellensuche, über gemeinsame Bekannte. Sie fragt Markus nach der Musik, die er mag, und seit wann er Aleks kennt. Markus entspannt sich. Sie haben einen ähnlichen Musikgeschmack. Erstaunlich, findet er.

Irgendwann steht Aleks auf und verabschiedet sich. »Du bleibst noch«, stellt Sanna fest und nimmt ihm damit die Entscheidung ab. Küsschen links, Küsschen rechts für Aleks.

»Ich finde schon raus«, sagt der.

Dann ist Markus mit Sanna allein.

In der Rückschau dann, später, als er durch die Nacht geht, als es leicht zu schneien anfängt, denkt er, dass alles ganz leicht war, ganz selbstverständlich. Sanna hat ihm das Glas aus der Hand genommen, an dem er sich festgehalten hat, hat ihn auf den Mund geküsst und an der Hand ins Schlafzimmer geführt. Sie hat ihm den Pulli ausgezogen und das T-Shirt und ihm leichte Küsse auf die Haut gesetzt, während sie seinen Gürtel aufgemacht hat. Markus hat sich unauffällig von seinen Socken befreit. Keine Ahnung, warum ihm das plötzlich eingefallen ist, wie peinlich das aussieht, nackt mit Socken. Dann hat sich Sanna ausgezogen bis auf den Slip. Weiß, mit Spitze vorn. Sie ist schön, denkt er, schlank mit ganz kleinen runden Brüsten. Als sie voreinander stehen, reicht sie ihm kaum bis zu den Schultern. »Setz dich aufs Bett«, sagt sie und kniet sich hinter ihn und massiert ihm den Nacken. »Du bist ganz verspannt«, stellt sie fest. Markus spürt ihre Hände auf seinen Schultern und ihre Brüste, wenn sie sich vorbeugt. Wahnsinn.

»Geht's dir gut?«, fragt sie. Sie lässt ihre rechte Hand auf seinem Nacken liegen und steht auf.

»Gut«, bestätigt er leise, »gut.« Er hat eine ganz raue Stimme.

Sie lacht. »Ich hab massieren gelernt, richtiger Kurs mit Abschluss. Mache ich vielleicht irgendwann wieder.«

Sie zieht sich aus. Sie ist rasiert, ganz nackt. Er sieht alles. Er beißt sich auf die Lippen. Sie geht in die Knie, lacht zu ihm hinauf und fasst seinen Schwanz an und nimmt ihn in den Mund. Er kommt fast sofort. Es ist zu viel.

So schnell. Markus mag die Augen nicht aufmachen. »Leg dich hin«, sagt sie und streichelt ihn weiter und legt sich zu ihm und küsst ihn richtig, mit Zunge, und lässt nicht von ihm ab, streichelt und reibt ihn weiter. Er bemüht sich, gleichmäßig zu atmen. Er hört ein Knistern, sie zieht ihm einen Gummi über und setzt sich schließlich auf ihn. Sie bewegt sich langsam und er sich in ihr. Wahnsinn, denkt er. Wahnsinn. Er macht die Augen auf und sieht ihre Brüste und darüber ihr Gesicht mit weit offenen Augen. Sie nimmt seine Hand und führt sie nach unten, reibt sich an ihr. Sie werden schneller, sie sieht ihn an, er schließt die Augen und dann … und dann …

Wahnsinn, denkt er später. Ob das immer so ist? »Schlaf ein bisschen«, hat sie dann gesagt und sich zu ihm gelegt. Und er war fast sofort weg.

Als er die Augen aufmacht, ist sie schon angezogen. Sie hat die Haare hochgesteckt und ist geschminkt. Sie kommt ihm ein bisschen wie verkleidet vor. Älter auch, aber schön. »Komm«, sagt sie, »steh auf. Ich muss in die Arbeit. Magst du noch duschen?«

Markus schüttelt den Kopf. »Ich mag's behalten.«

Sie lacht und zerzaust ihm die Haare.

»Du, Sanna«, fragt er, »warum hast du …?«

Sie schüttelt den Kopf. »Keine Fragen«, sagt sie. Sie zündet sich eine Zigarette an, inhaliert tief und schaut ihn durch den Rauch an.

Er zieht sich an, die Socken zuletzt. Er greift nach seiner Jacke und sucht in der Tasche. Sie schüttelt den Kopf. »Nein«, sagt sie.

Sie bringt ihn zur Tür. »Mach's gut.« Mit den hohen Schuhen ist sie fast so groß wie er.

Bevor sie die Tür hinter ihm schließt, dreht er sich noch einmal um. »Danke.«

Sanna lächelt.

Er geht die ganze Strecke zu Fuß. Der Wind hat aufgehört. Dafür schneit es jetzt richtig dicke Flocken. Es sind nur wenige Leute unterwegs, obwohl es noch nicht spät ist, und die Autos fahren ganz langsam. Er mag es, wenn die Stadt ganz still wird unter der Schneedecke. Er geht und geht und lässt die Gedanken laufen. Wahnsinn, denkt er wieder. Und grinst.

Am nächsten Tag am Nachmittag meldet sich Aleks. Sie wollen ins Kino. Markus muss sich beeilen, damit sie die nächste Vorstellung noch schaffen. Deshalb hält er sich nicht lange auf, als er den Neuen – er nennt ihn immer noch so, fällt ihm auf, den Herrn Färber – vor dem Haus aus einem Mietwagen steigen sieht.

»Sie fahren weg?«

»Nur zwei, drei Tage. Hab was zu erledigen. Am Mittwoch bin ich wieder da. Spätestens.«

»Also – bis dann.«

»Bis dann, Markus.« Und als er schon ein paar Schritte weiter ist: »Hast du irgendwann die Woche Zeit? Das Virenschutzprogramm hat was. Kannst du dir das anschauen?«

»Klar«, sagt Markus. »Mach ich.«

Als Markus abends heimkommt, sind alle in Aufregung.

Marie hat einen Plan gemacht. Sofort die Polizei zu verständigen bringt gar nichts. Sie weiß nicht, ob die den Mörder überhaupt noch suchen, aber eines ist sicher: Man wird sie für hysterisch halten, bei ihrer Vorgeschichte, wenn sie hinkommt auf die Polizei und behauptet, sie kenne den mutmaßlichen Täter und man möge ihn bitte sofort verhaften.

Sie kennt diesen sanften Ton, dieses beruhigend auf einen Einreden zur Genüge von ihren Spitalsaufenthalten. Oder aus den Zeiten kurz davor: »Ja, natürlich, Frau Berger. Wir glauben Ihnen ja. Aber jetzt müssen Sie sich erst einmal beruhigen.« Arme Irre, denken sie dann, sie sieht das in ihren Gesichtern. Nur nicht reizen. Das hat sie oft genug erlebt. Ihre Körperhaltung verrät sie. Komisch, denkt sie, dass sie einen immer irgendwo am Arm berühren, sich besorgt zu einem vorbeugen, aber gleichzeitig mit dem ganzen, leicht seitwärts gewandten Körper Fluchtbereitschaft signalisieren. Die meisten jedenfalls. Falls die Patientin hochgeht. Dabei ist es genau dieser sanfte Ton, der sie so wahnsinnig macht: »Ja, natürlich, Frau Berger, wir glauben Ihnen.« Auch auf der Polizei. Und genau das kann sie jetzt am wenigsten brauchen. Sie braucht also Verbündete!

Marie steht den halben Tag im Schlafzimmer hinter ihren Pflanzen. Wenn die junge Frau mit ihrem Freund die Wohnung verlässt, wird sie hinunterrennen und bei der Hausbesorgerin klopfen. Dann fühlt sie sich sicher. Sie sieht gut in die Wohnung der Nachbarin im ersten Stock, sogar ins Schlafzimmer, wenn die Rollos hochgezogen sind, aber der Gang und seine Wohnungstüre verschwinden im toten Winkel. Sie hat keine Ahnung, ob er da ist, aber sie möchte nichts riskieren. Und noch ist es hell.

Gegen fünf ist es so weit. Marie sprintet zur Tür, sperrt zweimal hinter sich zu und läuft die Stiege hinunter. Sie überholt ihre Nachbarin und deren Mann im Parterre und hämmert mit der Faust an Julias Tür.

»Ist etwas passiert?«, fragt Mona.

»Können wir Ihnen helfen?«, der Mann.

Marie hält kurz inne und schaut ihn prüfend an. »Ich glaube nicht«, sagt sie dann und klopft erneut heftig.

Die beiden gehen weiter.

»Bei der Prüfung bin ich durchgefallen«, lacht der Mann. »Wer ist das?«

»Eine Nachbarin aus dem zweiten Stock. Kenne ich nicht näher. Ein bisschen kompliziert, glaube ich.«

Die Haustüre fällt ins Schloss.

Julia hat geschlafen und braucht eine ganze Weile, bis sie registriert, dass jemand an ihre Tür klopft. Ihr Sohn ist nicht da. »Markus?«, fragt sie. Sie macht auf, noch ganz verschlafen, und Marie steht in der Küche, bevor Julia richtig begreift, was los ist.

»Frau Berger«, sagt sie dann, »das geht nicht.« Sie ist wild entschlossen, ihre Wohnung zu verteidigen. »Sie kommen, wann Sie wollen, und drängen mir ...«

Aber da unterbricht Marie sie schon und sagt, nein, keucht: »Julia, das ist ein Notfall«, und nun ist Julia doch ein bisschen alarmiert. Marie wirkt gehetzt und angespannt. Sie hat rote Flecken am Hals. Sie greift nach Julias Händen und sagt, als wäre die die Verrückte: »Jetzt hören Sie einfach zu. Sagen Sie nichts. Hören Sie mir zu. Es geht um Leben und Tod.« Auch sie hat vergessen, dass sie einander duzen.

Julia entwindet ihr die Hände. Marie setzt sich, springt aber wieder auf, weil Julia stehen bleibt.

»Der Mörder«, erklärt Marie, »ist im Haus.« Julia will etwas sagen, kommt aber nicht zu Wort. »Er ist mir gleich bekannt vorgekommen. Die Augen, ich habe es Ihnen gesagt. Aber seit gestern bin ich mir ganz sicher: Das ist der Mann, von dem ich Ihnen erzählt habe. Der die Frau ermordet hat. Mit dem Hammer. Mein Briefpartner. Ich hab ihn am Kreuz erkannt. Das hat er von seiner Mutter. Ungewöhnlich groß für einen Anhänger, ganz schlicht, flach. Das müssen Sie doch gesehen haben?«

»Frau Berger, ich ...« Aber Julia kommt nicht zu Wort.

»Überlegen wir einmal ganz logisch«, fährt Marie fort. »Wer einmal mordet, tut das wieder, wenn er in Gefahr ist. Was könnte die Lehrerin von ihm gewusst haben? Was meinen Sie?« Sie schaut Julia fragend an, die ihre Schultern zuckt und indessen krampfhaft überlegt, wie sie die Nachbarin aus der Wohnung kriegen könnte. »Sie könnte ihn von früher kennen.«

Julia schüttelt den Kopf und will etwas sagen.

»Er könnte ein neues Verbrechen begangen haben. Die Lehrerin hat auf der gleichen Etage gewohnt. Sie könnte etwas gesehen haben.«

Julia stöhnt leise. »Das hätte sie mir erzählt, Frau Berger. Und die Polizei ...«

»Die Polizei hat keine Ahnung, wer er ist. Hat man ihn einvernommen zum Mord im Haus? Eben«, sagt sie, als sie Julia den Kopf schütteln sieht.

»Der Täter ist in Haft«, schreit Julia plötzlich, und jetzt ist die Berger still.

»Was?«, fragt sie dann. Sie schluckt krampfhaft.

»Danielas früherer Freund. Sie hat sich getrennt und ...«

»Sind Sie sicher?«

»Ganz sicher. Sie müssen sich also keine Sorgen machen, Frau Berger, sehen Sie?«

Jetzt hat auch Julia plötzlich eine ganz sanfte Stimme. Gerade hat sie sie noch angeschrien. Marie glaubt ihr nicht.

»Fragen Sie doch den Herrn Pöhz, wenn Sie mir nicht glauben. Der hat den Täter identifiziert.« Julia schiebt die Nachbarin Richtung Tür und sperrt hinter ihr ab.

Das Schild abzumontieren nützt gar nichts, denkt sie. Sie ist zornig. Am meisten auf sich selbst.

»Ja«, blafft Herr Pöhz. »Was wollen Sie?« Und als Marie näher kommt: »Ich habe einen Hund. Keinen Schritt weiter.« Er kneift die Augen zusammen und mustert sie genau. »Wer sind Sie überhaupt?«

»Ich wohne im zweiten Stock. Marie Berger.«

Jetzt erinnert er sich. »Und?«, fragt er.

»Ich muss mit Ihnen reden. Sie haben doch die Lehrerin gekannt.«

»Und?«, fragt er wieder.

»Nicht hier am Gang«, bittet sie. »Kann ich reinkommen?«

Herr Pöhz tritt ein wenig zur Seite.

Sie bleibt an der Tür stehen. Auf der Sitzbank liegt der Hund und schnarcht. Gleich wird ihre Tierhaarallergie sich wieder bemerkbar machen.

»Nehmen Sie Platz«, sagt Pöhz, »worum geht es?« Und als er ihren Blick auf den Hund registriert: »Der tut nichts.«

Sie will sich trotzdem nicht setzen. »Es dauert nicht lange«, sagt sie. »Die Hausbesorgerin glaubt mir nicht«, fängt Marie an zu erklären.

»Und?«, fragt Herr Pöhz wieder, und jetzt fällt es ihm selber auf. »Worum geht es überhaupt?« Die Frau ist furchtbar aufgeregt. »Jetzt reden Sie schon. Was glaubt sie Ihnen nicht? Was hat das mit der Lehrerin zu tun? Und was wollen Sie von mir?« Mein Gott, sind die Weiber umständlich.

Sie schweigt.

»No?«, stößt er nach.

»Die Lehrerin wurde ermordet. Wahrscheinlich, weil sie etwas gesehen hat. Weil sie etwas weiß. Und ich weiß, wer der Mörder ist.« Sie schaut den alten Herrn triumphierend an.

»Und?«, fragt Herr Pöhz, plötzlich müde. Er bereut, das Weibsbild in die Wohnung gelassen zu haben.

»Er wohnt im Haus. Der Mann aus dem ersten Stock, der Läufer.«

»Sie sind ja verrückt«, entfährt es dem Herrn Pöhz. »Was reden Sie denn für einen Schwachsinn? Oder wollen Sie mich für dumm verkaufen?«

»Er war im Gefängnis. Fünfzehn Jahre, nach einem Mord. Eine Frau. Erschlagen. Er hat mir alles erzählt.«

Herr Pöhz schüttelt den Kopf. Er wird langsam zornig. »Das reimen Sie sich zusammen. Sie sind ja nicht normal.«

Da plötzlich wird sie wütend, fährt sie die Krallen aus wie eine Katze. Sie geht auf ihn los, ihr Gesicht ist ganz nah vor seinem. Sie macht ganz schmale Augen. »Arschloch«, sagt sie. Ganz leise. »Sag nicht, ich hätte euch nicht gewarnt.«

Herr Pöhz wagt nicht, sich zu rühren. Einmal war er mit so einer zusammen, kurz nur, weil er gleich gespürt hat, dass da etwas nicht stimmt. Und dann ist sie mit einem Messer vor ihm gestanden, als er Schluss gemacht hat, und hat ganz schmale Augen gehabt und ganz leise zu ihm gesagt: »Geh nur. Du wirst schon sehen.« Ganz leise. Er fröstelt. Genau den Blick hat die da auch. Er überlegt, ob er um Hilfe rufen soll. Er weiß, es wird keiner kommen.

»Lieber Gott«, wird er wie damals wieder gläubig, als er versprochen hat, seine Frau nie wieder zu betrügen, wenn er nur lebend davonkommt. Er weiß nicht, was er versprechen soll. »Lieber Gott«, fleht er still. Die Wanduhr tickt. Er hört den Wastl schnarchen. »Wastl«, schreit er. Der Hund fährt auf. Sie zuckt zurück. Dann schaut sie den Pöhz von oben bis unten an, voller Verachtung, wie ihm scheint. Der Hund bellt.

»Verschwinden Sie aus meiner Wohnung«, keucht Herr Pöhz dann, ein wenig heiser, und tatsächlich dreht sie sich um und stürmt hinaus. Herr Pöhz merkt, dass er zittert. »Wasti«, sagt er und beugt sich zum Hund hinab. »Braver

Hund. Wir beide werden schon fertig mit solchen Weibern, was?« Dann schließt er die Tür und sperrt sorgfältig ab. Seine Hände beben.

Ich bin noch einmal hingegangen. Vor ihre Wohnung. Jeden Abend im Bett, vorm Einschlafen, hab ich mir vorgestellt, wie ich anläute. Wie sie mir aufmacht. Hallo, Markus, sagt. Wie sie mich anschaut. Und ich sie. Mir fällt kein vernünftiger Grund ein. Es soll ganz lässig wirken. Jemand, der anläutet, weil er grade in der Gegend war oder weil er was fragen oder ausrichten muss. Aber was? Ich möchte wissen, ob sie was merkt. An mir. Und ich will sehen, ob mir das noch etwas ausmacht, jetzt, nach allem, wenn sie vor mir steht. Ich stelle mir Sanna vor und was wir gemacht haben, und meistens funktioniert das. Meistens, nicht immer.

Als ich mich schließlich aufraffe, ohne klaren Plan, rennt mich die Berger fast über den Haufen. Sie wirkt panisch.

»Komm mit, Markus, bitte«, sagt sie.

Ich habe keine besondere Lust, gehe dann aber doch mit. »Was ist?«, frage ich, als wir in der Wohnung sind und sie ein bisschen ruhiger wird.

Sie schüttelt den Kopf.

»Die Blumen«, sage ich, »die brauchen dringend Wasser. Soll ich?« Und als sie nichts sagt, hole ich die große Gießkanne, fülle sie und wandere damit durch die Wohnung, von Grünpflanze zu Grünpflanze. Alles völlig ausgetrocknet. »Höchste Zeit«, sage ich, aber sie steht im Türrahmen und schaut mir nur zu und sagt nichts. Sie ist blass und wirkt erschöpft.

»Frau Berger«, frage ich, »was ist los?« Ich zupfe die gelben Blätter vom Ficus Benjamini im Wohnzimmer und werfe sie in den Mistkübel.

»Biotonne«, sagt sie da.

»Bitte?«

»Die Blätter gehören in die Biotonne.«

»Hm, ja«, sag ich.

Ich gehe ins Schlafzimmer und schaffe es nicht, nicht durch die Zimmerlinde nach unten zu schauen. Sie liegt auf dem Bett, in einem hellen Nachthemd, und schläft. Sie liegt auf der Seite und hat sich zusammengerollt. Ich halte die Luft an. Ich schaue. Sie ist schön. Ich registriere: Es tut immer noch weh. Aleks hat unrecht. Man gewöhnt sich nicht. Die Berger steht plötzlich neben mir.

»Der Läufer«, sagt sie, »das ist der Mann, dem ich geschrieben hab all die Jahre. Der Mörder.«

Ich schaue sie an. »Echt?«, frage ich.

»Ja«, sagt sie. »Willst du die Fotos sehen?«

»Sicher«, sag ich und stelle die Kanne ab. Und nehme meinen Blick von Mona.

»Warte«, sagt die Berger. Kurz darauf ist sie mit ein paar Fotos wieder da.

»Ja«, sage ich. »Könnte sein. Obwohl, der da«, ich deute auf das Foto, »ist nicht viel älter als ich.«

»Ist lange her«, sagt sie. »Die Augen«, sagt sie. »Schau dir die Augen an.«

»Ja, gut möglich«, sage ich. »Schaut aus, wie sein Sohn aussehen würde. Wenn er einen hätte.«

»Die Kette«, sagt sie dann, und jetzt sehe ich, dass sie recht hat. Der Anhänger ist mir aufgefallen, dieses seltsame Kreuz, das habe ich noch nie anderswo gesehen.

»Weiß er, dass Sie das wissen?«, frage ich.

Sie schüttelt den Kopf. »Ich hab Angst«, sagt sie. »Wer einmal tötet …«, sagt sie und verschluckt den Rest des Satzes.

Ich werfe einen Blick aus dem Fenster. Mona dreht sich um. Sie umarmt das Kissen.

»Glaub ich nicht«, sage ich, aber das lässt sie nicht gelten.

»Und die Lehrerin?«, fragt sie.

Ich schaue sie an. Sie wirkt aufgeregt. Ihr Blick hat etwas Flehendes, ich weiß nicht. »Was – die Lehrerin?«, frage ich.

»Die muss was von ihm gewusst haben. Die hat er eiskalt beiseitegeräumt. Da bin ich mir sicher.«

Ich muss lachen und sie schaut mich böse an. Sie kann echt schauen wie die Bösen in diesen Mangas. Ich fürchte mich aber nicht.

»Nein«, sage ich, »das war der Freund der Lehrerin. Der sitzt. Den hat der Herr Pöhz überführt.«

»Nein«, sagt sie und starrt mich an.

»Doch«, beharre ich. »Der sitzt. Schon seit einigen Wochen. Kriegt wahrscheinlich in Kürze die Verhandlung. Und dann lebenslang.« Ich sehe, dass sie mir nicht richtig glaubt. »Lesen Sie keine Zeitungen?«, frage ich. Sie schüttelt den Kopf. »Stand überall. Ich denke«, ich drehe mich wieder um, und auf einmal ist das Bett in der Wohnung unter mir, ist Monas Bett leer, »Sie brauchen sich keine Sorgen zu machen, Frau Berger. Überhaupt«, sage ich, »ist er gar nicht da. Erst ab Mittwoch wieder, hat er gesagt.«

»Ja?«, fragt sie.

»Ja«, sag ich. »Frau Berger, Sie können sich darauf verlassen.«

Als ich gehe, steht sie da mit den Fotos, ein bisschen verloren, und schaut mir nach. »Die Blumen«, sag ich, »vergessen Sie nicht, die Blumen zu gießen.«

»Ja«, sagt sie. »Die Blumen.«

Sedlak stellt sich tot. Er ignoriert das Klopfen. Einmal. Zweimal. Dreimal. Wenn er sich nur lange genug taub stellt, still bleibt, ganz still, sich nicht bewegt, wird sie wieder weggehen. Sie ist heute schon zum vierten Mal vor seiner Tür.

Was, wenn sie wiederkommt? Und wieder. Und wieder. Er

fühlt sich bedrängt, belagert. Ruhig bleiben, denkt Sedlak und fährt plötzlich zusammen, als sie mit beiden Fäusten auf seine Tür eindrischt. Er sieht sie vor sich, ein bisschen rundlich, recht groß, mit einem milchweißen Gesicht und wachsendem Zorn in den Augen. Wie eine Furie ist sie letztens an ihm vorbeigerannt! Und wie sie ihn angeschaut hat! Sie ist eine von den Herrischen, Ungeduldigen, weiß er. Wie sich eine so an einen herandrängen kann. Er würde sie gerne zur Rede stellen. Wie der alte Pöhz heute Morgen, das hat er deutlich gehört, sie anherrschen und abweisen.

Sedlak weiß, dass sein Zorn nicht ausreicht. Er reicht nie aus, um die Scham zu überwinden, die ihn befällt, wenn eine Frau ihn mustert. Er wird zusehends kleiner unter ihren Blicken. Er wird leise.

Sedlak, der sich schwertut, noch immer schwertut, ein Gasthaus zu betreten, ein Geschäft, wo alles sich nach ihm umdreht, wenn er zögernd in der Tür stehen bleibt, Sedlak wechselt augenblicklich – und das ist ihm sehr bewusst – die Farbe, wenn er in den Mittelpunkt der Aufmerksamkeit rückt. Zumal, wenn eine Frau ihn anspricht. Gut, im Amt nicht, dort nicht mehr, wo man ihn sein lässt, in Ruhe lässt. Unser Herr Sedlak, sagen die Bürodamen, alle schon älter, und keine einzige von ihnen gefällt ihm.

Jetzt also doch: Sie hat aufgehört! Sedlak hat tatsächlich Herzklopfen. Es nützt nichts, wenn er sich sagt, immer wieder sagt, dass er sich irgendwann daran wird gewöhnen müssen, dass es normal ist, wenn Nachbarn, wenn Nachbarinnen anklopfen und etwas fragen. Man kann aufmachen. Sich anhören, was sie wollen. Antworten. Oder sie abweisen. Man kann. Sedlak kann nicht. Sedlak gerät außer sich, jedes Mal, immer wieder. Er weiß, es ist lächerlich. In seinem Alter. Sedlak sieht alle Blicke auf sich gerichtet, sieht Münder in die Breite gehen. Er sieht sich von Fingern aufgespießt.

Wie früher. Wie so oft. Er sinkt auf die Küchenbank nieder und birgt sein Gesicht in den Händen.

Am Abend schließlich stellt sie ihn. Sedlak steht mit der Einkaufstasche vor seiner Tür und sucht den Wohnungsschlüssel.

»Herr Sedlak?« Jetzt hat sie rosige Wangen.

Sedlak nickt.

»Ich war schon mehrmals bei Ihnen.« Streng klingt das, vorwurfsvoll. Sie steht viel zu nahe.

»Ja«, sagt Sedlak, schaut an ihrem rechten Ohr vorbei in den Gang hinein und weicht zurück. Er sucht seinen Schlüssel, tastet erst kurz in der linken, dann in der rechten Hosentasche.

»Sie müssen mir helfen«, fordert sie.

Jetzt hat er den Schlüsselbund. Er sucht umständlich den richtigen Schlüssel heraus, steckt ihn ins Schloss und dreht ihn herum.

»Sagen Sie, hören Sie mir eigentlich zu?«, herrscht sie ihn an, plötzlich zornig über so viel Ignoranz, fasst ihn am Arm und zwingt ihn so, sie anzusehen. »Kann ich reinkommen?«, fragt sie dann. Immer noch hält sie ihn am Ärmel fest. Eisern.

Da beginnt er zu zerren. Da reißt er sich los. »Nein«, sagt er, »nein!« Schreit es beinahe. »Nein!« Und schlägt ihr die Tür vor der Nase zu. Er rammt den Riegel vor. Dann sperrt er zweimal ab.

Wut schießt in ihr hoch, heiße, rote Wut. »Arschloch«, brüllt sie, »verdammtes blödes Arschloch.« Sie tritt gegen die Tür, einmal, zweimal, dreimal, prellt sich die rechte große Zehe und wimmert »verdammtes Arschloch!«.

Im Haus ist es still. Kein Laut. Ihre Zehe pocht. Ihre Wut kippt ins Weinenwollen. »Verdammte feige Arschlöcher«, schreit sie jetzt seltsam schrill, diesmal gegen das ganze Haus. In den stillen Gang hinein.

Keine Reaktion. Marie ist ganz allein.

Marie steht wieder am Fenster und schaut über den Platz. Ihr ist kalt, die ganze Zeit schon fröstelt sie, obwohl sie die Heizung bereits zweimal höhergedreht hat. Draußen jagen Wolken vorbei. Sie ist müde und zugleich seltsam aufgedreht. Hellwach. Sie lauscht auf die Geräusche im Haus. Es wird dunkel. Der Mond ist beinahe voll. Montagabend. Übermorgen, denkt sie. Sie sieht die Lichter angehen. Am Mittwoch, hat Markus gesagt, wird er wieder da sein. Dann ist sie in Gefahr. Sie spricht sich selber Mut zu. Sie darf nicht aufgeben. Sie muss weitermachen. Sie muss andere überzeugen. Marie weiß selber nicht, woher sie die Kraft nimmt. Sie zieht einen dicken Pullover über und verlässt die Wohnung.

»Nein«, sagt Julia und bleibt im Türrahmen stehen. »Nein, Frau Berger. Ein für alle Mal nein!« Und wischt deren »Ja aber ...« mit einer raschen Bewegung weg. »Meine Freundin ist tot. Ihr Freund ist in Haft. Es gibt keinen Mörder im Haus. Sie spinnen sich da in eine Geschichte ein, die weder Hand noch Fuß hat. Sie machen sich verrückt damit, buchstäblich verrückt.«

»Aber ...«

Doch Julia ist nicht zu bremsen. So hat Marie sie noch nie gesehen. Sie wirkt plötzlich kühl und sehr fern. In ihren hellen Augen keine Spur von Verstehenwollen. »Ich kann Ihnen nicht helfen. Sie brauchen einen Arzt. Und das«, sie schaut Marie um eine Spur milder an, »wissen Sie selber. Rufen Sie Ihre Freundin an, die soll Sie hinbringen. Ich kann nichts für Sie tun.«

»Ich«, beginnt Marie noch einmal, beinahe verschreckt, aber die Ältere schneidet ihr das Wort ab.

»Frau Berger, mehr will ich dazu nicht mehr sagen.« Dann wendet sich Julia um und schließt die Tür.

»Und?«, fragt Tom. »Denkst du, dass sie verstanden hat? Ich meine, dass sie dich in Ruhe lässt?«

Sie sitzen beim Italiener. Das Lokal ist halb leer. Es ist noch früh am Abend.

Julia zuckt die Schultern. »Ich weiß nicht.«

»Du klingst unzufrieden«, sagt Tom, beugt sich vor und legt ihr die Hand auf den Arm. Seine Antipasti werden gebracht, Tomatensuppe für sie.

Julia fischt die Basilikumblättchen aus dem Rot und legt sie auf den Unterteller. Sie schüttelt den Kopf. Sie nagt an ihrer Unterlippe.

»Schlechtes Gewissen, weil du sie abgestellt hast?«

»Ich denke mir«, sagt Julia und nimmt einen Löffel Suppe, »dass es schlimm sein muss, wenn man sich wildfremden Leuten anvertrauen muss und alle mitkriegen, wie schlecht es einem geht, weil man ganz allein ist. Sie hat scheint's alle Nachbarn im Parterre abgeklappert. Der alte Pöhz hat sie rausgeschmissen, der Briefträger freundlich abgewimmelt und der Sedlak, du weißt schon, der Amtsbote, hat sich, als sie plötzlich mit ihm zu schreien begonnen hat, in seiner Wohnung verbarrikadiert.«

»Der ist ein bisschen sonderlich, nicht?«

»Scheu und einsam ist der«, sagt Julia. »Lebt völlig zurückgezogen. Wenn man ihn anredet, wird er manchmal rot. Aber er ist freundlich, hat mir immer wieder geholfen, damals.«

Tom nickt. »Und die anderen?«

»Die Hausbesitzerin ist am Semmering. Im Haus. Die

kommt erst kurz nach den Feiertagen für eine Woche. Die alte Frau Novak ist im Pflegeheim. Und die Studentin, Mona heißt die, hab ich schon ein paar Tage nicht mehr gesehen. Die kenne ich nur vom Sehen.«

»Und der mutmaßliche Mörder?«

»Hey, komm ...« Julia stößt Tom an. »Denkst du, die redet den direkt an?« Sie überlegt und schüttelt den Kopf. »Die Frau ist in Panik, er könnte sie killen. Sie wird ihm aus dem Weg gehen, so gut sie kann, denke ich. Markus sagt, er ist momentan gar nicht da. Keine Gefahr also.«

»Was ist das eigentlich für ein Typ?«, fragt Tom und sieht erstaunt, dass Julia ein bisschen unruhig wird. »Hey, wirst du jetzt rot?«

»Ich hasse dich.«

Er grinst. »Gutaussehend also!«

»Geht so«, sagt sie. »Groß, dunkel, sehr schlank, viel zu dünn ...« Toms Grinsen wird breiter. »Höflich, distanziert, fast autistisch«, fügt sie scheinbar unbeeindruckt hinzu. Sie konzentriert sich auf ihre Suppe.

»Immer ganz in Schwarz, riecht gut«, fügt Tom hinzu.

»Du kennst ihn?« Sie schaut auf.

»Ertappt«, lacht Tom, und jetzt ist Julia wirklich sauer.

»Lass mich«, ruft sie, als er nach ihrer Hand greift. »Mich beschäftigt die ganze Sache sehr und du hast nichts anderes zu tun, als mich permanent auf die Schaufel zu nehmen. Ja, er schaut gut aus. Und nein, er ist nicht mein Typ. Und ja, er wollte was von mir. Und nein, ich nicht. Und ja, er hat es akzeptiert.« Nach einer Weile: »Was geht dich das überhaupt an?«

»Eifersüchtig«, sagt Tom. »Ich bin schlicht eifersüchtig.« Er schaut sehr ernst. Seine Mundwinkel zucken.

Dann lachen sie beide los. »Du bist so dumm, so dumm«, sagt Julia.

»Und trotzdem krieg ich dich immer wieder«, lacht er.

»Weil ich dich mag.« Sie macht ganz schmale Augen.

»Und jetzt?«, fragt er.

»Jetzt Fisch«, sagt sie. »Also für mich.«

»Ablenken funktioniert nicht.«

»Markus sagt: Mam, du bist nicht die Caritas. Und trotzdem hab ich mich schlecht gefühlt, als ich sie vor der Tür hab stehen lassen.«

»Du bist kein Arzt«, sagt er. »Und – du kannst nicht die ganze Welt retten.«

Sie nickt. »Ich weiß.«

»Konzentrier dich auf die paar Dinge, die dir wichtig sind, Julia. Rette ...« Und er setzt seinen Hundeblick auf.

»Oh nein«, lacht sie, »nicht schon wieder, Tom.«

»Mach ich nur für dein Ego, Liebste. Obwohl meines darunter leidet. Wie ein Hund. Jede Woche eine Abfuhr. Nachts mich einsam in den Schlaf weinen. Und die Rosenhecke wächst und wächst. Und fremde schwarze Prinzen ...«

»Komm her«, unterbricht sie ihn da, zieht sein Gesicht näher zu sich und küsst ihn auf den Mund. »Und jetzt halt bitte die Klappe.«

Ihr Fisch wird aufgetragen.

»Mam«, sag ich, jetzt schon zum dritten Mal, aber sie scheint mit den Gedanken ganz woanders zu sein. Sie schaut vergnügt aus. »Hast du das gesehen?« Ich halte ihr die Gratiszeitung hin. Liegt in den U-Bahn-Stationen auf. Ist kostenlos und billig und bläst den Leuten schon am Morgen das Hirn voll mit Schreckensmeldungen und Skandalen. Manchmal blättere ich die durch: Trash. Aber die Leute fressen das brav. Alles. Bissen für Bissen.

»Maskenmann kennt keine Grenzen«, liest sie laut. »Wiener Bankräuber jetzt in Bratislava?« Sie schaut mich fragend an.

»Nein, das da.«

Es ist eine kurze Notiz: »Ist die Bestie nach wie vor unter uns? Der Verdächtige im Mordfall der Lehrerin Daniela B., der ehemalige Freund der Toten, wurde heute mit Zustimmung der Staatsanwaltschaft enthaftet. Es bestehe kein Tatverdacht mehr gegen ihn. Die Polizei steht, wie ein Sprecher heute bekanntgab, mit ihren Ermittlungen wieder am Anfang. Die Polizei verfolgt derzeit keine konkrete Spur, geht aber davon aus, dass der Täter im nahen Umfeld der Toten zu suchen ist. Zweckdienliche Hinweise …«

»Im nahen Umfeld der Toten«, murmelt Mam.

Ich weiß, woran sie denkt. Aber das ist Schwachsinn. »Nein«, sage ich also. »Lass dich von der Berger nicht verrückt machen. Genauso gut könnte man den Sedlak verdächtigen. Oder den Pöhz. Oder«, ich mache eine dramatische Pause, »mich!«

Mam schaut mich tatsächlich erschrocken an. »Markus, sag so was nicht«, murmelt sie.

Ich muss lachen. Ich nehme sie an den Schultern. »Mam«, sag ich. Und dann fällt mir ein: Jetzt geht das Ganze bestimmt wieder von vorne los. Ladungen, Einvernahmen, das ganze Zeug. Und ich verstehe, was sie meint. Es soll einfach aufhören. Vorbei sein. Endlich.

Die kleinformatige Tageszeitung weiß mehr. Herr Pöhz liest wieder und wieder Absatz für Absatz, die ganze Seite. Die ganze Geschichte wird wieder aufgerollt. Neu ist der Hinweis, dass die Tote einige Zeit davor Zeugin eines Banküberfalls war. Und die Sache mit dem Phantombild. Erstmals liest er Details über die Auffindung der Leiche (der Leiche!), die ihm neu sind. Frau Maria hat nie darüber geredet und weigert sich auch jetzt entschieden, ein Wort darüber zu verlieren.

»Vorbei ist vorbei«, sagt sie. »Und wem hilft das noch?«

In einer Art Schrein oder Truhe, liest Herr Pöhz, mit einer Spitzendecke verhüllt. Daneben Fotos: Daniela. Ihr offenes lachendes Gesicht. Das Haus. Wieder das Haus! Ein Spitzenvorhang (man sieht deutlich die Schlaufen), fleckig. Herr Pöhz setzt die Brille ab. Die Augen tun ihm weh.

»Wastl«, sagt er, »komm.« Und zieht sich warm an. Und zieht den alten widerstrebenden Hund hinter sich her. Es ist kalt. In den Bäumen sitzen große schwarze Vögel. Kein Schnee jetzt, kein Stäubchen, obwohl der November schon zu Ende geht. Zu kalt, denkt Herr Pöhz, für Schnee. Viel zu kalt. Ihm ist nicht gut. In der Wirtschaft setzt er sich ins Extrazimmer. Er lässt die halbe Suppe zurückgehen, stochert lustlos im faschierten Braten.

»Nichts ist«, antwortet er auf die besorgten Blicke der Wirtin. »Man ist halt nicht mehr der Jüngste.« Er ordert ein Glas Wein. »Fürs Herz.« Er schweigt lange. Dann redet er mit dem Wastl, der heute auch stiller ist als sonst. »Ein Viecherl«, sagt Herr Pöhz wie zu sich selber, »spürt ja, wie's einem geht.«

Am späten Nachmittag gehen sie zurück, der alte Mann und der alte Hund. Herr Pöhz nickt hin und wieder, als müsste er sich einen Gedanken selber bestätigen. Er stützt sich auf seinen Schirm. Beim Wagner ist Licht. Beim Sedlak ist alles dunkel. Herr Pöhz trägt noch am Abend die Zeitung zum Altpapier. Er schläft trotzdem lange nicht ein. Er schläft schlecht. Am nächsten Morgen bleibt er bis gegen Mittag im Bett. Der Hund erleichtert sich neben der Küchentüre. Draußen beginnt es zu schneien.

Bernhard ist einen Tag früher zurückgekommen. Er kann nicht länger warten. Zu bleiben wäre ein Fehler. Es ist alles bereit.

Er baut die Festplatte aus. Er schneidet die Bilder aus

dem Rahmen, vorsichtig, behutsam, rollt sie zusammen und packt sie in die Schutzhülle. Er geht die Liste nochmals durch, hakt einen Punkt nach dem anderen ab, zerreißt sie schließlich und spült die Schnipsel im Klo hinunter. Er muss mehrmals ziehen.

Er schaut sich um. Die Wohnung wirkt beliebig. Einbaumöbel, dunkles Holz. Klare Linien, pflegeleicht, zweckmäßig. Ein Hotelzimmer. Um seine Anlage tut es ihm leid. Alle persönlichen Dinge hat er vorgestern entsorgt. In einem großen schwarzen Müllsack. Gestern war die Müllabfuhr da. Er hat nachgesehen: beide Tonnen leer.

Er hat die Wäsche gewaschen. Das Bett neu bezogen. Es wird aussehen, als wäre er nur kurz verreist. Die Fotos: Kolin und er nebeneinander in der Kraftkammer, ernst. Seine Schulter berührt die des Freundes. Er ist der größere von beiden. Er hat immer zu Kolin aufgesehen. Er – wenige Stunden nachdem er sein Leben weggeworfen hatte. Wegen einer Frau. Ein Automatenfoto. Auf dem dritten sieht man eine junge Frau in schmal geschnittenen Hosen, mit hochgesteckten Haaren und einem sehr roten Mund. Sie sitzt auf einem Motorroller und lacht. Da war er noch nicht auf der Welt. Er steckt die Bilder hastig weg. Sieht sich noch einmal um. Zieht die Tür hinter sich zu. Er verlässt die Wohnung ohne abzusperren. Im Stiegenhaus ist niemand. Er reist mit leichtem Gepäck.

Eine Stunde später ist er am Flughafen. Er ist unruhig. Er ist noch nie so weit geflogen. Er weiß nicht, was ihn erwartet. Keine Sorge, hat Kolin gesagt. Ich werde da sein. Ich werde auf dich warten.

Nach so vielen Jahren wieder miteinander reden. Der Klang seiner Stimme sofort vertraut. »Ich muss dich warnen«, sagt Kolin. »Ich bin ein anderer. Jetzt. Ich habe Kinder. Und eine Frau. Denken ist nichts. Planen. Reisen. – Ankommen, angekommen sein ist alles. Bernd, glaub mir. Angekommen sein. Du darfst keine Ansprüche haben. Hier ist alles schmutzig. Laut. Lebendig. Man kann nichts planen.«

Pause.

Und dann: »Ich würde mich freuen. Sehr.«

Er hat geschluckt. Er sieht viel zu viele Menschen auf engstem Raum vor sich. Chaos. Dreck. Anarchie.

»Bernd? Ich würde mich freuen.«

Er hat genickt. Am Telefon.

»Du bist willkommen.«

»Ja«, hat er gesagt. Lautlos. Sich geräuspert. Und dann noch einmal: »Ja, Kolin. Ich komme.«

Es war einfach zu gut, denkt Mona und bemüht sich, nicht zu weinen, sondern zornig zu bleiben, wütend, während sie auf die U-Bahn wartet. Am Morgen ist ihre Welt noch in Ordnung gewesen. Ein ganz heller, schimmernder Wintertag. Ein bisschen Schnee, überzuckerte Dächer. Schwarzen starken süßen Kaffee brauen und am Fenster trinken, die Schale umfassen und hinausschauen auf den stillen Hinterhof. Die Arbeit zu zwei Dritteln fertig. Im Februar, hofft sie, wird sie sie vorlegen können. Sie freut sich auf den Tag, auf ihn. Zum ersten Mal daran glauben, dass das Glück haltbar ist, weil sie sich so wohl und sicher fühlt an seiner Seite, sogar wenn sie streiten.

Als das Telefon läutet, denkt sie kurz daran, nicht abzuheben. Aber es läutet und läutet. Sie merkt sofort, er ruft aus der Arbeit an. Er klingt knapp, gestresst, angespannt.

»Hör zu«, sagt er, »wir haben darüber geredet. Ich erklär dir das alles später. Ich komme in einer halben bis Dreiviertelstunde mit unserem Spezialisten vorbei. Er schaut sich die Tür an und baut dir das notwendige Sicherheitsschloss und die Balken ein.«

Mona holt Luft, alarmiert. »Aber ich hab dir doch…«, beginnt sie.

Er unterbricht sie. »Diskutier jetzt nicht mit mir. Wir reden später drüber. Ich will, dass das möglichst schnell über die Bühne geht. Wir sehen uns.« Und legt auf. Legt auf!

Mona atmet durch. Und dann noch einmal. Sie wählt seine Nummer. Der Kollege bedauert: Gerade gegangen. Ob man ihm eine Nachricht …? »Danke«, sagt Mona. »Nein.«

Sie versucht es am Handy. Erreicht die Box.

Sie zittert vor Wut. Sie haben darüber geredet! Sie hat ganz klar Nein gesagt! Mehrmals. Sie will nicht in einer Festung wohnen! Sie will keine drei Sicherheitsschlösser sperren und Balken und Riegel vorlegen. So verbarrikadiert, das weiß sie, wird sie sich unsicher fühlen, ständig daran erinnert, dass die Welt draußen feindlich und böse ist. Ihr wehtun kann – und will.

Seine verdammte Polizistenparanoia, flucht sie.

Und dann – wie kann er es wagen, einfach so, im Wissen um ihre Entscheidung, einen Experten zu buchen und ihn hierher zu schleppen! Sie vor vollendete Tatsachen zu stellen. Sie will sich nicht einsperren lassen! Verdammt! Sie wählt erneut. Mailbox. Sie hinterlässt Nachricht um Nachricht, bis es schließlich an der Tür läutet.

Sie reißt die Tür auf.

Ihre Nachbarin, die von oben, die blasse, große, schaut sie erschrocken an: »Kann ich Ihnen helfen? Sie wirken so …?« Sie weiß nicht weiter.

»Entschuldigen Sie«, erklärt Mona, »ich habe jemand anderen erwartet.«

»Darf ich trotzdem kurz reinkommen. Marie Berger. Ich wohne im zweiten Stock, schräg gegenüber.« Sie blickt sich ängstlich um und zieht den grob gestrickten Schal höher, als würde sie frieren.

Mona nickt. »Wenn es nicht zu lange dauert.« Sie winkt die Frau ins Wohnzimmer weiter.

»Ich sage am besten gleich, worum es geht«, eröffnet Marie. Sie bleibt mitten im Zimmer stehen. Sie muss es anders anfangen diesmal, die Frau muss ihr glauben. Sie muss! »Im Sommer ist im Haus eine Frau ermordet worden. Das wissen Sie? Ich habe ...«, Marie schluckt, »also ich kenne mit großer Sicherheit den Mörder.«

Mona schaut auf. Sie ist mit den Gedanken woanders.

»Ihr Nachbar«, fragt Marie, »kennen Sie den näher?«

Mona schüttelt den Kopf. »Wir grüßen uns. Er war ein-, zweimal da, um sich meine Bohrmaschine, einen Marker auszuborgen. Hab ich beides umgehend wiederbekommen. Warum?«

»Er weiß nicht, dass ich es weiß«, beginnt Marie etwas umständlich.

Mona merkt, dass sie langsam ungeduldig wird. Sie ist unkonzentriert. Es muss jeden Moment läuten. »Was?«, fragt sie und hört nur mit halbem Ohr hin.

»Er hat eine Frau ermordet, vor knapp achtzehn Jahren. Er war lange im Gefängnis. Wir hatten Briefkontakt, jahrelang. Ich habe Fotos von ihm. Ich habe ihn also identifiziert.«

Da – die Türklingel.

Mona holt tief Luft und wappnet sich. Sie wird den Kollegen bitten, ein andermal zu kommen, die Nachbarin auf morgen vertrösten. Und Christoph dann ein für alle Mal klarmachen, was sie von derartigen Überrumpelungsversuchen hält. Augenblicklich kommt der Zorn wieder hoch. Sie beherrscht sich mühsam.

Christoph ist in Uniform. Er beugt sich zu ihr, um sie zu küssen. Sie wendet den Kopf, sein Mund streift ihre Wange. Er schaut sie besorgt an, schließlich alarmiert. Mona ist bleich und beherrscht, fast versteinert. Der Kollege, ein schlanker Mann mit offenem freundlichem Gesicht und Stirnglatze, streckt ihr die Hand hin, stellt seinen Koffer ab, wendet sich diskret um und inspiziert die Tür.

»Martin Haid«, stellt Christoph vor, »meine Freundin Mona.«

»Komme ich ungelegen?«, fragt Herr Haid. Und bevor Mona antworten kann, stürmt Marie aus dem Wohnzimmer auf Christoph zu.

»Ah, sehr gut, ein Polizist.« Sie nennt ihren Namen. »Sie ermitteln in der Mordsache der Lehrerin«, stellt sie dann fest. Und ist schon mitten im Erzählen: »Ich kenne den Mörder. Er wohnt nebenan, ist vor etwa einem Jahr eingezogen. Er hat fünfzehn Jahre Haft verbüßt, eine Jugendstrafe nach einem brutalen Mord an einer Frau. Ich war jahrelang seine Briefpartnerin, ich weiß viel von ihm. Ich habe sämtliche Briefe, ein paar Fotos in meiner Wohnung …«

Christoph versucht zu unterbrechen: »Frau Berger, ich bin nicht mit der Sache befasst, aber ich kann …«

»Ich hol mal die Sachen aus dem Auto, Christoph«, sagt Herr Haid. »Und fang dann an.«

»Ja«, sagt Christoph.

»Nein«, sagt Mona.

Christoph nickt nachdrücklich und Herr Haid geht. Die Tasche bleibt im Vorraum stehen.

»Wenn Sie sie sehen wollen, die Briefe«, sagt Marie und wendet sich wieder an den Polizisten. Christoph wehrt ab.

»Frau Berger, bitte«, unterbricht Mona, »wir müssen da etwas klären, mein Freund und ich. Kommen Sie einfach morgen und wir …«

Da dreht Marie auf. »Neben Ihnen wohnt ein Typ, der eine Frau, wahrscheinlich zwei, ermordet hat. Seit Tagen renne ich im ganzen Haus herum und versuche den Leuten klarzumachen, dass sie in Gefahr sind. Die Lehrerin hat etwas gesehen oder gewusst über ihn. Jetzt ist sie tot. Ich weiß eine Menge über ihn. Ich werde die Nächste sein, wenn er mich erkennt. Ich weiß, dass das verrückt klingt, aber ich kann Ihnen die Briefe vorlegen, die Beweise dafür, dass er ein Mörder ist. Ich kann …« Sie keucht vor Aufregung.

Christoph greift zum Handy. »Geben Sie mir seinen Namen, das ungefähre Alter«, sagt er. »Moment noch«, wehrt er ab, als Marie sofort loslegt. »Seiler. Ja. Schaust du mir nach – Färber, Umlaut A, Bernhard, Klammer Bernd, geboren 26.10.1967, in …«

»Wien, glaub ich.«

»Wien.«

»83/1. 127. 136, 75 StGB. Körperverletzung, Diebstahl, unbefugter Gebrauch von Fahrzeugen, Mord. Verstehe. Seit wann? Vor zwei Jahren. Gut. Danke. – Gib mir den Lederer. Nicht da? Den Wolf? Mittagspause, hm. Irgendeiner von der Gruppe? Nein. Gut, ich komm dann selber rein. Passt. Servus.«

Beide Frauen schauen ihn an: erwartungsvoll Marie, wütend Mona. Das Kinn vorgereckt, starrt sie vor sich hin.

»Frau Berger«, sagt Christoph, »die Kollegen kümmern sich darum. Jemand von uns wird in Kürze bei Ihnen sein. Halten Sie die Unterlagen bereit. Lassen Sie niemanden sonst rein. Die Kollegen werden sich ausweisen.«

»Können Sie mich bitte bis zu meiner Wohnung …«, fragt Marie. Da tickt Mona aus.

»Er ist nicht da«, zischt sie. »Seit zwei Tagen schon. Verziehen Sie sich endlich, verdammt.« Sie heult fast vor Wut. Marie schaut sie erschrocken an und geht, ohne sich noch einmal umzudrehen.

Jetzt sind sie allein. Christoph macht ein ernstes Gesicht. Mona steht abgewandt und gibt vor, nicht hinzuhören. Ihr schmaler Nacken unter den hochgesteckten Haaren rührt ihn. Er weiß, dass er einen Fehler gemacht hat, aber er kann nicht mehr zurück.

»Mona, ich will nicht, dass du da bist, bis die Kollegen den Typen einvernommen haben. Die Angaben stimmen. Lebenslang wegen Mordes.«

Kein Laut.

»Mona.« Er geht zu ihr hin, nimmt sie an den Schultern und dreht sie zu sich. Da holt sie aus. Im letzten Moment fängt er ihre Hand ab. Sie starren einander erschrocken an.

»Mach das nie wieder. Ich bin nicht dein Kind. Ich bin nicht dein Mündel. Ich erwarte mir …«

»Mona«, sagt er und lässt sie los, »es tut mir leid. Ich war verrückt vor Sorge. Heute hat man den Exfreund der Lehrerin enthaftet. Die Proben vom Tatort stimmen nicht mit seinen überein. Die Kollegen stehen wieder ganz am Anfang. Es gibt keine konkrete Spur. Sicher ist nur, es muss jemand sein, der ein Naheverhältnis zu ihr hat. Jetzt ackern wir nochmals den ganzen Freundes- und Bekanntenkreis durch. Dann alle Hausbewohner. Die Chancen sind minimal.«

Mona zuckt die Schultern. »Und?«

»Und«, schreit Christoph. »Und! Kapierst du denn nicht, dass du die Nächste sein kannst mit deiner gottverdammten Sturheit und Sorglosigkeit? Und dass ich das nicht dulden werde.«

»Nicht dulden, ja?«, explodiert sie. »Bist du mein verdammter Vormund oder was?«

Sie stehen ganz nah voreinander und starren einander an.

»Und wie geht das weiter? Hä? Was duldest du noch nicht, aus Sorge? Später. Meinen Job? Meine Freunde? Mein Alleinseinwollen manchmal? Wie ich mich anziehe? Was?« Sie ist außer sich.

»Mona, darum geht es jetzt nicht.«

»Ah ja, worum geht es? Dass du weißt, was gut für mich ist? Dass du das über meinen Kopf hinweg entscheidest? Stell dir vor, ich bin achtundzwanzig Jahre alt geworden ohne deine Fürsorge.«

»Mona«, sagt er hilflos, »Mona.«

Aber sie ist nicht zu stoppen. »Ich bin kein Häschen, das einen starken Mann braucht, der alles für sie regelt, verstehst du? Seit Jahren setze ich Kerle vor die Tür, die zu viel getrunken haben und den Gonzo spielen im Lokal. Ohne Polizei. Ohne Waffe. Einfach so. Mit Köpfchen. Und Nachdruck. Und dann kommt Mr. Supersheriff und baut mir einen Käfig, damit mir nichts passiert. Lachhaft!«

Christoph dreht sich um und starrt aus dem Fenster. Seine Kiefer mahlen. Mona starrt wütend vor sich hin.

»Ich hab ihm das eingeredet.«

Mona schaut auf. Der Kollege.

Herr Haid wirkt völlig zerknirscht. »Tut mir leid«, sagt er und bleibt im Türrahmen stehen.

»Lass, Martin«, winkt Christoph ab. Dann wendet er sich zum Gehen.

»Was«, will Mona wissen, »und jetzt haust du ab?«

Christoph zuckt die Achseln, bleibt aber stehen.

»Und was ist mit der scheiß Tür?« Sie funkelt ihn an, aber unter der Fassade spürt sie, dass ihre Wut zerbröckelt und sie traurig wird.

»Ich verpasse der ... äh ... Tür drei neue Schlösser, wenn es Ihnen recht ist«, schaltet sich Herr Haid wieder ein. »Und den Rest überlegen Sie sich in Ruhe.«

»Wenn Sie meinen«, sagt Mona, und als er sie weiter anschaut, einfach nur anschaut, sagt sie: »Ja, danke. Drei Schlösser. Das sollte fürs Erste reichen.«

Christoph steht eine Weile daneben, telefoniert dann noch einmal kurz und entschuldigt sich. »Ich muss ins Büro. Ich ruf dich später an.« Das könnte ihr, aber auch seinem Kollegen gegolten haben.

Haid nickt. Mona starrt vor sich hin.

Während er bohrt, anpasst, die Schlösser tauscht, rasch und konzentriert arbeitet, blickt er sie nicht an. Sie steht da und schaut ihm zu und schweigt.

»Wissen Sie«, sagt er plötzlich, »ich hab durch so was meine Frau verloren. Wir standen kurz vor der Hochzeit.«

»*So* was?«, fragt Mona und hält den Atem an. »Ist sie, ich meine, wurde sie – überfallen?«

»Wir haben gestritten«, sagt er und seine Hände ruhen für einen Moment. »Gestritten, wie tausendmal zuvor auch. Wir waren noch sehr jung. Es ging um nichts, eine Kleinigkeit in meinen Augen. Ihr war es wichtig. Ich hab gelacht.« Er hält inne und sieht ihr plötzlich mitten ins Gesicht. »Sie ist hochgegangen. Eine Wildkatze. Ich hab ihr gesagt, wie schön sie ist in ihrer Wut. Mistkerl, hat sie gesagt. Dann hat sie sich umgedreht und ist gegangen.«

»Und?«, fragt Mona.

»Sie ist nicht wiedergekommen. Ich hab nicht angerufen. Ich fühlte mich im Recht. Lange Zeit. Ich habe gewartet. Die Zeit ist vergangen.«

»Und dann?«, fragt Mona wie ein Kind, dem man eine Geschichte erzählt.

»Nichts. Sie hat nicht angerufen. Ich war lange allein. Ich bin ihr nicht mehr begegnet. Seltsam, obwohl wir in derselben Stadt gelebt haben.«

»Nie mehr?«, fragt Mona.

»Nie mehr.«

Dann ist er fertig. Packt seine Sachen zusammen.

»Ich wollte das nicht«, sagt er.

Mona weiß nicht, ob er von seiner Liebe oder ihrer Tür spricht. »Und die Rechnung?«, fragt sie.

»Kriegt Christoph. Machen Sie sich das mit dem aus.« Er lächelt.

»Aber …«, wendet sie ein.

»Er ist ein sturer Hund«, sagt Haid. »Er braucht hin und wieder einen Tritt in den Hintern. Keine Sorge, der verkraftet das.«

Mona nickt. Sie nimmt die neuen Schlüssel in Empfang und sperrt probeweise ein Schloss.

»Danke«, sagt sie und will jetzt, dass er geht. Haid versteht.

Dann packt Mona ein paar Sachen, eine kleine Reisetasche, zwei, drei Bücher, sucht nach ihrem Handy und tippt eine Nummer ein.

»Ja, ich bin's, Mona … Ich weiß nicht. Ich muss mit dir reden, so lange schon. Kann ich kommen?« Sie hört zu, lächelt. Dann nickt sie. »Ja«, sagt sie.

Sie schlüpft in ihren schwarzen Webpelzmantel, wirft einen Blick zurück in die Wohnung, sperrt sorgfältig jedes der drei Schlösser und verlässt das Haus.

Es ist so still im Haus, dass jedes Geräusch einen erschreckt. Gestern habe ich es ein weiteres Mal probiert. Ich war vor Monas Tür und hab geläutet. Kein Laut. Dafür drei neue Schlösser. Vielleicht ist sie ja ausgezogen, zu dem Typen wahrscheinlich, und statt froh zu sein, weil das Vergessen dann leichter sein wird, sackt meine Stimmung plötzlich ab unter den Nullpunkt. Ich weiß auch nicht.

Und dann war auf einmal Polizei da, eine ganze Truppe. Verdammt laut. Die waren im ersten Stock. Und im zweiten. Ich will nicht die ganze Zeit am Gang herumhängen und gehe also rauf zu Frau Berger, fragen, ob sie was braucht.

Polizisten transportieren einen Karton ab. »Die Briefe, du weißt schon«, sagt sie verschwörerisch. Sie wirkt belebt, richtig aufgekratzt, und trägt Lippenstift. Sie scheint die Situation zu genießen. Und, nein danke, sie brauche nichts.

Im ersten Stock ist die Tür zur Wohnung vom Färber weit offen. Ich gehe noch einmal zu Monas Tür daneben, klopfe heftig (und hoffe jetzt, dass sie noch immer nicht da ist) und versuche im Vorübergehen einen Blick in die Wohnung nebenan zu werfen. Alles wie immer! Nur unordentlicher. Aber das waren wahrscheinlich die Polizisten. Kein Mensch redet mich an, alle sind sehr beschäftigt. Überall ist weißes Pulver verstreut. »Komm«, sagt ein Kripomann, als ich unschlüssig stehen bleibe, und schiebt mich beiseite. »Mach Platz.« Ich schüttle seine Hand ab und mach mich auf den Weg nach unten.

»Was ist los da oben?«, fragt Wagner, den ich ewig nicht mehr gesehen habe.

Ich zucke mit den Achseln. »Keine Ahnung«, sage ich, »die nehmen die Wohnung vom Färber auseinander.«

»Und du?«, fragt Wagner.

»Was ich?«

»Alles in Ordnung bei dir?«

Ich nicke. Obwohl gar nichts in Ordnung ist. Gar nichts.

»Schule? Freundin? Neue Weiber?«

»Lass den Scheiß.«

»Ich finde das schade«, sagt er nach einem kurzem Zögern, »das mit uns. Das war doch eine gute Zeit. Wir waren Freunde.«

»Da war ich noch ein Kind. Ich hab nichts verstanden.«

»Was gibt es da zu verstehen?«, fragt er. »Hab ich dir jemals was getan?«

»Nein«, sag ich, »das nicht.«

»Eben«, bestätigt er.

Dann fällt uns nichts mehr ein.

»Rauchst du?«, fragt er schließlich.

Ich schüttle den Kopf, obwohl das nicht ganz stimmt. Er steckt die Zigaretten wieder weg.

»Wagner«, sag ich und klopfe ihm auf die Schulter. Er kommt mir kleiner vor als sonst.

»Ich ziehe aus«, sagt er. »Bald.«

Ich nicke. Ich frage nicht, wohin er zieht.

Er wartet ein bisschen. »Also dann.«

»Ja«, sag ich. Dann drehe ich mich um und gehe.

In den ersten Dezembertagen beginnt es wieder zu schneien. Morgens wird man wach vom Kratzen der Schneeschaufeln auf dem Asphalt, vom dumpfen Scharren der Schneepflüge, und trotzdem liegt, wenn man später aus dem Haus geht – zur Schule, ins Büro oder wie Marie in ihrem dicken dunklen Mantel zum wiederholten Mal zur Polizei – der Schnee wieder knöchelhoch auf den Gehsteigen und Straßen im Marktgebiet. Die Obstverkäufer haben sich mit ihrer Ware in die Lagerräume der umliegenden Häuser zurückgezogen.

»Wir sind warmes Geschäft«, liest Markus auf einem Schild inmitten der Schneehaufen und muss grinsen. Ein wackliger Pfeil und Fußspuren weisen auf das gegenüberliegende Gebäude. Es sind wenige Käufer unterwegs. An den Straßenbahnhaltestellen sammeln sich die Wartenden.

Die Straßenbahnfahrer fluchen auf die Autofahrer und diese auf den Schnee. Die weiße Pracht, wie das Kleinformat schreibt, hat die Stadt wie jeden Winter wieder völlig überrascht.

Herr Pöhz geht derzeit kaum außer Haus. Der Hund verrichtet sein Geschäft am Randstein direkt vor der Haustüre. Dennoch zittert er und freut sich sichtlich, wieder ins Warme zu kommen. Er sieht zum Erbarmen dünn aus, findet Herr Pöhz und spendiert ihm eine Extraportion Fleisch.

Einer nach dem anderen werden die Hausbewohner erneut von der Polizei befragt. Herr Pöhz reagiert nicht auf die beiden Ladungen, die kurz nacheinander eintreffen, und als schließlich ein Kriminalbeamter in Zivil vor seiner Tür steht, ein kleiner, älterer diesmal, und höflich, aber bestimmt Einlass begehrt, zeigt er sich abweisend.

Pöhz gibt vor, sich nicht recht erinnern zu können. »Ich habe schon alles gesagt, was ich weiß«, knurrt er dann. »Lesen Sie nach.« Er steht auf und sucht in einer Lade der Kredenz herum, als wäre er allein in der Wohnung, schiebt schließlich die Lade wieder zu, ohne etwas herausgenommen zu haben, seufzt vernehmlich und setzt sich wieder an den Küchentisch. An seiner braunen Weste fehlt der zweite Knopf von oben. Die Hose ist nicht mehr ganz sauber. Der Hund auf der Bank, den der Beamte erst jetzt sieht, rückt unwillig ein Stück zur Seite.

»Das muss einmal ein Ende haben«, bestimmt Herr Pöhz dann auf die Frage, ob die Lehrerin den Färber gekannt habe. »Woher soll ich das wissen?«

»Herr Pöhz, wir haben Anlass zur Annahme, dass Ihr Nachbar in zumindest zwei Bankraube aus der letzten Serie verwickelt ist. Der Maskenmann, Sie haben sicher davon gelesen.«

»Der Wagner?«, fährt der alte Pöhz da auf, nickt dann ein ums andere Mal und schaut schließlich neugierig dem Beamten mitten ins Gesicht. Er liest Unverständnis, ja Verwirrung.

»Färber«, sagt der Beamte, »Bernhard Färber, der Mann aus dem ersten Stock. Wir fahnden nach ihm wegen mindestens zweier Bankraube.«

Jetzt ist es an Pöhz zu staunen. Er sagt eine ganze Weile nichts. »Auch den auf der Lerchenfelder Straße?«, fragt er dann.

Der Beamte nickt.

Und plötzlich hat Pöhz einen trockenen Mund. Er räuspert sich. Er wirkt unruhig.

»Ja?«, fragt der Beamte, aber Pöhz kann sich noch nicht dazu durchringen zu erzählen, was ihn beschäftigt.

»Was wissen Sie von dem Bankraub auf der Lerchenfelder Straße?«, fragt er nach.

Da wird der alte Mann unvermittelt zornig. »Lesen's nach, hab ich gesagt. Man redet zu euch ja völlig umsonst. Hundertmal nachfragen. Das ganze Haus in Aufruhr versetzen. Alles aufschreiben. Jedes Mal. Immer wieder. Und keiner von euch schaut sich das jemals wieder an. Alles umsonst.«

Er schnauft. Er steht auf, geht noch einmal zur Kredenz. Seine Hände zittern leicht, als er die Medikamentenschachtel öffnet und zwei Tabletten aus der Folie in die hohle Hand drückt.

»Herr Pöhz«, beginnt der Beamte wieder, aber Pöhz ignoriert ihn. Der Beamte starrt auf einen leicht gebeugten Rücken, einen grauen Haarkranz, ein mageres Hinterteil in einer viel zu weiten braunen Hose. Pöhz nimmt ein Glas aus der Kredenz, dreht den Wasserhahn auf. Dann nimmt er seine Tabletten und trinkt in großen Schlucken das Wasser nach.

Er dreht sich nicht mehr nach seinem Besucher um, tappt ein paar Schritte nach vorn und legt seine Hand auf die Türklinke. Geht dann ins Schlafzimmer, legt sich aufs Bett und schließt die Augen.

»Herr Pöhz!« Wieder der Beamte. Die Stimme kommt von der rechten Bettseite. Der Mann greift nach seiner Hand.

»Lassen Sie mich«, sagt Herr Pöhz leise, aber vernehmlich und zieht die Hand zurück. »Gehen Sie. Ich bin ein alter Mann. Ich kann mich nicht mehr erinnern. Ich muss jetzt schlafen.«

Der Beamte steht eine Weile ratlos neben dem alten Herrn,

der in voller Straßenkleidung auf dem Bett liegt. Mit geschlossenen Augen. Er reagiert erst, als der Hund ins Schlafzimmer wackelt und mit Mühe aufs Bett springt. Pöhz klopft neben sich auf die Bettdecke, und der Hund legt sich nahe neben ihn, die Augen aufmerksam auf den Besucher gerichtet. Er knurrt leise. Der Beamte verlässt schließlich die Wohnung, zieht die Tür hinter sich zu. Er zögert und ruft schließlich in seiner Dienststelle an. Wenig später wird Herr Pöhz abgeholt und dem Amtsarzt vorgeführt.

Der Partezettel im Hausflur hängt seit zwei Tagen, von den meisten Mietern unbeachtet. Frau Novak ist tot. Nach langem, in Geduld ertragenem Leiden, liest Julia.

Sie geht mit den wenigen Angehörigen und Bekannten der alten Frau hinter dem Sarg her, schaut in den hellen Himmel über nackten Bäumen, in denen sich die Krähen streiten, auf ein paar gebeugte Frauen und einen hageren Mann am Stock vor ihr, die unsicher ihre Schritte setzen und leise miteinander reden.

Julia hält eine blasse Rose zwischen den Händen und versucht an nichts zu denken. Sie schaut über den Friedhof, schaut über die Stadt, vor sich auf den eisigen Boden, erschrickt, als jemand sie anredet. »Eine Nachbarin«, sagt sie, »aus dem Haus.« Die andere nickt. Dann steht sie vor dem offenen Grab, wirft Erde und ihre Rose auf den Sarg, schaut dem Bestatter, dem sie die Schaufel zurückreicht, verständnislos erst auf die offen entgegengestreckte Hand, dann ins Gesicht, und wird schon weitergeschoben von der Nächsten, die dem Bestatter eine Münze in die Hand legt.

»Vergelt's Gott«, hört sie. Und schüttelt der Nichte von Frau Novak die Hand und zwei kleinen rundlichen Frauen neben ihr, die gleichmütig vor sich hinschauen und nicken, als sie ihr Beileid ausdrückt.

»Kommen Sie noch mit ins Gasthaus gegenüber, Frau Wawerka«, lädt die Nichte sie ein, aber Julia schüttelt den Kopf und dankt und eilt den Weg zurück zum Ausgang, halb blind, weil die Tränen plötzlich laufen und laufen, nicht wegen der alten Frau Novak, nicht, weil sie plötzlich traurig ist. Wegen allem, denkt Julia, wegen allem. Weil man nichts festhalten kann. Weil die Zeit so schnell vergeht. Und weil nichts von einem bleibt.

Marie verspürt vor allem Triumph. Sie hat sich an der Aufmerksamkeit der Polizisten gewärmt, die sie in den letzten Tagen wieder und wieder befragt haben. Sie hat gute Lust, den beiden alten Knackern im Erdgeschoss, dem faden Briefträger und der Hausbesorgerin, ihr besonders, zu zeigen, dass sie, Marie, ganz allein – allein gelassen von allen – die Sache schließlich ins Rollen gebracht hat. Marie ist seitdem wie ausgewechselt, fühlt sich lebendig und fast vergnügt. Es ist ihr schon lange nicht mehr so gut gegangen. Obwohl man den Mörder ja noch nicht hat. Seltsamerweise ist ihre Angst wie weggeblasen.

Allen ihren Freundinnen erzählt sie davon. Sie kann gar nicht mehr genug bekommen vom Reden, obwohl alle die ganze Geschichte längst kennen. Kein Detail hat sie ihnen erspart. Nicht die Briefe. Nicht die Einvernahmen auf der Polizei. Wie sie, Marie, schließlich den entscheidenden Hinweis gegeben hat. Selbst Anna, die fette, selbstgerechte Anna, Ilkas Freundin in Kritzendorf, hat sie angerufen. »Ich habe Licht in die ganze Sache gebracht, Anna«, erzählt sie und hört die andere tief Luft holen. Nur nicht unterbrechen lassen, denkt Marie. Jetzt muss sie mir einmal zuhören, die Königin.

Bankräuber identifiziert, titelt die großformatige Zeitung und bringt ein schlechtes, aber ziemlich aktuelles Foto von Bernhard Färber. Seit wenigen Tagen unbekannten Aufenthalts, liest Julia.

Sie hat lange geschlafen. Zum ersten Mal seit so vielen Jahren kann sie im Bett bleiben, während draußen der Schnee fällt und den Raum in ein helles Schimmern taucht. Sie lauscht den Geräuschen der Schneeschaufler, denkt an den gestrigen Abend mit Tom, an ihr sich selber gegenüber gebrochenes Versprechen, lächelt, zieht die Decke enger um sich und schläft wieder ein.

Markus hat ihr Kaffee warmgestellt, dafür ihre Lieblingstasse benützt und den halben Kühlschrank leergegessen. Auf dem Tisch liegt die Zeitung von gestern Abend, aufgeschlagen im Chronikteil. Bankräuber identifiziert. Ungläubig starrt Julia auf Bernhard Färber, auf das Foto, auf dem er fast gelöst wirkt, nicht so streng und dunkel, wie sie ihn kennt, ihren Nachbarn. Spurensicherung, liest Julia. Fingerabdrücke in der Wohnung des Verdächtigen und an zwei Tatorten. Eindeutig identifiziert. Gefährlich, liest sie, und wahrscheinlich bewaffnet. Zweckdienliche Hinweise bitte an die nächste Polizeiinspektion.

Mona sitzt mit ihrem Laptop auf dem Schoß auf dem lindgrünen Sofa und tippt. Sie ist blass, hat müde Augen. Sie fröstelt. Seit drei Tagen ist sie wieder in ihrer Wohnung. In meiner Festung, denkt sie jetzt und ertappt sich beim Lächeln. Der Besuch bei ihrer Schwester, von dem sie sich so viel erwartet hat, eine Annäherung, Verständnis, denkt sie und nagt an ihrem Zeigefinger, starrt auf den Bildschirm, auf einen Teil ihrer Diplomarbeit, die plötzlich verschwimmt, hat immerhin eines gebracht: Klarheit. Mona schiebt das Notebook beiseite und steht auf. Sie wischt sich über die

Augen. Später steht sie am Fenster, eine große Tasse dampfenden Kaffees zwischen den Händen, und schaut in den Hinterhof. Es schneit. Irgendwo im zweiten Stock geht eine Tür. Das Ganglicht geht an und erlischt nach zwei Minuten. Sie schließt kurz die Augen.

»Also«, hat die Schwester gesagt, »fassen wir zusammen: Du hast nachgedacht und an dir gearbeitet. Du glaubst, dass du langsam drüber hinwegkommst. Über den Tod von Christian. Dir ist klar geworden, dass du selber etwas tun musst, dich nicht bloß auf andere verlassen kannst. Du schreibst endlich deine Diplomarbeit. Du hast eine Beziehung. Du übernimmst Verantwortung, wirst endlich erwachsen …«

Selbstgerecht. Kühl. Distanziert. Die kleine Schwester, die sich nach drei Stunden Gesprächs, nach interessiertem Nachfragen, Wissenwollen, als Therapeutin, nein, als Richterin zeigt: Mildernd wird gewertet – das reumütige Geständnis.

»Ja, genau«, hat Mona gesagt. »Ich werde erwachsen.« Sie hat sich umgesehen, als wäre sie eben aufgewacht. Hat die Schwester kurz am Arm berührt. »Ich muss gehen. Bis dann.«

Diesmal keine Flucht. Mona ist auf direktem Weg zurückgefahren in ihre Wohnung, staunend, wie klar alles plötzlich vor ihr liegt. Hat die versiegelte Tür nebenan kaum beachtet, die eigenen drei neuen Schlösser gesperrt. Sie hat sich aufs Bett gelegt und ist fast sofort eingeschlafen.

Irgendwann ist sie wach geworden, tränenüberströmt. Staunend. Stunden auf dem Sofa, in eine Decke gewickelt. Nachdenken. Wieder und wieder.

Am zweiten Tag hat sie Christoph angerufen: »Kommst du bitte.« Nur das. Sie konnte sein Erstaunen spüren. Sie hat ihre drei Schlösser geöffnet und ihn an sich gezogen, ihn umarmt. Ganz lange sind sie so gestanden, in der Dämmerung, in ihrer Küche. Sie hat ihn gefragt: »Bleibst du?« Mona nimmt einen Schluck Kaffee und lächelt. »Klar«, hat er gesagt und sie enger an sich gezogen. Und nichts gefragt.

»Er hat mir dermaßen zugesetzt«, erzählt Christoph später.

»Wer?« Mona hätte sich die Frage sparen können.

»Der Haid. Seit Tagen: ›Geh endlich hin, nimm sie in die Arme und halt die Klappe. Das ist doch nicht so schwer, verdammt.‹ – ›Ja, Herr Psychologe. Sicher.‹ Und nach einer Pause: ›Und warum soll ich das tun, nach dem, wie sie mich behandelt hat, hä?‹ – ›Wie alt bist du, Seiler? Und wem willst du was beweisen? Und was? Dass du der größere Dickschädel bist? Das kann sie besser, glaub mir.‹ Ich hab ihn noch nie so heftig erlebt. ›Mach, was du willst‹, hat er dann gesagt und die Tür hinter sich zugeknallt. Und dann hast du angerufen.«

Ich habe beschlossen, nichts zu sagen. Falls man mich fragt. Die Zeitungen sind voll davon. Serienbankräuber. Von Mord wissen sie nichts. Die Berger tut wahnsinnig wichtig und plustert sich auf. Ehrlich, das kotzt mich an. Mit ihm hätte ich vielleicht reden können, denke ich jetzt. Er hätte nicht viel gesagt, aber verstanden. Da bin ich mir sicher.

So war das eigentlich immer. Also, die drei-, viermal, als ich bei ihm war. Ich hab mich um den Rechner gekümmert, er saß neben mir, nicht zu nahe, hat nichts gefragt, nicht genervt, wie die meisten das tun. Am Computer ist er eine Null, aber er hat schnell gelernt: Zeig mir, wie das geht. Ich mochte die Art, wie er mir zusah – sehr konzentriert, sehr ruhig. Ich hab mich bemüht, alles richtig zu machen. Ich wollte, dass er mich mag.

Ich muss immer an die Bilder denken. An die wahnsinnig

aufgeräumte Wohnung. Alles an seinem Platz. Wenig Zeug für einen Journalisten, aber er hat erzählt, dass er meistens vor Ort recherchiert. Und im Netz. Er hat nicht gern von sich erzählt. Ich rede, als ob er tot wäre, fällt mir gerade auf.

Das eine Gespräch.

Er: Hast du gesehen?

Was?

Wie das ist mit dem Briefträger.

Ich zucke die Schultern. Schweige. Das ist meine Sache. Wagner war korrekt. Also zu mir. Ich mag nicht drüber reden. Ich gebe mich beschäftigt.

Er kapiert sofort: Entschuldige. Ist deine Sache.

Ich nicke.

Trotzdem habe ich das Gefühl, dass es möglich gewesen wäre. Also, über die Sache zu reden. Über alles.

Es klappt nicht. Er kann sich nicht vorstellen, wie das ist – eingesperrt sein.

»Jahrelang«, hat die Berger gesagt. »Da war er kaum älter als du.« Markus denkt an die Verhandlung, an das große graue Gebäude mitten in der Stadt. Stacheldraht auf den Dächern. Gitter vor den Fenstern. Er hat in einen der Höfe geschaut: Beton. Grüne Gitter. Taubenscheiße. Mord, hat die Berger gesagt, seltsam befriedigt.

Markus denkt an das Foto auf dem Schreibtisch. Die Frau auf dem Motorroller. Markus sieht die Bilder vor sich, die die Berger ihm gezeigt hat: ein Junge mit weit aufgerissenen Augen. Ein Automatenbild. Ein zweites, in dem er verschlossen wirkt, distanziert. Deutlich älter.

»Sicher«, hat die Berger gesagt. »Er hat mir alles erzählt. Ich war seine Vertraute damals. All die Jahre.«

Die Berger hat ein selbstgefälliges Grinsen im teigigen

Gesicht. Sie ist sorgfältig gekleidet. Der rote Pullover hat einen tiefen Ausschnitt. Markus kann ihren Brustansatz sehen. Es ist ihm peinlich.

Die Aufmerksamkeit belebt sie, denkt Markus. Er will weg. Er findet sie plötzlich widerlich. Solche Leute sitzen in Talkshows, denkt er, und sonnen sich im Scheinwerferlicht. Und kassieren.

»Wen hat er getötet?«, hört er sich fragen.

»Außer der Lehrerin, meinst du?« Sie schaut ihn lauernd an.

»Aber …«, wendet er ein, »das ist doch bloß eine Vermutung, ich meine, man weiß doch noch nicht, ob …« Er hasst es, wenn er stottert. Es kommt nur noch ganz selten vor.

Die Berger lacht hämisch. »Ah, dich hat er also auch eingekocht. Das kann er! Er hat Charme, sicher. Dem traut man so was nicht zu. Bis er sein wahres Gesicht zeigt.« Sie macht eine Pause. Sie blickt verächtlich. »Seine Geliebte«, sagt sie dann. »Seine ältere Geliebte, fast so alt wie seine Mutter. Krank, nicht wahr? Sie wollte ihn nicht mehr. Nach ein paar Tagen hat sie ihn weggeschickt.«

»Weggeschickt?«

»Entschuldige!« Die Berger reißt sich los. Sie nestelt an ihrem Pullover. »Ich darf eigentlich überhaupt nichts sagen. Die Polizei ermittelt noch. Ich arbeite eng mit den Beamten zusammen …«

Unecht, denkt Markus. Alles unecht. Die Situation. Die Berger mit ihrer angestrengten Mimik. Die ganze Geschichte. »Ja«, sagt er. »Verstehe.« Dann dreht er sich langsam um und geht. Er ist müde.

Die Wohnung ist warm und heimelig. Es riecht nach frisch gebackenen Vanillekipferln. Julia hat nasse Haare und ein ganz rosiges Gesicht.

»Großer«, sagt sie und zieht Markus an sich. Sie reicht ihm knapp bis ans Ohr. Er legt seinen Arm um sie. Sie riecht nach Zitronenseife und ein bisschen nach Vanille. Als er noch klein war, haben sie in der Vorweihnachtszeit oft gemeinsam gebacken, ganze Nachmittage lang. Sie hat ihm Geschichten erzählt, von ganz früher, als sie selber noch ein Kind war. Sie haben Früchtetee getrunken und die noch warmen Kekse verkostet. Das war die beste Zeit.

»Darf ich?«, fragt er und zeigt auf die Keksdose.

Julia nickt. Sie lächelt, als er erst schnuppert, dann ein ganzes Kipferl in den Mund schiebt. Und ein zweites. »Gut?«, fragt sie.

»Gut«, sagt er.

»Markus?« Sie stockt. Sie sieht, wie er sich wappnet.

»Ja?«, fragt er. Seine Stimme liegt auf der Lauer.

»Du hast die Zeitungen gelesen. Weißt du was? Vom Färber, meine ich. Du warst doch ein paarmal da oben.«

Markus schüttelt den Kopf.

»Habt ihr geredet? Was?«

»Normal«, sagt er. Pause.

»Verdammt, kannst du bitte ... entschuldige. Ich bin nervös. Ich mach mir Sorgen. Wenn das alles stimmt ...«

Markus winkt ab. »Es war okay, Mam. Wirklich. Ich hab ihm den Rechner neu aufgesetzt. Ein paar Sachen installiert ... Ich war nie in Gefahr«, sagt er nach einer Weile, weil er sie kennt.

»Weißt du was? Hat er dir irgendwas erzählt?«

Markus schüttelt den Kopf. »Mam«, sagt er und tritt näher, »der ist okay, egal, was erzählt und geschrieben wird. Hat nie viel geredet. War korrekt. Respektvoll. Anders als die meisten.«

Sie wirkt nicht überzeugt. »Das ist doch krank«, fängt sie wieder an, »das mit den Boxhandschuhen.«

»Na ja. Ich fand's stark. Auch wie er es weggesteckt hat, dass du sie nicht wolltest. Ist okay. Und das war's. Guter Verlierer.«

»Hm.« Sie zögert. »Markus?« Er schaut sie an. Er ist kantiger geworden. Kein Kind mehr. Ein Mann. »Ich kümmere mich zu wenig um dich. Ich hab so viel um die Ohren gehabt die ganze Zeit. Es tut mir leid.« Sie hebt die Arme.

»Nicht, Mam«, sagt er. Er kann das jetzt nicht brauchen. »Das passt so. Ich bin kein Kind mehr.«

»Ich weiß, Großer.« Ihr Lächeln wird breiter. »Aber ... ich ...«

»Nicht, Mam«, wiederholt er, hält sie ein Stück von sich weg, beugt sich vor und küsst sie auf die Stirn.

Julia seufzt und lächelt zu ihm hoch.

Man redet nicht viel darüber. Frau Maria hat am frühen Abend, es war schon dunkel, beim Weggehen den Herrn Sedlak aufgelesen. Wenige Meter vor der Haustür hat sie ihn gefunden, taumelnd, mit offener Jacke, gerötetem Gesicht und einer ordentlichen Fahne. Sie hat ihn fast nicht erkannt. Schnaps.

»Herr Sedlak. Sie!«

Er ist zusammengezuckt. Er hat sie aus glasigen Augen angestarrt. »Ich kann nichts dafür. Ich wollte das nicht.« Er hat versucht, an der Mauer Halt zu finden. Er hat sich aufgeschürft. Blut an der Hand. »Guten Abend. Ich bin nicht so. Ich wollte nicht. Sie müssen verstehen ... ich ...«

Frau Maria versteht: Weihnachtsfeier! Zu tief ins Glas geschaut. Einer, der nichts verträgt. »Warten Sie.«

Mit Herrn Pöhz, dem es nicht so gut geht die letzten Tage, ist nicht zu rechnen. Der hat sich schon hingelegt. Es wäre dem Sedlak wohl auch nicht recht, denkt sie. Man redet ja noch immer nicht miteinander. Sie läutet bei Wawerkas.

Markus hilft ihr, den betrunkenen Sedlak in seine Wohnung zu verfrachten. Sedlak weint.

»Ist Ihnen schlecht?«

Er nickt.

»Ziehen Sie sich aus. Legen Sie sich hin.« Frau Maria hat früher als Heimhilfe gearbeitet. Sie weiß, was zu tun ist. Sie hilft ihm ins Bett. Er riecht streng.

»Brauchen Sie mich noch, soll ich noch bleiben?«, fragt Markus von der Tür.

»Danke«, sagt Frau Maria. »Aber wenn du morgen früh ausnahmsweise mit dem Hund gehen könntest. Herr Pöhz ist nicht so gut beieinand'.«

»Mach ich«, sagt Markus. Und weg ist er.

»Ich stell Ihnen einen Eimer mit Wasser neben das Bett. Falls Sie erbrechen müssen«, erklärt Frau Maria.

Sedlak nickt. Er tätschelt ihre Hand und will etwas sagen. Frau Maria mag keine Vertraulichkeiten. Sie hat ihre Erfahrungen mit älteren Herren.

»Schlafen Sie jetzt«, befiehlt sie. »Ich lege den Schlüssel auf den Tisch und ziehe die Tür zu. Wird schon keiner einbrechen.«

Als sie ihm eine gute Nacht wünscht, schläft Sedlak bereits. Er schnarcht vernehmlich. Frau Maria zieht die Wohnungstüre hinter sich zu, seufzt einmal tief, schaut auf ihre Armbanduhr und macht sich auf den Heimweg.

Pöhz bleibt im Bett. Es ist kalt. Er ist müde. Nur ein paar Minuten noch, denkt er. Am Fenster wachsen Eisblumen. Als er ein Kind war, hat er sich immer vorgestellt, dass nachts jemand kommt und die Fenster bemalt, Scheibe um Scheibe. Kristall um Kristall aufträgt, langsam, geduldig, mit leichter Hand. Er hat sich vorgenommen, die Augen offen zu halten, wach zu bleiben die ganze Nacht. Um zuzusehen. Er lächelt. Später hat er seine Handflächen auf die Scheibe gelegt, bis das Weiße darunter verschwand und er durchschauen konnte. Ins Weiße draußen. Früher waren alle Winter kalt, bitterkalt, denkt er, und der Schnee lag meterhoch. Wenn die Sonne ganz tief steht, denkt er, glitzert jeder Kristall.

In den alten Häusern mit den zugigen Fenstern, mit kleinen Küchen ohne Dunstabzug, einem großen Topf Wasser auf dem Herd über kleinen tanzenden, bläulichen Flämmchen, beschlagen die Fenster, sobald die Temperatur sinkt, sobald man den Ofen anzündet. Heute sieht man kaum noch Menschen mit Ölkanistern zur Tankstelle eilen. Und zurück in die kalte dunkle Wohnung. Früher, denkt er, waren die Winter lang und eisig. Und immer fuhr einem der Wind ins Gesicht. Man fror an den Händen. Er erinnert sich an den pochenden Schmerz, wenn man ins Warme kam und die rotgefrorenen Hände über dem Ofen gegeneinanderrieb.

Die Sommer waren heiß und voller Gerüche. Es gab Jahre, da kannte er keine Grenzen. Er kam und ging wie eine Katze. Am Ende der Ferien trug er frische Narben und ein wissendes Grinsen. Die neue kurze Hose kratzte. Sandalen, später Halbschuhe. Dann lange Hosen. Ich wollte immer ein Fahrrad haben, denkt er. Oder wenigstens einen Hund. Er lächelt. Er versucht sich umzudrehen. Der linke Arm tut ihm weh, seit Tagen schon. Ein ziehender Schmerz.

Die Gedanken kommen und gehen. Er träumt immer noch von damals. Als er ein Kind war. Von der Zeit vor dem Krieg. Die besten Jahre. Die ersten Frauen. Weiße schimmernde Haut. Üppige Brüste. Hochmut und Abwehr vor aller Augen und ein Keuchen später im Dunkeln. Und flatternde Hände und Röcke. Und Hartes und Weiches. Und manchmal ... Er fährt sich über den Leib. Unter seiner Hand faltige Haut.

Drahtiges, schütteres Haar. Er spürt neben sich ein Atmen. Ein Seufzen. Er greift in ein struppiges Fell. Er atmet tief durch und öffnet die Augen.

»Und?«, fragt Mona. Sie sitzen beim Frühstück. Mona hält eine große Kaffeeschale zwischen den Händen und bläst vorsichtig hinein. Sie schaut auf.

»Das ist eine ganz große Chance für mich«, sagt Christoph, beißt in das dick belegte Brot und kaut konzentriert. Er schaut sie nicht an. Er ist nervös. Es hat fast bittend geklungen, denkt sie erstaunt.

»Mordkommission«, sagt Mona. Sie bemüht sich, ihrer Stimme einen neutralen Klang zu geben.

»Das heißt ...«, beginnt er und schaut nun doch auf.

»Ich weiß, ich weiß«, wehrt sie ab. Sie wirkt ein wenig genervt. Eine kleine steile Falte steht zwischen ihren Rabenflügelbrauen. Das reizt ihn.

»Verdammt, Mona«, wird er jetzt heftig, »ich will nicht als Streifenpolizist enden. Oder mein Leben lang den Verkehr regeln. Verstehst du das denn nicht?«

»Sicher«, sagt sie müde. »Klar.« Sie weiß, wie es sein wird. Sie liest schließlich Krimis. Sie werden ständig mitten in der Nacht aus dem Schlaf gerissen werden. Sie wird bleich und müde und besorgt zurückbleiben. Wird schwer wieder einschlafen können. Er wird ihr über die Jahre all die Toten nach Hause bringen, die Geschichten und die Fragen, die ihn beschäftigen. Er wird sich in die Fälle verbeißen. Er will gut sein. Immer. Der Beste. Er wird die Nächte im Büro verbringen. Und draußen an den Tatorten. Wir werden weniger Zeit haben, denkt sie. Und weniger Gemeinsamkeiten. Sie kann sich den Ton unter Kriminalbeamten nur zu gut vorstellen. Ihre Witze. Er wird immer müde sein von zu viel Arbeit. Er wird jeden Schritt mit dem Auto fahren, kaum noch Sport machen. Sie sieht ihn langsam altern, wie die müden desillusionierten Kommissare in ihren Büchern nur noch für das Essen leben und zu viel trinken und breit werden und schwammig. Frustriert. Sex als Fünfminutennummer hin und wieder. Ein Scheitern unserer Beziehung ist vorprogrammiert, denkt Mona. In längstens zehn, fünfzehn Jahren ist sie tot. Mausetot.

Sie stutzt. In zehn, fünfzehn Jahren! Bin ich verrückt? Sie lacht schallend.

»Sag, spinnst du?«, fragt Christoph.

»Genau. Ich spinne«, sagt Mona vergnügt. »Mach den Job«, sagt sie dann. Sie schaut ihn streng an. »Unter einer Bedingung: Du wirst nicht fett und schlampig, beginnst nicht zu saufen, schleppst nicht jeden Toten nach Hause und ...«

»Du arme Irre«, lacht er. Er hat ein Leuchten in den Augen wie ein kleiner Junge, der seine Playstation auspackt. »Du glaubst doch nicht ...« Er lässt den Satz in der Luft hängen. »Krimiverbot«, knurrt er dann.

Beide lachen.

Christoph beugt sich vor und nimmt ihre Hände. Er zieht sie zu sich. »Es dauert noch«, sagt er. »Im Jänner dann.«

»Wir haben also eine Galgenfrist«, konstatiert sie.

»Eine kleine«, schmunzelt er.

Sie springt auf und zieht ihn mit sich. »Die sollten wir nutzen.«

»Den kriegen wir nicht«, sagt Christoph später. »Der ist im richtigen Moment abgehauen. Macht fünf oder sechs Banken, so genau wissen wir das noch nicht, karrt das Geld nach jedem Überfall selber über die Grenze, einfach so, in einer Reisetasche, wie bei einem Wochenendausflug. Bleibt ein paar Tage, kommt zurück. Plant den nächsten, kassiert.

Und ab ins Ausland mit der Kohle. All das beinahe ohne Zwischenfall.«

»Beinahe?«

»Die Lehrerin. Die ist ihm buchstäblich in die Arme gerannt, als er aus der Bank kam beim vierten Überfall. Er hat sie k. o. geschlagen.«

»Denkst du, er hat sie getötet?«, fragt Mona. »Aus Angst davor, sie könnte ihn wiedererkennen? Die Frau aus dem zweiten Stock, Marie, behauptet das nach wie vor.« Mona hält sie für ein bisschen überspannt.

Christoph zuckt die Schultern. »Möglich. Die Kollegen ermitteln noch.« Er zieht Mona an sich. »Kalt?«, fragt er und greift nach der Decke.

Mona schüttelt den Kopf. »Wo ist der jetzt?«, fragt sie. Es ist unglaublich.

»Südamerika, denke ich. Oder irgendwo in Asien. Den kriegen wir nie.«

»Und wenn er ...?«

»Zurückkommt? Wird er nicht. Er hat hier niemanden. Eltern tot. Seine Geschwister hat er nie gesehen. Keine Beziehungen, keine Bindungen. Ich glaube nicht, dass ihn irgendwann Sehnsucht nach seinen früheren Zellengenossen plagt. Der ist weg«, schließt er.

»Du«, fragt Mona »und das mit dem Mord, das mit dem lebenslang, das stimmt?«

»Er hat eine Frau ermordet, ja. Als Jugendlicher. Er hat die Höchststrafe bekommen.«

»Wer war sie?«

Christoph schüttelt den Kopf. »Kann ich dir nicht sagen. Eine Bekannte. Hätte dem Alter nach fast seine Mutter sein können. Er war in sie verliebt, hat er nach seiner Verhaftung gesagt. Er hat sie erschlagen.«

»Eifersucht?«

Er zuckt mit den Schultern. »Die Zeitungen werden das noch früh genug herausfinden. Die schießen sich gerade auf den Fall ein.«

»Ich kann mir das gar nicht vorstellen«, sagt Mona. »Also, dass der ein Mörder sein soll. Vielleicht sogar wieder gemordet hat. Und neben mir gewohnt hat. Ganz normal.«

»Wieso nicht? Man sieht es keinem an.«

»Also grundsätzlich jedem misstrauen?«, fragt Mona.

»Sicher«, bestätigt Christoph. »Vorsichtshalber.«

»Pah«, macht Mona. »Ich glaube nicht, dass ich so leben will.« Sie schaut ihn herausfordernd an.

Wenn er jetzt darauf einstiegt, weiß er, geht der Streit um die Türschlösser wieder los. »Musst du nicht«, murmelt er und kuschelt sich an sie. »Ich pass schon auf.«

Sie schaut ihn stirnrunzelnd an. Dann lächelt sie. Vielleicht lernen sie das ja noch, beide. Dass man Dinge auch verschieden sehen darf.

Die letzten drei Abende hat Sedlak getrunken, nicht viel, aber doch genug, um etwas aus dem Tritt zu kommen. Genug, um aufzufallen. Jetzt weiß auch Julia, dass er Punsch mag, dass er zu viel getrunken hat. Dass es ihm leidtut, dass er es nicht wollte. Dass es ihm unangenehm ist, von den Hausparteien so gesehen zu werden.

»Ich bin ja kein schlechter Mensch«, behauptet Sedlak schwankend, und Julia stimmt ihm zu und sperrt ihm das Haustor auf. Es ist noch nicht spät, und sie ist am Weggehen.

»Gehen Sie noch mit bis zur Wohnung«, bittet Sedlak, »ich bin nicht so gut zu Fuß heute«, und Julia kehrt noch einmal um und stützt ihn leicht.

»Sie dürfen nicht glauben«, beginnt Sedlak, als sie ihm auch die Wohnungstür aufsperrt, »dass ich so einer bin.«

Julia wehrt ab. »Ich weiß.« Sedlak klingt weinerlich. Er riecht. Julia ekelt ein wenig. Sie zieht ihren Mantelkragen hoch. Sie bemüht sich, etwas Abstand zu halten.

»Sie, Sie waren immer gut zu mir«, beginnt der Nachbar wieder. Weint er? »Nicht so eine Furie wie die von oben. Die Große, Blasse. Die auf mich losgegangen ist.«

»Frau Berger?«, wundert sich Julia. »Sie ist etwas, nun ja, direkt.«

»Eine Furie. Die ist gefährlich«, behauptet Sedlak. »Ich werde Ihnen bei Gelegenheit ... ich weiß nämlich ...« Er hat Schweißperlen auf der Stirn.

»Herr Sedlak, ich muss weiter.« Julia ist es unangenehm, wie nahe ihr Nachbar steht. Wie geschwätzig er plötzlich ist. Er sollte nicht trinken. »Gute Nacht«, sagt sie bestimmt.

Sedlak schwankt ein wenig, als er ihr nachschaut. Dann wirft er die Tür hinter sich zu und sperrt zweimal ab.

Julia eilt zur Straßenbahn. Sie hat den Mantelkragen hochgestellt und haucht Wölkchen in die kalte Nacht. Drei Stationen oder vier mit der U-Bahn, ein Stück die Straße vor oder zurück, je nachdem, wo sie aussteigt, anläuten und einen hellen Hausflur entlang, eine breite Treppe hinauflaufen, wie früher. Die Tür einen Spalt weit offen, Wärme, leise Musik, und in eine Umarmung fallen. Sie fühlt sich leicht und beschwingt und langsam sicher, dass ihr dieses Glück zukommt. Dass es diesmal bleibt. Dass sie gelernt hat. Und keine Angst mehr. Sie hat ihre Vorsicht aufgegeben. Sie hat sich eingelassen auf einen neuen Anfang. Mit Tom. Er hat sie zum Essen eingeladen.

»Schön«, sagt er, »dass du da bist.«

Sie schält sich aus dem Mantel. Sie trägt einen neuen hellen, ganz dünnen Pullover. Schimmerndes Grau. Man sieht ihre Brustspitzen. Sie zittert ein bisschen. Er schnuppert an ihrem Hals. Er reibt seine warme an ihrer kalten Nase. Er küsst sie auf den Mundwinkel. Sie lacht. Sie schlüpft aus den Stiefeln und geht ihm jetzt kaum bis zu den Schultern. Er riecht gut. Er schmeckt nach Wein. Er schenkt ihr ein Glas ein, trockenen, samtigen Rotwein, der im Licht funkelt. Sie stoßen an.

Seine Wohnung ist groß, drei weite Räume und ein Badezimmer, um das sie ihn beneidet. Er hat im Wohnzimmer gedeckt. Sie weiß, er kann überhaupt nicht kochen.

»Catering«, sagt er. Und zwinkert ihr zu. »Ich will dich beeindrucken.«

Julia lacht. War er schon immer so? Ja, denkt sie. Schon damals. Und trotzdem! Aber jetzt ...

»Woran denkst du?«, fragt er.

Sie schüttelt den Kopf. »Nichts!«

»Zieh dich aus«, sagt er später. »Ich mag dich ansehen.«

»Aber«, wendet sie ein und weist auf die hell erleuchteten Fenster hinter den schneebedeckten Bäumen. Er streift ihr die Kleider ab. Dann zieht er sich aus. Sie steht da, mitten im Raum, und sieht ihn an. Er trägt noch eine leichte Bräune vom letzten Urlaub. Dann stehen sie ganz nahe voreinander. Sie schließt einen Moment die Augen. Sie spürt seinen Mund an ihrem Schlüsselbein.

»Ich will dich.« Er hebt sie hoch, sie muss sich an ihm festhalten, setzt sie aufs Fensterbrett. Sie spürt die Kühle des Glases an ihrem Rücken, seinen Atem an ihrem Hals, dann dringt er in sie ein. Sie stellt sich vor, dass sie da sitzt wie in einem Schaufenster, Gänsehaut am Rücken, und sie glüht und ist ihm ausgeliefert.

Später bewegt er sich unter ihr. Sein Atem geht stoßweise. Sie bleibt die ganze Nacht. Draußen fallen dicke Flocken. Sie schläft bald ein, schläft tief und traumlos. Gegen sieben piepst sein Handy. Er schaut sie erstaunt an, zieht sie dann an sich. Sie schlafen wieder ein.

Mam strahlt. Und ich bin so was von sauer. Gestern verspricht sie mir, zur Abwechslung einmal mit dem Hund vom Pöhz rauszugehen und ihn in einer Schneewächte zu parken, bis er sein Gelb abgesondert hat, und dann ist sie nicht da. Um halb acht, kurz nach Mitternacht also, läutet mich der Pöhz aus dem Bett, er im Schlafmantel und zerknittert, der Hund an der Leine und ausgehfertig. Es gelingt mir genau zwei Minuten, das Klingeln zu ignorieren. Dann stehe ich in Boxershorts in der Tür und zittere vor Kälte. Und Wut.

»Scheiße«, schimpfe ich.

Und der Pöhz bedankt sich: »Das ist sehr freundlich von dir, dass du mit dem Wastl gehst. Ich bin ein bisschen müde. Ich leg mich noch einmal hin. Bring ihn mir mittags wieder.« Er ist zwar halb taub mittlerweile, beugt sich aber erstaunlich gelenkig hinunter und tätschelt den Hund. »Bis dann, Wasti.«

Ich schleife das Vieh in die Wohnung, zurre es an der Türklinke fest und stürme in Mams Schlafzimmer. Nichts! Sie ist noch nicht da. Ich bin so was von satt, trete mit dem Fuß die Tür wieder zu, die zurückschwingt, statt ins Schloss zu fallen, und haue mir die rechte Zehe an. Scheiße. Scheiße. Scheiße.

Ich suche im Halbdämmer meines Zimmers nach irgendwas zum Anziehen. Ich stopfe mir die Haare unter die Kapuze meines Shirts, Jacke drüber und raus.

Keine Sau auf der Straße. Nur der blöde Hund und ich. Kein Wunder. Es schneit. Es ist Sonntag. Wer kann, bleibt im Bett. Der Hund will nicht von der Haustüre weg. Aber er muss!

Wo ich jetzt schon draußen bin, kann ich genauso gut eine Runde gehen. Nicht vor Mittag, hat der Alte gesagt. Oder so. Klar, Sie wünschen – ich spiele. Ich zerre den Wastl hinter mir her. Wie in alten Zeiten. Er schnauft. Die Wege im

Park sind wie verwischt. Der Hund zieht eine Spur, irgendetwas zwischen Hoppeln und Schleifen. Beim zugefrorenen Brunnen steht eine dick vermummte Gestalt, fast so groß wie ich. Ein junger schwarzer Köter tobt über den Platz, schnappt sich im Sprung den gelben Tennisball und bremst sich ein, dass der Schnee nur so hochwirbelt. Dann fetzt er zurück und wirft den Besitzer fast um. Der Wastl schaut kurz auf und hockt sich dann hin wie ein Weibchen, um zu pissen.

Der Schwarze kommt näher und schnüffelt. Der Vermummte folgt ihm.

Red. Mich. Nicht. An.

Ich schaue starr auf den Wastl. Der starrt in sich hinein und drückt und presst. Mir ist kalt.

»Der ist schon älter, ja?« Eine ganz helle Stimme.

»Älter als du«, sage ich.

Sie – Mädchen also – lässt sich nicht abschrecken. »Das sind nette Hunde. Ich hatte so einen, als ich klein war.«

Klein ist sie jetzt nicht mehr. Mindestens einsachtundsiebzig. Sonst sieht man nicht viel von ihr. Helle Augen wie ich. Ich sage nichts. Der Wastl drückt. Der schwarze Hund tobt wieder im Schnee herum.

»Wohnst du da?«, fängt sie wieder an. »In der Nähe? Ich wohne da unten.« Sie zeigt hinter sich, Richtung Trafik, wo der Neubau steht. Als ob das jemanden interessieren würde. »Noch nicht lange«, ergänzt sie.

Der Hund scheißt endlich.

»Sind wir auf einer verdammten Party oder was?«

Sie schaut mich verständnislos an.

»Ich steh kurz nach Mitternacht mit dem verdammten fremden Köter mitten in Sibirien. Und der Dame gelüstet nach Smalltalk. Bist du bescheuert? Oder was?«

So bin ich sonst nicht. Aber da eben. Mir ist danach. Sie

schaut mich ganz groß an. Verständnislos. Da ist mir das irgendwie peinlich. So.

»Süß«, sagt sie da plötzlich. »Und kein bisschen zickig. Pass auf, ich verlieb mich noch in dich.«

Dumme Kuh. Steht wie Popeyes Olivia in der Landschaft und will witzig sein.

»Komm, Wastl«, sage ich zum Hund, der endlich fertig ist, und mache mich langsam vom Acker. Ganz lässig. Und drehe mich kein einziges Mal um.

»Morgen.«

Er nickt und geht schneller.

»Gehst du mir aus dem Weg, Markus?«

Wenn er eines jetzt nicht brauchen kann, dann ist das eine Begegnung mit Mona. Er setzt ein schiefes Grinsen auf. »Und selber? Senile Bettflucht, oder was?«

»Und du?«, fragt sie völlig unbeeindruckt. Wie die Göre im Park. Er wird das nie kapieren. Die Frauen. Was sie nicht wollen, prallt an ihnen ab. Einfach so.

»Der da«, er deutet auf den Hund, »musste raus. Und der Pöhz mag noch schlafen. Klar, dass ich gehe.«

»Das ist nett von dir«, sagt sie, und er merkt, wie er wütend wird. Er ist kein kleines braves Kind, das man loben muss, verdammt.

Er reckt das Kinn hoch und schaut ihr ins Gesicht. Frontal ins Gesicht, wird er Aleks später erzählen. Es ist immer noch ein Flash. Er schluckt. Seine Stimme ist rau. Er gibt sich ruppig. »Geht's dir gut? Also mit dem Typen und so«, setzt er nach.

»Hm«, sagt sie. »Und dir?«

»Passt«, sagt er knapp. Er möchte die Zeit einfrieren. Und mit ihr so stehen bleiben. Es ist noch genauso schlimm. Es ist noch genauso schön. Sie hat einen wuscheligen schwarzen Mantel an. Einen quietschrosa Schal. Rote Handschuhe und Stiefel. Ganz flache. Sie muss zu ihm aufschauen. Sie ist völlig ungeschminkt. Sie hat einen ganz hellen Mund. Wenn sie lacht …, denkt er, aber sie lacht nicht, sondern schaut ihn forschend an.

»Wie lange wirst du mir das nachtragen?«, fragt sie. Und als er nichts sagt, weil sie überhaupt nichts kapiert: »Markus?«

»Ich trag dir gar nichts nach«, sagt er heiser. »Es ist nur …« Er bricht ab. »Egal«, sagt er. »Frag mich in einem Jahr. Oder so.«

Er nickt ihr zu. Er lässt sie stehen. Er geht mit dem Hund in die Wohnung und legt sich aufs Bett. Und starrt an die Decke. In seinen Klamotten. Mit den Schuhen. Es tut weh. Innen. Immer noch. Er hört das Haustor gehen, die Therme wieder anspringen. Schritte im Stiegenhaus. Einen Schneepflug vor dem Fenster. Den Wastl schnarchen. Als seine Mutter nach Hause kommt, ist er eingeschlafen.

Marie hat sich alles genau überlegt. Es ist ganz einfach: Die Wawerka weiß mehr über den Mörder, als sie zugibt. Deshalb geht sie ihr aus dem Weg. Sie hat ihr damals selber von einem Geschenk erzählt, das sie von ihm bekommen hat. Von Briefen. Das konnte er, denkt sie bitter, Frauen an sich binden. Julia wird auch noch merken, dass er einen fallen lässt wie eine heiße Kartoffel, sobald man ihm nicht mehr nützlich erscheint. Er hat den Buben auf seine Seite gezogen. Den Pöhz. Sie erinnert sich zu gut an das Gespräch mit ihm, an den Hinauswurf. Gut, da kannte sie die Zusammenhänge noch nicht. Das ist jetzt anders.

Die Hausbesitzerin kann sie vergessen. Die ist kaum je im Haus, und wenn sie gegen Weihnachten für zwei, drei Tage kommt, wird Marie bei ihrer Mutter sein.

Sie seufzt. Es ist nicht zu vermeiden. Sie braucht Verbündete. Der Briefträger hat sie hochkant hinausgeschmissen. Er hat ihr nicht einmal richtig zugehört. »Das«, hat er verkündet, »interessiert mich nicht. Und – guten Abend!«

Es bleiben: Mona, die Frau, die mit dem Polizisten liiert ist. Die hat direkt neben dem Mörder gewohnt. Und Sedlak. Neben seiner Wohnung liegt der Kellerabgang. Er muss etwas wissen. Etwas bemerkt haben. Irgendeine Kleinigkeit, der er keine Bedeutung beigemessen hat. Ein Geräusch. Eine Begegnung. Irgendwas! Er hockt doch die ganze Zeit zu Hause.

Der Dicke riecht übel und ist ein bisschen eigen, aber wenn drei Leute ihre Wahrnehmungen mitteilen, kann man nicht mehr so einfach darüber hinweggehen. Der Mörder ist im Ausland, aber die Wawerka, die weiß etwas. Die muss zur Verantwortung gezogen werden. Je klarer die Sache ist, desto besser können wir sie verkaufen, hat der Zeitungsmann am Telefon gesagt. Markus ist als Informant leider völlig unergiebig.

Von der Polizei ist Marie enttäuscht. Sie hat ihnen den Mörder geliefert. Und die haben sich damit begnügt, ihm ein paar Bankraube nachzuweisen. Dabei sieht ein Blinder: Die Lehrerin war Zeugin eines Überfalls. Sie hat ihn gesehen. Sie hat mitgeholfen, ein Phantombild zu zeichnen. Da hat er sie beiseitegeräumt. Bei der ersten Gelegenheit, kaum, dass sie wieder zu Hause war. Wie leicht hätte es in der Folge sie selber, Marie, erwischen können. Ihr schaudert im Nachhinein bei dem Gedanken, er hätte sie erkennen können. Sie wäre sein nächstes Opfer gewesen.

Sedlak schreckt von der Zeitung auf. Es klopft. Wieder und wieder. Beim ersten Mal war er am Klo und hat nicht reagieren können. Er hat in letzter Zeit Probleme mit der Verdauung. Nicht einmal der Magenbitter hilft. Fünf Minuten später ging es wieder los. Er hat den Pöhz nebenan schimpfen gehört: »Was wollen Sie denn? Was machen Sie denn für einen Wirbel? Der ist nicht da. Sehen Sie das nicht?«

Dann war Ruhe. Bis zum Abend. Gegen halb neun ging es wieder los. Jetzt ist er sich sicher: Das ist die Verrückte aus dem zweiten Stock! Sie hat es auf ihn abgesehen. Sie wird ihn fertigmachen. Er wird sie nicht los. Weiß der Teufel, wie sie ausgerechnet auf ihn kommt. Er weiß nur, dass er sich fürchtet. Die Frau ist nicht normal. Aber stark. Das hat er noch gut in Erinnerung. Wie sie sich festgeklammert hat an ihm. Wie der Teufel. Sedlak nimmt einen Schluck. Das entspannt ihn ein bisschen. Er wird einfach nicht aufmachen. Und irgendwann wird sie aufgeben. Ein anderes Opfer finden.

Halb zehn am Abend. Das Haus ist ruhig. Sedlak ist seltsam aufgekratzt. Er kann nicht schlafen. In vier Tagen ist Weihnachten, aber das hat damit nichts zu tun. Er kramt herum, sortiert ein paar Kleidungsstücke aus, alte Schuhe. Für die Altkleidersammlung sind die nicht mehr gut genug. Er greift nach ganz hinten in den Kasten und wühlt hinter den Pullovern. Es fühlt sich glatt an und kühl. Er streicht mit den Fingern darüber. Er hält kurz inne. Er atmet tief ein, nimmt einen Schluck. Das Zeug brennt in der Kehle, aber es entspannt ihn.

Am besten, er wirft alles weg und versucht zu vergessen. Endlich zu vergessen. Er knüllt das Ding zusammen und stopft es oben in den grauen Sack, den er neben der Tür abgestellt hat. Morgen kommt die Müllabfuhr.

Das Jahr neu anfangen. Ordnung machen. Nicht mehr trinken. Wegziehen von hier kann er nicht, so gerne er das will.

Als er den Schlüssel umdreht, sich selber umwendet, sich

hinunterbeugt, um den Sack zuzuknoten, steht sie plötzlich vor ihm, ist sie mit ein, zwei raschen Schritten in der Wohnung, in der Küche. Er taumelt zurück, wirft den Sack um.

Die Verrückte schnappt ihn am Arm, Klammergriff, und drängt ihn weiter. Er traut sich nicht zu schreien. Was, wenn Leute kommen? Wenn sie sehen ...?

»Ah, Damenkleider!«, lacht die Irre, zerrt ein Teil hoch und hält es ins Licht. »Sie haben also ein kleines Geheimnis. Das macht unser Gespräch vielleicht ein bisschen einfacher.« Sie sieht gemein aus. Und gefährlich.

Sedlak versucht verzweifelt ihren Arm abzuschütteln. Sie hält ihn fest, drückt ihn auf die Bank nieder. Er starrt auf die Schnapsflasche. Er stellt sich tot. Taub. Stumm. Gefühllos. Seine Ohren füllen sich mit Watte. Sein Gehirn mit Nebel. Sie redet und redet. Er hört alles wie von weit her.

Da ist ihr Gesicht plötzlich ganz nahe. Da herrscht sie ihn an: »Hören Sie mir zu. Ich weiß alles. Es hat keinen Sinn, so zu tun, als wäre nichts. Es hat lange genug gedauert. Am besten, Sie erzählen mir alles.« Sie beugt sich zu ihm vor. »Mord verlangt eine gerechte Strafe«, sagt sie laut und bestimmt.

Julia backt Kekse. Der Duft von Zimt und Kardamom wärmt das Stiegenhaus. Die Haushälterin des alten Herrn Pöhz war gestern zum letzten Mal da vor den Feiertagen, der Reinigungsdienst am Vormittag. Es ist ruhig. Noch zwei Tage bis Weihnachten.

Die Wohnungen im zweiten Stock sind dunkel. Im ersten sitzt Mona unter einem Lichtkegel und löst ein Sudoku. Sie trägt grüne Wollsocken und kaut auf ihrer Unterlippe herum. Der rechte Socken ist an der großen Zehe fast durchgescheuert.

Herr Pöhz tappt am Stock durch den Hausflur, den Hund

an der Leine. Wastl schnüffelt am Gang und will nicht weiter. Ich sollte ihm keine Kekse füttern, denkt Pöhz. Und dass der Hund wieder zugenommen hat. Pöhz zerrt an der Leine. Der Hund stemmt sich dagegen und bellt.

»Na, komm schon. Kriegst ein Keksi. Braver Hund.« Beide verschwinden in der Wohnung, wo kurze Zeit später im Schlafzimmer das Licht angeht. Pöhz sitzt über seinen Alben und teilt sich die Linzerbäckerei, die Frau Maria ihm mitgebracht hat, mit dem Hund. Es riecht nach Tee mit Rum. Pöhz mag ihn sehr süß.

Wagner schläft, obwohl es noch nicht spät ist. Er war gestern lange unterwegs. Er träumt von einem Hund, der sich in sein Hosenbein verbissen hat und trotzdem bellt wie verrückt. Wagner haut dem Köter mit einem dicken Stock auf die Schnauze, bis der Hund auseinanderfällt und endlich still ist. Die beiden Kopfhälften, Ober- und Unterkiefer, bemerkt Wagner mit Erstaunen, sind mit Federn aneinander befestigt. Die Zunge klopft noch eine Weile auf den Boden, wird immer blasser und stirbt. Wagner seufzt tief, dreht sich seitlich, kommt auf der linken Schulter zu liegen und schläft weiter. Morgen wird er völlig verspannt sein und Kopfschmerzen haben.

Sedlak ist betrunken. Er sitzt in eine Decke gewickelt vor dem Fernseher und starrt auf den Bildschirm. Es ist kalt in der Wohnung, vor allem im hinteren Teil, der zum Park hinausgeht. Er hört einen Hund bellen. Und ein Folgetonhorn heulen. Im Fernsehen rast ein Polizeiwagen durchs Bild. Den Hund sieht er nicht.

Obwohl wir die Weihnachten seit Jahren bei der Oma verbringen, haben wir jedes Jahr selber einen Baum. Und Kekse, die locker bis Ostern reichen. Meist verschenkt Mam, wenn unsere Keksdosen angefüllt sind bis an den Rand, ein paar

Teller voll an die Nachbarn. Sedlak liebt sie dafür. Mam ist nicht sonderlich sentimental, aber Weihnachten mag sie. Sterne am Fenster, Weihrauch, Kerzen, Christbaum, das ganze Pipapo. Für den Baum bin ich zuständig. Fürs Holen. Das ist schon lange so. Mam hat eine ganze Schachtel voller Christbaumschmuck. Gablonzer Glasschmuck. Jedes Jahr wird der Baum kleiner. Ich bin kein Kind mehr. Mam packt trotzdem jedes Mal den ganzen Schmuck drauf, und irgendwie finde ich das auch schön. Wie sie strahlt beim Schmücken. Sogar die Teile, die kaputtgegangen sind jedes Jahr, wenn der Wawerka losgetobt hat, jedes Mal eigentlich, hat sie noch. In einer eigenen Schachtel, die außen mit Sternen verziert ist, die wie Raureif aussehen und sich ganz kratzig anfühlen. Mam trennt sich schwer von Dingen, die ihr etwas bedeuten. Der Schmuck ist von ihrer Großmutter und etwas Besonderes, sagt sie.

»Der Baum, Markus«, erinnert mich Mam mindestens zwei Wochen vor Weihnachten. Und ab da täglich. Jetzt ist in der Schule nicht mehr viel los, da habe ich Zeit. Im Park, im Fußballkäfig, steht seit Wochen ein Wald, der nicht kleiner wird, obwohl ständig Leute mit ihrer drahtumwickelten Beute den Platz verlassen. Der rotgesichtige Verkäufer, es ist seit Jahren derselbe, kennt mich schon. Ich schau mir die kleinen Tannen an, hebe sie hoch und stecke sie ein Stück von mir entfernt in den Schnee.

»Hi«, sagt sie, sonst nichts und bleibt neben mir stehen. Ich erkenne die Stimme sofort wieder. Diesmal ist die Lange nicht vermummt. Sie trägt einen schwarzen Mantel, fast bis zu den Knöcheln, Martens und helle Jeans. Sie hat ganz kurze blonde stiftelig geschnittene Haare und ist tatsächlich unglaublich dünn. Ich nicke ihr zu und drehe mich um. Ihr Hund ist draußen am Käfig festgebunden. Er vergnügt sich damit, im Schnee zu wühlen.

»Hallo«, sage ich mit Verzögerung und wende mich wieder dem Baum zu. Man muss aufpassen. In der Menge ist jeder Baum schön. Gerade gewachsen. Mit regelmäßigen Zweigen. Und zu Hause steht dann ein schiefes schütteres Etwas im Christbaumkreuz. Ich stelle den Baum zurück und schnappe mir den nächsten. Ich darf das.

»Ziemlich klein«, sagt die Lange, obwohl sie keiner gefragt hat. Sie bleibt beharrlich an meiner Seite. »In unserer alten Wohnung, Altbau«, sagt sie irgendwie bedeutungsvoll, als müsste ich sie jetzt dafür bewundern oder so, »hatten wir immer einen Baum fast bis zur Decke.«

Ich weiß nicht, aber irgendwie reizt sie mich. »Passt doch«, sage ich. »Bei deiner Länge kannst du den bequem schmücken. Bis ganz oben.« Ich grinse. »Ohne Leiter.«

Sie ist nicht sauer. Ihre blauen Augen blitzen. »Stimmt«, sagt sie. »Aber du, du musst auf die Knie zu dem Winzling.«

Eins zu null für sie. Muss ich zugeben. Ich sage eine Weile nichts. Nehme Baum um Baum und prüfe das Angebot. Ich entscheide mich schließlich für eine Tanne von einem Meter vierzig.

Sie grinst.

»Was?«, frage ich.

»Ooooch«, sagt sie. Und nach einer Pause: »Du bist ja lernfähig.«

Ich boxe sie leicht in die Rippen. Ich meine, ich wollte das nicht. Ist passiert. Sie steckt das weg wie ein Mann. Der Hund flippt völlig aus, als sie zu ihm tritt und ihn losbindet.

»Wir begleiten dich«, sagt sie.

Ich zucke die Schultern und setze mich in Bewegung. Wir sind genau gleich groß. Ihre Augen haben die gleiche Farbe wie meine. Wir gehen still nebeneinander her. Der Hund tänzelt und springt um sie herum, geht aber sofort bei Fuß, wenn sie es fordert. Es ist nicht unangenehm, neben ihr zu gehen.

»Ich bin da«, sage ich, als wir vor dem Haus stehen.

»Franzi«, sagt sie.

»Bitte?« Wahrscheinlich meint sie den Hund.

»Ich heiße Franzi«, sagt sie. »Also Franziska. Und du?«

»Maks«, sage ich, korrigiere mich aber sofort: »Markus!« Maks ist guten Freunden vorbehalten. Franzi klingt scheiße, finde ich, halte diesmal aber die Klappe. »Also Franziska«, stelle ich fest.

»Genau«, sagt sie. »Lust, einmal mit den Hunden eine Runde zu drehen?«

»Meinetwegen.« Ich muss den Pöhz um den Hund fragen. »Morgen um fünf?«

»'kay«, sagt sie. »Um fünf. Abends, oder?« Sie grinst breit. Sie hat Hauer wie ein Vampir.

Ich zögere kurz, sie auch. Dann ziehe ich den Schlüssel aus der Tasche, schnappe mir den Baum und mach mich vom Acker.

Julia hat alle Geschenke verpackt und den Baum aufgeputzt. Die ganze Wohnung duftet nach Lebkuchen und Mandarinen. Es ist wärmer geworden. Es taut. Früher gab es zu Weihnachten immer Schnee. Sie lächelt. Die Bescherung findet wie immer bei ihrer Mutter statt, am vierundzwanzigsten gegen sieben. Noch ein Tag. Julia hat Zeit. Mehr, als ihr momentan lieb ist. Markus ist seit einer halben Stunde mit dem Hund unterwegs. Es ist später Nachmittag. Dämmerung.

Sie will sich nicht beunruhigen lassen. Nicht jetzt. Nicht heute. Das Gespräch mit Tom war kurz. Er fährt für ein paar Tage weg und hat ihr am Nachmittag am Telefon frohe Feiertage gewünscht.

»Wann bist du wieder da? Feiern wir Silvester gemeinsam?«

Er zögert. »Ich weiß noch nicht. Ich ruf dich noch an.«

»Skifahren«, sagt er auf ihre Frage. »Tourengehen. Mit Freunden. Eine ganz abgelegene Berghütte.« Und auf ihre Nachfrage: »Viel Schnee, ja. Ich freu mich schon.«

Sie ist augenblicklich alarmiert. Er klingt anders. Irgendwie – distanziert.

»Hab ich dir das nicht gesagt?«, fragt er. »Ich dachte, ich hätte. Tut mir leid, Julia.«

Sie schweigt.

»Ich ruf dich an«, sagt er, »sobald ich wieder in Wien bin.«

»Ja«, sagt sie. »Gut. Schönen Urlaub, Tom.«

»Bis dann.«

Sie will sich nicht verrückt machen. Es ist nur ein Gefühl. Es ist nur – er klang so anders. Aus, befiehlt sie sich energisch. Mach dich nicht verrückt, Julia. Sie muss etwas tun. Also geht sie in die Abstellkammer. Sie nimmt eine große Frischhaltebox, füllt sie mit Keksen und Weihnachtskuchen. Der Geruch nach Schokolade, Zimt und Vanille lässt ihr die Tränen in die Augen steigen. Weihnachten, sagt sie, es ist wegen Weihnachten. Es ist nichts, Julia. Du bildest dir was ein. Mach dich nicht verrückt. Energisch drückt sie den Deckel auf die Dose. Die hellblaue Weste, flauschiges Mohair, hat kleine Kügelchen seitlich am Saum, da, wo ihre Umhängetasche scheuert. Sie schlüpft hinein und zieht die Schultern hoch. Sie dreht die Heizung höher, bevor sie die Wohnung verlässt.

»Herr Sedlak?«

Sie klopft noch einmal, leise, aber energisch. Seit einigen Jahren schon, seit er ihr beim Entrümpeln geholfen hat, gemeinsam mit dem Briefträger, bringt sie dem dicken freundlichen Mann zu Weihnachten eine Schachtel voller

Kekse. Sie weiß, sie wird ein paar Minuten bleiben müssen, einen Tee mit ihm trinken, der immer zu süß ist und künstlich schmeckt und an dem sie nur nippen wird, höflichkeitshalber. Sedlak wird nicht viel sagen, aber ein paar von den Keksen zwischen sie beide auf den Tisch stellen, in einer verzierten Schale auf drei Beinen. Er wird ein oder zwei Kekse kosten und sie loben wie jedes Jahr: »Ich habe noch nie so gute Kekse gegessen. Meine Mutter war eine schlechte Köchin. Und backen konnte sie überhaupt nicht.« Das sagte er verlässlich jedes Jahr. »Wissen Sie, dass Sie an mich denken ...«

Er wird gerührt sein. Julia ist das peinlich, wenn er heftig zu zwinkern beginnt und sich über die Augen wischt, danach kurz nach ihrer Hand fasst. Sie findet es schrecklich, dass jemand so allein ist; dass er keinen hat; dass niemand an ihn denkt – nicht einmal zu Weihnachten. Er hat das Reden verlernt in all den Jahren. Er ist scheu geworden und eigen.

»Herr Sedlak?«

In der Nachbarwohnung, beim Briefträger, ist es dunkel. Der alte Pöhz rumort in der Küche herum und hustet vernehmlich. Mona und ihr Freund verlassen Hand in Hand raschen Schrittes das Haus: »Frohe Feiertage, Frau Wawerka.«

Julia dankt. Jetzt nicht denken: Hand in Hand! Jetzt nicht weinen.

Da, endlich – der Schlüssel dreht sich im Schloss. Sedlak öffnet die Tür nur einen kleinen Spalt. Das Ganglicht geht aus.

»Ich bin's, Ihre Nachbarin«, sagt Julia und drückt auf den in der Dunkelheit rot leuchtenden Punkt einen Meter hinter ihr. Das Ganglicht flammt wieder auf.

»Frau Wawerka«, sagt Sedlak und öffnet die Tür. Er ist heiser. »Kommen Sie. Kommen Sie.«

Er geht etwas unsicher, wie zögernd setzt er einen Schritt vor den anderen. Er wirkt ungepflegt, als hätte er in seinen Kleidern geschlafen. Julia meint Alkohol zu riechen. Ob er heimlich trinkt? Das war früher nicht so. Sie schaut sich um. Die Küche wirkt düster, aber sauber. Nur ein kleines Licht über der Anrichte brennt.

»Ich habe Ihnen Weihnachtskekse gebracht, Herr Sedlak.« Sie hält ihm die Frischhaltebox hin und wappnet sich.

Sedlak reagiert nicht.

»Herr Sedlak?«

Sedlak starrt vor sich hin, als würde er auf etwas lauschen.

Es ist verdammt kalt in der Wohnung. Julia fröstelt. Ob er nicht heizt? Vielleicht hat er kein Geld?

»Kommen Sie«, sagt Sedlak plötzlich, nachdem er sich einen Ruck gegeben hat, und schiebt sie energisch Richtung Wohnzimmer. Der Raum liegt in der Dämmerung. Durch die Gardinen sieht Julia die Lichter im Park, einzelne hell erleuchtete Fenster in den Häusern dahinter. Wie Adventkalender. Eine Straßenlaterne erleuchtet schwach den halben Raum. Im Hintergrund macht sie Kleiderhaufen aus, Müllsäcke und ein paar Kissen.

Sedlak macht kein Licht.

»Ziehen Sie aus, Herr Sedlak?«, fragt sie, um die Stille zu durchbrechen, um irgendetwas zu sagen. Er antwortet nicht.

»Setzen Sie sich.« Sedlak drängt sie auf das durchgesessene Sofa. Er kommt ihr unangenehm nahe. Er stinkt. Julia hält den Atem an. Sie lässt sich in die Polster fallen. Sie berührt etwas Glattes, Kühles und zieht erschrocken ihre Hand zurück. Sie stellt die Frischhaltebox auf den Tisch. Sie fühlt sich unbehaglich. Er ist so anders. Sie will weg von da. Schnell.

»Herr Sedlak, mir ist kalt. Es ist viel zu dunkel hier. Machen Sie Licht. Ich habe einen Kuchen im Rohr. Ich muss gehen«, sprudelt Julia und spürt gleichzeitig Panik aufsteigen.

Es riecht seltsam, fällt ihr jetzt erst auf. Sammelt der seinen Müll in der Wohnung? Julia bekommt eine Gänsehaut. Sie atmet flach. Sie will aufstehen.

»Bleiben Sie«, befiehlt Sedlak.

Jetzt erst fällt ihr auf, wie massig Sedlak ist. Er hat sich ihr gegenüber niedergelassen und starrt sie an. Sein Bauch wölbt sich über der Hose. Das Hemd steht vorne etwas offen und lässt seine weiße Haut sehen. Einzelne schwarze Haare. Julia wendet den Blick ab. Ihr ekelt. Die Straßenlaterne vor dem Fenster beginnt zu flackern, erholt sich aber gleich wieder. Sedlak greift hinter sich auf den Boden und hebt eine Schnapsflasche auf. Er lässt sie nicht aus den Augen. Sedlak nimmt einen großen Schluck, blinzelt, wischt sich über den Mund und reicht ihr die Flasche über den Tisch.

Julia schüttelt den Kopf. Sie zieht die Strickweste enger um sich. Sie merkt, dass sie zittert. Sedlak zuckt gleichmütig die Schulter und stellt die Flasche vor sich auf den Tisch. Das war blöd von mir, denkt Julia. Ich hätte die Flasche nehmen sollen, sie ihm notfalls über den Schädel schlagen, wenn er näher kommt. Faktum ist: Hier stimmt etwas nicht. Faktum ist: Sie sitzt in der Falle!

»Sie sind immer so gut zu mir gewesen«, sagt Sedlak jetzt. Er hat eine ganz weiche Stimme, höher als sonst.

Soll sie schreien? Aufspringen und davonlaufen? Er sitzt zwischen ihr und der Tür in die Küche. Er kann sie sofort stoppen, wenn er will. Sie kommt niemals bis zur Wohnungstür. Stoppen? Niederschlagen! Töten!

Wagner? Die Wohnung war dunkel. Pöhz? Der Alte ist halb taub und würde sie nicht hören. Es ist kaum jemand zu Hause. Mona ist unterwegs. Die Hausbesitzerin kommt dieses Jahr erst nach Weihnachten und bleibt dafür über Silvester. Die Esoterische? Keine Ahnung. Julia hat sie seit Tagen nicht gesehen.

Sedlak ist näher gerückt. Er hat die Keksdose geöffnet. Er betrachtet die Kekse, dann forschend Julia. Sie kann sein Gesicht nicht gut genug erkennen, um seinen Ausdruck zu deuten. Jetzt scheint er etwas zu hören. Er lauscht angespannt.

»Ich mache Licht, Herr Sedlak«, sagt Julia und schickt sich an, sich zu erheben.

»Sie bleiben sitzen«, schreit er da und springt auf. Julia sinkt auf das Sofa zurück. Wieder berührt sie das Kühle. Der Geruch immerhin scheint schwächer zu werden. Oder, denkt sie, ich habe mich daran gewöhnt.

Sedlak erhebt sich, greift nach der Flasche und macht zwei Schritte zur Seite. Er fixiert Julia, während er die kleine Lampe neben dem Fernseher anknipst. Dann lässt er sich wieder auf den Fauteuil fallen.

Julia entspannt sich. Ich bin hysterisch, sagt sie sich. Sedlak sieht aus wie immer. Er hat getrunken, na und? Er ist mit Sicherheit nicht betrunken. Das hätte sie gemerkt.

Sie sieht ihn einen Mandelbogen aus der Dose nehmen und prüfend betrachten, bevor er ihn in den Mund steckt. »Gut«, sagt er. »Wie immer, Frau Wawerka. Ich habe noch nie so gute Kekse gegessen. – Meine Mutter war eine schlechte Köchin, wie Sie wissen ...«, fährt er fort. Er hat wieder seine ganz normale Stimme. Alles ist in Ordnung. Sie wird ein wenig mit ihm plaudern und dann nach Hause gehen. Sie spürt, sie ist völlig verspannt und ändert die Sitzposition. Sie zieht ein Bein an. Sedlak isst mit sichtlichem Behagen ein Linzerauge. Er hat etwas Zucker am Kinn. Julia lächelt ihn an. Er lächelt zurück. Julia streckt ihren Rücken durch, lässt ihr rechtes Knie los und stützt sich seitlich ab. Sie fühlt etwas Glattes unter ihrer Hand.

Julia schaut neben sich und prallt zurück. Rotes Leder. Ein Ledermantel: rotes Nappa, mit feinen Zierstichen gesäumt, lederbezogene Knöpfe, der zweite von oben lose. Ihr Mantel! Ihr roter Ledermantel. Der Mantel, den sie bei Daniela vergessen hat an ihrem letzten gemeinsamen Abend. Der seitdem verschwunden ist. Die Freundin tot. Die Freundin tot im Keller. Der Mantel bei Sedlak in der Wohnung! Sie selber bei Sedlak in der Wohnung! Bei Sedlak, der verrückt sein muss, plötzlich verrückt geworden sein muss.

Sie spürt ihr Herz gegen die Rippen hämmern. Der Mörder, denkt sie. Danielas Mörder.

Sedlak ist ihrem Blick gefolgt. Er betrachtet sie interessiert, während er die Flasche zum Mund führt und einen weiteren Schluck nimmt.

»Es ist nicht so«, sagt er dann, und seine Stimme hat etwas seltsam Schwebendes, »es ist nicht so, wie Sie denken, Frau Wawerka. Ich werde Ihnen alles erklären.«

Julia schüttelt den Kopf. »Nein«, sagt sie. »Nein, Herr Sedlak. Aus!«, schreit sie. »Ich will nichts hören!« Aber Sedlak erzählt.

Als Markus mit dem Hund aus dem Haus gekommen ist, stand sie schon da – an ein Auto gelehnt, mit offener Jacke und diesem breiten Grinsen, das ihre Augen ganz schmal werden lässt.

»Du erwürgst den Hund«, hat sie gesagt, auf den Wastl deutend, der seine Vorderbeine in den Boden gestemmt und sich nicht von der Stelle bewegt hat.

»Komm«, hat sie zum Hund gesagt und ist ihm ein paar Schritte entgegengegangen. Der Wastl hat zu wedeln begonnen und sich schaukelnd in Bewegung gesetzt.

»Und deiner?«, hat er gefragt. Sie hat nach hinten gedeutet. Der große schwarze Hund hat ein paar Meter weiter an einem Autoreifen geschnüffelt.

»Zaaaak.« Er ist sofort neben ihr gestanden. Sie hat ihm die Leine angelegt.

Sie gehen nebeneinander her.

»Ich hab gedacht, du wirst mich hier stehen lassen«, sagt sie nach einer Weile.

»Was?«

»Klang nicht so, als hättest du Lust, mich wiederzutreffen.«

Markus zuckt die Schultern. »Ich bin da«, sagt er. Damit hat er den Startknopf gedrückt.

Franziska redet. Franziska erzählt, fragt, ganz selbstverständlich, als würden sie einander schon eine ganze Weile kennen. Sie kann furchtbar ernst dreinschauen und gleich darauf loslachen. Sie kann gut zuhören. Markus merkt erst, als es dunkel wird, dass sie immer noch gehen und dass schon lange er es ist, der redet. Es ist gar nicht unangenehm.

Es ist Nacht geworden. Die Minuten vergehen quälend langsam. Julia hofft, dass es aufhört, dass jemand kommt, lauscht angespannt auf irgendein Geräusch: die Haustüre, Stimmen am Gang, Hilfe. Alles bleibt still. Sie hofft, dass Sedlak endlich schweigt. Aber Sedlak redet: »Sie war ganz klein und zart. Wie ein Mädchen. Sanft, freundlich. Ich hätte ihr nie etwas getan. Sie hat mich immer angelächelt. Sie mochte mich. Ich war bei ihr im Krankenhaus. Zweimal nur, aber sie hat sich gefreut.«

Julia sitzt ganz starr mit verkrampften Händen. Nicht hinhören. Lenk ihn ab. Er darf nicht weiterreden.

»Ich habe mir oft gedacht, ich sollte sie anreden. Sie erwartet das. Aber ich kann das nicht. Sie hat mir Zeichen gegeben. Sie hat mich ermuntert. Doch«, fährt er auf, als Julia etwas sagen will, »sie hat darauf gewartet, aber ich konnte nicht.« Er klingt plötzlich traurig. Er macht eine Pause. Er blickt angestrengt vor sich hin und beginnt sich sanft vor und zurück zu wiegen. Er wimmert leise, ein ganz hoher schrecklicher Ton. Dann redet er weiter, hastig und mit fremder Stimme. »Es war schon dunkel. Im Büro hatten wir eine Feier. Und ich bin geblieben. Die Damen haben mir süßen Rotwein angeboten, und ich vertrage ja nichts. Als ich ins Haus gekommen bin, stand sie vor meiner Tür. Ich wusste, sie wollte nicht mehr warten!« Er schluchzt.

Julia presst sich die Hände an die Ohren, aber sie hört jedes Wort. Klar und deutlich. Er redet und redet.

»Daniela. Sie trägt den roten Mantel über dem Arm. Sie weicht einen Schritt zurück. Taumelt. Nicht, schreie ich. Oder schreit sie. Nein, ich! Die Kellertüre«, er starrt vor sich hin, die Szene wieder vor Augen, »ist nur angelehnt. Noch ein Schritt, und sie strauchelt. Sie fällt. Sie fällt, rücklings, all die Stufen hinab und kommt ganz unten zu liegen.« Er keucht. Julia rutscht Zentimeter um Zentimeter näher an das Ende der Bank.

»Wie eine Puppe«, keucht er, Speichelfäden an den Lippen, »wie eine Puppe liegt sie da. Unversehrt. Ich habe sie hochgehoben. Ihren Kopf. Er hing ganz lose. Er war sehr schwer.«

Julia erhebt sich vorsichtig.

»Nein!«, schreit Sedlak und springt auf. »Du bleibst. Du musst wissen. Du hörst zu.«

Julia sinkt auf die Bank zurück. Er schaut sie lauernd an. »Du glaubst mir?«

»Ja, Herr Sedlak«, sagt Julia. »Ich glaube Ihnen. Es war ein Unfall. Sie konnten nichts dafür. – Das wird jeder verstehen«, setzt sie nach einer Pause hinzu.

»Ich habe sie gehalten. Ich habe sie gewärmt. Ich habe lange gewartet, aber sie hat nicht mehr geatmet. Auch später nicht. Ich war die ganze Nacht bei ihr. Es war so kalt. Sie war so schön.«

Julia zittert am ganzen Leib. Als sie zu schreien beginnt, durchdringend zu schreien beginnt, ganz hoch und schrill, springt Sedlak auf und hält ihr den Mund zu. Sie strampelt und würgt und versucht ihn zu beißen. Da streicht ihr Sedlak mit der rechten Hand übers Haar.

»Sei still, sagt er. »Sei still. Es ist nichts passiert. Ich hab sie ja begraben.«

Er lockert den Griff. Julia erbricht sich in hohem Schwall.

Sedlak steht jetzt, keinen Meter von ihr entfernt, greift nach der Flasche und trinkt. Er beachtet sie nicht. Er redet wie zu sich selber. »In einem Ebenholzsarg. Unter Spitzen. Ja. Ich habe ihr nichts getan. Ich habe sie doch geliebt.« Dann wendet er sich um. »Glauben Sie, dass sie mir böse ist?«

»Nein«, würgt Julia, »nein. Sie ist Ihnen nicht böse.« Sie muss ihn beruhigen, sie muss ihn in Sicherheit wiegen. Sie muss hier irgendwie raus. »Herr Sedlak«, sagt sie, »Sie haben sich nichts vorzuwerfen. Sie haben alles getan.« Ihre Hände zittern. Der Geschmack von Erbrochenem dreht ihr fast nochmals den Magen um. »Kann ich einen Tee haben«, bittet sie.

»Tee?«, fragt er, als würde er das Wort zum ersten Mal hören. Er hält ihr die Schnapsflasche hin.

Julia tut, als würde sie trinken. Sie stellt die Flasche direkt vor sich auf den Tisch.

»Die Große aus dem zweiten Stock hat mir nicht geglaubt. Kein Wort. Dass ich ein Mörder bin, hat sie gesagt. Sie hat mich in meine Wohnung gezerrt und beschimpft. Wie eine Furie ist sie auf mich losgegangen, hat auf mich eingeredet.

Mord verlangt eine gerechte Strafe, hat sie gesagt. – Ich musste es tun.«

Sedlak blickt starr vor sich hin. Er sieht alle Blicke auf sich gerichtet, sieht Münder sich öffnen. Er wird gestoßen, geschoben. Er sieht sich von Fingern aufgespießt. Wie früher. Wie so oft. »Ich musste es tun«, wimmert er. Wieder greift er nach der Flasche, trinkt. Er fasst sich. »Die habe ich nicht begraben. Sie ist hässlich. Sie stinkt. Sie hat es nicht anders verdient.« Er nickt. »Die war böse. Gemein. Gemein!« Er schiebt die Unterlippe vor.

Julia hört Stimmen am Gang. Markus! Sie beugt sich vor zum Tisch und greift nach der Flasche. »Trinken Sie nur«, sagt Sedlak.

Julia setzt an, dann wirft sie die Flasche im weiten Bogen gegen das Küchenfenster, das zum Gang hin geht. Die Flasche durchschlägt das Fensterglas und zerschellt auf dem Steinboden. »Markus«, schreit sie, »Markus, hier bin ich. Hier!«

Dann geht alles sehr schnell. Hundegebell. Die Tür fliegt auf. Julia rennt los. Sedlak läuft zum Fenster, stolpert über ein Kabel und fällt der Länge nach hin. Der Fernseher kippt und trifft ihn am Kopf. Sedlak röchelt und versucht sich aufzurappeln. Ohne Erfolg. Er wimmert. Markus in der Küche: »Mam?« Sie rennt auf ihn zu, auf das große blonde Mädchen, das hinter ihm steht.

»Ruf die Polizei. Die Rettung. Einen Arzt.« Sie zittert am ganzen Leib. Sie kann sich kaum auf den Beinen halten. Markus zieht sein Handy aus der Hosentasche. Das Mädchen legt den Arm um Julia und geht mit ihr den Gang zurück zu ihrer Wohnung. Die beiden Hunde bellen wie verrückt. Das ganze Haus füllt sich mit ihrem Gebell. Julia sitzt in ihrer Küche und weint. Und trinkt Tee. Das Mädchen hat ihr eine Decke umgelegt, führt ihr die Tasse zum Mund und redet zu ihr wie zu einem kleinen Kind.

Die Polizei kommt wenig später, fast zeitgleich mit dem Ambulanzwagen. Pöhz steht am Gang und hält seinen Hund an der Leine. Der große schwarze Hund fiept wie ein Welpe und bewegt sich keinen Schritt von der Tür weg. Die Sanitäter verlassen nach einer halben Stunde die Wohnung. Mit einer leeren Bahre. Da sind bereits die ersten Zeitungsleute im Haus. Gedränge vor der Wohnung. Warten. Keiner weiß etwas Genaues.

»Eine weibliche Leiche«, erklärt ein fülliger Fotograf mit seltsam hüpfendem Gang. »Im Kabinett. Teilweise verstümmelt. Nicht mehr frisch. Danke, Karl, Servus.« Einer mit einem besonders guten Draht zur Polizei. Er steckt sein Handy wieder ein. »Für die Abendausgabe geht sich das nicht mehr aus.«

Markus steht neben Herrn Pöhz und wartet. Dann wird Sedlak herausgeführt. Er hat die Hände vor dem Bauch gefaltet. Links und rechts von ihm geht ein Polizist. Sie schieben ihn ungeduldig weiter. Da geht das Blitzlichtgewitter los.

Dagmar Scharsich

»Von erstaunlicher schriftstellerischer Meisterschaft und umwerfend originell.« *Stiftung Lesen*

Der grüne Chinese

Ariadne Krimi 1180 · ISBN 978-3-86754-180-0

Marie Baer ist Antiquarin in Berlin Mitte. Kiezbewohner gehen bei ihr ein und aus; sie kauft, verkauft und unterhält Touristen mit Anekdoten. Eines Tages bekommt sie ein paar uralte Romanhefte angeboten: Wanda von Brannburg, Deutschlands Meisterdetectivin. Eine weibliche Heldin in einer Groschenheft-Serie aus der Kaiserzeit? Da gab es doch noch gar keine Detektivinnen! Aber das Manuskript, das Marie dann in die Hände fällt, ist von 1909 und anscheinend das Tagebuch einer jungen Baronesse, die in einen hochdramatischen Polit-Thriller verstrickt wird. Ist Wanda eine literarische Figur, oder hat sie wirklich gelebt?

In Dagmar Scharsichs filigranem Zwei-Zeiten-Roman sieht man förmlich, wie der erste Zeppelin über der Hauptstadt kreist: ein kriminell-berauschendes Sittenbild des alten und neuen Berlin.

Die gefrorene Charlotte

ariadne classic 011 · ISBN 978-3-86754-011-7

Berlin, August 1989, die letzten Wochen der DDR. Die stille Cora bekommt zum 30. Geburtstag sechs Gefrorene Charlotten, zarte Porzellanwesen aus Tantes kostbarer Puppensammlung. Dann plötzlich droht Pfändung, Cora trifft einen Antiquitätenexperten – ein Mord geschieht! Zugleich spitzt sich ringsum die Atmosphäre zu: In Berlin wächst der politische Unmut, bürokratischer Stellungskrieg und Verdächtigungen blühen. Wem kann Cora jetzt noch trauen?

»Ein ›Wendekrimi‹ über Antiquitäten, Stasi, Flucht, DDR-Alltag. Intensive Spannung!« *Sender Freies Berlin*

Nora Miedler

Die Musenfalle

Ariadne Krimi 1190 · ISBN 978-3-86754-190-9

Lilly, arbeitslose Schauspielerin, wittert ihre große Karrierechance – doch plötzlich steht sie unter Mordverdacht. Ob die Theaterkommune der illustren Frieda Bernhard etwas mit dem Verbrechen zu tun hat? Lilly schleust sich undercover dort ein. Ein gewagtes Unterfangen …

»Das ist die Geburtsstunde einer neuen österreichischen Krimi-Serie. Fix ist das noch keineswegs, aber es muss einfach so sein. Denn für einen einzigen Roman ist Lilly Sommer zu schade. Zu wild. Zu ausgefeilt.« Peter Pisa im *Kurier*

»Die angenehm alltagstaugliche Heldin macht genüsslich Kleinholz aus allen Brave-Mädchen-Klischees: Sie ist impulsiv und unsensibel, laut, aggressiv und promisk, ein wunderbar gelungenes Großmaul.« Literaturhaus Wien (www.literaturhaus.at)

»Ein Twist folgt dem anderen, unwahrscheinliche Konstellationen treffen auf radikale Lösungen, und der Schluss ist so finster, wie man sich das nur wünschen kann. Ein neuer Höhepunkt der deutschsprachigen Krimiszene.« *Buchkultur*, Schmauchspuren von Peter Hiess

Warten auf Poirot

Ariadne Krimi 1182 · ISBN 978-3-86754-182-4

Charlie führt ein stilles Leben und verachtet sich selbst. Ein Urlaub mit Freundinnen soll Abwechslung bringen, doch der Trip auf die Berghütte verläuft anders als geplant. Es gibt Schneesturm, die Handys sind tot. Geheimnisse vergiften die Stimmung. Ein Leben endet gewaltsam, und weit und breit ist kein rettender Detektiv in Sicht … Packendes Verwirrspiel um Illusion und Selbstzerstörung.

»Ein verlockendes, witziges und spannendes Stück Kriminalliteratur: Miedler führt uns mit sicherer Hand durch ein Kriegsgebiet und heil wieder heraus.« *Krimicouch*

»Klassischer Whodunnit wandelt sich unversehens zum mit Survival-Horror-Elementen abgeschmeckten klaustrophobischen Thriller … eine gute Geschichte, und die auch noch gut erzählt.« *Evolver*